文明互鉴：中国与世界

威廉·福克纳
与中国新时期作家

李萌羽　等著

四川大学出版社
SICHUAN UNIVERSITY PRESS

图书在版编目（CIP）数据

威廉·福克纳与中国新时期作家 / 李萌羽等著．— 成都：四川大学出版社，2024.1
（文明互鉴：中国与世界 / 曹顺庆总主编）
ISBN 978-7-5690-6549-7

Ⅰ．①威… Ⅱ．①李… Ⅲ．①福克纳（Faulkner, William 1897-1962）－文学研究②中国文学－当代文学－文学研究 Ⅳ．① I712.065 ② I206.7

中国国家版本馆 CIP 数据核字（2024）第 020851 号

书　　名：威廉·福克纳与中国新时期作家
　　　　　Weilian Fukena yu Zhongguo Xinshiqi Zuojia
著　　者：李萌羽　等
丛 书 名：文明互鉴：中国与世界
总 主 编：曹顺庆

出 版 人：侯宏虹
总 策 划：张宏辉
丛书策划：张宏辉　欧风偃
选题策划：张宏辉　吴近宇
责任编辑：吴近宇
责任校对：罗永平
装帧设计：墨创文化
责任印制：王　炜

出版发行：四川大学出版社有限责任公司
　　　　　地址：成都市一环路南一段 24 号（610065）
　　　　　电话：（028）85408311（发行部）、85400276（总编室）
　　　　　电子邮箱：scupress@vip.163.com
　　　　　网址：https://press.scu.edu.cn
印前制作：四川胜翔数码印务设计有限公司
印刷装订：四川五洲彩印有限责任公司

成品尺寸：170mm×240mm
印　　张：20.375
插　　页：2
字　　数：345 千字

版　　次：2024 年 5 月 第 1 版
印　　次：2024 年 5 月 第 1 次印刷
定　　价：82.00 元

本社图书如有印装质量问题，请联系发行部调换

扫码获取数字资源

四川大学出版社
微信公众号

目　录

绪　论　*1*

第一章　威廉·福克纳与中国新时期作家：影响与接受　*7*
第一节　中国新时期作家眼中的福克纳镜像　*10*
第二节　新时期作家对福克纳作品的接受　*16*
第三节　福克纳与中国新时期小说的发生　*22*

第二章　福克纳与余华小说时间观比较研究　*35*
第一节　心理时间叙述　*38*
第二节　时间与记忆　*45*
第三节　时间、重复、创造　*52*
第四节　时间与价值评判　*66*

第三章　福克纳与苏童人物形象比较研究　*75*
第一节　女性形象之透视　*78*
第二节　男性形象之透视　*86*
第三节　少年形象之透视　*93*
第四节　另类形象之透视　*106*

第四章　福克纳与贾平凹的现代英雄神话叙事比较研究　*117*
第一节　"英雄"概念的生成与流变　*120*
第二节　英雄神话及其叙事模式研究　*123*
第三节　福克纳与贾平凹的现代英雄神话　*130*
第四节　历险：重寻神性之旅　*143*

第五章　福克纳与格非小说的诗化书写比较研究　*175*

第一节　中西诗化小说概述　*180*

第二节　格非与福克纳的诗化抒情比较　*182*

第三节　格非与福克纳小说的诗化叙述比较　*199*

第四节　格非与福克纳小说的诗化修辞比较　*212*

第六章　福克纳与张炜小说文学伦理学比较研究　*221*

第一节　伦理概念界定　*225*

第二节　福克纳和张炜小说中的自我伦理选择　*226*

第三节　福克纳和张炜小说中的家庭伦理书写　*239*

第四节　福克纳和张炜小说中的生态伦理建构　*252*

第七章　福克纳与毕飞宇小说女性书写比较研究　*263*

第一节　女性书写类型比较　*266*

第二节　女性书写主题比较　*274*

第三节　女性书写叙事策略比较　*290*

第四节　女性书写之源比较　*303*

参考文献　*313*

后　记　*324*

绪　论

　　威廉·福克纳（1897—1962）是 20 世纪世界文坛最重要、最具影响力的作家之一。他一生笔耕不辍、著作等身，共创作了 19 部长篇小说、120 多篇短篇小说以及 200 多首诗歌，在戏剧、散文与电影脚本等领域亦有建树。在这些卷帙浩繁的著作中，尤为突出的是他以高超精湛的叙事艺术创造的"约克纳帕塔法"世系。福克纳在这张文学地图上，抨击罪恶的种族歧视、蓄奴制度、清教文化和妇道观念，表现出对古老南方爱恨交织的复杂情感。1949 年，他因对当代美国小说做出了艺术上无与伦比的贡献而获得诺贝尔文学奖。

　　近一个世纪以来，福克纳所创作的"约克纳帕塔法"世系小说作为一个开放的、意蕴丰富的文学世界，不但被誉为南方的寓言和传奇，而且更具有超越性的普遍意义，它以极具现代感的文体实验形式所书写的南方故事不仅展现了现代社会精神荒原的图景，而且表达了追寻"心灵真理"，重构人类精神价值的艺术理想。它不断吸引着不同时代、不同国度的读者、研究者置身其中，以求参透这座"文学里程碑"的玄机。在我国，形成了经久不衰的福克纳研究和接受热潮。

　　自 1934 年福克纳的名字首次出现在施蛰存主编的《现代》杂志上至今，中国"福学"的译介、传播和研究已经走过了八十多年的历程，取得了丰硕的研究成果，共出版福克纳传记 15 部（包括译著）、福克纳研究专著 42 部、福克纳长篇小说译作 28 部、福克纳中短篇小说集译作 13 部以及刊发数百篇福克纳研究论文。研究者们从美国南方文化、历史、宗教、种族、性别、主题类型、修辞意象、人物形象等传统研究视角，逐渐拓展到语言符号学、心理学、结构叙事学、原型批评、比较文学、生态美学、现代主义乃至后现代主义批评等多维度研究视域。

福克纳作为最早被译介到中国的西方作家之一，对中国现当代文学的发展产生了深远影响，特别是 20 世纪 70 年代末以来，福克纳的作品在国内被大量译介和研究，甚至在 20 世纪 80 年代形成了"福克纳热"。20 世纪 90 年代至 21 世纪的当下，福克纳的作品和精神遗产产生了持续影响。中国新时期作家莫言、余华、苏童、贾平凹、格非、赵玫、王安忆、迟子建、马原、郑万隆、吕新、李锐、叶兆言、刘震云、陈村、徐则臣等，在著作、随笔、访谈、书信中谈及所受外国文学影响时，福克纳的名字被提及的频率非常高，这引发了学界对福克纳与新时期作家关系研究的兴趣。从一定意义上讲，以福克纳为代表的西方现代派作家对中国新时期作家的成长和创作不但起了触媒和引领的作用，而且在深层次上激发了他们在文学观念和艺术表现手法上的全面创新和突破。本书以福克纳和中国新时期作家的关系为切入点，旨在探究中国新时期小说生成的世界性和本土性语境及动因，深入阐释其特点、规律，这对进一步蠡测中国新时期小说与西方文学及中国传统文学之间的动态关系，深化对中国新时期文学的理解具有重要的理论价值和现实意义。本书具体内容如下：

第一章"福克纳与中国新时期作家：影响与接受"从宏观层面系统、全面阐释了福克纳对中国新时期作家的影响以及后者从各自的文化语境出发对福克纳的变异接受。新时期作家各有自己眼中的福克纳镜像，对福克纳的精神遗产表达了一种共同的心灵呼应。他们基于不同的经历和阅读接受视野，对福克纳及其作品既有一些共性的感悟和理解，又存在不同的阐释视点。总体来看，福克纳对新时期作家的具体影响主要体现在以下几个方面。其一，新时期作家受福克纳"约克纳帕塔法"世系的启发，有意识建构了各自的文学世界，从乡土书写走向了对人性普遍性本质的反映。其二，新时期作家从福克纳小说意识流、时空倒置、多角度叙事等文学实验中寻找到了文体叙事创新的路径。其三，新时期作家从福克纳小说里读出了"境界和力度"、"博大"的生命意识以及"忍耐"的精神，从而对其寓言性作品中所表现的超越性内蕴产生了强烈的共鸣。

第二章"福克纳与余华小说时间观比较研究"以福克纳与余华的作品时间观透视为中心，以柏格森时间哲学作为理论基础，分析了两位作家对柏格森心理时间、直觉主义及意识流等艺术观的运用，探讨了两位作家以过去为指向的文本历史观的建构，梳理了两位作家作品主题、人物的重复与文本意蕴的内在关联性，并对其时间维度进行了评判，分析了两位作家在时间的书写中为人类不断回望传统、反观现实、找寻未来的出路所提供的可能性。

第三章"福克纳与苏童人物形象比较研究"从女性形象、男性形象、少年形象及另类形象等层面，以形象学研究为中心，透视了福克纳和苏童作品中人物形象背后深层的文化和思想内涵，分析了福克纳与苏童所构建的各类人物形象蕴含的丰富精神内涵以及悲剧性命运。

第四章"福克纳与贾平凹的现代英雄神话叙事比较研究"认为在福克纳与贾平凹的小说中均存在与中西英雄神话有相互指涉关系的中心人物及情节：福克纳的现代英雄追溯着神圣耶稣，借着 U 形叙事经历了从幽冥到救赎的历险，并最终仰赖黑人母亲打破"中心—边缘"的权力监狱，重新回归博爱的世界。贾平凹的现代英雄则以"通灵弃儿"的形象现身现代文明社会，经历了由幽冥到大荒的数次"向下转折"，最终依托民间文化及儒释道文化力量颠覆主流英雄，并重新孕育心怀人性"善"的真正英雄。而循着美国南方英雄与商州农村英雄的"诞生—历险—回归"之路，基督博爱与儒道仁爱精神也最终和合，以包容万物的本真道德共同构建真正平等、和而不同的世界。

第五章"福克纳与格非小说的诗化书写比较研究"以中西比较诗学、叙事学等为理论依据，分别从小说的抒情、叙述和修辞艺术三个方面对格非与福克纳作品中的诗化书写进行了探究。从情节虚化与心理真实、诉诸情感的形象以及融情于自然三个方面比较了两位作家小说的抒情性。从叙事层面考察了两位作家小说中的诗化叙述特征，认为他们均运用了流动视角使文本意义更为延宕，使用重复叙述的方法提高了小说的抒情浓度，另外还采用了叙述省略以留出叙述空白的方式，使主旨意义更为凸显。在诗化修辞艺术层面，该章比较了两位作家小说中的隐喻和蕴含丰富意义的意象，管窥了中西文化不同的审美意蕴。

第六章"福克纳与张炜小说文学伦理学比较研究"从"原罪阴影下的毁灭与觉醒"、"历史迷雾中的对话与反思"两个层面，对两位作家的自我伦理选择进行了比较；从"善与恶二元对立的父亲形象"、"母爱的'匮乏'与'补偿'"以及"理想两性关系的艰难追逐"三个方面对两位作家的家庭伦理观进行了探究；从生态伦理层面对两位作家的生态伦理思想进行了考察，认为两位作家基于人道主义的伦理观，在人与自我、人与人以及人与自然和谐关系的思索上存在相通性。

第七章"福克纳与毕飞宇小说女性书写比较研究"分别从两位作家笔下的女性类型、女性书写主题、女性书写叙事策略、叙事美学风格等层面进行了比较研究。在人物形象方面，分析了两位作家笔下的三类女性 ——"缺失关爱型""欲壑难填型""孤独终老型"，并比较了她们形象的异同。在主题学层面上，从"疼痛""异化"以及"人道主义"三个主题切入，探究了两位作家对女性的人道主义关怀。在叙事策略方面，认为两位作家"女性书写"的差异性首先表现在所设置的女性的"缺席"或"在场"。在福克纳笔下，女性人物或是被叙述者，自始至终都没有出场；或是处于边缘地位的"他者"，始终生活在阴影之下。毕飞宇的小说中，女性尽管在场，却依然摆脱不了话语言说的困境。福克纳为表现女性"言说"的身份缺失采用了多角度叙事的手法，毕飞宇则开创了一种介于"第一人称"和"第三人称"之间的"第二人称"叙事手法，更有利于从主客观两个方面刻画女性所处的困境和深入发掘女性的内心世界；在叙事美学风格方面，福克纳小说所书写的悲剧带着一种浓厚的历史使命感，具有古希腊英雄史诗式的悲壮、肃穆风格；而毕飞宇笔下的悲剧则带有一种"家长里短"式的悲哀色调。

就中国当代文学观念的变革而言，重新认识和解决文学创作中的"写什么"和"怎么写"是两个核心的要素。从一定意义上说，福克纳的"约克纳帕塔法"世系对中国新时期作家"写什么"产生的重要影响在于以世界文学的视角激发了新时期作家的现代民族意识和寻根情结，使其认识到文学之根只有深植于民族文化的土壤，才能达至对历史、文化、人性、生命、性、欲望等普遍性主题的诉求。同时，福克纳小说对中国新时期作家"怎么写"的启蒙促成了其文体变革意识的觉醒，其意识流、多角度叙事为中国新时期文学的由外至内的叙述转向产生了深远的影响。更为重要的是，基于中国文化和语境的视野和经验，中国新时期作家的主体性选择使其在对福克纳借鉴、接受过程中进行了变异和改制，逐渐形成了具有"中国气派"的现代主义文学，汇入了世界文学的潮流之中。

第一章

威廉·福克纳与中国新时期作家：
影响与接受

　　20世纪70年代末以降，随着各种外来哲学、文艺思潮的涌入和外国作品译介的传播，中国新时期文学在与世界文化、文学的相互碰撞、渗透和交融中，整体风貌发生了根本性变化，形成了具有中国气派，蕴含现代性主题意蕴和审美特质的文学，在此过程中，中国新时期文坛涌现出一大批在国内外具有影响力的作家，特别是莫言于2012年获得诺贝尔文学奖这一突破，标志着中国新时期作家在世界文学场域中所得到的认可。中国新时期作家的创作无论在主题意蕴的表达和文体形式的创新上都有一个质的飞跃，其文学观念的转变在很大程度上得益于外国文学的影响。[①] 中国新时期作家受外国文学和外国作家的影响是多方面、多层次的，其中美国作家威廉·福克纳是被提及最多的外国作家之一，据马原回忆，福克纳"曾经在八十年代前期的中国引起爆炸性的轰动"[②]。作为西方现代派文学重要代表性作家之一，福克纳的作品晦涩艰深，正如美国福克纳研究专家罕布林教授所言，福克纳的读者是"精英读者"而非"普通读者"[③]。福克纳为何在中国新时期文学中受到作家们的"追捧"？这一现象引人深思。事实上，在新时期文学发展的早中期，福克纳不但对莫言、余华、苏童、贾平凹、格非、赵玫、马原、迟子建、郑万隆、吕新、李锐、叶兆言、陈村、刘震云、阿来等作家在文坛创建各自的文学天地产生了直接或间接的影响，而且对其后的青年作家如徐则臣、双雪涛等人的创作也有一定程度的影响。从中可以看出，福克纳对中国新时期作家的影响并非昙花一现，而是渗透于新时期文学的各个时期，这一影响和接受关系值得深入探究。

---

　　① 李萌羽：《中国新时期作家与福克纳》，《东方论坛》2021年第1期。
　　② 马原：《小说密码——一位作家的文学课》，作家出版社2009年版，第325页。
　　③ 李萌羽：《福克纳研究在美国——罗伯特·罕布林教授访谈》，《跨文化沟通与中西文学对话》，中国社会科学出版社2017年版，第192页。

第一节
中国新时期作家眼中的福克纳镜像

中国"新时期文学"这一概念、命名以及文学史意义在学界得到了普遍认可，它主要指 20 世纪 70 年代末以来至今的中国当代文学，"新时期"之"新"主要体现在小说意识、主题意蕴和艺术性等方面，它张扬了"文学是人学"这一根本性主题的书写，继承了"五四"文学的启蒙现代性叙述，并在立足本土文化，借鉴各种外来思潮、文学的过程中获得了审美现代性的合法叙述，在这一过程中涌现出了王蒙、刘心武、宗璞、张承志、冯骥才、莫言、余华、苏童、贾平凹、韩少功、王安忆、格非、赵玫、迟子建、马原、刘震云、阿来、郑万隆、吕新、李锐、叶兆言、陈村、毕飞宇、李洱、徐则臣等一大批在国内外产生广泛影响的作家，构成了中国新时期文学的蔚然景观，本书关于福克纳与新时期小说的研讨也正是在此范畴下展开的。

一些学者和作家认为马尔克斯的《百年孤独》对新时期文学的影响最大，其实，马尔克斯的创作受到了福克纳很大的影响，从此意义上说，新时期文学通过马尔克斯间接受到了福克纳的影响。对于这一点，兼有作家和学者双重身份的格非比较了解，他说，"马尔克斯所师承的欧美现代主义叙事大师，既不是詹姆斯·乔伊斯，也不是马塞尔·普鲁斯特，而是弗兰茨·卡夫卡、弗吉尼亚·沃尔芙、威廉·福克纳、海明威、胡安·鲁尔弗。卡夫卡教会了他如何通过寓言的形式把握现代生活的精髓，并帮助他重新理解了《一千零一夜》的神话模式，打开了一直禁锢他想象力和写作自由的所罗门瓶子。威廉·福克纳则给他提供了写作长篇小说的大部分技巧，福克纳那些描写美国南方生活的小说充满阴郁、神秘的哥特情调，坚定了马尔克斯重返根源的信心；而且福克纳那庞大的'约克纳帕塔法世系'也在刺激着他的野心。在很长一段时间内，他都在追随福克纳，甚至还按照他的教导，尝试在妓院中写作。"① 余华也曾提及福克纳戏谑写作应该在妓院进行的典故，说他"曾经在文章里读到威廉·福克纳经常在傍晚的时候，从奥克斯福开车到孟菲斯，在孟菲斯的酒吧里纵情喝酒到天亮。他有过一句名言，他说作家的家最好安在妓院里，白天寂静无声可以写作，晚上欢声笑语可以生活"②。这种评论当然带有夸张和调侃的成分，但可以看出马尔克斯和余华等新时期作家对福克纳的熟悉程度。

实际上，马尔克斯本人在《番石榴飘香》中坦率承认福克纳对他创作的影响，"可能会在我的早期作品中看出我是受了他的影响……因为在我创作的初期，由于需要而借鉴了他的东西。"③ 马尔克斯第一部小说《枯枝败叶》模仿了福克纳《我弥留之际》的创作技巧，通过棺材里的一具尸体发出的曲折独白追溯了一家三代人的命运，与《我弥留之际》的主题和情节设置有异曲同工之妙。

受福克纳"约克纳帕塔法"世系小说的影响，马尔克斯也虚构了一个家乡小镇马孔多，以魔幻现实主义的表现手法，展现了 20 世纪上半叶哥伦比亚乃至整个拉丁美洲封闭、落后、衰败的图景。马尔克斯的代表作《百年孤独》以马孔多镇为背景书写了布恩地亚家族七代人的命运，从政治、经济、文化等方面剖析了拉美社会的现实和精神痼疾。孤独成为这个家族每个人共同的精神特质，该小说所表现的孤独，不仅是马孔多小镇人的孤独，更是人类心灵深处普遍存在的孤独。因为有这种师承关系，马尔克斯的创作中有很多对福克纳的模仿和借鉴，"加西亚·马尔克斯的小说在主题、题材和深层意识上与福克纳的作品极为神似"，"如果加西亚·马尔克斯没有从福克纳的作品中得到启示，很难想象他能到达辉煌的今天"。④

---

① 格非：《博尔赫斯的面孔》，译林出版社 2014 年版，第 155 页。
② 余华：《奥克斯福的威廉·福克纳》，《上海文学》2005 年第 3 期。
③ 转引自李德恩：《拉美文学流派的嬗变与趋势》，上海译文出版社 1996 年版，第 39 页。
④ 同上，第 39 页。

莫言在《两座灼热的高炉——加西亚·马尔克斯和福克纳》一文中，详细谈到了他早期创作所受到的马尔克斯和福克纳的影响，指出自己在 1985 年，写了五部中篇和十几个短篇小说，"它们在思想上和艺术手法上无疑都受到了外国文学的极大的影响"①。其中对他影响最大的两部小说是马尔克斯的《百年孤独》和福克纳的《喧哗与骚动》。莫言指出，"《百年孤独》这部标志着拉美文学高峰的巨著，具有惊世骇俗的艺术力量和思想力量。它最初使我震惊的是那些颠倒时空秩序、交叉生命世界、极度渲染夸张的艺术手法。"② 这些艺术创作技巧，如打乱时空次序，运用多重人物叙述视角也是福克纳小说的一些显著特点。莫言认为艺术技巧终归是属于表层面的，《百年孤独》给他更大的启示在于马尔克斯独特的认识世界和人类的方式，"他之所以能如此潇洒地叙述，与他哲学上的深思密不可分。我认为他在用一颗悲怆的心灵，去寻找拉美迷失的温暖的精神的家园。他认为世界是一个轮回，在广阔无垠的宇宙中，人的位置十分渺小。他无疑受了相对论的影响，他站在一个非常的高峰，充满同情地鸟瞰着纷纷攘攘的人类世界"③。莫言还盛赞福克纳的《喧哗与骚动》是一部"同样伟大的著作"，最初让他注意这部作品的是其艺术上的特色，但他又觉得这些艺术技巧，"委实是雕虫小技"，他更为欣赏《喧哗与骚动》回响的双重基调，"应该通过作品去理解福克纳这颗病态的心灵，在这颗落寞而又骚动的灵魂里，始终回响着一个忧愁的、无可奈何而又充满希望的主调"④。在此，莫言对福克纳《喧哗与骚动》深层意蕴的理解是比较准确的，他洞察到福克纳对南方的复杂情感以及超越苦难的乐观主义精神。在论及莫言所受到的福克纳和马尔克斯两座"高炉"影响的深远意义时，一位评论者指出："对莫言来说，马尔克斯和福克纳与其说代表了种种具体而微的技巧，不如说是更宽泛意义上的文学的自由和解放的象征。他们就像是化学反应中的触媒，能够催化反应的发生，但本身并不直接变成反应的结果。莫言犹如蓄势待发的反应体系，两座'高炉'激活了他多年的生活经验，引爆了绵绵不绝的连锁

---

① 莫言：《两座灼热的高炉——加西亚·马尔克斯和福克纳》，《世界文学》1986 年第 3 期。
② 同上。
③ 同上。
④ 同上。

反应。"①

　　还有一个有趣的现象是，新时期很多作家喜欢把福克纳和海明威做比较，海明威广为中国读者和作家所熟知，然而新时期一些作家似乎更为推崇福克纳，认为他在美国乃至世界的影响要胜过海明威。马原在《小说密码——一位作家的文学课》中对美国作家做了细致的比较分析，他指出，第二次世界大战前后，整个欧洲从一次灾难走向另一次灾难，美国的文学走入了自己的一个新的蛰伏期。美国的主要作家成了世界上最著名的小说家，像海明威、辛克莱·刘易斯、考德威尔等。这时在美国南方悄悄地出了一个让全世界都瞠目结舌的大作家福克纳。② 他认为福克纳不在传统的美国主流文学之内，在美国本土的影响并不很大，反而在大洋彼岸的欧洲，赢得了很多作家和读者的关注，故马原特别看重福克纳在国际上的文学地位，认为福克纳是现代主义运动在美国乃至在全球最著名的小说家。海明威在美国成名更早，而获得诺贝尔文学奖的时间却比福克纳要晚几年，马原认为福克纳取得的成功甚至让海明威嫉妒，因为福克纳更早得到了国际文坛的认可。马原还进一步比较了两位作家不同的创作风格，"福克纳的小说和海明威的小说可以说是两极，是完全不同的两种写作。福克纳的小说里面枝枝蔓蔓缠绕在一起非常繁复非常丰满，而海明威的小说可以用一个'瘦'字来形容，他几乎就没有一点多余的东西，就像骨架，像一棵不长树叶的树"③。马原形象地对两位作家繁复与简约的不同文体风格进行了分析，显然他更为欣赏福克纳的创作风格。

　　李锐似乎也偏爱福克纳，而对海明威颇有微词，他同样谈到福克纳在国际上受到重视，而在本国被忽视的情况，"我想，当初海明威在美国的大红大紫，和福克纳当初在美国本土的被忽视，最典型不过地说明了美国人的民族性格。（据说，福克纳还活着的时候他的书竟然在美国绝了版。福克纳是在欧洲轰动了之后，美国人才恍然大悟：原来自己家里放着个大国宝。而这个国宝后来果然比海明威先得了诺贝尔文学奖。）海明威是个硬汉，而且是个很善于推销自己的硬汉，他在把自己同莫泊桑、司汤达、塞万提斯相提并论的时候，用的都是拳击术语……而福克纳正好相反，总是说自己是个种庄稼的农民，总是

① 严锋：《跨媒体的诗学》，复旦大学出版社 2013 年版，第 30 页。
② 马原：《小说密码——一位作家的文学课》，作家出版社 2009 年版，第 325 页。
③ 同上，第 326 页。

远远地躲着批评家和新闻界，连总统请客吃饭也遭了他的闭门羹。"① 李锐认为海明威如果没有《老人与海》，连和福克纳比的资格也没有。他还指出，"对于福克纳的忽视是致命的，它再清楚不过地暴露出美国的短视和浅薄。在欧洲中心主义的文化鄙视中煎熬的美国人，本来是可以因为有了福克纳而站起来自豪一次的。可惜，福克纳的产生和存在，只为美国做了反证，而且是无可辩驳的反证。这真是一个民族的悲哀。"② 总之，李锐为美国曾经一度忽视福克纳而感到惋惜。

赵玫也认为福克纳在国际上的影响力要远高于海明威，"而此时 34 岁的福克纳依旧老老实实地待在他的奥克斯佛（奥克斯福），但却已经写出了诸如《喧哗与骚动》《我弥留之际》那样的伟大作品，并名扬欧洲。以至于连萨特都不得不承认，'在法国年轻人的心目中，福克纳就是神'，可见他在法国乃至欧洲的名气，是在长年生活在欧洲的海明威之上的。"③ 福克纳在三十多岁的时候就写出了《喧哗与骚动》《我弥留之际》等传世之作，确实彰显了一位大作家的才华，从而引发了诸多新时期中国作家对福克纳的追捧和认同。赵玫对福克纳与海明威的创作也进行了比较，认为"福克纳是那种用他的头脑和文字创造艺术的艺术家；而海明威，则是用生命本身创造艺术的艺术家。"④ 福克纳"用头脑和文字创造艺术"凸显了福克纳艺术创作的想象力和创造力，海明威"用生命本身创造艺术"则强调了海明威创作与人生经历和生命体验之间的关系。

格非对福克纳和海明威的评价相对客观，似乎并没有带更多个人的偏爱，他也谈到了福克纳和海明威的较量，"威廉·福克纳曾经公开批评海明威'重复'、'缺乏创新的勇气'。海明威曾在不同的场合对福克纳反唇相讥，但对这种批评本身始终未做正面的答复。从某种意义上来说，海明威完全知道自己的宿命"⑤。他对比分析了海明威的早期作品《在印第安人营地》以及后期的小说《老人与海》，发现海明威所有的小说都包含了同一个故事内核，"在海明

---

① 李锐：《终于过了青春期的美国》，《天涯》1986 年第 2 期。
② 同上。
③ 赵玫：《赵玫文化随笔：Key West 的灯塔（上）》，《世界文化》2015 年第 11 期。
④ 同上。
⑤ 格非：《小说叙事研究》，清华大学出版社 2002 年版，第 56 页。

威的作品中，始终存在着两种基因的根本对立：拳击手的僵持，战争中的敌对双方，人与自然的搏斗等等。正是通过两个人物对这种对立的不同态度，作者成功地向读者阐述了他对世界图景的看法与立场"①。

在格非看来，尽管福克纳批评海明威写作中存在重复，而在他本人的一系列作品中，这种"重复描述"的故事内核同样存在，只不过福克纳的作品与海明威的小说相比，"故事线索更为复杂，技巧更加多变"②。格非把福克纳的短篇小说《献给爱米丽的一朵玫瑰花》和长篇小说《喧哗与骚动》做了对比，认为前者"出现的对一个时代的消失所唱的挽歌是由爱米丽小姐乖戾的行为和晦阴的心理说出的，而在《喧哗与骚动》中，这一旋律又一次以'家族衰败'的形式奏出。"③ 他认为不同的是福克纳在《喧哗与骚动》中对"衰败"的叙述分内外两条主线，"这种衰败是以客观世界的变化和家族内部个人的精神颓丧、崩溃、分裂双重线索来展现的，而家族内部的分崩离析又带有某种'乱伦'的特征"④。格非在此只提到了福克纳的两部小说，其实他的诸多作品如《押沙龙，押沙龙！》《我弥留之际》《圣殿》《八月之光》都存在这样一个衰败的主题。因而，格非通过对海明威与福克纳小说的比较与归纳，发现了"在作家一生的创作中必然存在着某种联系，在各个不同的故事中，也存在着一个基本的'内核'"⑤这一文学创作规律。他的这一阐释对帮助读者和研究者从整体上把握作家笔下一以贯之的"作品的内核"有很大的启发性。格非进而强调，"作家从事于写作的基本理由之一，就是力图通过写作将某种隐藏在心中的意图呈现出来。也许他最终并不能彻底完成这一任务，但这种努力构成了作品与作品之间似断若连的链索，作家经由这条链索传达出他对生活着的这个世界（包括历史）所表明的态度，以及其他丰富的信息。"⑥

应该指出的是，无论是福克纳、马尔克斯还是海明威，他们的创作各有其优长和特色，作为研究者应摒弃上述一些作家喜爱福克纳和轻视海明威的偏见。笔者认为，新时期作家偏爱福克纳的一个原因可能在于其作品主题意蕴的

---

① 格非：《小说叙事研究》，清华大学出版社 2002 年版，第 56 页。
② 同上，第 56 页。
③ 同上，第 56 页。
④ 同上，第 56 页。
⑤ 同上，第 56 页。
⑥ 同上，第 60 页。

丰富性以及艺术形式的创新性。而海明威的小说，与福克纳的作品相比，因缺乏一定的历史纵深感，以及电报体的语言风格等，不能很好地满足新时期作家对文学创作深层变革的要求，故出现了福克纳更为新时期作家所青睐的现象。

第二节
新时期作家对福克纳作品的接受

从新时期作家对福克纳作品的接受来看，福克纳长篇小说《喧哗与骚动》与《我弥留之际》阅读面和接受度最高，其次是短篇小说《献给爱米丽的一朵玫瑰花》，此外《八月之光》《熊》《公道》等小说也被偶尔提及，但即便是对福克纳的同一部作品，作家们的欣赏趣味也存在一定的差异性。

《喧哗和骚动》是福克纳最具有代表性的作品，也是新时期作家"津津乐道"的一部作品。莫言觉得阅读此小说没有什么障碍，"许多人都认为他的书晦涩难懂，但我却读得十分轻松。我觉得他的书就像我的故乡那些脾气古怪的老农的絮絮叨叨一样亲切，我不在乎他对我讲了什么故事，因为我编造故事的才能决不在他之下，我欣赏的是他那种讲述故事的语气和态度。他旁若无人，只顾讲自己的，就像当年我在故乡的草地上放牛时一个人对着牛和天上的鸟自言自语一样。"[1]对莫言来说，初读《喧哗和骚动》给他带来了一种文学观念的解放，这部作品使他醍醐灌顶，他回望故土，找到了取之不尽、用之不竭的写作宝库。后来他坦率承认自始至终没有读完《喧哗与骚动》，但《喧哗与骚动》对他文学经验的唤醒产生了不可估量的作用。在前面所提及的《两座灼热的高炉——加西亚·马尔克斯和福克纳》一文中，莫言评析《喧哗与骚动》时指出，"过去的历史与现在的世界密切相连，历史的血在当代人的血脉中重

---

① 莫言：《用耳朵阅读》，作家出版社 2012 年版，第 25－26 页。

复流淌，时间像汽车尾灯柔和的灯光，不断消逝着，又不断新生着。"① 莫言参悟了福克纳在该小说中所表现的时光流逝，过去和现在之间相互影响等主题，故，他对《喧哗与骚动》的理解非常精辟。他的《红高粱家族》《丰乳肥臀》《生死疲劳》等小说中也同样表达了对过去和现在相互关联的思考。在该文中，莫言总结道，"去年一年，在基于上述认识的基础上，我认为我的作品中对外国文学的借鉴，既有比较高级的化境，又有属于外部摹写的不化境。"② "化境"是莫言在文学借鉴中最高层次的写作追求，他希望自己能够摆脱单纯模仿的局限，达至入乎其内、出乎其外的境界。

赵玫对福克纳的喜爱是从阅读《喧哗与骚动》开始的，"我是一字一句地读完这本书的，之后随手即可翻到我想要找到的任何章节。阅读中总有血液在燃烧的那种陌生而又令人悸动的感觉。我对这本书偏爱到一种固执，甚至心怀某种宗教感"③，她感到幸运的是，一开始写作就读到了福克纳的《喧哗与骚动》，对艺术的探索因之受到了福克纳较大的影响，她认为，福克纳"在艺术的表现方面，他无疑是一个更具探索精神的大胆的尝试者。《喧哗与骚动》堪称福克纳意识流小说的登峰造极之作。"④ 后来在随笔《一本打开的书》中，赵玫重申了此书对于她的意义，"我再度倾诉这本书之于我的生命的重要性。这里没有一丝夸张。我确实一直视这本书为生命的一部分。那很重要的部分。我最早读这本书的时候，已经是 1986 年。不那么早了。但我却在那个时刻震颤起来，我感觉得到那种身体的抖动。几乎周身的血液都在沸腾"⑤。她还用诗意的语言具体描述了对这部小说的印象和体悟，"《喧哗与骚动》是一首忧伤而残酷的长诗。关乎灵魂的。有点像黑人的灵歌。那种蓝调。其中最著名的描写，是昆丁在自杀之前，面对河水所听到的那清晰的催促着生命的表的嘀嗒声，以及白痴班吉的呓语。在随时转换的时态中，他深怀悲哀。昆丁自杀前的那段意识流的描写堪称经典。表针走动的声响。河水。望着河水。日期的行进。河水的光反照上来。意识中的爱情始于凯蒂。无以解脱的乱伦的折磨。最

---

① 莫言：《两座灼热的高炉——加西亚·马尔克斯和福克纳》，《世界文学》1986 年第 3 期。
② 同上。
③ 赵玫：《美利坚夜空中最辉煌的星座》，《世界文化》2015 年第 3 期。
④ 赵玫：《灵魂之光》，河南文艺出版社 2002 年版，第 7 页。
⑤ 赵玫：《一本打开的书》，春风文艺出版社 1994 年版，第 111 页。

终解脱。跳下去。亦是唯一的结局。从此世间不再有昆丁。福克纳就是以这种流水的意绪，解释了一个爱情和精神追求者崩溃的全部过程"①。在此，赵玫解读了小说中的一个经典片段，即昆丁自杀前在河水旁意识的流动，分析了钟表和流水两个意象所指向的时间和死亡，把昆丁对凯蒂的那种含混、复杂的情感以及由此走向的毁灭做了深度剖析，尽管其中对昆丁情感的解读有某种程度的误读。事实上，昆丁所要守护的是凯蒂的贞洁，即南方传统文化的象征，他对她的情感不是爱情。

阎连科在与文学博士梁鸿的对话录中，特别谈到了他对福克纳不同作品阅读和接受的情况，"我至今没有看完《喧哗与骚动》，而他的《八月之光》、《熊》、《我弥留之际》，我却看得津津有味。为什么没有看完《喧哗与骚动》，我却说不清，不知道为什么。"② 阎连科认为其中存在契机，"有时候，一部好的作品与作家产生碰撞是需要契机的，尤其那种灵魂的碰撞，是需要灵魂沟通的契机。如果有了这种契机，可能你读几页、甚至几行就使你领会了他作品的全部。之所以你还要把他的作品继续读下去，仅仅是为了证明那种契机、沟通的正确。"③ 从中可以看出，一部作品和作家的相遇既是一种缘分，更是一种心灵的碰撞和沟通。

余华则对《我弥留之际》的结尾印象深刻，在《永存的威廉·福克纳》的一文中，他写道：

> 就像《我弥留之际》里那一段精彩的结尾——
> "这是卡什、朱厄尔、瓦达曼，还有杜威·德尔，"爹说，一副小人得志、趾高气扬的样子，假牙什么一应俱全，虽说他还不敢正眼看我们。"来见过本德仑太太吧，"他说。

余华在文中直接引用了上述《我弥留之际》结尾的段落，认为福克纳写

---

① 赵玫：《美利坚夜空中最辉煌的星座》，《世界文化》2015 年第 3 期。

② 阎连科、梁鸿：《巫婆的红筷子：作家与文学博士对话录》，春风文艺出版社 2002 年版，第 95－96 页。

③ 同上，第 96 页。

的精彩篇章让"我们着迷"，并指出"它们之所以精彩是因为它们其实就是生活"①。由此可见，余华对《我弥留之际》这部作品了然于心。

在《八位作家和二十四本书》一文里，吕新将《喧哗与骚动》《我弥留之际》《百年孤独》《魔山》《乞力马扎罗的雪》等世界文学名著称为"不朽的峰峦"，并且重点评析了福克纳的《喧哗与骚动》《我弥留之际》，他认为福克纳在《喧哗与骚动》中把"廉耻与怀疑像南方潮湿的龙舌兰一样时刻交织、攀援在他的意识里。有时，即使面对迪尔西这样的女人时，他也不免会感到拘谨。为什么？因为他成功地将人格与伟大的尊严赋予了她。"而在分析《我弥留之际》时，吕新又指出，"从本德仑到他的女儿杜威德尔，甚至小儿子朱厄尔，又无一不在用各自的生命印证着陀思妥耶夫斯基的一个痛苦：被侮辱与被损害的。"② 吕新对福克纳的上述两部重要代表作的理解非常透彻，他洞察了福克纳小说所书写的南方特质以及不同人物的精神内核。

阿来似乎也很偏爱《我弥留之际》。他说："其实我写小说最早受的是《鱼王》的作者阿斯塔菲耶夫的影响。当然，在不久之后，我就改变了我的'精神之父'，但每一个作者的影响，换言之，对每个作家的喜欢都是阶段性的。我不认为海明威的长篇小说写得多么出色，我喜他《亚当·尼克斯故事集》以及《屹力马罗之雪》这样的短篇。再后来，喜欢福克纳，他的《喧哗与骚动》固然有特点，但更震撼我的却是《我弥留之际》。"③《我弥留之际》看似荒诞不经却直抵真实人性的寓言性书写，在新时期作家心中唤起了强烈的情感共鸣，所以得到了诸多作家的关注。

《献给爱米丽的一朵玫瑰花》是福克纳最具代表性的一部短篇小说，自1930 年 4 月在《论坛》杂志上发表以来，引发了持续关注。小说从爱米丽的死亡写起，借两代人的回忆表现了爱米丽身处社会转型时期的精神异化状况，成为福克纳探讨新与旧、传统与现代关系的经典之作。

苏童非常欣赏福克纳的这部短篇名作，因为《献给爱米丽的一朵玫瑰花》

①　余华：《永存的威廉·福克纳》，见《环球时报》编辑部编：《二十世纪外国文学回顾——〈环球时报〉国际文化备忘录》，人民文学出版社 2001 年版，第 53 页。
②　吕新：《八位作家和二十四本书》，《花城》1998 年第 3 期。
③　冉云飞、阿来：《通往可能之路——与藏族作家阿来谈话录》，《西南民族学院学报》（哲学社会科学版）1999 年第 5 期。

与他喜爱的《伤心咖啡馆之歌》"读来有息息相关之气",并且他认为后者可能借鉴了前者,"从写作时间上推断,《伤心咖啡馆之歌》有可能是受了这一朵'玫瑰'的影响,但这不是我要探讨的问题,我一直想努力和读者一起弄清楚的是:一部好小说的外部动力可不可以是二流的甚至不入流的小说?众多热爱福克纳的人会下意识地反问,为什么把低级的哥特式小说与伟大的福克纳相比呢?我打赌这不会是福克纳先生本人的反应。最优秀的作家在写作上可能是最民主的最无成见的,不耻下问不仅是人生态度也是一种艺术态度。"① 在此,苏童似乎认为哥特小说属于"低级"艺术形式,其实,哥特小说是美国文学的一个传统,哥特小说也并不必然就是"低级"的。相反,哥特元素的巧妙运用会凸显小说的特色。苏童还把《献给爱米丽的一朵玫瑰花》这部短篇经典之作和福克纳的长篇小说做了进一步比较,"《玫瑰》(《献给爱米丽的一朵玫瑰花》)区别于福克纳其他波澜壮阔深刻沉重的长篇巨制,显得那么精致易读,在我看来,与其说他借助了哥特式小说阴沉怪诞的叙述气氛,不如说是这类小说中人物推开沉重大门的动作给了他非凡的灵感,于是他在短短的篇幅中完成了两个推门动作,一扇门是爱米丽小姐居住的破败宅屋的尘封之门,还有一扇门是爱米丽小姐的内心之门,这么直接,这么精妙绝伦,我们最后看见的是比《伤心》(《伤心咖啡馆之歌》)的结尾更加惊人的场景,看见爱米丽小姐尘封四十年的房间,死去多年的情人依然躺在她的床上,看见'一缕长长的铁灰色头发',爱米丽小姐其实也是躺在那儿的,她的内心一直孤独地躺在那儿,是一颗世界上最孤独的女人之心。读哥特式小说是要让你害怕的,《献给爱米丽的一朵玫瑰花》当然也让人害怕,不过由于圣手点化,恐惧不是因为恐惧引起,是为了一种尖锐的孤独和悲伤。"② 苏童通过对爱米丽两个推门动作的细致解读,揭示了爱米丽对爱情的坚守和决绝以及深藏于内心的孤独和悲伤,他对此细节的精辟阐释参透了小说的巧妙、深邃之处。

赵玫则直接把《献给爱米丽的一朵玫瑰花》写到了她的小说里,"女人在说着这些的时候并不知道还有一位叫福克纳的美国作家,更不知道还有一篇叫作《献给爱米莉的玫瑰》的小说。那是女人后来才知道的故事。在曼菲斯。

---

① 苏童选编:《影响了我的二十篇小说·外国卷》,百花文艺出版社 2005 年版,序言。
② 同上,序言。

一个富家的老姑娘为了永远占有一个男人而杀了他。让他被风干了的尸体永远在床上陪伴着她。直到她自己也已经死去。女人不知道福克纳笔下的这个因爱而杀人的残酷的故事。如果男人不再属于她，她就会杀了他的想法是女人自己的，是她真实的愿望。她于是才会把他们之间的关系总是搅得像风暴一样。席卷而来连天和地的位置都颠倒了，连世界都疯狂地翻转了"①。因为对福克纳的小说非常熟悉，赵玫把爱米丽的故事水乳交融地搬进了自己的小说，她试图以此来分析爱情在女人情感中的重要地位，以及女人为了爱情不顾一切去占有而酿成的悲剧。

除了《喧哗与骚动》，莫言还很欣赏福克纳的短篇小说《公道》的结构艺术，1985 年前后莫言读到了福克纳这篇小说，此后他把它列为对自己影响最大的 10 部短篇小说之一，并选入《锁孔里的房间 影响我的 10 部短篇小说》一书里。在此书的前言，他专门写了一篇评析性文章，对选入的 10 部短篇小说一一做了介绍，"福克纳是许多作家的老师，当然也是我的老师。他肯定不喜欢招收一个我这样的学生，但作家拜师不需磕头，也不需老师同意。福克纳的这篇《公道》在他的短篇小说里并不是最有名的，我之所以喜欢它并要向读者推荐，是因为这篇小说的结构。福克纳的长篇和中篇大都有一个精巧的结构，但他的短篇不太讲究结构，《公道》是个例外，《献给艾米莉的玫瑰花》当然也不错，但我认为不如《公道》巧妙。他用一个孩子的口气讲述了一个孩子听爷爷庄院的佣人山姆·法泽斯孩童时代从他的父亲的朋友赫尔曼·巴斯克特那里听来的关于他的父亲和他的母亲等人的故事，所谓的小说结构的'套盒术'大概就是这个样子。从某种意义上说，这个结构就是福克纳历史观的产物。小说中关于爸爸与黑人斗鸡、与黑人比赛跳高的情节富有喜剧性而又深刻无比，就像刻画人物性格的雕刀。"② 莫言从中领悟到了此短篇小说在艺术结构上的别具一格，并且归纳了"套盒术"形式特点所折射的福克纳的历史观以及独特的喜剧性情节。莫言对此小说的"发现"和评析具有一定的开创性。

由前文观之，福克纳对中国新时期文学的影响从 20 世纪 70 年代末开始一

---

① 赵玫：《爱一次，或者，很多次》，四川文艺出版社 2006 年版，第 16 页。
② 莫言：《锁孔里的房间 影响我的 10 部短篇小说》，新世界出版社 1999 年版，第 6 - 7 页。

直持续到 21 世纪的当下，他的影响是持久而深远的。中国新时期作家基于自己的经历和阅读视野，对福克纳的接受既有一些共性的感悟和理解，又存在不同的阐释视点和偏好。其中一个焦点问题为：福克纳是如何促进新时期小说发生的？下文将具体展开分析。

第三节
福克纳与中国新时期小说的发生

新时期文学面临的两个核心议题是"写什么"和"如何写"，而福克纳对新时期作家的重要影响集中体现在以下两个方面。其一，福克纳"约克纳帕塔法"世系小说对新时期寻根文学的发生起到了催化剂的作用，对其立足一方水土，在地域和民族文化的寻根和省思等层面上均产生了深远的影响。其二，福克纳作品中的象征隐喻、多角度叙述、意识流以及时空倒置等现代派艺术表现形式对新时期"先锋文学"的发生同样起到了促进的作用，特别是他的小说在语言表达、感觉诉诸、意识流叙事、多角度叙述等方面，对渴望突破和创新的中国新时期作家解决如何写的问题提供了借鉴的摹本，从而对新时期小说的文体革新产生了重要影响。

1. 福克纳与新时期"寻根小说"的发生

福克纳多次提及他虚构的"约克纳帕塔法"世系，他也因描写这块"像邮票那样大小的故土"而蜚声世界文坛。福克纳的"约克纳帕塔法"世系为诸多中国作家所熟知，它唤醒了中国新时期作家的创作主体意识，不但促生了新时期"寻根文学"思潮，而且对韩少功、莫言、苏童、贾平凹、阿来、郑万隆等中国新时期作家聚焦乡土中国一方水土的书写起了引领作用。

1985 年韩少功率先在一篇纲领性的文章《文学的"根"》中指出，"文学有根，文学之根应深植于民族传统的文化土壤中。"他在 2013 年发表的《文学寻根与文化苏醒》一文中，进一步阐释了文学寻根所包孕的"本土文化"与"现代文化"之间的辩证关系，"事实上，'寻根'不仅是一个文学的话题，也是影响遍及一切文化艺术领域的话题，其要点是我们如何认识和利用本土文化资源，并且在这一过程中有效学习包括西方在内的全人类一切文明成果，投入现代人的文化创造。"① 有鉴于此，笔者认为，"寻根不仅涉及到'新'与'旧'的问题，在全球文化语境下，还关乎到'东方文化'与'西方文化'以及如何面对多种文明之关系等命题。"② 韩少功给出的答案是："在我的理解中，中西文化从来都不是一个非此即彼的关系，恰恰相反，是一个相得益彰的关系，互相激发和互相成就的关系。"③

　　韩少功的《爸爸爸》被视为新时期寻根文学的代表作，尽管韩少功没有直接提及他所受到的福克纳的影响，但在这部小说中，我们可以看到它与《喧哗与骚动》以及《我弥留之际》的"相得益彰的关系"。丙崽智力低下，和《喧哗与骚动》中的班吉一样，是一个智力缺陷者，其身体上和精神上处于停滞生长的反常规状态，韩少功通过对湘西鸡头寨落后、畸形、僵化文化的书写，隐喻了他对民族文化的反思。丙崽和班吉都被塑造成智力缺陷者的形象，但又都被赋予了异于常人的禀赋，笔者曾在一篇文章中指出，"从一定意义上说，班吉是一个失去了语言和行动能力的'耶稣'的象征，对充满喧哗与骚动的世界无力干预，只能发出没有意义的嚎叫。丙崽也和班吉一样没有与外界沟通、对话的能力，但他又是唯一能'看见'鸡头寨'鸟'的图腾的人，而且具有顽强的生命力，被赋予某种超自然的能力。痴呆和神谕、诙谐和神圣等对立因素在《喧哗与骚动》与《爸爸爸》这两部作品中也是奇妙并置，形成一种强烈的反讽效果"④。而且笔者认为《爸爸爸》与《我弥留之际》亦可作为互文性文本来阅读，两部小说都写了身处特定地域的人们所遭遇的种种磨难和失败，不合常规的信仰和行为，在盲目无知的状态下所犯的错误、所付出的沉重代价，以及他们面对挫折的勇气和尊严，从此意义来说，他们的故事是

① 韩少功：《文学寻根与文化苏醒——在华中师范大学的演讲》，《新文学评论》2013 年第 1 期。
② 李萌羽、温奉桥：《威廉·福克纳与中国新时期小说的文化寻根》，《山东师范大学学报》（人文社会科学版）2019 年第 1 期。
③ 韩少功：《文学寻根与文化苏醒——在华中师范大学的演讲》，《新文学评论》2013 年第 1 期。
④ 李萌羽、温奉桥：《威廉·福克纳与中国新时期小说的文化寻根》，《山东师范大学学报》（人文社会科学版）2019 年第 1 期。

人类的缩影。"尽管韩少功的《爸爸爸》与福克纳的《我弥留之际》在题材和人物塑造上因中美文化的不同存在着很大的差异性，但在通过乡土寓言性故事表现人类的失败、堕落与庄严、责任之杂糅关系上又有着一定程度的相似性。"①

在中国新时期作家中，莫言常被归为寻根派文学的代表性作家，特别是他创作的《透明的红萝卜》《红高粱家族》《酒国》《丰乳肥臀》《檀香刑》《生死疲劳》《蛙》等以"高密东北乡"为背景的作品，带有鲜明的地域文化特色，而莫言"高密东北乡"王国的建立，则直接受到了福克纳"约克纳帕塔法"世系的触发。

在上文提及的《两座灼热的高炉——加西亚·马尔克斯和福克纳》一文中，莫言认为在创建"高密东北乡"的过程中，马尔克斯和福克纳给了他重要启发，受两位作家的影响，莫言立下了文学创作的整体性目标："一，树立一个属于自己的对人生的看法；二，开辟一个属于自己领域的阵地；三，建立一个属于自己的人物体系；四，形成一套属于自己的叙述风格。"② 莫言的《红高粱》可谓是一部践行其创作理念，为其赢得了世界声誉的作品，该小说于1986 年发表在《人民文学》杂志上，在日后谈及《红高粱》的创作时莫言特别强调了文学寻根的重要意义，"我赞成寻'根'……每个人都有自己对根的理解。我是在寻根过程中扎根。我的'红高粱'是扎根文学。我的根只能扎在高密东北乡的黑土里，我爱这块黑土就是爱祖国，我爱这块土地就是爱人民"③。莫言从此和福克纳一样，开启了文学的寻根之旅。

1997 年，为纪念福克纳一百周年诞辰，莫言受邀撰写了《说说福克纳老头》一文，他谈到十几年前，买了一本福克纳的《喧哗与骚动》，他回忆道，首先读了该书译者李文俊先生长达两万字的前言，"李先生在前言里说，福克纳不断地写他家乡那块邮票般大小的地方，终于创造出一块自己的天地。我立刻感受到了巨大的鼓舞，跳起来，在房子里转圈，跃跃欲试，恨不得立即也去

① 李萌羽、温奉桥：《威廉·福克纳与中国新时期小说的文化寻根》，《山东师范大学学报》（人文社会科学版）2019 年第 1 期。
② 莫言：《两座灼热的高炉——加西亚·马尔克斯和福克纳》，《世界文学》1986 年第 3 期。
③ 莫言：《十年一觉高粱梦》，《中篇小说选刊》1986 年第 3 期。

创造一方属于我自己的新天地"①。莫言的上述一番话道出了《喧哗与骚动》对他创造文学新天地的唤醒，正是受此激励，他才把"高密东北乡"作为自己文学写作的原点，"我立即明白了我应该高举起'高密东北乡'这面大旗，把那里的土地、河流、树木、庄稼、花鸟虫鱼、痴男浪女、地痞流氓、刁民泼妇、英雄好汉……统统写进我的小说，创建一个文学的共和国。"② 对莫言来说，福克纳的《喧哗和骚动》给他带来的最大启发是从其"约克纳帕塔法"世系中获得了对"高密东北乡"书写价值的确认。

2000 年 3 月莫言在美国加州大学伯克利校区发表的"福克纳大叔，你好吗?"的演讲中，再次谈到了 1984 年 12 月一个大雪纷飞的下午，他阅读福克纳的《喧哗与骚动》的欣喜，"我一边读一边欢喜"，"尤其是他创造的那个'约克纳帕塔法县'更让我心驰神往。"③ "他的约克纳帕塔法县尤其让我明白了，一个作家，不但可以虚构人物、虚构故事，而且可以虚构地理……受他的约克纳帕塔法县的启示，我大着胆子把我的'高密东北乡'写到了稿纸上……决心要写我的故乡那块像邮票那样大的地方。"④ 在以上三篇文章中，莫言多次强调福克纳立足书写"约克纳帕塔法"而蜚声世界文坛对他创立自己的"文学王国"的影响，他因此在寻根文学的浪潮中创造了一个独特的"高密东北乡"文学世界。

难能可贵的是，莫言在 20 世纪 80 年代中期创作了诸多优秀作品后，开始反思自己和外国文学的关系，创作主体意识不断觉醒。一方面他乐于承认自己在文学创作探索的过程中所受到的福克纳、马尔克斯等国外作家的影响；另一方面，他又担心一味借鉴模仿，靠这"两座灼热的高炉"过近，会被融化，而丧失自我创作的个性，所以他试图"逃离这两个高炉，去开辟自己的世界"⑤。他为此提出了"用想象扩展故乡"的观点，认为自己有超过福克纳的地方，福克纳的"约克纳帕塔法"只是一个县，他所创造的"高密东北乡是一个开放而不是一个封闭的概念"，是他构建的一个"文学的幻境"，他甚至

---

① 莫言：《会唱歌的墙》，作家出版社 2005 年版，第 102 页。
② 同上，第 102－103 页。
③ 莫言：《用耳朵阅读》，作家出版社 2012 年版，第 25 页。
④ 同上，第 26 页。
⑤ 莫言：《两座灼热的高炉——加西亚·马尔克斯和福克纳》，《世界文学》1986 年第 3 期。

立下志向，"我努力要使它成为中国的缩影，我努力想使那里的痛苦和欢乐，与全人类的痛苦和欢乐保持一致，我努力地想使我的高密东北乡故事能够打动各个国家的读者，这将是我终生的奋斗目标。"①

苏童的创作也受到了福克纳较大影响，他多次提到福克纳的小说对其文化寻根的启发，他坦言："细心的读者可以发现其中大部分故事都以枫杨树作为背景地名，似乎刻意对福克纳的'约克纳帕塔法'县东施效颦。"② 他试图通过对故乡历史的书写，触摸"祖先和故乡的脉搏"，"看见自己的来处"，以及"自己的归宿"，并认为创作这些小说，是他的一次精神的"还乡"③。他还借用福克纳的"邮票说"，认为一个作家一生能画好一张邮票就足够，但因为担心自己画不好，就画了两张邮票，他在立足"枫杨树乡"乡土故乡书写的基础上，又创造了一个"香椿树街"的城市地标，"香椿树街和枫杨树乡是我作品中两个地理标签，一个是为了回头看自己的影子，向自己索取故事，一个是为了仰望，为了前瞻，是向别人索取，向虚构和想象索取。"④ 苏童旨在拓展文学空间，用城乡两个空间进行对照性书写，这亦是他对福克纳的超越之处。

苏童和福克纳各自写了中美文学里的南方，他们对各自的南方故土怀有既爱又恨的情感，苏童与福克纳一样，在审视故乡之根时也是带着双重的批判视角，既肯定人性的"善"，又批判了其蕴含的反人性的"恶"。在《飞越我的枫杨树故乡》中，苏童借助"幺叔"这一故乡的"精灵"，颂扬了他所代表的自由、无羁、洒脱的精神，又在《1934 年的逃亡》《罂粟之家》等小说中，通过陈宝年、陈文治、刘宝侠等人物剖析了枫杨树故乡所隐藏的封建、腐朽的，必然走向溃败的文化之"恶"根，这与福克纳对旧南方善恶交织的文化因子的洞察具有很大的同构性。

阿来在访谈录《阿来：文学即宗教》中明确表示对自己影响最大的是美国文学，他觉得"美国南方文学的代表当然是福克纳"，阿来尤为强调他长期生活的世界独特的地理特点与文化特性，这使他特别关注福克纳等作家，"在这个方面，福克纳与美国南方文学中波特、韦尔蒂和奥康纳这样一些作家，就

① 莫言：《用耳朵阅读》，作家出版社 2012 年版，第 27 页。
② 苏童：《世界两侧》自序，江苏文艺出版社 1993 年版，第 1 页。
③ 同上，第 1 页。
④ 苏童：《关于创作，或无关创作》，《新华文摘》2009 年第 22 期。

给了我很多启示。换句话说，我从他们那里，学到很多描绘独特地理中人文特性的方法"①。阿来作品《尘埃落定》受福克纳的《喧哗与骚动》与《我弥留之际》影响较大，在地域写作、智力障碍者视角叙事，特别是族群身份认同方面与福克纳的作品有诸多相似之处。

阿来笔下的"嘉绒地区"同福克纳作品中的"约克纳帕塔法"一样，都试图借助家乡的一隅呈现独特的文学世界。尽管两位作家处于不同的文化时空，但身份认同困境作为人类普遍面临的生存境遇，成为两位作家创作的重要主题。福克纳与阿来的作品均书写了族群对抗中民族交往的隐痛记忆，福克纳小说中的人物和阿来笔下的人物之间都面临着身份认同的困境，两位作家认为文化的"围城"和"疏离"会阻碍文化的认同，呼吁建立一种平等、互惠的种族或民族关系。

郑万隆在《我的根》中特别谈到从福克纳、马尔克斯等作家通过文学寻根而获得的文学超越性启示，"从本世纪二十年代起，或者说是从福克纳他们那样一批作家开始，他们想追求事物背后某种'超感觉'的东西，也就是那些理想的内容与本质上的意义。"②他希望自己也能同他们一样，"企图以神话、传说、梦幻以及风俗为小说的架构"，在他的小说中"体现出一种普遍的关于人的本质的观念。"③郑万隆创作了"异乡异闻"系列小说，既表现了神秘的东北边陲生活，同时也展现了当地鄂伦春族的狩猎文化，以探究乡土之根的丰富性。樊星认为郑万隆的小说"努力去超越传统的乡土小说，去追求乡土小说的现代感——人性内涵、神秘意味、象征底蕴"④，和郑万隆一样，诸多新时期作家从福克纳的乡土性和现代性两维书写获得了启迪。

综上，福克纳的"约克纳帕塔法"世系对新时期"寻根小说"在本土经验的表达、地域文化的挖掘和反思以及文化根性的揭示等层面上产生了深刻影响，它以"世界文学"的视域激发了新时期作家的现代民族意识和寻根情结，使其认识到只有将文学之根深植于民族文化传统的土壤，并对其特征进行现代性的审视和反思，才能使其走向世界。

① 阿来：《阿坝阿来》，中国工人出版社 2004 年版，第 159 页。
② 郑万隆：《我的根》，《上海文学》1985 年第 5 期。
③ 同上。
④ 樊星：《中国当代文学与美国文学》，中国社会科学出版社 2009 年版，第 104 页。

2. 福克纳与新时期"先锋小说"的发生

福克纳作为 20 世纪西方现代派文学重要的代表作家之一，其影响尤其体现在他在小说文体叙事上的革新带给新时期作家震撼，从而在深层次上激发了他们在文学观念和艺术表现手法上的突破，这在新时期先锋小说创作中表现得尤为显著。

"先锋"与现代性这一概念密切相关，甚至很多学者认为"先锋派"即是现代主义，"先锋"一词不仅意味着一种前卫的艺术形式变革，而且标示着对社会文化变迁做出的超前敏锐反应，形式的革新服务于主题表达的需要。在新时期文学中，"先锋小说"这一概念"是指那些与西方现代哲学思潮、美学思潮以及现代主义文学创作密切相关，并且在其直接影响之下的一批文学创作，其作品从哲学思潮到艺术形式都有明显的超前性……"① 在中国当代文学史中，先锋派主要是指在 20 世纪 80 年代中后期崛起于中国当代文坛，以前卫的姿态进行文体形式探索的一个文学流派，代表性的作家有马原、格非、莫言、余华、苏童、叶兆言、北村、孙甘露等。

20 世纪 20 年代以来，现代主义思潮在西方人类精神活动的各个领域延展，在欧洲文学界出现了乔伊斯、卡夫卡、艾略特、庞德、普鲁斯特、萨特、加缪、尤奈斯库等现代派作家。美国现代派文学则在二三十年代的"南方文艺复兴"中达到高峰，福克纳是美国现代派文学思潮中涌现出来的一位代表性作家。作为现代派小说文体实验的探索者，福克纳的作品大量运用了象征隐喻、意识流、多角度叙述以及时空倒置等富有创新性的文学手法，丰富了传统小说的表现形式，打破了传统小说叙事结构的局限性，给读者的审美想象带来了全新的冲击。特别是他的作品在语言表达、心理描写、多角度叙述等方面对中国新时期小说家解决如何写的问题提供了有益的借鉴。正如马原所坦言："毫无疑问，乔伊斯们带来了新的也有益的东西，他们影响了整个二十世纪，影响了包括我本人在内的许多中国作家。同时我们还应看到他们以后的一些大作家，他们一面承袭乔伊斯们的主张一面又尽力挣脱开来，福克纳是最典型的例证，他身后还可以开出长长的一串名字。大作家们的优势就在于他们审时度势，不为时尚所障眼，对整个小说历史沿革做到了然于心，自然也就有了明晰

① 李兆忠：《旋转的文坛：现实主义与先锋派文学研讨会纪要》，《文学评论》1989 年第 1 期。

确切的价值准则。"①

福克纳是一位在小说形式和写作技巧上锐意创新的作家，瑞典科学院院士葛斯达夫·赫尔斯多来姆在授予福克纳诺贝尔奖时所致颁奖词中，对福克纳在小说形式上所做的探索给予了高度评价，他指出："福克纳是二十世纪的小说家中，一位伟大的小说技巧实验家。他的小说，很少有两部是相互类似的。他仿佛要藉着他那持续不断的创新，来达成小说广袤的境地。"② 其中，意识流表现手法以及多角度叙事形成了独具特色的福克纳文体风格，对渴望突破和创新的新时期作家产生了极大的影响。新时期文学由外向内的转向始于意识流叙事，"就叙事文学而言，新时期的叙事艺术革命是以'意识流'这个舶来品为突破口的。站在文学发展意义的角度上，它则扮演了中国当代文学叙事艺术由外部社会历史的描摹到对内部意识结构和复杂人性的抒写的历史性转递的角色"③。从此意义来看，福克纳等西方现代派作家对新时期小说文体叙事革命的影响具有划时代的意义。

马原认为小说其实就是一种由"作家本身的现实和幻觉交织"而成的想象，本质上是一种虚构，主要体现在小说中的两个关键性要素——时间和语言中。首先小说的时间是虚构的，特别是心理时间对物理世界的消解，这在福克纳的作品中表现得尤为明显，对新时期小说时间叙事的变革也影响甚大。其次是语言。语言可分为虚构的叙事语言和人物语言，特别是前者，是小说的重要虚构因素。就语言的叙述而言，新时期作家的叙述策略也发生了很大的转向，由对外部客观、写实的第三人称全知全能的叙事范式转向了第一人称内在、自我的主观性倾诉。马原以莫言的语言风格为例，特别分析了莫言的诸多小说与福克纳的《喧哗与骚动》语言风格的吻合性，他指出："作家莫言的语言不是一种节制的语言方式，他是那种汪洋恣肆的。那么他在李文俊翻译的《喧哗与骚动》这个文本里面正好找到对应了，一泻千里，奔腾浩瀚，正是他的风格，更重要的是让他个人在那种方式里面找到一点呼应，使内心的情感找到一个出口。"④

---

① 马原：《小说密码——一位作家的文学课》，作家出版社 2009 年版，第 9 页。

② 胡树琨，谭举谊等编：《诺贝尔文学奖全集缩写本卷 6》，广西民族出版社 1988 年版，第 380 页。

③ 吴锡民：《意识流：转递中的中国当代文学叙事艺术之反省》，《江苏社会科学》2003 年第 2 期。

④ 马原：《小说密码——一位作家的文学课》，作家出版社 2009 年版，第 176 页。

福克纳的重要作品《喧哗与骚动》《我弥留之际》《八月之光》《押沙龙，押沙龙!》等均采用了复调意识流的创作手法，对同一个故事或事件，通过不同人物的意识流动和站在各自主观立场的评判，达至一种多声部意识流的交织、汇合与对话。《喧哗与骚动》集中展现了凯蒂失贞给康普生家族的后代昆丁等所带来的精神创伤。小说以康普生家族三兄弟的意识流构成主线，三兄弟性格、智力和兴趣各不相同，通过他们在不同的时间段的心灵独白讲述了同一个故事，即凯蒂失贞带给他们的情感反应以及心理的影响，从而造成了一种不同的意识流叠加的效果。《我弥留之际》讲述了美国南方农民本德仑为遵守对妻子的承诺，率全家将妻子的遗体运回家乡安葬的"苦难历程"，隐喻现代社会人性的堕落。此小说又进一步拓展了《喧哗与骚动》三个人物意识流动的叙述主线，小说由本德仑一家、邻居及相关人员的五十九节内心独白构成，用本德仑一家受难和堕落的故事映射人类共同面临的苦难和人性的弱点。《八月之光》在三条平行的线索中展现了裘·克里斯默斯苦苦寻找自己身份的挣扎与毁灭，整个故事发生在十天的时间里，却借助人物的意识流动往前延伸到过去时间中几个人物的一生，甚至父辈祖辈的三代家史。时间在现在与过去之间逆流，不断前后跳跃和交织，形成了一个纵横交错、多声部的复合体叙述结构形式。

赵玫认为与欧洲意识流作家普鲁斯特、乔伊斯、伍尔芙等作家相比，福克纳的意识流叙述手法更为立体、多元和深入，"他似乎已经不再满足于那种线性的意识的流动，而是让来自四面八方的不同人物的不同思绪不停地跳跃和转换着。那是一种环绕着的流动的声音，复杂的，模糊的，多元的，由此便造成了他小说中的那种非常独特的立体的感觉。这无疑也是更接近生活的原生态的。"①在赵玫看来，福克纳的意识流表现手法突破了欧洲意识流作家单线条的意识流叙述，而拓展为多线索、多元、意义不确定的复合意识流叙事，这些叙述声音各自独立，甚至相互对立，相互拆解，形成了巴赫金所言的众声喧哗中的"复调对话"艺术特色。福克纳的小说开辟了一种独特的福克纳式的意识流与多角度叠加叙述同一个故事的范式，如《喧哗与骚动》《我弥留之际》《押沙龙，押沙龙!》等小说中多个人物根据自己的情感立场、价值取向和各

---

① 赵玫：《灵魂之光》，河南文艺出版社2002年版，第7页。

自不同的理解对同一个事件从不同的角度予以解释、推测，作者完全站在局外人的立场上，让作品中的人物站在不同的角度讲述同一个故事。作品中每个人讲述的故事是否可信，作者不做评价，交由读者来评判。作家的权威性评判在此被打破，福克纳的小说让笔下的人物发出不同的声音，从而让读者在众声喧哗中获得对作品不确定意义的印象，并参与作品意义的重构。新时期作家对福克纳的借鉴也正是基于此。

马原的《冈底斯的诱惑》是新时期先锋小说叙事探索和革新的一部重要代表作，这部作品包含三个故事，使用了多重叙述视角，带有明显模仿福克纳多角度叙事的痕迹，形成了一种拆解式的叙事结构。首先，每一个故事都有一个叙述人，他们分别是姚亮、穷布和作为探险顾问的老作家，构成了小说故事叙述的三个叙事视角。而小说有一个全知的叙述人贯穿始终，在每个故事结束后将故事的谜底道破。此外小说中还有一个第一人称叙述，但很快被置换为叙述人姚亮，而在第一个故事的结尾，全知叙述人却反问："天呐，姚亮是谁？"① 在第三个穷布叙述猎熊和遇到野人的故事中，作家对全知叙述人的讲述予以解构："现在你们知道了，穷布遇到的是野人；也叫喜马拉雅山雪人。这是个只见于珍闻栏的虚幻传说；喜马拉雅山雪人早已流传世界各地，没有任何读者把这种奇闻轶事当真的。"② 综观整个小说，各个故事各自独立但又串联在一起，这种把作者、叙述者、人物糅杂混合，多角度、变幻无穷的叙述方式，营造了扑朔迷离的情节线索，展现了西藏原始、瑰丽的自然景观，神秘莫测的文化以及复杂的人性。从此意义上来说，《冈底斯的诱惑》是当代小说叙事革命的一次有益尝试。

应当指出的是，马原在借鉴福克纳多声部叙事的同时，对其又有接受变异和创造性改制，如张学军所分析，马原的《冈底斯的诱惑》不断变换叙述者，"这不禁令人想起了福克纳的《喧哗与骚动》"，"马原显然借鉴了这种叙述方式"，《冈底斯的诱惑》没有让不同的叙述人讲述同一个故事，而是让不同的叙述人分别讲述不同的故事，这与福克纳的小说叙述视角有一些不同，后者更多设置了人物的独白，让不同人物叙述同一个故事。③ 而且马原的小说经常有

---

① 　马原：《冈底斯的诱惑》，《上海文学》1985 年第 2 期。
② 　同上。
③ 　张学军：《中国当代小说中的现代主义》，山东大学出版社 2005 年版，第 147 页。

意凸显作者的身份和声音，"马原总是让隐含作者在叙述中随意出入，这样做一方面是用来弥补小说人物叙述的不足；另一方面是提醒读者注意故事的虚构性，以此来消解传统小说的所谓真实性。"① 这也印证了之前马原对小说"虚构"性本质的看法。

杨义认为叙事视角"是一部作品，或一个文本看世界的特殊眼光和角度"，也是"一个叙事谋略的枢纽"②。福克纳等西方现代派作家在叙述学上所做出的突破性贡献即为运用多种不同的视角进行多声部叙述，而新时期作家如马原、莫言、格非等受其启发，进行多元视角叙事革新实验，并且把作者植入了文本中，对故事情节的真实性予以阐释或消解，甚至与作品中人物展开对话，从而拓展了作品的审美意蕴。

新时期作家中，李锐也曾受到福克纳较大的影响，他的长篇小说《无风之树》在叙事形式上带有对《我弥留之际》多角度意识流叙事的明显借鉴。这部具有浓郁的山西吕梁山地域特色的乡土小说在叙事形式上却采用了不同人物意识流独白的形式。小说共分为六十三节，每一节都以一个人物作为观察者、叙述者，与《我弥留之际》由十五个叙述者（包括七位家人和八位邻居）意识流动推动故事进展的叙事结构具有类似性，可以看出李锐在文体叙事上对福克纳小说艺术技巧的模仿，正如李锐所言，"我的《无风之树》中以第一人称变换视角的叙述方法，也是借鉴了福克纳的。"③ 阎晶明指出《无风之树》"主题意义上的丰富性和由丰富性所发出的深刻性，与作家的叙事方式的独特有着直接关系"④。李锐进一步阐释这种借鉴的意义在于，"在不同'形式'的背后，其实更是不同视线的眼睛，更是对世界不同的表达，说到底更是不同的变化了的更复杂、更深刻的'人'。"⑤ 这种多视角的意识流叙述模式对揭示人性的丰富性无疑具有较强的阐释力。

青年作家双雪涛的代表作《平原上的摩西》叙事结构亦受到福克纳《我弥留之际》多角度意识流叙事的影响，文中特别提到小说中的主人公从图书

---

① 张学军：《中国当代小说中的现代主义》，山东大学出版社 2005 年版，第 148 页。

② 杨义：《中国叙事学》，人民出版社 1997 年版，第 191 页。

③ 李国涛、成一等：《一部大小说——关于李锐长篇新著〈无风之树〉的交谈》，《当代作家评论》1995 年第 3 期。

④ 同上。

⑤ 同上。

馆借阅的十本书，其中一本即是《我弥留之际》，从中可以看出双雪涛受到了这部小说的影响，"双雪涛写作《平原上的摩西》，明显地致敬福克纳，借鉴《我弥留之际》的叙事手法，以多视角多声道的独白的混响，拼贴出一段从1990 年代到本世纪第一个十年间的东北往事。"① 与《我弥留之际》相似，《平原上的摩西》亦以主要人物的内心独白作为叙述主线，引领读者进入人物的内心世界，从而增强了小说表达的张力。

尽管福克纳生活的时代与中国的现实语境相去甚远，但其作品的超越性和辐射力却一直延展至中国当下的文学。福克纳作品中的意识流和多角度叙述对新时期小说的"文体革命"产生了潜移默化的影响，从而内化为新时期小说的多声部叙事结构范式，深化了新时期文学的主旨意蕴。从此意义上来说，福克纳作品对推动新时期文学文体的变革功不可没。

就中国新时期文学观念的变革而言，重新认识和解决文学创作中的"写什么"和"怎么写"是两个核心的要素。福克纳对新时期小说的发生产生了深远影响。其"约克纳帕塔法"世系文本对中国新时期小说的生成意义在于激发了新时期作家的现代民族意识和寻根情结，使他们认识到文学之根只有深植于民族文化的土壤，才能达至对历史、文化、人性、生命、性、欲望等普遍性主题的深度书写。同时，福克纳意识流、多角度叙事范式对中国新时期小说由外至内的叙述转向产生了重要影响。应该指出的是，中国新时期作家对福克纳的借鉴并不是一味模仿，而是在接受中有主体性改造，从而创作出了兼具"中国气派"和"世界性元素"的文学佳作。

（本章作者　李萌羽　张悦）

---

① 柳青：《〈平原上的摩西〉：成功的改编 全新的创作》，上海《文汇报》2023 年 2 月 3 日第 6 版。

第二章

福克纳与余华小说时间观比较研究

　　威廉·福克纳作为一位具有世界影响力的小说家，以"约克纳帕塔法"世系闻名于世，不仅是美国南方文学的代表，也是对中国当代文学产生巨大影响的代表作家之一。30 年多来，伴随翻译出版的日益繁盛，中国一系列先锋派小说家也深受影响。余华作为当代先锋派最具代表性的作家之一，其创作深受福克纳小说的滋养，无论是精神特质的追寻与回归，还是技术层面的实验与探索，都透露出浓厚的福克纳气息，尤其是在作品时间哲学运用上，更有同中之异、异中之同。

　　福克纳和余华两位作家虽生活年代相差半个多世纪，但时间哲学理念构成了他们文本表达的内在自觉。他们将各自的时间感受融入小说世界，在时间中叙述，在时间中呈现记忆，在时间中展现重复与创造，在时间中进行价值判断。

　　本章试图将两位先锋派代表作家纳入影响研究与平行研究的双重视野下，以福克纳与余华的作品时间观透视为中心，以柏格森时间哲学作为切入点，试图找出两者作品时间哲学的异同，并回答余华如何运用现代技巧在作品时间哲学方面探索出自己的特色与风格，在感受文学生命力延伸的同时，更多关注伴随文学精神的影响与传承，作家如何借用时间手法再阐释出时代话题。

　　福克纳和余华在时间运用上的探索，不仅改变了惯常的叙事节奏，而且在内涵上丰富了文本的深层意蕴，最大限度发挥了叙事的张力。他们用举重若轻的主题、话语和人物重复，暂时搁置对传统价值的评判，凸显了作品的厚重感。

第一节
心理时间叙述

对于醉心于时间书写的作家，若要研究其作品的时间叙述，探索作者的时间哲学理念必不可少。萨特曾说："小说家的美学观点总是要我们追溯到他的哲学上去。批评家的任务是要在评价他的写作方法之前找出作者的哲学。而显然，福克纳的哲学是时间的哲学。"① 在探讨福克纳的时间哲学时，要注意柏格森的影响不容忽视。福克纳本人就曾提到自己对上帝的理解和柏格森十分相似，他自己也受到柏格森的影响，余华作为深受外国文学熏陶的先锋派作家，其艺术探索也与福克纳一脉相承。因此当把作家们复杂、深邃的文本心理时间叙述放在柏格森时间哲学理论背景下解读时，其复杂烦琐的结构安排也就迎刃而解了。

1. 真正的时间

柏格森的"绵延说"将时空分割开来，强调空间时间与心理时间有本质的区别。他将时间分为两类：一类是"纯一的时间"，即精确科学（数学、物理学等）所处理的时间，它们彼此并排外置，是一个数量式的共同体，节奏不受任何人或物的影响，好似一串珠子，表面看是连接在一起的，实质上相互独立、彼此分离，并不是"真正的时间"，而是"空间化"的时间。另一类是"真正的时间"，即绵延，它由多个瞬间构成，各个瞬间之间没有明确的界限，彼此融

①　转引自李文俊编：《福克纳的神话》，上海译文出版社 2008 年版，第 112 页。

合、渗透，不是数量上的众多体，而是性质上的众多体，因而不可计数。① 所以，柏格森认为科学意义上或日常生活中的时间不是绵延，只是孤立、分散的分秒单位的机械组合，真正的绵延是不可分割的连续体，其中没有过去、现在、未来之分，每一个时刻都是创造性的新绵延。只有心理时间才是精神生命的本质，"是一系列质的变化，彼此融合、相互渗透"②，是"真正的时间"。作为唯一实在的绵延，"真正的时间"，是一种超越时空、永恒运动着的、无限连续的意识之流，其中过去、现在、将来之间的界限被模糊，是"活生生的、在发展中的自我"③，是不断变化、发展的心理状态。④

回顾两位作家的作品，绵延的"真正时间"几乎贯穿始终，过去、现在和未来的时序倒置的叙述手法使故事的发展不是按照时间先后顺序展开，而是随着故事人物情感和思想的变化时序颠倒、来回跳跃，读者在不断重建、拼凑、回顾中寻找故事的线索，从文字背后感悟事件存在的意义。

福克纳作品中对于"真正的时间"的应用贯穿始终，其中最具代表性的就是《喧哗与骚动》中未按叙述者出场顺序排列的 4 个部分，A：1928 年 4 月 7 日、B：1910 年 6 月 2 日、C：1928 年 4 月 6 日、D：1928 年 4 月 8 日，如果用字母顺序安排文本叙述的话，那事件发生顺序应为"BCAD"，并且小说在前三部分分别以班吉、昆丁、杰生的意识流动步伐为线索，尤其是在濒死的昆丁和白痴的班吉的意识中，并没有过去、现在和未来之分，现在发生的每一件事件都促使他们回到过去，自然更没有正常的时序可以遵循。《去吧，摩西》中的事件也不是按照时间顺序排列的，小说第一章（A）发生在 1855 年，第二（B）、三（C）章发生在 1940 年，第四（D）、五（E）章则回归到 19 世纪 80 年代，第六（F）、七（G）章又加速到 1940 年，叙述时序为"ADE BCFG"。《我弥留之际》中的 59 个章节也是混乱间断的突出代表，这些多层次的时序倒置手法，不断将过去、现在、未来融为一体，打破传统小说线性的叙述手法，增强了故事的层次感和象征性。

---

① 刘蜀云：《从柏格森主义看福克纳意识流创作》，《上海理工大学学报》（社会科学版）2011 年第 33 期。

② 亨利·柏格森：《形而上学导言》，刘放桐译，商务印书馆 1963 年版，第 3 – 5 页。

③ 高奋：《西方现代主义文学的源与流》，宁波出版社 2000 年版，第 40 – 46 页。

④ 罗素：《西方哲学史（下卷）》，马元德译，商务印书馆 1976 年版，第 352 – 355 页。

余华作为先锋派作家，似乎也十分钟情于时间倒错，这种倾向在其早期作品中更为明显，并在《往事与刑罚》中发挥到极致。虽然在其创作后期看似回归传统的《活着》《许三观卖血记》中时序直线明晰，但作品中还是存在大量的倒叙和时间跳跃现象。《往事与刑罚》中开端是 1990 年夏天的某个晚上（A），翌日清晨（B），主人公出发了，头一天晚上（C），他想起了 1965 年 3 月 5 日的往事以及其他旧事（D），几日后当到达小镇（E），来到一幢灰色的两层小屋前（F），与刑罚专家谈话时（G），又回想多日前的夜晚和电报（H），想起了旧事（I）。如果按照时间顺序排列，文本的叙述顺序应该是：D I A（C H）B E F G 。D 和 I 是最先发生的，A 与 C、H 的时间是一致的，BEFG 依次按照时序展开。但是文本的叙述时间从 A 开始，按照字母顺序到 H 结束，在叙述时间与故事时间中存在大量过去与现在的循环往复，不仅打破读者的阅读习惯，更为文本多层次时间对话做出了充足的铺垫。

绵延手法的运用几乎贯穿福克纳与余华创作的全程，两位作家的叙述时间问题也是文学热议的焦点。在过去、现在与未来交相糅合的时间之轴上，他们对现在和未来做了更深刻的体察，因为过去始终警醒现在，未来一直暗合过去，心理的时间超越空间的时间，用随意流动的时间游走、颠倒叙述，使读者在不断拼凑、重建、回顾中寻找故事的主要线索，从文字背后感悟事件存在的意义。

2. 直觉主义

如何去把握和比较作为"真正的时间"的意识的绵延？柏格森指出：只能依赖自我的内省，即凭借"直觉"而非理智去把握。因为只存在两种可以用数量去描述的东西，分别是广度和强度。其中广度有大小可以测量，但强度虽有大小却不能测量。因而如何把握、比较，即只能通过人的直觉。因为理智所理解的仅是互不干扰、彼此孤立的体验，只有直觉的领悟才是"一种相互渗透过程中的多样性"，即只有直觉才能真正理解彼此的渗透与融合，进而才能把握时间的绵延。我们之所以可以在直觉的比较中根本不需要测量就判断大小，依仗的就是直觉主义强烈的主观性，正如柏格森在《笑》的第三章所说，艺术的创造是通过直觉去认识并体现真正的实在，艺术的欣赏也是通过瞬间的直觉去感受"实在"所给的暗示，艺术家的创作就来源于对主观直觉的依赖。

然而究竟何为"直觉"？柏格森在《形而上学导言》中给出定义：所谓直

觉，就是一种理智的交融，这种交融使人们置身于对象之内，以便与其中独特的、无法表达的东西相符合。对于柏格森而言，其实就是通过直接与心灵接触，以达到对生命本质的内在把握。这种把握既没有理性的参与，也没有感性的帮助，是一种完全使自我进入到对象内部并进行体验的精神活动。① 体现在文本中，便是以往作家作为事件参与者干预发展的叙述方式退居幕后，不论是福克纳还是余华，作者都尽力抹去自身叙述者的身份，力图让主人公自己的行动说话，因为小说家的职责就是把潜藏于内心深处的隐秘揭示出来。

从此种意义上讲，福克纳的小说中，作者大部分时间都隐身于人物意识之流背后，力图抹去作家的痕迹，着力还原事物本来的面目，用人物的性格特点的堆砌取代传统小说力图描绘的客观场景。②《我弥留之际》中，"直觉主义"贯穿始终。文本通过 15 个叙述者的不同视角展开独白，构建出安斯·本德仑一家的探险历程和回归之旅。在叙述中，作者将指挥权交于人物手中，自己充当拉幕者的角色，当幕布缓缓升起时，本德仑一家 7 口人和 8 个局外人粉墨登场，观众跟随人物的视角，从里到外仔细观察这个家庭的矛盾与冲突。虽然看不清每个人的真实面貌，但是透过语言对话和对舞台侧面的窥视，每个人物形象都呼之欲出。如残忍冷酷、虚伪自私的男主人公安斯。艾迪生病时，安斯怕花钱，一直不愿意请医生为艾迪看病，目睹艾迪饱受病痛折磨，自己却还对其进行欺骗说："我知道你没病，只不过是累了而已。"当安斯终于想通要请来医生时，艾迪已病入膏肓。但安斯并不认错，仍昧着良心欺骗医生说，"她不过是有点累"，心里却打起小算盘："现在我非得付给她诊疗费不可了，可是我自己呢？嘴里连一颗牙齿也没有。"③ 反观艾迪，对她而言，夫妻关系只是冰冷的金钱关系，任何一点怜悯和温情都被撕掉了，自私异化为统治人性的主导力量。当医生拆穿安斯的谎言，谴责他是因为自私、吝啬而找借口不请医生时，安斯竟说："倒不是因为舍不得钱……我只不过老是在这么盘算……她终究是要去的，不是吗？"行文至此，作者虽未现身，但是安斯的自私、冷酷、吝啬的嘴脸已被全部暴露，人性扭曲到何等地步也昭然若揭。④

---

① 梁艳：《柏格森的时间哲学研究》，山西大学硕士学位论文，2015 年。

② E. M. 福斯特：《小说面面观》，朱乃长译，中国对外翻译出版公司 2002 年版，第 119 页。

③ 威廉·福克纳：《我弥留之际》，杨自德、王守芳译，新星出版社 2013 年版，第 27 - 30 页。

④ 唐国卿：《〈我弥留之际〉主要人物形象解读》，《长江大学学报》（社科版）2013 年第 1 期。

在余华的小说中，作家也着力抹去叙述者的痕迹对文本的干扰，他展现人物性格最直接的方式便是出自直觉的"无我叙述"，让阴沉的天空展现阳光，用客观的描述展现主体的悲伤。从福克纳那里，作者借鉴到的有："心理描写的不可靠，尤其是当人物面临突如其来的幸福和意想不到的困境时，对人物的任何心理分析都会局限人物真实的内心，因为内心在丰富的时候是无法表达的。"① 最有力的表现手法就是对暴力死亡的客观叙述。例如《一九八六年》中，历史老师的自虐场景：

> 无边无际的人群正蜂拥而来，一把砍刀将他们的脑袋纷纷削上天去，那些头颅在半空中撞击起来，发出无比的声响，仿佛是巨雷在轰鸣。声响又在破裂，破裂成一小块一小块的声音，而这一小块一小块的声音又重新组合起来……破碎的头颅在半空中如瓦片一样纷纷掉落下来，鲜血如阳光般四射。与此同时一把发亮的锯子出现了，飞快地锯进了他们的腰部。那些无头的上身便纷纷滚落在地，在地上沉重的翻动起来，溢出的鲜血如一把刷子似的，刷出了一道道鲜红的宽阔线条。②

朱伟曾在《余华史铁生格非林斤澜几篇新作印象》中谈到余华的小说时如此说：他惊异于余华何以会把生与死、人与人、一切的一切处理得这样宁静轻松。我猜想，他的血管里流动的，一定是冰碴子。③ 指的正是这种无动于衷的冷漠叙述。在这里，作者即使在遇到叙述者讲述悲惨遭遇时也引而不发、无动于衷，甚至抽干了感情，冷眼旁观，似乎并没有作者的存在。两位作家的直觉主义也和"外视角"有异曲同工之妙，在传统小说中，对事件的描写具有很鲜明的叙述者主体价值判断、阶级立场，叙述者总是站在一定立场上鲜明地审查评判。但是在福克纳、余华的文本中，叙述策略仅限于复述人物声音、视觉层次，而不进入深层心理活动，在此情况下，叙述者的外视角用冷漠超然、无价值评判的效果改变了传统文本中叙述立场的过多干涉。这种让叙述人的价值取向和情感归宿暂时缺席，给读者留下更多的自由空间，然而作家笔下的人

① 余华：《我能否相信自己》，明天出版社 2007 年版，第 38 页。
② 余华：《现实一种》，新世界出版社 1997 年版，第 160 页。
③ 朱伟：《余华史铁生格非林斤澜几篇新作印象》，《中外文学》1988 年第 3 期。

物也仅是把事件的过程和细节原封不动地搬到我们面前，至于最后读者看得胆战心惊、愤慨不已，或许是作家意料中的事。

3．意识流

柏格森认为人类意识的状态和一般事物的空间分布状态是完全不同的，空间中的事物存在可以是连续的，也可以是不连续的，但绵延作为"绝对连续的意识流"，其首要特征就是其连续性和不可间断性。① "在这些峻削的晶体和冻结的表面下面，有一股连续不断的流……这是一种状态的连续，其中每一状态都预示未来包含既往。"这股"流"正是绵延。② 语言作为"理智的工具，是对流动的思绪和情感的固化"，所以想要实现僵化、静态的语言为永恒、变动的绵延服务，发挥语言的意识流动性作用必不可少。

绵延还像一条方向不可预测的河流，"这是一条无底的、无岸的河流，它不惜可以标出的力量而流向一个不能确定的方向。即使如此，我们也只能称它为一条河，而这条河流只是在流动"③。我们不能确定这个阐述是否受到詹姆斯·乔伊斯对"意识流"的影响，但是两者的本质是相似的，因为"意识流"本身就是通过连续不断的意识活动，将不连贯的事物连结为一个可被接受的、持续不断的过程，这就形成了柏格森所谓的绵延。

在两位以意识流书写方式著称的作家之间，福克纳对余华的影响毋庸置疑。"在此之前我最害怕的就是心理描写……这时候我读到了师傅的一个短篇小说《沃许》……我发现了师傅是如何对付心理描写的，他的描述很简单，就是让人物的心脏停止跳动，让他的眼睛睁开，一系列麻木的视觉描写，将一个杀人者在杀人后的复杂心理烘托得淋漓尽致。从此以后我再也不害怕心理描写了，我知道真正的心理描写其实就是没有心理。"④ 虽然福克纳对余华小说中的心理描写影响深刻，但是在余华的文本中，意识流的手法还是略显程式化和僵硬的，时空交换中充斥视角的整体转换而非意识的随意流动。例如：

当时我已经睡了，我是那么的小巧，就像玩具似的被放在床上。屋檐

---

① 李佳：《论柏格森生命哲学的时间观》湖北大学硕士学位论文，2013 年。
② 柏格森：《形而上学导言》，刘放桐译，商务印书馆1963 年版，第5 页。
③ 同上，第28 页。
④ 余华：《我能否相信自己》，明天出版社2007 年版，第141－142 页。

> 滴水所显示的，是寂静的存在，我逐渐入睡，是对雨中水滴的逐渐遗忘。应该是在这时候，在我安全而又平静地进入睡眠时，仿佛呈现出一条幽静的道路，树木和草丛依次闪开。一个女人哭泣般的呼喊声从远处传来，嘶哑的声音在当初寂静无比的黑夜里突然响起，使我此刻回想中的童年的我颤抖不已。①

在这平淡、顺畅的心理描写中，叙述者始终以淡然、抽离的目光冷漠审视着入梦前的意识流动，在文中，作者有意带入诗意化的对仗与比拟的润色修饰，视角的转换似刻意为之，有意构建了一个巨大的意识迷宫，不断用"像""是""仿佛"牵动读者跟随意识的步伐，完成从一个房间到另一个房间的依次参观，其笔触下完全自由的意识流淌则稍显匮乏，或许这正如作者自己所言，是令他最"害怕"的。

同样是雨夜中的意识冥想，福克纳笔触下的心理描写显然更接近自由联想的随意扩展，在舒缓的叙述节奏、似梦非醒的意识状态中，融入作者深沉的思考与主人公淡淡的哀愁。从自然景象"雨""风"到具体物象"木材"，随后过渡到人物形象，在意识的流动中抹去视觉转换的艰涩与生硬。"乍一看，似乎使人无法理解，但透过表面零乱的因素，却能使人明确地认识到：这是一幅象征性的图像，它的每一个光点都闪烁着各自的颜色，组成它的线条便是意识流。"②

> 因为睡眠是"不存在"，而雨和风则是曾经是，因此木材也是不存在的。然而大车是存在的，因为一旦大车成了过去的事，艾迪·本德仑就会不存在了。既然朱厄尔存在，那么艾迪·本德仑也准是存在的。这么看来我也准是存在的，否则我也无法在一间陌生的房间里排空自己准备入睡了。因为如果我还没有排空自己，那我就是存在的。③

---

① 余华：《在细雨中呼喊》，作家出版社 2013 年版，第 2 页。
② 毛信德：《美国二十世纪文坛之魂——十大著名作家史论》，航空工业出版社 1994 年版，第 218 页。
③ 威廉·福克纳：《我弥留之际》，李文俊译，漓江出版社 1990 年版，第 59 页。

余华尊称福克纳为"师傅"，在写作《在细雨中呼喊》之前，也曾拜读过《我弥留之际》，这其中体现出、渗透着毋庸置疑的"师傅"的痕迹。正如福克纳自己所言："我认为每个作家都被他在所有可能的地方读过的每个词所影响。电话号码簿、广告、报纸、书籍。他不能确定地说'这个比其他更多地影响了我。'他自己也不知道，但是，他所读过的任何东西都影响了他。"① 而且"优秀的作家可以毫不犹豫地偷窃自己的母亲"，大作家之间的借鉴也往往更是无形、不留痕迹的。我们并不能苛责余华在意识流叙述中的自由度不足，因为在同时代先锋派作家中，余华作品中通过意识流书写的苦难、暴力仍具有极强的内心震撼力，并且其中体现出的激情、愤懑乃至警醒却比福克纳有过之而无不及。

比较福克纳与余华心理时间叙述的异同，我们会发现其不仅仅体现在对柏格森时间哲学的一脉相承中，更具体体现在应用于绵延说、直觉主义和意识流手法编织的叙事迷宫中，而且两位作家都在各自的哲学体悟中探索出了高度契合的时间叙述模式，并以此为基础，深深影响了作家对文本记忆的选择。因为他们的时间观都打破了单向度的思考，更多用过去、现在、未来交相糅合的双向思考，以现在蕴含过去，从未来回首过去。但是文本的过去记忆究竟是什么？两位作家各有体悟。

第二节
时间与记忆

柏格森的心理时间理论中，特别强调了"记忆"的作用。他认为不存在没有充满记忆的知觉，在我们当前的知觉中已经包含着过去的经验。柏格森把

---

① James B. Meriwether and Michael Millgate. *Lion in the garden*. University of Nebraska Press, 1980.

记忆分为两种：习惯性记忆（机械记忆）和形象记忆（原初记忆）。前者是只依靠身体器官的习惯对结果进行的机械重复记忆，实质是忘却；后者则是不依赖身体器官而对整个生活过程的记忆，是真正的记忆，被界定为"过去物象的存活"。由于其纯粹主观性质，因此只能"被保存在自我中"。换言之，真正的记忆总是与绵延相融合，当下的知觉已经不再具有原初性，因为过去被完全知觉于记忆中。绵延的持续也就意味着记忆的持续，已经被我们过去的经验所掩盖。

除此之外，绵延之所以是自由的，首先因为它本质上是记忆的，即德勒兹所言的"绵延从根本上来说是记忆"①。罗素对此也深表赞同："绵延尤其是在记忆中表现出来，因为在记忆中过去残存于现在。"② 个人的体验，也是从不断对过去的回顾与对未来的展望中得到的，而这一切都仰赖于记忆。由此可见，"记忆"在绵延的自由之路上起到了关键性的桥梁和纽带作用。使过去和未来实在的、从而创造真绵延和真时间的，是记忆及其相关的欲望。

福克纳与余华在作品中对传统价值的反思，无不渗透着记忆的痕迹。人物生活在记忆的笼罩下，"约克纳帕塔法"世系的记忆是对旧南方的思念和对故土的眷恋，与基督教文化传统有关，余华笔下的记忆则是命运的往复和重蹈覆辙的窠臼以及儒家传统文化。

即使哲学理念相同，不同的文化土壤中也会结出截然不同的文化果实。所以两位作家虽都赞同柏格森时间观的记忆取向，但是在以基督教为传统和以工业文明为工具的西方文化中，时间被看作线性的单向运动，它像一条射线，贯穿始终，直奔未来。时间在行进、流逝，既珍贵又倔强，一旦消逝便无法挽回。因工业文明生产方式使"时间就是金钱"的理念深入人心，人们对时间流逝的心理感受尤为紧张，对现实的不满更导致人们不断回顾过去，然而在时间这条单向性跑道上，人们虽然可以往后看，却又永远回不到过去。在东方以儒家"天人合一"农耕为主的自然经济土壤中，世界被看作有机联系的一个整体，时间变化与自然节律相协调，永远沿着自身做永恒圆弧式的周期运动，如年龄更迭、月份轮转、季节往复、植物生长等，都是螺旋式的循环交替。因

---

① 吉尔·德勒兹：《柏格森主义》，张宇凌、关群德译，社会科学文献出版社 2002 年版，第139 页。

② 罗素：《西方哲学史（下卷）》，马元德译，商务印书馆 2001 年版，第 352 页。

此，在传统价值的反思中，更多显示出命运循环的圆周运动，因为时间永远是旋转的年轮，流动旋转，周而复始。

1. 过去的记忆

作为跨越世纪的美国南方作家，福克纳作品中始终深怀对故土的眷恋和根深蒂固的宗教记忆。在《修女安魂曲》中，福克纳也表示："过去决没有死亡，它甚至没有成为过去。"① 过去始终影响、决定现在，还有可能预示未来，过去就是活生生的现在，总之一切都包含在过去中。

福克纳在醉心经营自己的时间结构时，也清楚地意识到，只有时间才是南方社会兴衰更替的最好见证。但是在面对现实时，他们又无可奈何地败下阵来，因为时间已经摧毁了他们的生存希望，过去的文化、道德、信仰都处于岌岌可危的状态中。萨特也将福克纳小说中主人公的存在概括为"我现在不存在，我过去存在"。具体到《喧哗与骚动》中，"福克纳看到的世界似乎可以用一个坐在敞篷车里朝后看的人看到的东西来比拟……在这一过程中过去成为一种凌驾于现实之上的现实：它轮廓分明、固定不变；现在则是无可名状的、闪躲不定的……现在满是窟窿，通过这些窟窿，过去的事物侵入现在，他们像法官或者像目光一样固定、不动、沉默……现在并不存在，它老在变，一切都是过去的"②。除萨特外，也有众多学者认可并且佐证福克纳过去指向的时间观。例如美国南方学者柯林斯·布鲁克斯也将"约克纳帕塔法"世系看作南方地域文化的产物："我们是过去的产物，我们从它生长而来，由它的经历构成。好也罢、坏也罢，不管怎样，我们心中携带着它的一部分……认为我们能抛弃过去的想法是愚蠢的。"③

在福克纳看来，生命不是线性发展的，而是重叠着过去与现在的一场又一场轮回。这种过去的记忆使他"有时也把现在伪装起来——现在在影子里进行，好比一条地下河流，在他已经变成过去的时候，才重新出现"。

过去记忆突出的彰显，便是在"约克纳帕塔法"世系主题的梳理中，透过新旧南方的冲突可以看到的：旧南方种植园制度的衰亡、种族关系、人性复

① 转引自王钢：《福克纳小说的基督教时间观》，《外国文学评论》2012 年第 2 期。
② 萨特：《萨特文学论文集》，施康强等译，安徽文艺出版社 1998 年版，第 24 页。
③ Brooks C. Southern Literature: *The Past*, *History*, *and Timeless*. MCastille P, Osborne W. Southern Literature in Transition. Memphis State UP, 1983: 9.

苏情怀、新兴资产阶级的道德警醒，成为福克纳作品的四类主要主题。第一类主题是旧南方种植园制度的衰亡，见于《喧哗与骚动》《沙多里斯》《押沙龙，押沙龙!》等，这类作品中的主人公大多出身旧南方庄园主家族，作品通过讲述其家族的衰败历程，指出蓄奴制度是造成一切罪恶的根源，南方种植园制度走向衰亡是历史的必然。不论那些昔日的庄园主们如何固守门第尊严和怀念往昔荣耀，面对新兴资本主义和实利主义的冲击时，他们就变得软弱无能，或沉溺酒精或悲观虚无，因而旧南方的泥沙俱下之势昭然若揭。第二类主题着眼于种族关系，包括《熊》《八月之光》《去吧，摩西》《坟墓的闯入者》等。种族主义是福克纳作品的永恒主题，作者塑造了一大批与白人庄园主形成鲜明对比的淳朴、勇敢的印第安人及穷苦黑人形象，例如《熊》中的山姆・法泽斯，《八月之光》中的卢卡斯・布钱普。与之形成鲜明反讽的就是像卡罗瑟斯・麦卡斯林那样凶狠、残暴的白人庄园主和像乔・克里斯默斯的祖父那样因怀疑外孙血统而弃之不顾的冷血白人，借此鞭挞蓄奴制的罪恶。第三类主题书写人性复苏情怀，塑造的是支撑人类文明，带领人类走向希望的拯救者的形象。以《喧哗与骚动》中的迪尔西、《八月之光》中的莉娜・格罗夫最具代表性。他们多半是印第安人、黑人或穷苦白人，虽身处下层社会，但对主家忠心耿耿，富有仁爱、忍耐的精神，虽历经磨难，但终因自己的纯洁、善良化险为夷。他们被作者赋予了人类最优秀的品质和永恒闪光的人性希望。第四类主题着眼点在新兴资产阶级的道德警醒上，以斯诺普斯三部曲《村子》《小镇》《大宅》和《圣殿》四部作品表现得最为突出。在这三部曲中，作者塑造了精明狡诈、冷酷无情、唯利是图的新兴资产阶级典型弗莱姆・斯诺普斯，通过展现他怎样用卑鄙无耻的手段取代原来庄园主贵族子弟掌控银行的发家史，告诫现代人应找回失去的良知，对新兴资产阶级做出了道德警醒。①

　　除此之外，美国南方浓厚的基督教文化氛围也在福克纳的过去记忆中产生了深刻的影响，使他作品中的叙事程式带有明显的基督教色彩，每一部作品的原型都基本可直接追溯到《圣经》的基督教参照系，以至于学界有批评家直接称其为"基督教作家"或"宗教作家"。虽然这样武断的评价有失偏颇，但是他们都指出了一个共同的事实：若无基督教神话作为参照系，就无法真正理

---

① 张湄玲：《论福克纳小说主题的南方化色彩》，云南大学硕士学位论文，2010年。

解福克纳作品的深层内涵。而且福克纳所在的美国南方又是典型的"圣经地带"，因长期宗教历史的环境熏陶与家庭教育的耳濡目染，福克纳多部作品中透露出浓厚的基督教意识无可厚非。据统计，在福克纳的 19 部长篇小说、120 多部短篇小说中，直接或间接引用《圣经》达 379 次，除去纷繁复杂的小说情节，筛选后的小说框架便是由一个个宗教象征体系构成的"圣经王国"。正如在诺贝尔颁奖词中作者被称赞为"有一个信仰体系"，其实这个信仰体系从深层上讲就是基督教的圣经模式。

美国文化作为舶来文化，其根源是欧洲古希腊文化和希伯来文化。因此作家们更多地从"两希文化"中征引典故、改编情节、化用人物、生发意念，尤其从《圣经》中寻求人类共有的心理学、玄学本源，用神话指引当代发展路途。正如谢大卫所言："事实上，圣经在西方文学中成了如此基本的文献，以至于假如缺少了圣经先例，西方文学几乎就不能出现今天的面貌。"[1] 有学者指出"20 世纪是神话复兴的世纪"[2]，无论这种看法是否过于绝对，在现代文学发展过程中，20 世纪的众多代表作家的文学主题与神话原型并非没有关系。从乔伊斯将《尤利西斯》的人物、事件与尤利西斯神话原型形成对位，到艾略特根据圣杯传说编写《荒原》，再到福克纳直接引用"押沙龙"为自己作品命名，等等，这其中透露出的神话对位倾向和神话研究热情在文学史上格外引人注目。

2. 命运的记忆

余华对文本时间模式的探索自其受到西方现代派文学思想的启迪之初就从未停止，而且表现形式也很鲜明。与福克纳小说指向故土的眷恋和基督教文化体系不同的是，余华的文本虽也向记忆看齐，但指向的却是命运的往复和重蹈覆辙的窠臼以及儒家传统文化。尤其是在其早期创作中，人物甚至没有任何角色特征，仅作为一个文学符号在命运的牢笼里挣扎往复，但无论怎样挣扎，也终究抗争不过命运，最终在宿命的恫吓下俯首称臣。虽然在后期的作品中，余华也试图从文本中寻找对抗宿命的方式，但是无论再多的抗争最终也还是

① 谢大卫：《圣经与西方文学》，王思敏《西方文学与基督教论文集》，北京大学出版社 1996 年版，第 17 页。

② 叶舒宪：《神话——原型批评》，陕西师范大学出版社 1987 年版，第 121 页。

"隐忍"，用"无为"和"不争"面对命运的不公。所以在情节安排中，人物的命运永远走不出命运循环的怪圈，因为一切早已"命中注定"。

20世纪80年代后期，余华已经在强大的生命力前望而却步并感叹道："那个时候，当我每次走在大街上，看着车辆和行人运动时，我都会感到这运动透视着不由自主。我感到眼前的一切都像是事先已经安排好，在某种隐藏的力量指示下展开其运动……于是我发现了世界赋予人与自然的命运。"① 余华对宿命时间的关注与应用，还源于拉美文学作家实验对中国先锋作家的深刻的影响，其中最具代表性的就是加西亚·马尔克斯的《百年孤独》。同时，余华从"因果""天命"等中国本土神秘文化的角度解释时间，融入儒家传统文化的固有看法，即将人的道德与天的意志连成一个整体，认为人的道德终将决定大自然对人的态度，看似匀速流动的时间，本质上是因果呼应、循环往复的命运怪圈。

具体到文本中，早期作者对人生感悟的思考伤痛感、绝望感作为人物主体意识，显得格外突出，作品中的人物命运总是与绝望紧密关联。在用死亡、命运、荒诞等主题编织的无望世界中，人是最无意义的存在，一切都是命运的循环。这种神秘的命运观在《世事如烟》中体现得最为突出，因为眼前的一切都像某种事先安排好的，在指使下展开的运动。

在《世事如烟》中，当司机与一灰衣女子相遇后，夜里便被噩梦缠绕，于是他委托算命先生求破梦之法。两天后，他遵照算命先生的指示，在马路上看到灰衣女子后就拿出二十元钱买下她的灰衣并铺在车轮下面，开车从衣服上面碾压过去，预示着灰衣替自己抵挡了灾难，而女子对此一无所知。所以当她把已转售并被碾压过的衣服拿回来穿上后，第二天便毫无预兆地死去。无巧不成书，司机后来参加了灰衣女子儿子的婚礼，在婚礼上陷入了因果循环的僵局：被要求用钱作为赌注换取面子，结果人财两空，最终被剥夺了性命。这样，我们看到了人物命运的因果循环：司机当初为抵挡灾难用二十元买了灰衣女子的衣服，现在在灰衣女子儿子的婚礼上，他被迫用数倍的钱来赎回女子的性命。如果他无能为力，那么就只能被别人索回。以此为蓝本，司机和灰衣女子的性命纠葛在情节铺陈中完成了一个循环，每个人都是这个命运链条上的一

---

① 余华：《偶然事件》，花城出版社1991年版，第320－321页。

个环节，无法躲避更无处挣脱，余华借这种命运循环结构向我们诠释了一个观念：一切命运都被一种超自然的力量所掌控，因果报应、循环往复，人们在它们面前无法闪躲更无从更改，只能俯首称臣、任其挑拨。①

如果说 20 世纪 80 年代的余华初遇命运循环结构，人物在其笔下无所适从，只得低头认命。那么 90 年代他的人物则显示出隐忍不争、中庸节制的特质。评论家戴锦华早已指出，"余华的世界是闭锁的，那是一个劫数难逃、死期已至的闭锁，是死亡不断播散，往返撞击的同心圆"②，是毫无希望的宿命性存在。然而人们在宿命的循环面前就无能为力吗？如何才能超越生命苦难进行自我救赎，只有一条路可走，就是坚忍，这其中就暗含着儒家文化的思想启示。

在《活着》中，余华用"存在"作为对命运抗争的手段，即人存在的价值是什么？那就是活着。如何才能活着？只能坚忍。福贵在亲人相继离去后，仍坚持活着的勇气，即暗示着人在与命运的抗争时只能是失败者，因为人终将会死去。其实这样的结果并不可怕，可怕的是人明明知道注定失败的结局却还要继续苟活。③ 而人为何要一直苟活？其根源便可追溯到儒家的"知死而生"。孔子曰："未知生，焉知死。"儒家强调重视现世生命，活在现实中，人活一天就要尽一天的责任，生前比死后更为重要，死亡是一种任何人都无从抗拒的客观规律，但如果真要死，也必须死得其所，死得有价值，这种积极入世的生死观一直是中国的主流文化。

人类的生命本就是稍纵即逝的，福贵历经了战争、"文化大革命"后，面对生存与死亡的抗争，已到了生无可恋的地步。而且在每一次幸福即将敲门的时候，都会有一位亲人离去，被命运反复地折磨、压榨后，福贵已然知道幸福对他宣判了死刑。故事的最后就连苦根都能因为吃豆子而撑死，这样的情节虽具有戏剧性，但也精妙地点出人类本就在命运面前无可逃避，生死界限的消失最终是人类无可逃脱的命运。而为了活下去，人们只能隐忍，福贵隐忍坚持、

---

① 崔玉香：《从苦难主题看余华对传统宿命观的承袭》，《山东社会科学》2006 年第 6 期。

② 参见戴锦华：《裂谷的另一侧畔——初读余华》，载洪治钢《余华研究资料》，天津人民出版社 2007 年版，第 205 页。

③ 魏来：《绝望的世界——关于余华小说宿命论解读》，《吉林师范大学学报》（人文社会科学版）2013 年第 6 期。

化解苦难的方式就是永远地"活着":最后一位迟暮老者牵着一头年老的水牛消失在画面中。这重复坚忍的死亡历程,其实也是儒家"乐知天命"的彰显,以孔子为代表的儒家学派重生、讳死,对于死亡,儒家思想认为应当坦然面对,生死是自然规律,并且死亡是一切生命的最终归宿。《孟子·告子上》说:"生,亦我所欲也;义,亦我所欲也;二者不可兼得,舍生而取义者也。""舍生取义"作为精神生命的追求,是可以以舍弃物质生命为代价的。虽然福贵的精神生命微乎其微,但是活着本身就是对物质生命本质的尊重,活着本身就极为不易,维持物质生命需要我们忍受现实给予我们的无聊和平庸、幸福和苦难,只有这样维持物质生命,才有资格追求更崇高的精神生命。

综观福克纳与余华用意识流构建的时间模式的同中之异,他们对传统价值的反思都萦绕着柏格森记忆论的痕迹,试图将现实生活的荒诞无情指向过去,始终用回望的姿态证明所有的现在都是记忆的。现在的人物生活在记忆的笼罩下,福克纳"约克纳帕塔法"世系的记忆是对旧南方的思念和故土的眷恋,以及基督教文化传统;余华笔下的记忆则是命运的往复和重蹈覆辙的窠臼,以及儒家传统文化。造成两位作家同中之异的,不仅是作家自身的文学体悟,更是不同的文化土壤。

第三节
时间、 重复、 创造

柏格森绵延说中将生命之流的绵延视作一种"相互渗透的陆续出现",但这并不代表绵延在永续改变。实际上,"内在绵延是一种性质式的众多体"①。简言之,绵延是变与不变的统一,即是"一"与"多"的统一。关于这个问

---

① 亨利·柏格森:《时间与自由意志》,吴士栋译,商务印书馆 2007 年版,第 169 页。

题，尚新建先生曾有较为完整的表述。"一"代表着生命状态的延续和生生不息，即每个环节都将过去与未来紧密相连；"多"则意味着生命绵延诸要素的多样性。第一，人的生命过程中的种种需要本身就体现多样性；第二，多种因素的作用，使生命状态从一种转向另一种，种种状态也是多样性的体现；第三，绵延之流的每一个状态都不会再度出现。① 所以文本虽不断重复过去，但每一刻时间里都充满了创造，从主题、话语到人物，绵延的变与不变统一于其本身。

从绵延的"多"中，我们可以看到被不断回顾的生命诸要素，在文本中主要以重复叙事彰显。但在重复中，并不是整体和部分的单纯复现，而是浸润着绵延的渗透、改变。因为真正的时间（绵延）作为一条意识之流，使意识本身成为一种相互融合、彼此渗透的整体，而不是意识并列排置的"一个链环或一根线条"。在这永恒变化的意识之流中，意识状态的每一次陆续出现都较之前被赋予新的内涵，而作为整体链条上的一个环节也必然会改变整体的性质，意识整体的变化又会带动链条上其他环节的改变，在如此的循环往复中，不可逆的意识流变所出现过的状态都是单一的，重复原样的假设在绵延中没有任何意义，每一次重复都是历史地发展着的，每一次重复的瞬间都是充满创造性的存在。

不论是福克纳构建的"约克纳帕塔法"世系，还是余华的先锋叙述，从文本回顾传统时，重复叙事显而易见，在重复中螺旋上升的叙事意识更值得我们深究。这种重复叙事既是一种重要的叙事方式，更是一种重要的表现手法。福克纳笔下"那邮票般大小的地方"是一个位于密西西比州北部的县城，从1880 年到第二次世界大战的历史，涵盖了不同社会阶层的几个世家几代人的命运，他们在各部作品中交叉出现，不仅把独立成篇的作品连成一个整体，更用无所不在的重复叙事编织出一个"约克纳帕塔法"世系，且赋予这一充满传奇色彩的南方世系长久的生命力，推动了新南方文学的崛起，使这个曾被贬斥为"文化沙漠"的地区，出现了"南方文艺复兴"现象。余华对重复手法的运用也十分娴熟，不论是话语还是主题、人物重复，不仅成为贯穿他创作的重要线索，更助他创造了艺术画面中最易被人辨识的图景。虽然余华并没有

---

① 尚新建：《重新发现直觉主义：柏格森哲学新探》，北京大学出版社 2000 年版，第 73－75 页。

"约克纳帕塔法"世系那样恢宏的叙事王国，但是在重复叙事中螺旋上升的意识也使其创作熠熠生辉。

1. 主题重复与艺术创造

从创作第一部以美国南方为主题的小说《沙多里斯》开始，福克纳就尝试圈定自己的小说世界：约克纳帕塔法县。他的小说犹如一组立体画，当因共同元素相互重叠时，每幅作品都自成一体而又相互指涉，共同指向一个明确的终点，唯如此才能获得事物丰满厚实的形象。正因为这些元素的重复，"约克纳帕塔法"成为衔接整幅画卷的纽带，将15部世系小说串联在一起，艺术地记载了同一地区生活的许多个侧面。

在这个由15部世系小说组成的画卷体系中，南方生活的纷繁场面淋漓尽致地彰显了主题的重复性与创造性。如果将15部世系小说综合起来考察，可以看出福克纳用5个阶段的南方历史串联起整幅画卷。第一阶段是殖民入侵：欧洲殖民者占领印第安人的土地，欺诈印第安人民；第二阶段是殖民破坏：殖民者为私利肆意捕杀、过度开发；第三阶段是殖民经济：作者谴责南方种植园经济严重剥削奴隶；第四阶段是南北战争：矛盾不可调和以至于自相残害；第五阶段是南方没落：乡绅贵族阶级已无力支撑旧南方，美国白人无产阶级开始取代南方，崛起发展。① 在这5个阶段里，南方在不可逆转地迅速衰落，泥沙俱下之势预示着旧南方的一切都难逃毁灭的命运。以至于有人断言约克纳帕塔法令人绝望，因为它只有罪恶的过去和现在，没有未来。这种看法是片面的，正如福克纳借人物之口所言：人之不朽的全部历史正在于他所忍受的苦难，他攀登星空的努力在于他一步步的赎罪过程。对历史的复兴，从接受和承认罪恶出发，并肩负着人类历史的重负走向未来，也许这才是福克纳与余华试图通过作品为我们指引的道路。

描写旧南方的衰败并不是为了沉湎和感慨，展望南方的理想与未来才是时代的希望。在福克纳的作品中，他经常提示南方优秀传统所在，塑造南方的理想与未来，尤其莉娜·格罗夫这个人物，她在《八月之光》中体现的对生活的乐观态度和顽强的承受能力，似乎向我们提示了人类如何拯救现在与未来。

---

① 参见纵瑞昆：《"约克纳帕塔法世系"的"创世纪"——论福克纳小说中的重复记忆术》，《作家》2010 年第 12 期。

还有《喧哗与骚动》中的老迪尔西，她虽身居现代世界，却又保持传统美德，福克纳在她身上赋予了南方的往昔与未来象征色彩。在创作谈中，作家写道："这里有迪尔西，她代表未来，她将站在家庭倾圮的废墟上，像一座倾斜的烟囱，高傲、坚韧、不屈不挠。"① 小说中的这些指引者，他们看透了南方的过去，沉痛预言了现世的灾难，这些并非只是作者的探析，而是透过饱经沧桑的救赎者热切瞩望人类的未来。同时，福克纳还与《圣经》故事结合，借助故事原有的寓意加深自己作品的内涵与深度。例如《我弥留之际》中，持续多天的洪水和大火让我们联想起《圣经·创世记》中上帝对于人类堕落的惩罚，但在作品中，灾难过后一切如初，这不禁令人深思：究竟何为拯救现世的挪亚方舟？在作品中，作者将主旨与人类的千百年思考衔接，利用神话原型与小说的差异，建立文本的反讽结构，使人们不再满足于对历史和现实罪恶的解释。作品试图透过深层结构的提示，启发人们不再局限于对罪恶的抱怨，而应思考人类如何超越罪恶。

重复手法作为余华小说叙事中的一个重要现象，早已引起学界注意并引发热议。在小说主题的重复上，从《十八岁出门远行》到《许三观卖血记》，始终贯穿了一条线索——苦难。但是，余华对"苦难"的重复演绎不是原地踏步的事件重述，而是意义深化、增值的过程。从体验苦难到忍受苦难，最后消解苦难，这不仅是主题重复更是主题深化的过程，在叙事结构层层推进的同时，又极力控制叙事情绪，最终从先锋夸张的裂缝中找到了揭示生活真谛的和谐出路，其中强大的艺术张力值得我们深入体会。

从 1987 年余华发表第一部短篇小说《十八岁出门远行》以来，冷漠残酷、血腥暴力、苦难成为早期小说中的共同主题。通过描绘父子、兄弟、夫妻、朋友间的争斗，家庭环境中人暴虐本能的完全迸发以至于相互杀戮，让温馨和睦、兄友弟恭、肝胆相照的面纱悄然滑落，以此来证明人与人之间亘古不变的不是温情，而是冷漠、仇视。在《十八岁出门远行》中，青年人第一次体验到了生存的苦难。当他走到一个前不着村、后不着店的穷乡僻壤之地时，终于搭乘上一辆汽车，但是随后车子半路抛锚，他们遭遇了轮番抢劫。当车上的苹果被越抢越少，车子被拆得支离破碎时，他也因誓死捍卫车子而被打得遍

---

① 福克纳：《福克纳随笔》，李文俊译，北京燕山出版社 2017 年版，第 231 页。

体鳞伤，司机却安然无恙。最后连装有他全部家当的背包都被抢走时，回头一看，下手的竟然是刚才那个司机。整个故事虽然情节简单，但在无可奈何的一次次遭遇洗劫过程中，充斥其中的血腥暴力、冷漠残酷使人们开始对现实提出质疑。而且每一站的站牌预示的死亡名字，不断将死亡、暴力、血腥推到我们面前，这人生的第一次远行，让我们体验到了生存中无处不在的苦难。

1991 年余华发表第一部长篇小说，温情和缓的悲悯情怀崭露头角，如《在细雨中呼喊》："并非紧紧依偎着他在创作潜力上的再一次彰显，还意味着创作自身的一次艰难嬗变——由冷静、强悍、暴烈向温暖、缓和、诗意转移，由人性恶的执着展露转向人性善的温情召唤。"① 在成长的迷茫与痛苦中，纯真的友谊和对生命的赞美，都体现了脉脉温情和淡淡悲悯。尤其在《活着》中，作者更进一步加强了这种苦难意识和悲悯情怀，走出了对苦难和命运的单向度梳理，将苦难的本质与人的承受能力联系起来，把福贵安插在生死抉择困境中，对福贵承受苦难的心态做了深入分析，为他找到了一条真正应对苦难的有效方式——"忍受"。当他面对亲人相继离世时，并没有如先前般声泪俱下、号啕大哭、撕心裂肺地吼叫吵嚷、悲痛欲绝地控诉抱怨，因为他已经知道自己与命运无法抗争，此时能做的就是忍受苦难。

从某种意义上说，《许三观卖血记》就是对《活着》中忍受苦难主题的延续与消解。它本就是一部关于苦难和重复的交响曲。身份卑微的工人许三观以卖血方式抗争苦难而凄惨地活着，虽在文本开端，许三观极力想摆脱卖血的命运，但是作者还是已给出主观暗示：爷爷总是错把孙子认成儿子，反复念叨说："我儿，你也常去卖血？"② 许三观虽极力反驳"我从不卖血"，但是儿子和孙子毕竟一脉相承，这一不可磨灭的事实，早已使卖血成为许三观人生道路上必经的一站，更是他灵魂深处对社会之恶的妥协与反抗。后来，为生存不断重复同一卖血行为十二次；许三观不仅是重复自己的行为，更是重复父辈的人生；后来来喜和来顺的出现又预示这一重复在后辈中仍在继续；究其根本主题，更是对苦难的重复，永远也走不出"卖血"的命运。为了对这一苦难进行消解，许三观似乎有合理的解释：在他幼稚的思想里，"汗钱"是维持人生

---

① 洪治纲：《余华评传》，郑州大学出版社 2005 年版，第 91 页。
② 余华：《许三观卖血记》，上海文艺出版社 2004 年版，第 2、173 页。

命最基本的生存条件，"血钱"则是提升人生活品质的更高级理想；"汗钱"和"血钱"本质上其实并无差别，"汗钱"是一种符合伦理道德的苦难经历，而"血钱"却被视为一种违背伦理道德的苦难经历。既然无论道德与不道德都无法避免社会的苦难，许三观义无反顾地选择卖血也是情有可原的。同时作者也用戏谑的话语不断穿插诱导，就如许三观在卖血前要喝大量盐水，卖血后固定点一壶温黄酒和一盘炒猪肉一样。在这里，我们清楚地看到一个成年人面对生存的苦难时是如何进行消解的。他已跨出嘶声怒吼的悲愤、消极盲目的忍受，他此时对苦难和人生出路的探索，是用不断卖血这一看似合理的行为进行消解，有时甚至还自己调侃自己，因为每次卖血后都可以"改膳"一次。也让我们更深刻地感受到人类被抛入现实苦难后为了消解苦难，精神与肉体上的殊死挣扎。

回顾余华的创作史，我们清楚地看到在他的作品中，即使主人公被推向永无休止的苦难深渊，但为了挣脱苦难，主人公会开始自我消解，苦难主题的重复不仅成为贯穿作者创作的线索，而且揭示了他先锋期和后期创作的继承和转变关系，成为他艺术图景中最易被人辨识的那部分。

福克纳与余华对主题的重复，并不是两者出于对苦难、罪恶的沉迷或是兴趣，而是通过或象征，或写实的表现手法揭露人生的罪恶，唤醒人们对于善的追求，对于良知的企盼。苦难对于任何时代而言都是一种客观的存在，人类从历史走向未来的途中总是背负着过重的负累，苦难便是其中之一。无视苦难的存在是一种愚蠢，而如果因之陷于对未来的绝望，这种悲观主义也是有害无益的。余华的作品，其主题往往随着作家自身人生体悟与写作实践而深入，最终呈螺旋上升趋势，对苦难的理解也体现出从体验到忍受再到消解的发展趋势，其间体现的艺术张力亦不容小觑。而福克纳借南方的毁灭与希望发出"人是不朽的"的感叹，这才正是两位作家通过对苦难的思考，所指引的人类未来。

2. 话语重复与艺术创造

两位作家文本话语叙述的特点，虽都暗含绵延"多"的阐释，但又各有不同。福克纳文本的话语重复主要体现为巴赫金复调小说的特色，借"多声部"对同一事件的众声喧哗，体现出不同叙述者对同一事件的重复因叙述内容、叙述方式、价值判断等差异，而形成相互冲突甚至完全对立的图景。余华文本的话语重复则借鉴自马赫交响曲对简单旋律的重复与深化，用显性对白的反复吟诵，深化苦难主题、悲情意味，正是这些重复和冲突为作品意义创造性阐释提供了无限可能性。

福克纳文本中的重复叙事暗含着巴赫金的"复调"小说理论，在小说中运用多种不受作者权威的控制的声音，各自用自由、独立的立场展现具有同等价值的独立意识，这些独立意识又构成了相对自由的世界，在文本叙述的穹顶下对话、对位，形成众声喧哗的特色，更编织出多重叙述视角，无处不在的复调特征也赋予了作品开放性、多元性，更加深了主题意蕴。

托多罗夫认为："重复叙事由下列几种因素产生：人物多次重复同一故事；几个不同的人物对同一事实做补充叙述（这可产生一种'立体幻象'）；一个或数个人物相矛盾的叙事，使人对事实或一个具体时间的确切内涵产生怀疑。"① 简言之，类似热奈特所谓的"同一事件可以讲述好几次"，而且还可伴随着叙述视角的变化。② 福克纳作品中的重复叙事也通常与多角度叙事融为一体，体现为复调特征。当不同叙述者对同一事件或人物进行重复性阐述时，作者的目的不是像传统小说一样把故事情节讲清楚，而是为了展现不同立场、视角下的叙述者对同一事件的多方位感受。虽然在这种众声喧哗的场景中，不同叙述者对同一事件的叙述会因内容、方式、价值判断等产生差异、相互冲突甚至完全对立，可正是这些矛盾和冲突为作品意义的创造性阐释提供了无限可能性。

《喧哗与骚动》《我弥留之际》《押沙龙，押沙龙!》都是重复叙事与多角度叙事复调成功运用的典范，又呈现出各自的特色。《喧哗与骚动》中四个叙述视角各自独立，在没有情节贯穿的情况下，通过现实刺激产生对过去的持续性回忆，每个叙述视角都具有相对连贯性和独立性。《我弥留之际》围绕一个焦点事件：艾迪的死和送葬行动，由 15 个叙述者交织完成，在事件过程中叙述者交替补充，为读者构建了一幅"立体幻象"。《押沙龙，押沙龙!》虽然也运用了复调的手法，但其叙事结构却使人对事实和内涵产生怀疑。如戴维·明特所言："在《标塔》中，福克纳将几个用行动表现自己的人同一个用语言表现自己的人对置并列；在《押沙龙，押沙龙!》中，将一个制造行动的人同讲

① 茨维坦·托多罗夫：《文学作品分析》，王泰来等译，重庆出版社 1987 年版，第 25 页。
② 热拉尔·热奈特：《叙事话语 新叙事话语》，王文融译，中国社会科学出版 1999 年版，第 75 页。

述行动的人对置并列。"① 即萨德本作为创造历史的主角，但并非是讲述历史的叙述者，几位叙述者作为再现、重构历史的人与萨德本并列对置，成为文本复调的第一层。与此同时，四位叙述者之间的叙述内容相互重复、对照，成为文本复调的第二层。第三层则是每个叙述者自身叙述内容的对照，他们按照各自的记忆与理解，在重复、矛盾甚至对立中不断讲述萨德本家的故事和历史，其中自然时序被打破，过去、现在和对未来的推测被编织进叙述者的话语中，更使萨德本的传奇显得神秘莫测。②

正如肖明翰所言："这部小说重心不是情节发展，而是不同的叙述者对斯特潘（萨德本）家族那些既令人恐怖又令人着迷的传说片段所做的不同、甚至相互矛盾的解释。"③ 实际上，不论是昆丁的意识流，还是施里夫、康普生的叙述或罗沙的话语，回忆总是不断被插播进去，与叙述者的声音混杂在一起，形成一种极为复杂的叙述结构。因为每个声音背后，我们几乎都能听到另一叙述者的辩解，同时每一位叙述者声音本身也都表现出疑惑和不可靠，因为叙述者发现自己的生活故事和讲述的故事不可能有意义，但必须有意义，便不断寻找最终的意义，小说却不断地既导向又回避最终意义。透过他们的叙述，故事不会更完整、清晰，而是更多元、复杂，因为始终缺乏一个具有权威地位的中心叙述者，在叙述者各自背离的叙述结构之下，故事的可靠性、确定性被迅速消解，这种开放性结构更为读者们留下了无尽的阐释空间。

余华小说的话语绵延中的"多"，主要体现为显性的对白、词语重复，他的重复，像是诗歌中的修辞，通过押韵、格律、对仗等的运用，达到渲染气氛、展现人物、浓墨重彩的效果。虽看似简单，类似日常絮语，但是单纯的对白、反复的吟语也可以很好地推动小说叙述行为，为叙述语言留下空白，便于阅读者充分发挥主体性，拓展想象空间，这未尝不是一种丰富。也恰恰是这种简单的话语重复和重复内容的重叠、变化，引起了故事裂变、拓展，借重复达到绵延创造的效果。

重复叙事，作为一种修辞手段一直贯穿在《现实一种》和《许三观卖血记》中，仿佛迎来了一场用重复对白构成的全文大狂欢，不仅赋予叙述以惊

① 戴维·明特：《福克纳传》，顾连理译，东方出版中心1994年版，第175页。
② 刘道全：《论福克纳小说的空间形式》，《国外文学》2007年第2期。
③ 肖明翰：《威廉·福克纳研究》，外语教学与研究出版社1997年版，第159页。

人的力量，更形成了一种独特的艺术形式。在《现实一种》中，小说一开头就写道老太太不断抱怨"骨头发霉""骨头正一根一根断了""身体里有筷子被折断的声音""我的胃里好像在长出青苔来"，① 这种抱怨始终萦绕耳边，但似乎都没有人听到，这样刻意为之的冷漠在文本开头就已奠定了一种基调。随后皮皮不断说"我冷。""我冷。""我冷。"当他午睡醒来后全身发冷地对父亲山岗连说三次时，父亲并不理会，皮皮也没能从山岗那里得到丝毫温暖，展现在我们眼前的只有冰冷的父子关系。更为冷漠、血腥的重复运用，体现在两次复仇语言上。当山峰要皮皮为自己儿子偿命时，矛盾逐渐走到极点，二者的对白却是这样的：山峰要皮皮把那地上的那摊血舔干净。

> "以后呢？"山岗问。
>
> 山峰犹豫一下说："以后就算了。"
>
> "好吧。"山岗点点头。

而当山岗复仇时，也出现了类似的对话。

> 山岗要把山峰的妻子绑在树上一小时。
>
> "以后呢？"山峰问。
>
> 山岗说："没有以后了。"
>
> "好吧。"山峰说。

当几乎一模一样的对白重复出现在两段复仇中时，表面看似波澜不惊，实则暗潮汹涌。如果说第一次是在表现人性的自私、虚伪，那第二次就是加重论证。这其实是作者在揭露人性冷漠的丑陋表象，不管人们承认与否，它确实存在，而且不断重复。② 第一次山峰对山岗采取的冷漠行为，第二次山岗定要用百倍、千倍的手段偿还。"以后"会怎样？是和平相处还是兄弟反目，是重修旧好还是形同陌路，读者都无从得知。余华用驾轻就熟的重复，构建的冷酷、

---

① 余华：《现实一种》，新世界出版社 1997 年版，第 2、21、36 页。
② 李光辉：《论余华〈现实一种〉中的重复叙述》，《安徽文学（下半月）》2012 年第 1 期。

暴力叙事，在一次次的重复中，以更猛烈的撞击速度反复敲打着现实人性的悲剧。

余华话语重复的巨大力量其实是来源于音乐的启迪，1993 年冬，余华在《音乐影响了我的写作》中说自己迅猛地爱上了音乐。不论是 1994 年创作《我没有自己的名字》还是 1995 年的《许三观卖血记》，一年多时间里，马赫、肖邦、贝多芬等音乐大师的著作的影响随处可见。"我明白了叙述的丰富在走向极致以后其实无比单纯，就像这首伟大的受难曲（马赫：《马太受难曲》），将近三个小时的长度，却只有一两首歌的旋律，宁静、辉煌、痛苦和欢乐都重复着这几行单纯的旋律，仿佛只用了一个短篇小说的结构和篇幅就表达了文学中最绵延不绝的主题。"[1] 音乐启发了余华的叙述思路，也唤醒了他对深化主题的全新追求，用简单的重复敲击读者的感官，带来了往返撞击心灵的力量源泉。

《许三观卖血记》中，许三观过生日，恰逢饥荒之年，许玉兰给全家人做了一顿比以往更稠的玉米粥，为了弥补大家，许三观用丰富的想象力为大家炒了三盘红烧肉。陈思和先生曾就这一点说：许三观生日这段，使用想象中、精神上的美味来满足物质上饥渴的折磨，这是引用了民间说书艺术中的发喙段子。[2] 这其实更暗含着普通人消解苦难的心酸和无奈。此段叙述中，许三观说要为大家用嘴炒菜，每人各点一道菜，三个儿子不约而同点的都是红烧肉，作者便不厌其烦地把红烧肉做法重复叙述三遍："我给三乐切四片肉……我先把四片肉放到水里煮一会儿，煮熟就行了，不能煮老了，煮熟后拿起来晾干，晾干以后放到油锅里一炸，再放上酱油，放上一点五香，放上一点黄油，再放上水……"如此重复三遍用语言炒的红烧肉，没有给人一种烦琐感，沉重和辛酸之感却油然而生。如果作者仅叙述一遍，这种强化渲染的效果就无法实现，并且在许三观不厌其烦又自得其乐地叙述三遍炒红烧肉的过程中，主人公自我消解苦难的乐观心态呼之欲出。

不管是福克纳运用巴赫金复调理论的众声喧哗还是余华借鉴马赫交响曲的重复叙述，这两者都借用言语重复展示出主题的纵深结构和丰富意蕴。话语重

---

[1]　余华：《没有一种生活是可惜的》，陕西师范大学出版社 2019 年版，第 167 页。

[2]　陈思和：《碎片中的世界和碎片中的历史——1995 年小说创作一瞥》，《中国当代文学关键词十讲》，复旦大学出版社 2002 年版，第 223 页。

复体现了"绵延"之流中每个状态的多样性和创造性，用话语重复主题，借话语创造主题，是两位作家共同的艺术特色。

3. 人物重复与艺术创造

绵延之流中，重复与创造最有力的代言人便是两位作家文本中的主人公形象。他们既是为主题服务的人物角色，又是传统文化的生动载体，在他们身上，作家们用重复出现的不同名称刻画了一批传统文化代言人，暗含着作者对过去价值的评判。使人物不仅仅是人物，作者在人物的重复中实现对传统价值的评判。

在福克纳的"约克纳帕塔法"世系小说中，重复的人物主要体现于家族小说中。他的 19 篇长篇小说里，几乎三分之一的作品都是家族小说，其笔下的四大家族更在"约克纳帕塔法"世系中不断重复出场。《喧哗与骚动》《沙多里斯》《八月之光》《我弥留之际》《押沙龙，押沙龙!》《去吧，摩西》《没有被征服的》等都是典型的家族小说，沙多里斯、康普生、萨德本和麦卡斯林四大家族的兴衰起落很大程度上不仅是南方历史的写照，更是对旧南方传统价值的审视。前三个家族的世系小说更多描写暴力的发家史、颓废迷茫的后代，而麦卡斯林家族，作者则更多寄予南方未来的希望，体现出作家虽对旧南方种族主义、殖民主义、奴隶制深恶痛绝，但是认为南方的希望仍然存在。麦卡斯林家族作为新南方道德的启明星，更被寄予了无限厚望。

旧南方毁灭最具代表性的家族是萨德本家族，将种族主义、殖民主义等罪恶展现得淋漓尽致，成为"约克纳帕塔法"世系中泯灭人性的突出代表，在他成功的手段背后，早已预示着旧南方必然衰亡的根源。萨德本与前两个家族不同的是，他并非出生于殷实之家，而且来自一个穷苦白人家庭，因为小时候去主人家送信，遭到黑人管家的阻挠与羞辱，便心存怨恨，立志将来要功成名就，成为一个大庄园主，超过那些白人贵族。萨德本的发家史充满血腥和欺骗，当他从西印度群岛带 20 个黑奴闯入杰弗生镇时，在怀疑声和非议声中无所忌惮地建造萨德本百里地；后通过与富商勾结，跻身上流社会，用压榨黑奴、巧取豪夺的方式，巩固梦想中的百里地。他固守种族主义，抛妻弃子，剥夺女儿幸福的权利并多次教唆儿子自相残杀，这些都导致萨德本家族后继无人。种族的偏见使他辛苦建立起来的百里地葬身火海，他泯灭人性的所作所为，更为今后埋下被底层人民反抗的伏笔，最后萨德本只能在民怨与天意中死于非命。

虽然在世系小说中不断描写南方衰亡的历程和必然趋势，但是福克纳并不悲观，从《去吧，摩西》的麦卡斯林家族开始，人类受到道德的启化，南方的希望正在孕育。《去吧，摩西》讲述了麦卡斯林家族的历史。艾克·麦卡斯林作为庄园主老麦卡斯林的孙子，扛起了整个家族启蒙的重任。《熊》是写艾克·麦卡斯林 16 岁时，与村里人一同外出打猎，机缘巧合猎杀了这头名叫老班的黑熊，两年后再回到森林，发现了森林因缺少老班的守护，发生了翻天覆地的变化，树木被成片砍伐，猎户和猎人全都消失得无影无踪。当他对新兴的实利主义感到难以适应时，从祖父那里继承的一笔不义之财更坚定了他拒绝的信心。艾克还有一个好朋友名叫山姆·法泽斯，他是印第安酋长和女黑奴的孩子，勇敢、善良、坚韧乐观且富有同情心，艾克从他身上看到了凸显人性美好的闪光品质。① 他和老班一样，都代表着大自然最纯洁、最伟大的高尚和勇敢，而祖父所拥有的庄园和财富，则是黑奴的血与泪。最终艾克拒绝了遗产继承权，成为一名木匠，和山姆一样自食其力，坚守真正纯洁的心灵和道德。《熊》可以算是福克纳小说主题的一个分水岭，从此开始表现出受启化的人的思想，指出了人类希望之所在。塑造了这么多的家族成员，作者不是为了恋恋不舍旧南方的庄园，而是相信人类未来的生存会更有希望。

福克纳以家族为纽带的创作理念，使人物在作品中交叉出现，这不仅是对旧南方的恋恋不舍、追思怀念，更是借旧南方衰亡的历史表达对殖民主义、种族主义的鞭笞。以萨德本家族为代表的旧南方因固执保守、残忍暴虐终将被时代淘汰，而以麦卡斯林家族为代表的新南方也会因勇敢乐观、善良纯洁继承南方的未来。

余华小说中的重复人物，并不像福克纳一样是庞大的家族体系成员，余华笔下的人物，不论出现在短篇还是长篇，读者细细探究后便会发觉，作者一直都没有走出男性视角中心，尤其是他写忍辱负重的母亲，一直重复着中国传统妇女最固着的形象。较为典型的有《活着》的家珍、《在细雨中呼喊》的母亲、《许三观卖血记》的许玉兰、《兄弟》的李兰等。

---

① 张湄玲：《试论约克纳帕塔法世系小说中的家族小说主题》，《开封教育学院学报》2011 年第 3 期。

《在细雨中呼喊》的母亲给"我"的印象就是：手脚总是不停地忙着什么，说话不多，勤勤恳恳、忍气吞声、任劳任怨，即使刚分娩仍然蹒跚地走去给丈夫送饭，并轻言细语地赔着不是。面对丈夫的不忠，她也不敢多问，忍辱负重。这样一个中国传统型妇女形象，甚至没有一个名字，我们只知道她是孙广才的妻子，其他一概不知。母亲对子女的付出和给予家庭的温情，最终换来的是子女的同情而不是丈夫的关爱，这样的悲情形象体现了有史以来不断重复的传统母性。《活着》的家珍，同样是一个具有传统母性的人，余华虽未浓墨重彩地描写她，但作为读者的我们仍不能忽视她的艺术魅力。她本是小康之家的知识分子，却嫁给一个吃喝嫖赌的乡下土财主，对此她从不抱怨，即使心里不满，脸上也不会让丈夫看出来。就算丈夫在城里连夜豪赌、彻夜不归，她也只是挺着大肚子一声不吭地跪在福贵面前，任凭福贵对她又打又骂，而且低声哀求。当福贵败光家产无钱生养时，她回娘家生完孩子后还是立马回到福贵身边和他一起过苦日子。作为女性，她承受了比福贵更多的苦难，她在作品中没过上一天好日子，至少福贵年轻时还逍遥了一时，家珍自从嫁给福贵却一个苦难接着一个苦难，面对这些，她也只是默默承受，并表现出令人钦佩的坚忍与宽容。

《许三观卖血记》中的许玉兰，虽没有承受比许三观更多的苦难，但她用无尽的哭泣表达了自己的不幸遭遇。当父亲决定把她嫁给许三观时，她"坐在床上掉出了眼泪"；许三观发现她以前的私情时，她"一屁股坐在门槛上"就哭；一乐闯祸了，方铁匠抢走家当时，她"捂着脸呜呜地哭"；许三观卖血了，她哭；"文革"了，她哭……正如波伏娃所言："女人喜欢哭的习性可以由她的生活处于无力反抗的事实来解释。"[1] 许玉兰的哭泣中虽没有多少是因为人生的重负，但是生活的艰难、社会的压迫、命运的无奈还是让我们多少理解她处境的无力与悲哀。读者也看到了当何小勇蒙难时，她不计前嫌的淳朴、善良。《兄弟》的母亲李兰，更是坚忍与苦难的化身。一出场就成为寡妇，已够悲惨了，而且这个丈夫还是因在厕所偷窥女人掉进粪坑淹死，更让她感到耻辱、悲愤。后来嫁给了宋凡平，她还是战战兢兢地走在街上，贴着墙根，头低到胸口，因为她觉得街上所有人的目光像针一样扎遍她全身。第一任丈夫留下

---

① 波伏娃：《第二性》，李强译，西苑出版社 2004 年版，第 236 页。

的苦难还没完全结束，第二任丈夫的死亡已悄然而至。当她去上海治偏头痛之际，宋凡平被活活打死，当她一出汽车站看到世上最亲近的人离开时，在两个孩子面前却表现得无比坚强。"从她走出长途汽车站看到李光头和宋钢哇哇大哭，一直到跪在地上将染上血迹的泥土包起来，回到家看到血肉模糊的尸体，再去买回来一具薄板棺材，让棺材铺的人将宋凡平的膝盖砸断，她始终没有哭叫。"① 以至于小说结尾李兰的公公——宋凡平的父亲，老泪纵横地说："我儿子有福气，娶了这么好的女人，我儿子有福气，娶了这么好的女人，我儿子有福气啊……"② 这是对李兰的一个中肯总结，对的，她是一个好女人，一个中国传统的坚忍女人。

余华借这样四位弱小女性对家人、生活的善良包容和坚忍执着，赞扬了中国传统妇女在苦难轮回里以柔弱身躯承载生命之重的担当，更是"用一根头发去承受三万斤的重压，它没有断"③。善良包容、执着坚忍的传统劳动妇女不仅是余华作品中重复出现的人物形象，更是小说中不可或缺的风景线。即使在其先锋时期的写作中余华曾说要把小说消解成无主题、无情节、无人物的文本，但是小说仍离不开人物——即使人物只作为一个符号出现。这个符号不仅是性格特征的代名词，更是大众对中国传统妇女固有的印象，对她们的默许与支持，实际上代表了对传统文化含蓄、隐忍、贤德等品质的认同。

杨义在《中国叙事学》中说过："一篇作品的结构，超越了具体的文字，在文字所表述的叙事单元之间或叙事单元之中蕴藏着作家对世界、人生及艺术的理解。"④ 余华与福克纳在主题、话语还有人物上的重复与创造，不仅改变了惯常的叙事节奏，更在内涵上丰富了文本的可读性，最大限度地发挥了叙事的张力。用举重若轻的主题、话语和人物重复，暂时搁置对传统价值的评判，凸显作品的厚重感。

---

① 余华：《兄弟》，北京十月文艺出版社 2022 年版，第 164 页。
② 同上，第 229 页。
③ 余华：《活着》韩文版序言，南海出版公司 1998 年版，第 152 页。
④ 杨义：《中国叙事学》，人民出版社 1997 年版，第 39 页。

第四节
时间与价值评判

时间是人类生命的基本存在方式，柏格森的时间哲学本质上也是"人本主义"，即只有人才是时间哲学的主题，他对时间做了"人学"的理解或者说对人做了时间性的理解。但人作为时间的本质，在时间中有何价值？时间是为人所用还是人被时间所困？特别是进入现代社会后，时间对人类的压迫与威胁越来越大，时间更鲜明地体现出它的桎梏色彩，两位作家不断在作品中用绵延的时间观将过去、现在与未来紧紧粘连，仅仅是为了搭建恢弘的艺术殿堂或打造迷宫般的阅读体验感吗？答案当然不是。在时间中反思过去、立足当下、展望未来才是作者运用时间哲学的最终取向。

如何借用时间做出价值判断？简言之，在创造中判断。柏格森（一译伯格森）时间哲学中指出："只有时间才是构成生命的本质要素，时间被视为无限的创新之流，创新是人的创新。"① 绵延的主体或承载者不是非生命的生物，而是"我们""自我"。真正的自我是瞬息万变的，"每一项工作都包含着发明，意志的每一个活动里都含有自由"。② 柏格森意义上的每一刻都意味着创造，这不仅是新形式的创造，更是一切新事物连续不断地产生，因为时间具有无穷无尽的创造性。体现在两位作家的小说中，传统与现在紧紧粘连，主人公试图在不断回望传统、反观现实中找寻未来的出路，但是作者并非亦步亦趋地模仿套用传统，而是在置换变形中引出时代话题，用无与伦比的笔墨敲响了人类社会的警钟，生存价值被重新估量。

---

① 伯格森：《创造进化论》，王珍丽、余习广译，湖南人民出版社 1989 年版，第 8 页。
② 转引自李文阁：《生命冲动：重读柏格森》，四川人民出版社 1998 年版，第 77 页。

1. 传统价值

如何对传统价值进行评判？首先架构与传统的沟通渠道必不可少。细观福克纳的创作，他有意识地将作品主题和主人公与圣经故事形成对应，从而使作品在对位下显示出独有的价值意蕴。

福克纳运用神话原型时，最常见的方法就是对位结构，即为小说安排一个对位的原型结构，有意识地使其作品的故事、结构、人物与圣经原型对应，不仅为作品赋予超越时空的隐含意义，更通过对位反观现实，预示未来的出路。"提醒人们记住荣誉、勇气、自豪、希望、同情、怜悯之心和牺牲精神……为此，人类将永垂不朽。"①

《押沙龙，押沙龙!》作为福克纳长篇小说的突出代表，不仅书名直接出自《圣经》中关于大卫王和爱子们之间的杀戮冲突，更包含了之前的福克纳小说中几乎所有主题，例如旧南方崩溃、种族主义、清教主义、乱伦以及历史对青年一代的毁灭性影响，等等。因此，以此部作品作为福克纳圣经象征体系的切入点，具有极强的代表性和典型意义。但与圣经原型不同的是，小说悲剧冲突的根源是种族主义，并力图通过这个原型发出当今社会人类普遍关注的声音，将作品中人物短暂的生命提升到时代中永恒的命运王国，其体现出的深沉精神力量更具深远意义。

《押沙龙，押沙龙!》的书名和情节均取自《圣经·撒母耳记下》，萨德本的原型取自大卫王，亨利是押沙龙，朱迪思是他玛，查尔斯·邦是暗嫩。押沙龙为维护妹妹他玛而杀死暗嫩，就是亨利为了维护妹妹的贞洁而枪杀查尔斯·邦的故事原型。1833 年，当年轻的萨德本第一次出现在杰弗生镇广场时，镇上的人对他一无所知，甚至用怀疑、敌视的眼光打量他，这与《圣经》中大卫王忽然出现在长老们面前的场景如出一辙。尔后，他从印第安酋长手里骗到一块土地，通过开垦荒地、兴建大宅、贩卖黑奴，摇身一变从一无所有的外乡人成为财源滚滚的种植园主，用实际行动证明了自己的才干。与《圣经》中以色列人传唱"扫罗杀死千千，大卫杀死万万"相对应的，便是镇上的人也开始"如古希腊合唱队不停地始而向左继而向右舞动着唱出：萨德本、萨德

---

① 李文俊：《福克纳评论集》，中国社会科学出版社 1980 年版，第 255 页。

本、萨德本、萨德本"①。但是据圣经记载，大卫王最大的渎神行为就是谋杀父亲乌利亚并霸占了拔士巴，从而诱发了晚年宫廷的淫乱和仇杀：长子暗嫩奸污他玛，最终大卫王痛失爱子，自己被押沙龙谋杀。与此不谋而合的是，萨德本也因抛弃带有黑人血统的妻子和儿子遭到命运的诅咒：查尔斯·邦被亨利枪杀，儿子亨利为躲避刑罚开始逃亡。大卫王与萨德本同时失去爱子，家业毁灭，他们的故事中都包含三个基本元素：父子反目（押沙龙报复大卫王 VS 查尔斯·邦报复萨德本）、兄弟相残（押沙龙杀死暗嫩 VS 亨利杀死查尔斯·邦）以及兄妹乱伦（暗嫩奸污他玛 VS 查尔斯·邦爱慕朱迪思）。两个故事用相同的诅咒、命运、报应、惩罚、逃亡等主题，暗示主人公不可逃避的悲剧命运和旧南方必定倾颓的宿命意味。因为萨德本家族的毁灭就是南方必然瓦解的历史缩影，他们的命运就是南方命运的象征。②

虽然余华作品中没有沟通神话圣经的象征模式，但是其铺设的叙述渠道却与鲁迅一脉相承，并在当代焕发出崭新的生机。鲁迅与余华，一位作为 20 世纪初中国现代文学的开山鼻祖，一位作为当代先锋派代表作家，看似相去甚远，但以赵毅衡先生、李陀先生为代表的评论家都将余华称作是鲁迅精神最有力的继承、发扬者。而且在十几年前《中国读书报》记者采访中，当几位现代作家被问到是否在创作中继承现代文学传统时，只有余华说他继承了鲁迅的传统。

在主题上，余华之所以被认为是"跟鲁迅走得最近的人"，最突出的表现便是他们都"直面惨淡的人生，正视淋漓的鲜血"，以及延续了"五四"启蒙精神，直逼国民性批判，刺激国民反思。鲁迅在他第一篇白话小说《狂人日记》中就借狂人之口道出封建社会"吃人"的本质，从此揭开封建社会批判的序幕。当人物发出"救救孩子"的呐喊时，思想的启蒙便呼之欲出。在《孔乙己》中，鲁迅又以孔乙己之名，深入批判封建科举制度的荼毒。《阿 Q 正传》中，阿 Q 作为反思国民劣根性的一面镜子，更淋漓尽致展现了病态中国社会造就的病态国民，麻木、愚昧、不仁成为隐藏在社会表象下的人性痼疾。余华生于 1960 年，"文化大革命"构成了其童年对世界的第一认识，并

---

① 福克纳：《押沙龙，押沙龙!》，李文俊译，上海译文出版社 2004 年版，第 4 页。
② 蒋花、柴改英：《〈押沙龙，押沙龙!〉中的神话原型及主题》，《四川外语学院学报》1998 年第 2 期。

已深入到余华的潜意识中，在作品中幻化为时隐时现的暴力元素与社会罪恶，并通过人物对历史的态度反思人性的罪恶。《一九八六年》中，一位潜心研究古代刑罚的教师在"文化大革命"中也饱尝各种刑罚之苦，多年后当用自残重现那段历史时，他的自残行为，不仅是对当时场景的再现，也是自己时代记忆的延续与讽刺。《兄弟》中更是将人性麻木借助"文化大革命"渲染发挥到淋漓尽致。当村民们以"文化大革命"为借口集体杀死李光头的继父后，无人同情深陷绝望、崩溃边缘的李兰，所有人都封闭了内心，用鄙视与嘲讽将人性中的残忍、无情展现到最大程度。两位作家都将对民众的描写作为洞悉社会的窗口，用犀利的笔触刻画民众的"众生相"，通过对弱势的农民、妇女、儿童等生存状态的真实描写，犀利讽刺社会的腐朽与堕落，给予作家对民众生活困境与时代苦难的深切关怀。

在人物上，鲁迅笔下的愚昧讽刺型人物，无论是精神畸形的知识分子，还是社会底层的愚弱国民，都饱含作者"哀其不幸，怒其不争"的声嘶力竭呐喊，有时甚至连读者都希望跳进作品晃醒他们混沌的头脑，激发其反抗的勇气。在鲁迅讽刺艺术的众生相中，最成功的就是集国民性弱点于一身的阿Q，作者用一个以"精神胜利法"为主要性格特点的穷光棍汉的悲剧一生，反映了当时的社会现实。余华作品中，人物形象的塑造表现为一方面赞扬其面对苦难时的坚毅忍耐态度，另一方面鞭辟入里地批判他们的愚昧和腐朽。《活着》中的福贵在命运面前，从不抱怨愤慨，只是沉默接受、无言顺从。当自己儿子为他人献血丧命时，他没有把学校、医院告上法庭，而是默默把孩子背回家，偷偷埋掉；当龙二等合伙人把他的钱财骗光后，他不仅没有去讨回公道，而是想用死来了结这一切。如此的忍辱负重、忍气吞声是美德还是苟且？无论是阿Q、孔乙己还是福贵，都是被麻痹了精神的一群人，没有灵魂只有躯体，面对他们的苟且，余华和鲁迅都试图用笔来唤醒他们的精神，指引他们从黑暗中走出来，成为真正意义上的人。

综观福克纳与余华对传统价值沟通渠道的建构，他们都从个体生存角度出发，完成了对旧南方、封建社会从制度到文化的深刻批判，但是批判和反思并不是为了憎恨，而是将个人身心遭遇与时代苦难捆绑在一起，希望通过对历史的反思取得进步，为构建新的国家民族共识提供帮助。

2. 创造性批判

如何对传统价值进行创造性评判？文本的"置换变形"必不可少。弗莱曾言："文学上无数千变万化的作品可以通过某些基本的原型串联起来，构成有机的统一体，从中清楚地看出文学中变与不变的规律现象。"① 福克纳对于圣经原型的引用和余华对鲁迅文本的借鉴并非仅仅是一一对等的重叠、借用，其中包含着更为深刻的"置换变形"。并且变形后的圣经原型之所以更有张力，就是因为：它发出了比我们自己强烈得多的声音，"可以使人心醉神迷，为之倾倒。与此同时，他把他正在寻求表达的思想从偶然和短暂提升到永恒的王国之中……唤起我们身上那些时时激励着人类摆脱危险，熬过漫漫长夜的亲切力量"②。这在《押沙龙，押沙龙!》的主题、人物两方面体现得尤为突出。

在主题中，作家借用圣经原型引出了时代中更为敏感、棘手的话题：种族主义。小说中作者始终未让萨德本本人现身言语，而是铺设一个又一个悬疑的迷宫让周边的人物与读者一同现身揭秘。何以造成了萨德本家族的悲剧？萨德本缘何抛妻弃子？他又为何拒绝接受查尔斯·邦？当这一个个的谜团接踵而至时，查尔斯·邦的现身使萨德本的面目逐渐清晰。从昆丁和史立夫的言语中，我们得知原来查尔斯·邦的黑人血统使他在坚持迎娶朱迪思时被杀害，同时萨德本家族也是坚定的种族优越论捍卫者。坚定的种族主义除导致查尔斯·邦的悲剧外，还导致朱迪思终身守寡、亨利永世逃亡，萨德本痛失爱子，于是想通过得到另一个儿子实现自己的宏图大业，结果却造成罗沙小姐的悲剧命运，而萨德本本人也终被穷苦白人砍死，家族庄园葬身一片火海。这一系列事件的深层象征意义似乎在对我们诉说：萨德本庄园的昔日辉煌与南方的往昔繁华一样，都是空中楼阁、明日黄花，所以在非人道的种族主义之上建立起来的萨德本庄园最终也会像南方旧制度一样摇摇欲坠、倾颓颠覆。种族主义问题，历来都是敏感、棘手的代名词，作者引入其作为作品的主题，直指人性最深处，不仅使小说主题超越历史空间，更跨越时代界限，使之不论在历史还是现实都产生全球性回响。

在人物上，福克纳并非停留在将查尔斯·邦继续塑造成像圣经传说中，暗

---

① 叶舒宪：《神话——原型批评》，陕西师范大学出版社 1987 年版，第 21 页。
② 同上，第 21 页。

嫩那种可鄙可恨的贪恋美色的悲剧人物形象上。查尔斯·邦是在种族主义大环境下，更具悲剧意义的牺牲者形象，因为作者将暗嫩与查尔斯·邦的犯罪动机进行了置换变形：暗嫩因迷恋妹妹他玛的美貌而心生邪念；查尔斯·邦却是为了与父亲相认不得已才决定迎娶朱迪思，这样种族主义主题便跃然纸上。因为萨德本根深蒂固的种族优越论思想，导致查尔斯·邦即便迎娶朱迪思也不会得到父亲的认可，哪怕是暗示性的认可也是奢望。但是婚姻却可成为改善血统的有效途径，然而合法的婚姻，"就是萨德本悲剧中用以说明主题的最引人瞩目的程式之一，这个问题在社会上显然具有关键意义，因为在这个社会里，阶级地位的优越性始终取决于严格的血统划分……法律从未认可黑人妇女与白人男子之间的性关系，查尔斯·邦及其情妇所持有的婚姻执照只是一纸空文，'既未赋予任何人以新的权力，亦为剥夺任何人原有的权力。其原因，在于婚礼只不过是一场罗曼蒂克的仪式，从那八分之一血统的女人角度看来并无约束力，因为'这个女人，还有那个孩子，都是黑鬼'"①。种族和血统成为压倒一切事实的权威论断的深刻影响，鲜明表现在萨德本与查尔斯·邦父子俩如出一辙的抛弃妻子、残害亲人的行为上。他们不承认黑人的合法地位，不允许"低贱的黑鬼"的血液流入家族内部，即使只有1/8、1/16黑人血统，甚至是根本无法从外貌上看出有任何特征的混血儿也都被排除在所谓的种族优越论之外，遭到无情的践踏与鄙视。在如此的置换变形中，查尔斯·邦身上被赋予了更多悲剧牺牲者意义，他的举动似乎也情有可原。

文学作为发展与永恒的统一体，福克纳杰出地实现了用神话原型与现实主题构建文学图景的宏伟目标。通过与神话原型的对位和置换变形，揭示了种族主义的种种问题，家族没落、旧南方崩溃、奴隶制、异化感等问题跃然纸上，作者用无与伦比的笔墨敲响了人类社会的警钟：种族主义会毁灭人类一切美好的东西。

尽管余华的写作刻有鲁迅的印记，但在近年来余华新作中，他开始"浅尝辄止"创作实验，将先锋时期的叛逆、乖戾化为对苦难境遇的同情和怜悯，不仅体现了后现代语境的特殊价值，更反映出作家的人生思考。

---

① 埃尔斯·杜斯瓦·林德：《〈押沙龙，押沙龙!〉的构思及意义》，李文俊编：《福克纳的神话》，上海译文出版社 2008 年版，第 147 页。

例如在后现代语境"重估一切价值"思想的熏染下，余华不再将国民性中的忍耐、麻木，甚至精神胜利法作为劣根性加以鞭打、批判，代表大众的福贵和许三观也不再是类似鲁迅笔下启蒙的对象，余华试图从他们身上寻找抗拒苦难的方式，最后作者所找到的就是用顺其自然、超然洒脱的心态取代了鲁迅笔下必须启蒙、救赎的迫切。

在余华近期的小说《第七天》中，读者们突然发现以往作品中悲剧性事件实际上并没有展开，作者开始进行节制性的处理。比如暴力拆迁并没有发生；家教杨飞准备给孩子上课时，发现孩子坐在自己家里的废墟上，而其父母可能已被废墟埋葬；发廊小妹说想卖身赚钱，但被男友知道后及时遏制住势头，等等。其实在小说之外的社会，尽管已积累了一些社会矛盾，但在作品中作者更爱用节制的手法、举重若轻的态度调整创作。无视罪恶是一种愚蠢，而如果因之陷于对未来的绝望，这种悲观主义也是有害无益的。余华对丑恶的描写，无不伴随着作家对群体性腐败的摒弃，无不展现着作家本人对个人精神世界的执着追求，无不伴随着作家对现实世界的殷切期望。这可以追溯到余华的创作转型。20 世纪 90 年代余华的作品虽还充斥着死亡与阴冷，但由于悲悯情怀的驻足与停留，他的作品开始具有了温暖的色调，并且悲悯情怀总是深藏在那无边的冷漠与黑暗中，作品中开始出现了令人感动的人物形象，而不再只是一些冷冰冰的叙事符号。

余华曾说道：他认为文学的伟大之处就在于它的同情和怜悯之心，并将这样的感情彻底地表达出来。他觉得《许三观卖血记》就有一种悲天悯人的力量。在《许三观卖血记》中，并没有缺乏受难的勇气；相反，作者让许三观在苦难中挺起了脊梁，通过一次次卖血抗拒苦难。而且许三观悲悯情怀中最令人动容的地方，正在于当他面对何小勇时仍表现出极大的宽容，许三观 12 次卖血中就有 7 次是为了一乐，并在何小勇性命垂危时让一乐为其喊魂。当他把"血钱"郑重地交给一乐，他还告诉一乐："这些钱不要乱花，好钢用在刀刃上"，"逢年过节的时候，买两盒烟，买一瓶酒，送去给你们的生产队长，到时候就能让你早些日子调回城里。"为了承受人为的苦难，许三观必须付出鲜血的代价，在被迫用不断卖血的方式抗争苦难的道路上，许三观体现了中国民间的普遍抗争方式，也更代表了中国人在苦难面前的坚韧性格。① 许三观的苦难是民族苦难历史记忆的象征，他用一种透支生命的无奈举措，唤醒我们应该如何面对苦难：他并没有用冷漠去遗忘、消解苦难，相反，他在用一种俗人经验诠释苦难，苦难通过卖血被还原了人生的本质，使我们真正懂得了什么是苦难、又如何面对苦难。

"文学的叙述方面是一个有规律可循的演变过程，文学内容的置换更新取决于每一个时代特有的真善美标准。"② 在福克纳与余华的时间叙事程式中，都搭建了沟通过去的渠道，福克纳直指古希腊圣经象征体系，余华则与鲁迅遥相呼应。并且在沟通中，作者们都不局限于亦步亦趋的呼应模仿，而是将文学内容的置换更新与时代精神结合，福克纳喊出：种族主义将毁灭人类一切美好的东西；余华浸染后现代色彩唤醒人们坚韧的力量。通过置换变形，激励人们时时为摆脱人类危险，直面苦难而努力奋进，使小说主题超越时代界限，直指人性深处，更使之不论在历史还是现实中都具有全球性回响。

时间哲学作为"人本主义"哲学，最终是为人类社会价值服务，通过绵延的时间之流，在回顾传统构建沟通渠道过程中，引发时代深思，用内容的置换更新，发出一个时代特有的真、善、美呼唤。与福克纳背负的沉重南方传统不同，余华文本中的传统则是"文化大革命"中存在的残忍暴虐和旧中国国民性的自私麻木。但是在构建的置换变形体系中，两位作家都表现出对整个人类生存处境的忧虑，同时试图唤醒时代质朴、坚强、不屈的精神品质。

时间意识作为作家现代观念觉醒的重要标志之一，日益受到学界的普遍关注，福克纳与余华两位作家虽生活年代相差半个多世纪，但相似的文本时间哲学理念构成了他们类似的文本思考与自觉。他们将各自的时间感受融进小说世界中，在时间中进行叙述，在时间中把握记忆，在时间中重复、创造，在时间里袒露价值判断。通过对两位作家的梳理，我们看到他们在时间观上受柏格森影响，一脉相承的相同点与差异性。在心理时间叙述上，两位作家都用熟练的时序倒置、直觉主义和意识流手法构建了文本的虚拟结构；在文本回忆中，一

---

① 方爱武：《形而下的守望——论福克纳对余华小说创作的影响》，《电影文学》第 2009 年第 7 期。

② 王淑华：《比较文学的理论认知与应用研究》，吉林出版集团股份有限公司 2022 年版，第 16 页。

切以过去为指向的时间哲学将两位作家或引入民族历史或让他们深陷命运记忆；由此衍生的主题、话语、人物的重复与创造，更是赋予了作品鲜活的生命力；在最后的价值评判中，通过置换变形将圣经体系、鲁迅文本与时代感悟结合，用历史缅怀过去，用希望照耀未来，发出时代的呼唤。

福克纳的"约克纳帕塔法"世系描绘了一幅复杂的美国南方图景，无论是对历史的回顾还是对现实的描述，或对未来的展望，都熔铸在作者时间观的哲学理念中，表现了两百多年来美国南方社会的起落浮沉和各阶层人物的兴衰变迁。余华虽没有如福克纳般营造一个有气势磅礴、泥沙俱下的小说王国，但是在先锋派小说家中，通过天马行空的作品时间观诉求，也打造了糅合事实和象征、现实和超现实，通过传统与先锋充分表现作品时间的迷宫，将读者引向了艺术的殿堂。

（本章作者 鉴雅婧）

第三章

福克纳与苏童人物形象比较研究

福克纳和苏童都将目光投向了自己的"南方故乡",并据此创作出了一个虚拟的南方文学世界,福克纳笔下有"约克纳帕塔法"世系,苏童有"枫杨树街"。他们从各自的文化特征中汲取营养,将自身的生命体验和时代精神融合在一起,在作品中体现了对各自的南方故土和文化的深层反思,并展现了不同文化背景下人们共同存在的精神困境和人性背后的复杂成因。

福克纳创造了规模宏大的"约克纳帕塔法"世系,在这个南方世界中,共有七百多个形形色色的人物形象,小说向我们展现了一幅美国南部近半个世纪变迁史的绮丽画卷。这些人物形象数量众多,有着各自的性格特征,所处阶级极其广泛,从拥有财富和权势的顶层人物到被社会排除在外的"边缘人",他们的命运诡异多舛,殊途同归,构成了一个极富特色的人物王国。同样,在中国,苏童也以善于塑造人物闻名,在苏童笔下的南方世界里,也有着同样多的形形色色的人物。福克纳和苏童都是小说作家,人物是小说最重要的组成部分,甚至可以说,一篇小说的好坏很大程度上都是由人物形象的塑造来决定的。文学作品的人物塑造,往往是多元性格、多重文化因素混合作用的产物,在这种情况下,走进作品中的人物形象,也就能走进作家创作的南方世界,对于我们了解人物形象背后作者深层的心理结构、作者的美学观点与人物形象所反映出来的时代和社会问题都有着十分重要的作用。

本章以福克纳与苏童笔下的人物形象透视为中心,试图找出人物形象的异同点,以及这种异同点背后的个人创作倾向与深层文化心理。本章分为"女性形象之透视""男性形象之透视""少年形象之透视""另类形象之透视"四节,每一节比较了不同时代背景下,两位作者笔下的女性形象、男性形象、少年形象以及文本中的另类形象,他们呈现出的异同点,以及这些异同点背后作者本人的思想倾向及社会文化因素。

第一节
女性形象之透视

福克纳在"约克纳帕塔法"世系小说中和陆续发表的一些短篇小说中以独特的视角塑造了众多的南方女性形象。女性人物在福克纳的小说中起着无可争议的重要作用，这些有着不同经历和结局的女性形象的背后，隐藏着作者深层次的社会批判与文化心理。

在中国新时期先锋作家中，苏童是尤其关注女性形象的作家，女性的命运和女性的生存境遇，是他诸多作品的主题。正如他自己所言："我喜欢以女性形象结构小说，比如《妻妾成群》中的颂莲，《红粉》中的小萼，也许这是因为女性更令人关注，也许我觉得女性身上凝聚着更多的小说因素。"[1] 和福克纳一样，苏童笔下的南方世界中也有着形形色色的女性形象，这些女性有电影演员和戏剧名角，有旧社会深闺阁楼里的女人，也有弄堂嬉闹的少女，她们的人生经历各不相同，也同样在人生舞台上上演一幕幕悲剧。

不同的人生经历里往往有着相同的内涵，在福克纳或长或短的小说中，读者极少听到女主人公的声音，男性是话语权的主导者，而女性则是话语权的接受者，其命运往往是悲惨的。从女性主义研究的视角来看，她们是旧南方父权文化的牺牲品，她们的生活状态被压抑，灵魂深处充满了无助的呐喊。无论是自饮苦酒的颂莲、芝云，还是以肉体换取生存的小萼、秋仪，抑或是《妇女生活》里把一生寄托在

---

① 苏童：《红粉》代跋，江苏文艺出版社 1992 年版，第 6 页。

男人身上的三个女主人公，苏童和福克纳都向我们展现了无论是在中国还是在美国，无论是过去还是现在，都存在一个极度可悲的女性生存世界，并揭示了造成女性悲剧命运的根源——美国南方的父权制社会和中国传统中的男权文化。

除此之外，性别角色的塑造，往往也表达了作者个人的性别观以及对男性和女性的认知。

1. 女性形象刻画的时代背景

想要了解作品中的人物形象创作，就必须要掌握人物形象创作的背景。同样，要挖掘福克纳作品中女性群体的深层含义，也首先要了解福克纳创作女性群体的背景。福克纳创作女性群体的背景可分为：父权制社会、清教主义、"南方淑女"文化三个方面。

由于历史和地域的原因，美国南方社会受到欧洲中世纪文化很深的影响，风气保守，思想落后陈腐。美国南方社会被清教思想影响和渗透，清教思想不仅影响着社会的经济、政治、文化，还深深地对人们的思想加以控制。清教主义可以看作美国文明与文化的开端，深深影响着美国的文学，福克纳也不例外。

旧南方父权制奴隶社会，孕育出了"南方淑女"的文化现象，所谓的"南方淑女"好像是一个无处不在、避免不开的制度要求，规范着旧南方的女性们。这种文化强调女性是男性的附属品，女性唯一所应该存在的环境就是家庭，"南方淑女"应该是虔诚的、柔美的、顺从的。从精神层面上说，南方淑女对上帝有着虔诚的信仰。在家庭中，她们可以被概括为"上帝的笃信者"和"道德的坚守者"。她们照料着家庭，履行着家庭责任，并把这些价值观和行为准则传承给下一代女性。南方淑女文化和传统，渗透着南方社会生活的各个方面，而生活在南方的女性们，没有一个不是笼罩在"南方淑女"的神话和阴影下的。在这种"南方淑女"文化中，又以对女性贞操的崇拜为中心。贵族妇女们从小被灌输严格的贞操观，要求她们抑制感情，压抑欲望，南方淑女的贞操像宗教信条一样不容侵犯。

2. 女性形象的构建

众所周知，福克纳的文学创作是扎根于南方生活和文化传统的，南方社会和南方传统文化在那个特定的历史时期发生了变革，和现代世界发生激烈的撞击，美国内战结束，南方的辉煌已成为过去，然而，仍有许多人死守着南方传统，拒绝接受现实，旧南方被毫不留情地打破，新南方却没有建立起来。这种旧南方的失败，对于世世代代生活在南方土地上的人来说，接受现实是痛苦和尴尬的，新的价值观点更是受到他们排斥和抵制。然而时代的变迁已经不可避免，故福克纳笔下的诸多男主人公被一种绝望感和挫折感吞噬着，而旧南方土地上的大部分女性们则倾向采取一种向内爆发的消极抵抗模式——她们采取了几乎完全抗拒新价值的态度。

旧时代已经不可避免地走向衰落，而这些女性却不愿意面对这些问题，她们选择了视而不见，筹划了一个小小的孤岛来把自己封闭起来，满足自己的心理需要。她们表面上刚强，实际上却如已经腐朽没落的南方一样，外强中干，脆弱得不堪一击。《献给爱米丽的一朵玫瑰花》中的爱米丽，就是这样一个不折不扣的"旧南方的殉葬者"的形象。她所代表的正是父权制社会下要求的"南方淑女"的形象：没有发言权，也没有身份和尊严。她周围的一切，败宅、腐尸、恶臭、尘埃、紧闭的大门、经年不用的沙哑嗓音和一言不发的黑人奴仆……这所有的一切无不与死亡与腐朽相连，充满着悲哀、无奈与凄凉。她对新生活十分排斥，这体现在她对现实的回避上。她的父亲去世了，她却拒绝下葬父亲。伯隆抛弃了她，她选择偷偷杀死伯隆，并和他的尸体生活了四十年。爱米丽的回避还体现在对时间的回避上，她把自己永远地关在了过去。她还回避和外界来往，把自己封闭起来，在爱米丽的世界里，时间是停滞的。新的制度出现之后，官员要求她缴税，爱米丽坚决拒绝，声称自己"无税可交"。她还让上门要税的代表们去找给他免税的萨托里斯上校，似乎她根本不知道萨托里斯上校已经死了十来年。"全镇实行免费邮递制度之后，只有爱米丽小姐一人拒绝在她门口钉上金属门牌号，附设一个邮件箱。她怎样也不理睬他们。"①

这种回避与拒绝实际上就是建立一种壁垒，象征着自己对已经变化了的形势的拒绝接受。爱米丽的这种拒绝可以看作是南方的一种拒绝，她的行为体现了落后的南方如何拼命抵制一切。从某种意义上看，爱米丽就是已经腐朽败落

①　福克纳：《福克纳短篇小说集》，陶洁译，译林出版社 2001 年版，第 79 页。

了的南方的象征。新的时代已经来临，爱米丽为了确定自己的优越性，尊严以及一个所谓的"南方淑女"的完整性，选择了完全封闭自己，这朵献给爱米丽的玫瑰，只能是一朵旧南方的腐朽玫瑰。

旧南方的殉道者这一女性形象在福克纳的作品中并非只在《献给爱米丽的一朵玫瑰花》中存在，在他的另一部作品《押沙龙，押沙龙！》中，我们同样可以看到这样的女性形象——罗沙。

罗沙是《押沙龙，押沙龙！》中最具悲剧色彩的人物形象，终其一生，她都在寻找机会完成男权社会对女性身份的要求——"妻子"和"母亲"。罗沙出生在一个典型的清教徒家庭，接受的是南方淑女的教育。后来美国内战开始，她无家可归便住到了姐夫萨德本的农场以求果腹。战争结束之后，萨德本从战场返回得知自己的儿子死后，向罗沙求婚希望她能为他生个儿子以实现自己"百里庄园"的梦想。对于将贞洁看成构成淑女荣誉和生命的根本要素的罗沙来说，这种提议是极其不体面和带有侮辱性的。愤怒的罗沙一气之下返回父亲的故宅，将自己封闭起来，同《献给爱米丽的一朵玫瑰花》中的爱米丽一样，拒绝与外界社会接触，成为旧时代和旧日的生活方式的陪葬者。

新时代取代旧时代是历史发展的必然。然而旧时代虽然走向了灭亡，但是属于过去意识形态方面的东西却仍旧存在着，旧习惯、旧生活方式依然制约了人们的心理和行为，不管是在美国作家福克纳的笔下，还是在中国作家苏童的笔下，这种情况都是一样的。"生活方式的取代并非突然发生的，当新的生活方式逐渐形成时，旧的生活方式仍然存在着，新的生活方式的巨大突破最初必然无力反对旧势力，因为旧的生活方式的内聚力尚未枯竭，过渡时期是悲剧地带。"[1] 以苏童的作品《红粉》为例，这部作品的背景也是一个新旧交替的时代。新中国成立了，旧的封建社会被推翻，但是那些旧日的道德意识和落后的习惯以及生活方式乃至意识形态，依旧制约着这些"红粉们"。好像一只无形的手牵引着她们走向"悲剧地带"，也使苏童笔下出现了这样一批"旧时代的殉葬者"形象。《红粉》中的妓女秋仪和小萼，她们早已习惯了过去的寄生和糜烂生活。生活突转——新中国取缔了妓院，但她们的思想并没有觉醒，反而

---

① 雅斯贝尔斯：《存在与超越——雅斯贝尔斯文集》，余灵灵、徐信华译，上海三联书店1988年版，第100页。

逃避政府给她们安排的出路。秋仪和小萼都从事娼妓这一旧行业，她们自觉不自觉地接受和认可了这种交易方式，"我到喜红楼是画过押立了卖身契的，再说他们从来没有打过我，我规规矩矩地接客挣钱，他们凭什么打我?"① 在这里，小萼一类的女人已经没有了基本的羞耻感，露出了挣扎的面目。她们要么出卖色相，要么寻求婚姻关系来作为自己的保障，她们身上积累的旧习气促使她们在心理上具有一种与新社会相抗拒的排斥力。在被送往劳动营的途中，秋仪试图逃跑，这正是她身上的旧习气和旧灵魂使然，新的时代到来了，这样的女性却宁愿充当旧时代的陪葬品，仍旧想要通过男性来寻求依托。秋仪找到了一个昔日资本家遗少，想通过嫁给他，来为自己的人生找到一个保障，最后也还是没有成功。"只要是个男的，只要他愿娶我，不管是阿猫阿狗，我都嫁。"② 这也是小萼的生活态度，通过这两个女性，我们可以看到这些旧时代的陪葬者形象，她们回避新生活，因袭着旧习气和旧习性，最终不可避免地走向悲剧。

上面这一类南方女性，她们甘愿充当旧时代的殉葬人，还有一类相反的女性形象，她们彻底放弃南方传统，和过去决裂，在一定程度上被视为"堕落的人"，从另一个方面反映了"南方的堕落"。在福克纳的作品中，可以以《喧哗与骚动》中的凯蒂为例。

康普生家族在当地算是一个名门之家，出生在这样一个家庭里的凯蒂，从小被要求做一个南方淑女。凯蒂生性善良，富有同情心。她追求知识，有强烈的参与意识和反抗精神，面对康普生太太对她的淑女要求，她视而不见。然而随着年龄的增长，凯蒂的这种天性必然会和当时的社会发生强烈的冲突，也会给凯蒂的内心带来矛盾以及困惑。

凯蒂叛逆精神的表现莫过于她的贞操观。凯蒂对贞操毫不在意，"她根本不认为贞操有什么价值，那一层薄薄的皮膜，在她心目中，连手指甲边皮肤上的一丝倒刺都不如"③。在那个父权制的社会中，女性缺乏自己的语言和声音，所以唯一可以利用的就是自己的身体，用自己身体的反抗来表达内心。凯蒂通过放纵情欲，破坏和解构着男性压迫奴役女性的阴谋，她频频与各色男人幽

---

① 苏童：《婚姻即景》，重庆大学出版社 2011 年版，第 64 页。
② 同上，第 88 页。
③ 福克纳：《喧哗与骚动》，李文俊译，北京燕山出版社 2015 年版，第 320 页。

会，试图在性生活中发泄、蔑视与反抗。埃莱娜·西苏指出："她的肉体在讲真话，她在表白自己的内心。事实上，她通过身体将自己的想法物质化了；她用自己的肉体表达自己的思想。"① 可以说，凯蒂的放荡不羁正是对父权制社会的一种"堕落式"还击。但这种还击最后还是走向了失败，凯蒂仍旧走向了悲惨的人生结局。

同凯蒂相比，《圣殿》中的谭波儿走得更远，这是一个自我毁灭的女性形象。和凯蒂一样，谭波儿生活的时代，也是深受父权制和清教主义压迫的时代，一个要求"南方淑女"的时代。然而，谭波儿的父兄强加给她的那种压抑妇女人性的桎梏，不但没有使她树立起惯常的道德观念，相反使她产生了逆反心理，她的"反叛"行为是轻佻的——她并不在乎同学校里的哪一个男孩子约会，只要有约会就行了。在一个父权制社会里，女性原本是被客体化的，谭波儿以能够将男性玩弄于股掌之间而感到洋洋自得。她的这种行为，可以看作是她向整个男权社会发出的挑战，她通过利用自己的身体和美貌，来试图控制当时制度下占据主体地位的男性，通过将男性客体化，来找到自己的主体位置。但是谭波儿的这种挑战，仍旧是失败的，因为她仍旧将自己的身体物化了，使其处在等待和期望中。这种反叛行为无法为她赢得主体的位置。到最后，她的反叛只是一个苍白无力的手势，她只能成为一个彻底的失败者。

旧时代的殉道者建立起坚硬壁垒，以自我孤立求得自我肯定。而旧时代的堕落者则以自我否定和毁灭来作为对现实的反叛，然而这种反叛在福克纳的作品中只获得了自我的毁灭与悲剧，在苏童的笔下，同样也是沉重的结局。《妻妾成群》中形形色色的女性里，颂莲是一个年轻貌美，受过新式教育的女性，由于一些原因，成为陈佐千的四姨太。梅珊是一个戏班演员，被陈佐千看上之后，买进了陈家大院，成为陈佐千的三姨太。在压抑和窒息的陈家大院中，这些女性好像是被豢养的金丝雀，仅仅是男性发泄的对象和玩弄的工具，没有任何尊严与自由。"女人到底算个什么东西，就像狗、像猫、像金鱼、像老鼠，什么都像，就是不像人。"② 这些女性在压抑的环境中，性格里也有了和福克纳作品中的凯蒂与谭波儿一样的反叛精神，这种反叛，也是通过"堕落"的

---

① 埃莱娜·西苏：《美杜莎的笑声》，张京媛主编：《当代女性主义文学批评》，北京大学出版社1992年版，第 195 页。

② 苏童：《婚姻即景》，重庆大学出版社 2011 年版，第 127 页。

方式进行的。梅珊不顾一切地选择和高医生私通，似乎是想要通过这种方式寻找到身体和人生的自由，然而这种反抗，最终也是失败的，梅珊最后被投入了井里，这口井掩埋了几代女性的冤魂，象征封建宗法势力和压抑的男权社会。

谈到新生活的希望，一定要提到的便是《喧哗与骚动》里的迪尔西。对于迪尔西，福克纳不吝表达对她的喜爱："迪尔西是我所喜爱的人物之一。因为她勇敢、大胆、慷慨、温柔和诚实，她永远比我勇敢和诚实和慷慨。"① 福克纳后来在为《喧哗与骚动》写的《引言》中也说道："迪尔西代表着未来。""迪尔西是新生与生活的象征"。② 《喧哗与骚动》可以看作是一个关于南方如何走向土崩瓦解的寓言故事，这个寓言故事象征着旧南方传统道德的衰微和新兴资产阶级道德的罪恶。在这样的旧南方中，有一些女性负隅顽抗，有一些女性彻底堕落，但还有一些像迪尔西这样的女性，用正直和善良，"维持着一切"。

迪尔西身上体现着一些十分优良的品质，她正直、诚实、勇敢、善良，时刻保护着两个弱者即小昆丁和班吉。每当小昆丁受到杰生的欺负时，迪尔西都会挺身而出，和杰生的恶行做斗争，"你就少说两句吧，杰生，"迪尔西说。她走过去用胳膊搂住昆丁，"快坐下，宝贝儿，"迪尔西说，"他应该感到害臊才是，把所有跟你没关系的坏事都算在你的账上。"③ 这些都表现了迪尔西的正直和勇气，以及她的是非观。

尽管福克纳笔下的大多数女性都没有跳出毁灭的范式，但《喧哗与骚动》中塑造的女性形象迪尔西却是个例外，人们从这个人物身上看到了女性和人类的希望。换句话说，福克纳还在小说里审视了美国南方，既通过女人的悲剧批判南方社会，预言它的衰亡，同时又为南方社会寻找出路。同样的人物形象还出现在作品《去吧，摩西》中，《去吧，摩西》中的莫莉是一个同迪尔西类似的人物形象，代表着家庭价值道德和人性中善良的一面。

苏童在自己的作品中，也书写了一些新时代女性形象，这一类女性摆脱了封建社会对女性的压迫与奴役，有了自主意识和独立意识，这一类人物可以看作苏童笔下的"新生活的希望"。

---

① 肖明翰：《威廉·福克纳：骚动的灵魂》，四川人民出版社 1999 年版，第 218 页。
② 同上，第 219 页。
③ 福克纳：《喧哗与骚动》，李文俊译，北京燕山出版社 2015 年版，第 71 页。

3．复杂的女性观

福克纳对女性的看法一向争议颇多，20 世纪 60 年代以来，随着女性主义的兴起，福克纳作品中的女性形象以及他对女性的态度一度成为福克纳研究的焦点和重心，引起过激烈的关注和争论。有一部分人认为福克纳笔下的女性人物存在概念化、模式化的问题，认为他在塑造女性形象的时候存在偏见，过于夸大女性性格中邪恶与卑劣的一面，从而认为福克纳是一个"厌女主义者"。例如伊凡·豪，他指出："福克纳具有严重厌女倾向。"① 另外一些批评家则认为福克纳作品中的女性形象塑造得非常成功，是立体化的人物形象，认为他在塑造女性形象时，表现出来的是对女性深切的同情和真挚的尊重。比如莎莉·佩吉在《理想的母亲》中肯定了《喧哗与骚动》中争议颇多的凯蒂对女儿的母爱，并谴责康普生一家毁灭了她爱的权利。

苏童曾在《红粉》的代跋中说："我喜欢以女性形象结构小说，比如《妻妾成群》中的颂莲，《红粉》中的小萼，也许这是因为女性更令人关注，也许我觉得女性身上凝聚着更多的小说因素。"②

纵观福克纳与苏童创造出来的女性形象，两位作家有着怎样的女性观？这是我们应该思考和追问的。从以上篇幅的分析中我们可以看出，两人的女性观都是十分复杂的，单方面将福克纳或者苏童定义为"厌女者"或者"爱女者"都是不完整的，两人在对女性的情感上都是既有"爱"的一面，又有"怕"的一面。

福克纳笔下的年轻女性，很多是强有力的，带着摧毁力量的。例如《圣殿》中的谭波儿直接或间接地导致了三个男人的死亡。《喧哗与骚动》中以凯蒂为主角，讲述的也是凯蒂的行为给家族的兄弟们带来的痛苦和仇恨。《八月之光》里克里斯默斯一生悲惨的命运很大程度上是由妓女波比导致的。同样，苏童的作品中也有很多带有摧毁力量，类似"红颜祸水"的女性形象。作品中这样的女性形象的存在，显示出了两位作家心中对女性怀有一种隐秘的恐惧感。作为男性作家，两人已经能够认识到女性的力量，认识到女性未必是软弱的，很多时候女性可以比男性更强大和坚决，女性是一种天使和魔鬼的结合

---

① Howe Irving. *William Faulkner A Critical Study.* (1952) 4 th ed. Ivan R. Dee，1991.

② 苏童：《红粉》代跋，江苏文艺出版社 1992 年版，第 6 页。

体。福克纳也在作品中塑造了一些正面的女性形象，例如朱迪思，同样是面对人生的苦难，她却没有被苦难所击倒，而是顽强面对一切，比作品中那些软弱的男性更有力量，甚至是爱米丽，在标题中，作者也隐含了对她的尊敬。由此我们可以看出，福克纳的女性观中带有一种"爱与怕"的双重情感，而对老年女性，福克纳则是表现了极高的尊重与推崇，最典型的代表人物形象就是《喧哗与骚动》中的迪尔西。

这种复杂情感，其实更具有真实性，周作人曾经说过："我固然不喜欢像古代教徒之说女人是恶魔，但尤不喜欢有些女性崇拜家。硬颂扬女人是圣母，这是在于老流氓要求贞女有同样的可恶，我所赞同者是混合说……"①，原因就在于这种所谓的"颂扬"，实际上仍旧是男人站在自己的立场上对女性的一种模式化的要求和认定，从这个角度来说，福克纳和苏童所塑造的女性形象有进步意义，因为她并不是单一的"天使"或者"妖妇"，而是有血有肉的凡俗女子。

第二节
男性形象之透视

福克纳和苏童笔下的女性形象，长久以来一直是批评家所关注的对象，而他们作品中所创造出来的男性形象，却很少有人提及。实际上，两人作品中所塑造的男性形象也大有可说。苏童作品中的男性无论是人生的强者还是弱者，无不殊途同归地走上不可逆转的毁灭之路。众所周知，福克纳作品的主题是"旧南方无可奈何地走向了堕落与毁灭"，主题需要通过人物来表现，不仅需要女性形象的表现，也需要男性形象的表现。福克纳在作品中塑造出了很大一

---

① 周作人：《周作人文集》，十月文艺出版社 2011 年版，第 67 页。

部分男性形象，通过这些形形色色的男性形象，福克纳也在呼吁"英雄"的
回归。

1. 男性形象的构建

美国旧南方曾经有过美好的传统道德和健康的社会秩序，然而时代的变迁
摧毁了属于过去的光荣与美好，也摧毁了属于旧南方的传统道德。旧南方崇尚
骑士传统，男性身上要有保卫家族、保卫荣誉的英雄气概。但时代的变迁使很
多曾经的庄园主和他们的后代失去了往日的物质基础，他们的精神也被瓦解，
不知道该如何在这样的情况下生活下去。

《喧哗与骚动》中康普生一家的男性，就是这种状态的典型：一家之主康
普生先生整天沉迷于酒精，悲观失落。大儿子昆丁留恋着旧日的家族荣耀和传
统的价值观念，但已经无力适应这个被金钱至上思想和实力主义冲击的社会，
在郁郁寡欢中选择自杀结束了自己的生命，是现实生活中的弱者。杰生和他的
哥哥昆丁不同，在时代变迁的洪流中，他成了一个实力主义者，完全抛弃了旧
日的价值标准和传统美德。金钱吞噬了他的人性和灵魂，但让他也走向了堕落
乃至毁灭。《圣殿》中的斯诺普斯更是这样一个冷酷无情的人物形象，他没有
任何价值观点和道德准则，凭借着唯利是图的本性一步步发迹。然而这种成功
并不能掩盖他灵魂的堕落和人性的泯灭。从《押沙龙，押沙龙!》这部作品
里，也许我们能够从萨德本的身上更加清晰地看到南方的男性是怎样一步步走
向崩溃和堕落的。萨德本本来是一个有着高尚品质的人，然而却一步步地抛弃
了自己身上的"同情、怜悯之心和牺牲精神"，成为一个不择手段的野心家。
他为了能有一个继承人，将年仅十五岁的米利变成了牺牲品，勾引了她，又对
产后的米利十分冷酷，没有丝毫怜悯之心，甚至将她和母马做对比："真可
惜，你不是匹母马，不然的话，我就能分给你一间挺像样的马棚了。"[①] 这里
可以看到，人类的同情与怜悯，在萨德本的身上早已不复存在，他已经彻底失
去了人性，堕落成兽类。

福克纳所描写的这种堕落的男性，实际上可以看作当时社会中的"强者"
的形象，他们掌握着金钱、权力和财富，然而也被这种金钱和权力赤裸裸地吞
噬。这样的"强者"形象，也出现在苏童的作品中，《妻妾成群》中的陈佐

---

① 陶洁：《福克纳作品精粹》，河北教育出版社1990年版，第225页。

千，借着财富和封建家长制的威力，俨然是掌握着陈家大院每个人生杀大权的
"家长"，他娶了好几房太太，每个女人为了争夺地位互相倾轧、明争暗斗，
从表面上看，陈佐千算得上是"强者"，然而"强者"的背后仍旧是风雨飘摇
的现实：生意场上的不如意，时代的变迁使陈佐千无论是财富还是性能力都不
可逆转地走向"衰败"，陈家大厦即将倾塌，梅珊的偷情更预示着家族覆灭前
的震动即将到来。陈文治是小说《1934 年的逃亡》中的一位财主，枫杨树街
上几乎所有的土地都被陈家垄断，他们也肆无忌惮地追逐和占有着两百年来这
条街上的所有美女。然而即使是这样的强者，也难逃毁灭的命运：多年的财富
垄断使农民产生极大的仇恨心理，长期的纵情声色使陈家的男人多数早夭，瘟
疫如同导火索一般点燃了农民的怒火，他们烧毁了陈家的庄稼，昔日呼风唤雨
的权势之家风雨飘摇。

　　近年来，许多研究者倾向于把苏童作品中的女性看成是男权社会压制下的
被侮辱者与被损害者，女性由于缺乏主导权，成为男权社会里的牺牲品，然而
通过对苏童作品中的男性形象分析，我们可以发现同样被摧毁与被损害的男性
形象，其气势也被消解了，他们实际上也是在夹缝中生存着。究其原因，除了
中国封建文化根源，还有男性通过占有财富和女性所体现的欲望得不到满足。

　　2. 男性的无力与赢弱

　　与"强者"形象相对的，自然就是无力而赢弱的"弱者"的形象，而这
种"弱者"形象在苏童的作品中的数量，远远要多于强者的形象。苏童笔下
的男性，更多地来自下层群体，和强者不同，他们的追求注定被隔断，欲望注
定被压抑，声音注定沉默下去，可以说他们的身上体现了更多的悲剧性。底层
的贫困生活使这类男性的内心压抑而无力，却又有着对金钱的欲求，期望得到
强者的怜悯。《罂粟之家》中有这样一段对话："陈茂，一条狗。你说你是我
的一条狗。"陈茂的光脚踩在一碗毛豆上，喉咙被卡住含糊地重复："我说你
是我的一条狗。""笨蛋，重说。"喉咙被扼得更紧了。陈茂英俊的脸憋得红里
发紫，他拼命挣脱开那双虬枝般苍劲的手，喘着气说："我说，陈茂是你的一
条狗。"①

　　《米》中的五龙更是这种人物的典型，在对财富有着疯狂追求的同时，他

---

　　① 苏童：《罂粟之家》，上海文艺出版社 2004 年版，第 3 页。

也有着旺盛的情欲，到了城市之后的五龙，疯狂地占有女性。织云、绮云，以及城南稍有姿色的妓女们，都成为他发泄情欲的对象。非但如此，他甚至会用一些变态的手段蹂躏她们的身体。五龙的这种扭曲心理，实际上正是一种转嫁过去受到苦痛的复仇心理，是向城市的一种宣战。

弱者并未由于自身的"弱"而受到命运的怜悯与照拂，虽然有些弱者有着暂时的成功，但成功之后畸形的复仇心理与无休止的贪欲又毁了他们短暂的辉煌，继而又回归到生命的原始起点（死亡）。《罂粟之家》的陈茂，结局是可悲的，他被自己的儿子杀死。《米》中的五龙则因为梦魇一般的梅毒，全身溃烂。落魄、发疯、殒命，这群人无不走向这样的人生境地。

福克纳笔下的无力的弱者，大多是一些"顺民"，他们被不合理的种族主义文化和社会制度压迫，却没有站起来反抗的勇气，展现出来的是一种无力和羸弱的状态。《干旱的九月》一文中的主人公威尔·梅斯，是一个十分老实的人。然而在当时种族主义至上的环境下，黑人在人格尊严和人身安全上都承受着歧视与压迫。弱者并没能因为自己的弱小而获得命运的怜悯，等待他们的是风雨般飘摇的命运。镇上的老处女米妮突发奇想说自己被威尔·梅斯强奸了，镇上的人立即蜂拥而至，要将他处以死刑，尽管有一位理发师为威尔·梅斯辩护，但是这种辩护，和这个"弱者"一样，是无力而羸弱的。

3. 男性的重建与新生

我们知道，对于人性，福克纳并非是悲观的。"我不想接受人类的末日的说法 ……我相信人类不但会苟且地生存下去，他们还能蓬勃发展。人是不朽的。并非因为在生物中唯独他留有绵延不绝的声音，而是因为人有灵魂，有能够怜悯、牺牲和耐劳的精神。诗人和作家的职责就在于写出这些东西。他的特殊的光荣就是振奋人心，提醒人们记住勇气、荣誉、希望、自豪、同情、怜悯之心和牺牲精神，这些是人类昔日的荣耀。为此，人类将永垂不朽。"[1] 南方的男性们走向了堕落与毁灭，作为作家的福克纳，在心底呼唤着重建与新生。同样是在《押沙龙，押沙龙！》中，福克纳通过沃许的形象做出了尝试与努力，沃许是一个下层白人，是萨德本的仆人，他曾经近乎狂热地崇拜和拥护着

---

[1] 福克纳：《受奖演说》，张子清译，《我弥留之际》，李文俊译，漓江出版社1990年版，第433页。

自己的主人，尽管萨德本的所作所为一次次伤害着沃许——甚至引诱了沃许的外孙女，沃许也都将这些忍耐承受了下来。直到米利生孩子的那天早上他才如梦初醒，看穿了萨德本邪恶的本质，对自己心目中的英雄丧失了最后的希望。盛怒之下的沃许举起了镰刀，杀死了萨德本，虽然这一举动，最后会导致沃许自身的不幸命运，但我们仍旧可以把他的这一举动看作是一次人对自身尊严的维护的努力。那个时代，男性的尊严已经被自己毫不留情地丢弃掉了，没有尊严，也就没有了廉耻之心。福克纳通过沃许这一形象，呼唤着男性的重建与新生，呼唤着尊严的回归。

《老人》中的高个儿囚犯在密西西比州的一个教养农场服刑，一场突如其来的洪水让他面临着死亡的威胁。然而也正是这场洪水，让这个囚犯从沉沦和异化的状态中醒悟过来。为了救一个孕妇，他一次次与洪水搏斗，毫不退缩。最后在一个爬满了毒蛇的小山坡上，他帮助孕妇分娩。一个新的婴儿诞生了，这个囚犯身上新的自我也复活了。婴儿的出生唤醒了他的责任感，为了帮助他们生活下去，这个高个儿囚犯甚至通过与鳄鱼搏斗宰杀鳄鱼来维持三人的生命。这正体现了"人类身上的勇气、同情、怜悯之心和牺牲精神"[1]。甚至在故事的最后，他自觉放弃了外面自由生活的诱惑，主动回到监狱，从而使自己的道德再一次获得了完善和升华。当高个儿囚犯穿着那件洗干净的囚衣，返回监狱时，他已经走向了重建与新生，因为他的道德和思想得到了净化，也获得了属于人类的价值和尊严。

和福克纳不同的是，在苏童塑造的男性人物形象中，我们鲜少看到代表"重建与新生"的类型。如果说在苏童笔下的女性群体中，我们尚可以找到隐约的人性闪光点，那么到了男性身上，这微弱的闪光点已经荡然无存了，对权力和财富近乎变态的追求，对肉欲的极端沉迷，人性的泯灭与倾轧，种种这些都体现在苏童作品中的男性形象身上，使这些人无法摆脱命运的嘲弄，陷入可叹可怜的境地，以至跌入堕落的宿命深渊。苏童勾勒出的男性世界里，总弥漫着一种腐烂与潮湿的氛围，人性中的凶恶、欲望、残酷，如同沉重的枷锁加在男性身上，等待着他们的是逃亡或者死亡这样不可摆脱的绝望与厄运。福克纳

---

① 福克纳：《受奖演说》，张子清译，《我弥留之际》，李文俊译，漓江出版社 1990 年版，第 433 页。

与苏童这种不同之处，需要深究两位作家不同的文化背景和思想内涵才能找出原因。

4. 不同的精神内涵

要对两性关系进行梳理和研究，不能只将目光聚焦于其中一个性别，更要用一种全面的视角去看待，这样才能更全面地理解作家的观点。通过将福克纳与苏童两位作家笔下的男性形象放在一起比较，我们可以看出，和苏童完全的悲观绝望不同，福克纳整个作品系统虽然也表现了南方的崩溃与堕落，但他并不是怀着一股悲伤绝望的调子，在塑造形形色色的堕落的、有罪的南方男性形象的同时，福克纳也勾勒出了一批身上充满希望与尊严的男性形象。这使福克纳的作品中也吹奏着希望的号角，而不是像苏童一样，完全滑向了悲观的深渊。在评价陀思妥耶夫斯基的时候，鲁迅曾说过这样一句话，不仅要拷问罪恶，"还要拷问出藏在罪恶之下的真正的洁白来"①。同理，不管是女性世界，还是男性世界，苏童在创作的道路上，只走到了"拷问罪恶"的层面，而福克纳却在"拷问罪恶"的同时，向我们展现了罪恶之下的"那真正的洁白"。但同样，两人之所以有着这方面的不同，也和他们精神内涵的不同有关。

《多维视野中的沈从文和福克纳小说》一书中提道："福克纳则试图在美国南方文化中追寻一种代表雄性、英勇、尚武力量的'阳刚美国'精神。"②这和福克纳的成长经历是紧密联系在一起的，福克纳生活在一个南方庄园家族里，他的童年生活中就有骑马打猎这一类的活动，这种童年经历培养了福克纳对阳刚文化的向往与认同。乔治·马里恩·奥唐奈在《福克纳的神话》中指出福克纳是一个"地道的传统道德家"："他的作品贯穿着一个重要因素，那就是南方的社会、经济、伦理传统。"③ 从这里可以看出，尽管福克纳在作品中描绘出了一些走向堕落与毁灭的男性形象，但在作家的心底，仍旧未放弃对"阳刚"和"英雄"的期盼和追求。《喧哗与骚动》中有这样一段话："虽然我们都是人，都是牺牲品，可是我们是不同环境的牺牲品。我们的环境更为单纯，因而就整体而言也更为广阔，更为崇高，人物也因而更具有英雄品质。我

---

① 参见鲁迅：《陀思妥耶夫斯基的事》，《鲁迅文集》第二卷，海南出版社 2011 年版。
② 李萌羽：《多维视野中的沈从文和福克纳小说》，齐鲁书社 2009 年版，第 42 页。
③ 弗拉德里克·R. 卡尔：《福克纳传》，陈永国译，商务印书馆 2007 年版，第 5、434 页。

们不是矮小猥琐之辈，而是毫不含糊的人；我们活得像样，死的也像样，绝不是那种从摸彩袋里随便抓出来拼凑而成的被到处弃置的生物。"① 南方传统文化中普遍存在的尊严感和英雄气息，仍旧是福克纳精神内涵中十分重要的一个组成部分。

苏童在这方面则与福克纳不同，这种不同还要从中国南方与美国南方不同的地理环境与文化氛围说起。"苏童的魅力何在？他引领我们进入当代中国的'史前史'，一个淫猥潮湿，散发着淡淡鸦片幽香的时代。他以精致的文字意象，铸造拟旧风格；一种既真又假的乡愁，于焉而起。"② 苏童笔下的南方乡村，阴郁潮湿，晦暗迷离。这是一个奇异的世界，空气湿润，树木蓬勃地生长，潮湿的自然环境，造就了苏童笔下南方世界的阴冷与绮靡。苏童的童年生活并不愉快，始终是与"贫穷""疾病"这些词语联系起来的，这也造就了他和福克纳截然不同的性格特征和精神内核，苏童的作品的基调总体来说是悲观的，他充当着一个冷眼旁观的角色，审视着南方乡村的罪恶与丑陋，却不愿意表示任何评价与呼吁。当然，这也形成了苏童独特的文学风格，阴暗落后的南方乡村，在中国文学中并不少见，但苏童的特别之处在于，他没有做出任何让理性与道德之光照耀到迷雾重重的乡镇的努力，而是或者充当旁观者的角色，或者把自己一同沉入了乡村的历史。

综上所述，在构建男性形象的时候，由于不同的文化心理和精神内涵，两人也做出了不同的努力。福克纳在描绘美国南北战争时期南方的风土人情，描绘南方的崩溃与堕落的同时，也想以一己之力拯救南方，呼唤英雄与阳刚的回归。而苏童在描写属于中国南方的香樟树街和枫杨树街时，更多是以一个旁观者的眼光来观察和考据，他不做出任何判断，用一种疏离甚至略带冷漠的叙述方式展现了南方生活的混沌。这是福克纳与苏童在构建男性形象时的不同之处，但不可否认的是，"苦难""罪恶""堕落""人性"，这些关键词是两位作家的作品中不约而同审视和思考的问题。

---

① 福克纳：《喧哗与骚动》，李文俊译，上海译文出版社1995年版，第146页。
② 王德威：《南方的堕落与诱惑》，《读书》1988年第4期。

第三节
少年形象之透视

少年是一个特殊的群体，少年视角下的文学世界也是一个奇异的世界。它隐含着作家对成人经验的疏离，由于少年异于成人的特殊心理特征及生存地位，和少年有关的文学世界也发生了奇异的变化。少年群体是世界重要的组成部分，也是一个有着开阔视野的作家应该去关注和塑造的地方。福克纳和苏童也不例外，两人虽然都不是儿童作家，但都在自己的文学世界中勾勒出了一批少年群体的形象。两人对少年的关注，既表现在两人"少年视角"的写作手法中，也表现在两人于作品中所塑造的一系列少年形象上。

1. "少年视角"的运用

"叙述视角，是叙述语言中对故事内容进行观察和讲述的特定角度。"① 不同的叙事视角代表着不同的观察角度，因此，也会有着不同的艺术效果。叙述视角大致可以分为：全知视角、内视角和外视角，内视角也叫作有限人物视角。此外，视角还可以做年龄和性别上的划分。按照性别可以分为男性视角、女性视角；按照年龄可以分为未成年人视角、成人视角或者老年视角、中年视角和少年/儿童视角。

福克纳和苏童的小说都拥有着思想内涵深邃和形式创新多变的写作特点，这显然对青少年读者的阅读理解也构成了一定的限制，但是两位作者却多次在他们的小说中使用了少年/儿童视角，如福克纳的《烧马棚》，苏童则在《狂奔》中以少年"榆"为叙述者；在《被玷污的草》里，以少年"轩"作为叙述者；《河岸》里的叙述是则在少年库东亮的视角下展开的。少年处于世界的边缘，从本质上来说，少年视角叙事也是一种边缘化叙事。这不禁让我们思考这样几个问题：少年视角与成人视角有什么不同？少年视角的选用是出于作者怎样的心理或文化上的考量？

_____

① 热奈特：《叙事话语　新叙事话语》，王文融译，中国社会科学出版社 1990 年版，第 67 页。

少年视角的特殊性主要表现在两个方面。第一，成人世界在少年视角的过滤下呈现出以下多种面貌：其一，更加天真与原生，表现出一种对声色的偏爱，给读者以别样的审美趣味；其二，更加客观，我们知道，少年的生命体验，更加单纯质朴，尚未被社会文化所浸染。第二，"成年叙述者的评论声音使他（读者）能对少年叙述者所展示的世界做进一步的思考，将作品的主题引向更深刻的层面"①。

少年处于迅速成长的阶段，父子、母女，是文学作品中经常出现的母题，子的一方生来就带着"叛变"的因子，孩子，往往是一种新生、希望和蜕变的象征，是对"父法""母法"或"家法"在某种程度上的背叛。有研究者在探讨儿童视角的文体意义和文化意味时指出："新的叙述视点的确立，对于作家来说意味着新的叙事法则的生成。"② 在苏童的少年视角小说里，少年视角的懵懂与困惑映照着成人世界的丑陋与凶险，从而实施着解构父法的先锋使命。少年视角带给苏童的，是一种新的语言表达方式，同时也通过将父辈的凶残与荒谬，在少年视角的对比下，完全暴露出来，用以对颓败凶残的父法进行反抗。在这种少年视角的观照下，父法秩序被解构了。福克纳的短篇作品《烧马棚》里，沙多里斯一直处于一种不被认真对待的地位，父亲只会用强硬的态度教训他和灌输教条，不理会他的意愿，还指挥他做他不愿意做的事情，有时候甚至会用巴掌解决问题，在他挨了打之后不允许母亲为他清理伤口，等等。而面对这一切，小沙多里斯并不敢反抗，在父亲教训过后，他因害怕不得不撒谎，小声地说句"懂了"，这充分体现了小沙多里斯生命受到的压制，促使他违心地服从父亲。在这部作品中，少年视角肩负着作者解构"父法"的神圣使命。

苏童是先锋派的代表作家，有人曾经说过，先锋派作家是由外国文学抚养成人的。这句话虽然过于绝对，但并非没有道理，先锋派很多作家都从外国文学中汲取营养，这其中就包括语言和风格的陌生化这一点。

20 世纪，俄国形式主义者提出了"语言的陌生化"，形式主义流派认为，年复一年的平淡生活已经让人们的感觉变得机械而麻木，只有通过艺术的手法

① 王黎君：《儿童视角的叙事学意义》，《绍兴文理学院学报》（哲学社会科学）2004 年第 2 期。
② 沈杏培：《论儿童视角小说的文体意义与文化意味》，《当代作家评论》2009 年第 4 期。

才能将人从这种机械和麻木中解放出来。所谓的"艺术的手法"，便是创作上的陌生化。陌生化将日常的语言习惯和语言风格打乱，从而达到某种新奇的效果。少年视角站在一个新的角度和立场上，构建着一个艺术世界，通过这一视角，作家还原了少年的心理世界，具有新奇而独特的叙事智慧。

2. 少年形象的构建

关于福克纳笔下的人物形象，在很多方面已经有了较为系统和深刻的分析比较，但福克纳笔下的少年群体，时至今日，都在深入研究方面存在空白，这不能不说是一个遗憾。不像苏童，在创作中对少年群体有着明确的关注和热忱，创造出了一系列以少年为中心人物的作品；除却极少的小说外，福克纳笔下的少年形象，并不作为一部作品的中心或者主人公，而是如同散落的星辰一样，在他创作出来的浩瀚的人物银河里闪烁着。然而我们知道，作品中的少年形象，通常意义重大，因为它不但潜意识里折射出作家自身的童年成长轨迹，还从少年观的方面，展现出了一个作家对新一代的心态，所以将这些散落在人物银河里的星辰一一打捞起来进行研究，是很有必要的一件事情。和福克纳创作的"约克纳帕塔法"世系一样，他笔下的少年群体，依然和"南方"息息相关。福克纳塑造了班吉和瓦达曼这类少年，这类少年代表着的是已经走向颓败的无法挽救的旧南方。另外，他也塑造了少年艾克、契克以及卢修斯的少年形象，这一类少年则勇敢坚强，和代表"新生活的希望"的女性形象一起，构成了福克纳笔下代表着改变与进步的形象。

苏童曾在 1993 年出版的《少年血》一书的《自序》中说："一条狭窄的南方老街，一群处于青春发育期的南方少年，不安定的情感因素，突然降临于黑暗街头的血腥气味，一些在潮湿的空气中发芽溃烂的年轻生命，一些徘徊在青石板路上的扭曲的灵魂。我记录了他们的故事以及他们摇晃不定的生存状态。"① 沿着苏童所勾勒出来的轨迹，我们可以探寻他作品中的少年形象。从 1985 年到《城北地带》完稿的 1994 年，九年多的时间里，苏童在作品中塑造出了许多我们耳熟能详的少年形象：达生、红旗、小拐、舒工、舒农……这些生活在南方老街的少年们，在各自的人生轨迹上追逐着、孤独着与迷恋着，然而最终却无不走向毁灭。

---

① 苏童：《少年血》，江苏文艺出版社 1993 年版，自序。

3. 孤独与迷茫

齐美尔曾经说过：由于相互的矜持和冷漠，广阔领域生活的心理状态对个人独立性的影响，从未像在密集的人群中这样强烈的为人感知。这里所说的孤独与迷茫，它是现代人心态的显著特征，也是不分时间和空间的共通情绪，作家之所以伟大，就在于他们通过作品的表面，揭露出人类共同的精神状态。

苏童作品中的少年，是孤独与迷茫的，即便是有一部分少年采取了极端"狂欢化"的方式生活，但依旧无法掩盖过于喧嚣的狂欢背后的孤独与迷茫。苏童笔下的少年们，孤独地生，孤独地活，孤独地死，生命形成了这样一个毫无意义的圆圈，在青春的熔炉里做着徒劳的，毫无意义的挣扎。他们阴郁乖僻，心事重重，或者因为残疾，或者因为疾病，或者因为成长，他们变得敏感怪异，在世界之外踽踽独行，在那个混乱的年代里茫然无助地流浪着。

《沿铁路行走一公里》中的男孩剑，是个孤独自闭的孩子，总是一个人漫无目的地沿铁路行走，去看望扳道工老严的蜡嘴鸟，爱好则是收集铁路上被人丢弃的物品。剑的内心世界极为丰富，与外在环境格格不入。小说的开头写到一个中年男人的死亡，周遭的围观者对死者猜测纷纷，剑的关注点却只在中年男人的"蓝腰带"上。"剑往河岸边退了几步，仰着头更专注地盯着铁桥架上的蓝布条，他看见它在风中弯曲起来，布条的两端扭结在一起，然后突然地抛开，其中偏长的一端又继续向下坠落，另外一端却在轻盈地浮升。剑莫名地觉得紧张，他看见蓝布条像一根枯枝断离树木一样，无力地坠落下来，它在空中滞留的时间不会超过一秒钟……剑听着那些人的谈话，觉得他们的推测可笑而荒唐，剑想只有死者本人才知道这到底是怎么回事。像所有居住在五钱弄的居民一样，剑目睹过铁路上形形色色的死亡事件，他喜欢观望那些悲惨的死亡现场，但他始终鄙视旁观者们自以为是或者悲天悯人的谈论，每逢那种特殊的时刻，人群中的剑总是显得孤独而不合时宜。"[①]

成长是一次孤独的漫游，对男孩剑来说，沿铁路行走的这一公里就象征着孤独的成长，起点是心灵，终点则是世界。旅途中的男孩剑，必须从以自我为中心的少年成长为社会化的成人，在失去和获得之间寻找到微妙的平衡，在成长的道路上摸索着前进。

---

① 苏童：《刺青时代》，长江文艺出版社 1993 年版，第 188 - 189 页。

　　少年的成长可以说是对周围环境的一种镜像化的反映，当他处在一种孤独的环境的时候，投射在他身上的，也就只有孤独。苏童对这些孤独的少年的情感状态没有做太多精神上的描述，也没有刻意将其"升华"和"提升"，而是用他们自身的行为展示这种孤独。"我每写到一大群孩子，当中都会有一个孤独的孩子出现，像是一个游荡四方的幽灵，他与其他人的那种隔膜感，不仅仅是与成人世界的隔膜，还存在于同龄孩子之间，他们与整个街区的生活都有隔膜，因此他们经常徘徊。"① 和《沿铁路行走一公里》中少年剑的寻寻觅觅一样，苏童笔下其他这些孤独的少年，大多数也都采取了一种"情感转移"的策略，来排遣和宣泄着自己的孤独。榆总是"一动不动端坐在草垛上，手里捏着吃剩的半块干饼，干饼上栖息着一只或几只苍蝇"②，小说《黑脸家林》中的家林在晚上呆呆地守着窗外的月亮，度过空虚而漫长的夜晚。这些少年们在不知到底寻觅着什么的寻寻觅觅中，变得沉默古怪，却又专注。

　　《喧哗与骚动》中的班吉，也是这样一个孤独者的形象。《喧哗与骚动》中班吉叙述章节的结尾，有这样一段独白："她身上有树的香味。墙旮旯已经是黑黑的了，可是我能看得见窗户。我蹲在旮旯里，手里拿着那只拖鞋。我看不见它，可是我的手能看得见它，我也能听见天色一点点黑下来的声音，我的手能看见拖鞋，可是我看不见自己，可是我的手能看见拖鞋，我蹲在旮旯里，听着天色一点点黑下来的声音。"③ 从班吉的这段独白里，我们所体会到的，是一个孤独的孩童对爱和温暖的渴望。班吉生活在一个冷漠自私的家庭里，唯一关心他的只有他的姐姐凯蒂。然而班吉永远失去了这种关心和爱护，但他无法体会这种失去，他依旧无望地等待着，等待着已经失去的温情和关爱，然而能带给他安慰的，只有姐姐凯蒂留下的那只拖鞋。

　　4. 追逐与迷恋

　　追逐也是苏童少年小说中的一个十分重要的关键词，在苏童的香樟树街上，充斥着暴力，这条街道上的几乎每一个少年，都充满了对暴力的激情和崇拜。在一些小说中，暴力甚至成为作品的主题和叙事关键，情节的每一次转

---

① 苏童、王宏图：《苏童王宏图对话录》，苏州大学出版社 2003 年版，第 78 页。
② 苏童：《狂奔》，江苏凤凰文艺出版社 2021 年版，第 25 页。
③ 福克纳：《喧哗与骚动》，李文俊译，北京燕山出版社 2015 年版，第 72－73 页。

折，都要靠暴力的推动。在香椿树街的少年身上，暴力已经呈现出了一种日常化的形态，与"性的困惑"相关的暴力，由仇恨产生的暴力，带有性格缺陷的神经质的暴力……各种各样的暴力形式存在于香椿树街的少年身上，使这些少年永远处在一种骚动的状态，好似随时准备浴血奋战。葛红兵曾这样说："如果说有什么词汇在苏童那里是和'少年'紧密相连的，那么我们也许只能找到凶暴二字。"①《刺青时代》中，小拐因为少年时期见证了哥哥所在的帮派和另外一个帮派触目惊心的"血战"，在心底埋下了暴力的种子，于受尽欺凌后进行了充满血腥味道的反抗，最终导致额头上被刺上了"孬种"的刺青。《城北地带》中的一群少年，他们日常生活中最大的乐趣就是打沙袋和恶斗，达生是这群少年中的一个，他一直渴望着能凭借暴力在这条街上扬名，然而最后却在一场恶斗中死去，成为暴力的献祭品。《罂粟之家》里的少年，经常挂在嘴边的一句话，就是"我杀了你"。《被玷污的草》中少年唯一的愿望就是找到一个人，"把他的眼睛也打瞎"。

波伏瓦曾经说过："暴力是一个人忠实于自己、忠实于自己的热情和意志的真凭实据；对于这意志的根本否定，就是使自己拒绝接受任何客观真理，从而将自己禁闭于一种抽象的主观性中；不能输入于肌肉中的愤怒与反叛则留存为想象力的虚构。"② 苏童笔下这些追逐暴力的少年有着共同的性格特点，他们躁动而盲目，有着稚拙的叛逆，少年体内无序的躁动转变成了随时可能爆发的暴力与打斗，而暴力带来的唯一后果，便是死亡，这些追逐暴力的少年大部分都以死亡作结。

苏童的暴力书写，有着自己独特的个人特征。首先，苏童在书写暴力的时候，采取了"零度写作"的姿态。"零度写作"一同来源于罗兰·巴特《写作的零度》一文，要求作者从文本中完全隐匿，进入一种零度写作的状态中去。苏童在描写暴力时，"零度写作"的方式带给我们的对比和震撼，更加强烈。然而在另一方面，细腻精致的语言风格又给这种本应血性阴冷的暴力世界，蒙上了一层淡淡的梦幻色彩。

迷恋是除却"追逐"的另一个关键词，这种迷恋可以分成两种类型。一种

① 葛红兵：《中国文学的情感状态》，山东文艺出版社 2008 年版，第 56－57 页。
② 波伏瓦：《女人是什么》，王友琴、邱希淳等译，中国文联出版公司 1988 年版，第 110 页。

是对女性或者说对情欲的迷恋；另一种则是对某一种具体的、意象化的物体的迷恋。苏童的短篇小说《城北地带》中，有这样一段描述："红旗将了将头发上的水珠，回过头看看美琪，美琪正弯着腰扫那堆螺蛳头，她胸前的那把钥匙左右晃动着，闪烁着黄澄澄的一点光亮，红旗的心中升起一种模糊的欲望。"① 作品中的"他"，正是少年红旗。《舒家兄弟》中，少年舒工对少女涵丽也有着同样的迷恋。《桑园留念》中则有这样一段描写："丹玉的舞跳得绝了，据说她跳舞的时候大腿老擦着小伙子的敏感部位……"② 少年成长必然伴随着情欲的觉醒，而情欲的觉醒最明显的表现，便是对同龄女孩的欲望。苏童用潮湿阴冷的笔调，描写了这些少年们在青春期觉醒的欲望。

与对少女的迷恋相对，苏童作品中还有一部分少年对情欲迷恋的表达方式，是通过对成年女性的迷恋表现出来的。《一无所获》中，李蛮始终对一个女人魂牵梦绕，这个女人是他儿时在澡堂中偶然遇到的，因为这种莫名的"迷恋"，他竟然追随着记忆中的女人进了女澡堂。同样，在小说《城北地带》当中，也有着少年对少妇产生迷恋与爱慕之情的情节。

我们在苏童的作品中，看到了少年情欲的觉醒，然而这种情欲，只是单纯的、生理上的、性的冲动，作者用细腻又冷漠的笔调，讲述着少年青春期莫名的迷恋与冲动。然而在这种迷恋之中，我们却看不到情窦初开时的诗意与圣洁，有的只是本能的、原始的、破坏性的冲动，这种冲动以一种游戏的形式玩世不恭地表现出来，少年迷恋的情欲，如同被打开的潘多拉魔盒，摧毁了他人，也摧毁了自己。《城北地带》里的红旗，受到本能欲望的驱使，侵犯了美琪，从而导致美琪的死亡，她跳河自杀，变成了终日在香椿树街道上飘荡着的女鬼。《舒家兄弟》里的舒工和涵丽在原始欲望的引诱下，偷食禁果，最终也无法逃脱自杀的悲剧命运。《城北地带》里的锦红也由于一群少年侵犯不遂而被他们用一块铁铅的毛坯砸死。弗洛伊德的精神分析学说中，有着本我、自我和超我的分别，在苏童笔下的少年群体里，我们只看到了本我的意愿，没有了自我和超我约束的少年们，肆无忌惮地遵循着本我的意愿，从而导致了自己和那些代表着美的女性的毁灭，他们迷恋之旅的终点，只有逃离与死亡。

---

① 苏童：《城北地带》，浙江人民出版社 2019 年版，第 30－31 页。
② 苏童：《少年血》，重庆大学出版社 2011 年版，第 6 页。

在香椿树街的这群少年身上，对具体物体的迷恋，又是迷恋的另外一种表现形式。孤独和迷惘的少年们，和冰冷的成人世界之间，是一种断裂开来的，冷漠与隔离的关系。为了驱逐心灵的压抑与孤独，这群渴望着寻找自我却又不知如何寻找的少年，将自己的期盼与希望寄托在了一些迷恋之物上面，用这种途径来表达对成人世界的一种抗议。这些迷恋之物，有《金鱼之乱》中对"金鱼"的迷恋。《骑兵》中的主人公，因为长着罗圈腿，所以常常梦想着自己是一个骑兵，因此对"马"这个意向，有着不同寻常的迷恋，期盼着飞奔的马儿，能弥补现实中的缺失。《舒家兄弟》中的舒农，常常会希望自己是一只"猫"。因为他是一个有着尿床毛病的少年，常常受到嘲笑，让他感到受伤和压抑，黑暗的成人世界让他惊恐不安，在这种氛围下，舒农产生了"做一只猫要比做人好"的想法，认为猫的世界快乐而自由，不像人类世界，充满血腥与暴力。有了这种迷恋情结之后的舒农，从此之后，便真的好像一只猫一样生活着，沿着下水道爬到屋顶，把自己想象成一只猫，偷窥着这个冰冷黑暗的成人世界。

同样的"迷恋"情结，在福克纳作品中的少年人物身上，也反复出现过。《喧哗与骚动》中的班吉，所迷恋之物是一只拖鞋，一只属于自己姐姐凯蒂的拖鞋。在班吉感到悲伤的时候，只有凯蒂的那双拖鞋才能给予他温情。为何福克纳要表现出这个少年对一只拖鞋的迷恋？那是因为一切都已经改变，班吉最在乎的凯蒂，已经不复存在。他的大哭大闹，是一种本我的释放，而这种本我的释放，只有这双代表着温情与爱，有着凯蒂的气息的拖鞋，才可以给予他抚慰。同样的对物的迷恋，在《我弥留之际》中也有所表现，瓦达曼对玩具小火车有着非同寻常的向往之情，渴望着拥有它。

这些少年在青春期近乎疯狂地迷恋着某一事物，这种事物可以看作是一种精神上的弥补与替代，他们通过迷恋之物来获得属于自己的自由和自尊。然而这种对自由和自尊的追求最终都是失败的，这些事物带来的只有毁灭和伤害。"悲剧命运就是你一辈子热衷过一个事物，但它却注定与你无缘。"①

5. 逃离与反抗

少年的成长之旅中，注定要经历一场场心灵的风暴，这些心灵的风暴，其

---

① 苏童：《少年血》，江苏文艺出版社 1993 年版，第 179 页。

中一个表现就是对成人世界的逃离与反抗，是一场心灵的革命。在福克纳与苏童的南方，都是一个充满着堕落暴力与丑恶的残缺世界，少年在这种世界里孤独地行走着，他们依从着成长规律，站在成人世界的门槛上，懵懵懂懂地探索着，这种探索必然一次次导致他们对成人世界的隔阂与怀疑。

契克是福克纳《坟墓的闯入者》的主人公，他被舅舅的白人至上思想所侵害，对黑人带有偏见，认为黑人都是坏人。在这种观念下，白人不能受惠于黑人，所以，当黑人卢卡斯帮了契克的忙的时候，契克一心想还清人情，然而遭到了卢卡斯的拒绝，这使契克的思想观念发生了动摇。后来仅仅因为是黑人，卢卡斯就被无端怀疑成是杀人犯，被关入监狱，契克担心卢卡斯的安全。最后，契克在别人的帮助下，闯入了坟墓，找到了另外一具尸体，帮助卢卡斯证明了清白。这次"闯入坟墓"的举动，给契克带来了很多思考，这些思考，触及了当时社会上普遍存在的种族歧视的问题。契克觉得"是他把支撑这个县的全体白人的基础里的某样令人震惊的可耻的东西找了出来暴露在光天化日之下，由于他也是这个基础培育出来的，因此他也得承受那羞耻和震惊。"①

福克纳的短篇小说《烧马棚》里描述了沙多里斯·斯诺普斯这个十多岁少年的经历。沙多里斯·斯诺普斯的父亲脾气暴躁，和邻居或者雇主产生矛盾冲突的时候，习惯用烧马棚的方式解决。后来他因为这种行为，被别人告上了法庭。沙多里斯·斯诺普斯如果想要父亲不要被法庭处罚，必须选择去做伪证。这个十多岁的孩子面临着痛苦的选择，在家族血统和内心道德准则之间，他第一次选择了做伪证，希望父亲能从此改变这种做法，但是后来，少年再一次看到父亲并没有任何改变。在和新的雇主发生了矛盾之后，父亲仍旧试图采用这种不光明磊落的方法来解决问题，沙多里斯·斯诺普斯内心起了风暴，他无法再继续保持沉默，而做出了自己的选择——去通风报信。马棚保住了，父亲的计划失败了，然而父子关系也就这样在沙多里斯·斯诺普斯的反抗下破裂了。故事的最后，沙多里斯·斯诺普斯离开了家，独自一人去寻找和面对新的生活。这是一个积极向上的少年形象，他虽然深受旧南方父权制影响，想要忠实于家族血统，但又因为正义感而选择了维护公平和道义。

从福克纳的上述两部作品中，我们看到的，是少年对成人世界的一种反

---

① 福克纳：《坟墓的闯入者》，陶洁译，上海译文出版社 2010 年版，第 79 页。

抗。而在苏童的作品中，因为特殊的时代背景，这种反抗的风暴更加凶猛剧烈。20世纪六七十年代和少年本身的性格特质融合在一起，使这场风暴比福克纳作品中的风暴更加明显。

苏童小说《游泳池》的主人公达生，因为一个偶然的机会到了游泳池游泳，在游泳池碰到了一个美丽的女孩，女孩优美的游泳姿势使达生自惭形秽，后来他偷偷练习了好久，准备再进入游泳池表现一番，却遭到游泳池看门人老朱的阻拦，在这种情况下，冲突不可避免地发生了。有一天游泳池关门之后，达生溜进了游泳池，却在与老朱的争执中，导致老朱溺水身亡。《舒家兄弟》里，这种冲突和反抗更加强烈。成人世界与少年世界的隔阂之深，彰显出少年成长的悲哀与无奈。《舒家兄弟》里的老舒对兄弟俩没有任何温情，唯一介意的，就是他们妨碍了自己与林家女人偷情，后来因为林家女人房间的后窗被老林堵上，为了重新寻找偷情场所，老舒用一种触目惊心的残酷方式侵占了少年的世界，他用威胁与收买的方式将舒农捆在了床上，把他的双眼和耳朵蒙住，在舒农的房间里和林家女人通奸，对少年的世界进行了一次肆无忌惮的粗暴侵犯，在这种情况下，少年的反抗几乎是一种必然，直到产生了令人惊愕的后果，故事的最后，舒农放了一把复仇的火焰烧毁了住宅，自己也在这场大火中身亡。

《烧马棚》中的少年在故事的结尾逃亡了，同样，苏童作品中的少年们，也有着一次又一次的逃亡。"人只有恐惧了、拒绝了才会采取这样一个动作，这样一种与社会不合作的姿态，才会逃。"[1]，所以逃亡，实际上也是一种拒绝和抗争，是对自我命运的一次次背弃与抗议。

6. 文化之根追溯

康·巴乌斯托夫斯基曾经说过，"对生活，我们周围的一切诗意的理解，是童年时代给我们的最大的馈赠。如果一个人在悠长而严肃的岁月中，没有失去这个馈赠，那他就是诗人或者是作家。"[2] 苏童出生在20世纪60年代的苏州古城，幼年体弱多病，常常躺在病床上，用幻想打发时光。他曾经说过："我从来不敢夸耀童年的幸福，实际上，我们的童年有点孤独，有点心事重

---

① 汪政、何平：《苏童研究资料》，天津人民出版社2007年版，第102页。

② 康·巴乌斯托夫斯基：《金蔷薇》，李时译，西苑出版社2018年版，第47-48页。

重。我的父母除了拥有四个孩子之外基本上一无所有。"① "一个写作者一生的行囊中,最重要的那一只也许装的就是他童年的记忆,无论这记忆是灰暗还是明亮,我们必须背负它,并珍惜它,除此,我们没有第二种处理办法。"② 从叙事手法、艺术手法上比较了福克纳与苏童创作出来的少年群体之后,我们需要关注的,仍旧是这两群生活在不同时间和不同空间里的少年们的精神状态——他们的成长之"痛",成长中共同的孤独与迷茫。需要去打开这两位写作者创作生涯中最重要的那一个行囊,从中去探寻两位作家不同的精神内涵,以及笔下的这些少年们所生活和成长着的不同又相似的南方地域。

当人们提起"南方"的时候,其实总是意味着存在一个相对的"北方"。然而我们知道,"北方"很少被作为话语在文学中呈现出来。这是因为,在"南方"和"北方"的对立关系中,"南方"属于次要地位,呈现在话语中的总是次属的一方,就像"女性主义"表现了"女性"是在"男性与女性"的二元对立关系中,处于次属的一方。"历来的侵入者多从北方来,先征服中国之北部,又携了北人南征,所以南人在北人的眼中,也是被征服者。"③ 这种情况不管是在苏童所生活的中国还是福克纳所生活的美国,都是一样存在的。纵观中国历史,政治中心很多时候在北方,南方在政治上处于附属地位。而在美国,工业革命浩浩荡荡在北方城市展开,南方则停留在过去的状态下,南北战争爆发,北方打败了南方,这些都导致不管是从地理、经济、政治还是文化上,南方都具有相对于北方的次属性。

苏童描绘出了一幅南方的画卷,香椿树街是南方的标志,但它已经成为堕落的象征。同样,福克纳一生的大部分时间,都生活在美国南方小镇奥克斯福,并将这个小镇作为自己"约克纳帕塔法"世系的构建蓝本,"约克纳帕塔法"这个词来自福克纳家乡奥克斯福镇附近的一条小溪的名字,有着"崩溃的土地"的意思。福克纳笔下表现的南方的堕落,主要是来自父权制社会和奴隶制度。在少年的身上,主要表现的,是南方社会的奴隶制度使这些少年的心灵产生影响和困惑。苏童在香椿树街上看到了人类堕落与蒙昧的一面,福克纳更是洞见了美国南方来自奴隶制的罪恶。在苏童与福克纳的笔下,南方都是

---

① 苏童:《八百米故乡》,江苏凤凰文艺出版社 2019 年版,第 112 页。
② 同上,第 177 页。
③ 鲁迅:《鲁迅全集》(第 5 卷),花城出版社 2021 年版,第 304 页。

一片被玷污了的，走向堕落的乐园。旧南方成了一个"被剥夺的伊甸园，正在腐烂的伊甸园"。而在这样一个失乐园中成长的少年们，也不可避免地面临着心灵的动荡。

纵观苏童的成长小说，出现这些少年形象的时间段，多半是在六七十年代。虽然政治主题和意识形态话语并未在苏童的小说中直接出现过，但将时间背景放置在这个时期，可以更好地同少年形象自身的无序感契合。苏童进入一段特殊的历史时期，但是他的描述和书写却是纯私人化的，向内转的，这种表现方式对传统文学有着一种震荡。传统文学里那个阳光明媚的少年世界被永远地放逐与搁置了，剩下的只是一片交织着追逐，孤独与迷恋，纠结着善与恶的精神荒原。"我怀着热爱与憎恨想起我的封闭而孤独的童年生活""无论这记忆是灰暗还是明亮，我们必须背负它，并珍惜它，除此，我们没有第二种处理办法。"①

虽然苏童只是从叙事学与修辞学的角度，直接去呈现出这些少年的精神成长状态，但不可否认的是，这种成长，本身是带着岁月烙印的。《刺青时代》故事情节里的少年帮派拼斗，紧张矛盾的父子关系，很难说没有受到特定时代主流意识对人性的异化和影响。苏童和20世纪50年代那批作家相比，只是将一些个人经验作文本化展示，从而展现出了一个在文化废墟和权力真空的世界里，奔向暴力狂欢乐园，走向迷茫孤独和道德沦陷的一批少年形象。虽然苏童并未对动荡岁月做出任何直接描述，但是从这些少年人物的身上，可以发现时代的脆弱，成人世界的黑暗。少年们脆弱的心灵经受着一次又一次的冲击，有些进行着徒劳的反抗，而有些则奔向了凶残与暴力的残缺世界。

和苏童一样，福克纳所处的时代也是一段动荡的岁月。美国南北战争后的20世纪初，整个南方风雨飘摇，面临着普遍性的困顿与破产。庄园主经济走向没落，旧的道德标准和传统价值全部沦陷，南方在南北战争中的失败，不仅改变了南方的社会结构和经济发展，给他们的思想也带来了致命打击，导致这个地区处在屈辱与痛苦之中。霍尔曼指出："一个伟大作家同他周围的世界总是处在某种对立之中。我们从未发现伟大作家们在他们的环境中感到舒适惬意

---

① 苏童：《八百米故乡》，江苏凤凰文艺出版社2019年版，第177页。

关系和谐。"① 这一观点在苏童和福克纳的身上，都得到了很好的阐释和呈现。福克纳一方面看到了在这个动荡的岁月里，南方的崩溃与变革，是历史的必然。但另一方面，又认为南方有一种难以容忍的堕落和腐败，这种心理在他对少年人物的塑造中都体现了出来。

世界的残缺在少年身上的体现，便是家庭的残缺。不难发现，苏童笔下的少年，很多都是生活在父母缺席的残缺世界中，无父无母，或者是父母亲从未出现过。当我们把目光从家庭转移到学校时，又震惊地发现，家庭中的残缺与破碎，无法在学校生活中获得愈合与补偿。少年在学校这个世界里，也从未能获得保护与温情，而是遭受又一次的入侵和伤害。《伤心的舞蹈》里，少年体会到的，是学校的不公平，在十二岁少年的心中留下了一道深深的伤痕。成人世界的权力争夺是怎么样粗暴地侵入少年的成长过程中的？这并非是一个特定时代的问题，苏童的此类描写，在当下也有着借鉴的意义。亲情的淡漠也在福克纳的作品中有所表现。几乎在福克纳所有的家族小说中，下一代的成长都被笼罩在一种缺乏爱和温情的冷漠氛围之中。少年在残缺的世界中成长着，在情感的荒漠中孤独探索着，他们缺乏人生的指导者和帮助者，孤独地生活与存在。

苏童有几十部关于少年的小说，描写了形形色色的少年形象，通过上述分析，我们知道，在这些少年的身上有着一些共同的性格因素，这些性格因素的背后，展现了当时的时代背景和作家的心理探索。苏童在描写这些少年形象的时候，采取的手段直白残酷，以令人震惊的方式揭示了这些南方街道上成长起来的少年们的心理状态，又用一种几乎顽劣的手段夸大了少年性格中的"阴暗面"，从而使读者更全面地去认识生活的矛盾本质，在一定程度上弥补了传统文学观念的缺失。

同样，在福克纳的作品中，不管是维护垂垂欲坠旧南方的少年，还是已经有了进步意识和思想的少年，他们也都在成长中经历着同样的困惑与迷茫。从上述分析中我们可以看出，福克纳所塑造的少年形象，主要是为他整个作品系统的主题服务的，展现了在那个充满着变革的时代里少年的心理状态，他们对旧日的传统产生了动摇和困惑，但又生活在父辈的阴影之下，因此有着孤独和

---

① 转引自肖明翰：《福克纳与美国南方》，《四川师范大学学报》（社会科学版）1998 年第 3 期。

迷茫的心态。但这种孤独与迷茫的心态，与苏童笔下的少年形象的孤独与迷茫是不同的，它不是阴暗而绝望的，而是透着光明与希望的调子。成长是艰难的，少年的成长是一个反抗与寻找的过程，福克纳在接受诺贝尔文学奖的时候，曾经提到过一个词叫作"人类的内心冲突"，反映在他笔下的这些少年身上，便是少年对成人世界的道德规范和行为准则选择接受还是排斥。从这个角度来看，这也是福克纳的作品有着更广泛的接受度和传播度的一个原因。即便人生的底色是荒凉与孤独的，人类还是需要在黑暗中找到光明与希望。苏童笔下的少年群像好似一曲凄艳的挽歌，而福克纳则让自己笔下的少年吹响了新生活的号角。

第四节
另类形象之透视

除却女性形象、男性形象和少年形象这种分类，福克纳和苏童在作品中，还分别塑造了一些不能被简单划分的，独有的另类形象，通过对这些独有的另类形象的透视，我们能更进一步深入了解这两位作家在创作中的心理特征以及想要表达和彰显的文学主题。"边缘人"形象、"患病者"形象，这些人物都在福克纳与苏童的作品中反反复复出现过，并成为两人作品中的经典形象，通过对这一类人物形象的比较和分析，我们能挖掘出美国南方和中国南方的不同时间和空间中，这些具有共通性的人物形象背后，体现出了福克纳和苏童怎样不同的精神内涵。

1. "边缘人"形象

后现代理论家提出过解构中心、解构权威的思想，这种思想在福克纳与苏童的作品中的一个表现，就是两位作家在各自的作品中所塑造出来的"边缘人"的形象。不管是福克纳还是苏童的作品中，远离社会主流文化的边缘人都一再出现，如苏童作品中的"逃亡者"群体，福克纳笔下被南方贵族所歧视的黑人。通过这些"边缘人"形象的构建，福克纳和苏童展现了这群人的生活状况和情感需求，表达了他们对这些"边缘人"背后成因的深刻思考和洞察以及自己的情感倾向。

　　"判断人物是否是小人物，不能以社会分工标准来判断。其实一个部长一个省长也可能是小人物性格小人物命运。小人物之所以'小'，是他的存在和命运体与社会变迁结合得特别敏感，而且体现出对强权和外力的弱势。"① 这是苏童自己对"小人物"的定义，从这个定义中我们可以看出，所谓的"小人物"正是我们要讲到的被社会主流排除在外的"边缘人"的形象。苏童作品中的"边缘人"形象可以分为这样两类：一类是游荡在城市与乡村之间的逃亡者，另一类是在城市挣扎着的小市民。

　　"逃亡者"的形象出现在苏童的很多作品中，这一类边缘人远离故土、迁移异乡，在异乡却又无法生存，或者终日思念着那个已经回不去的故乡，或者成了城市里的堕落者。《罂粟之家》中的刘老信，《1934 年的逃亡》中的陈宝年，《米》中的五龙……这一个个边缘人形象徘徊在城市与乡村、传统与现代、文明与落后之间，并慢慢失去了自己的个体身份，他们与城市隔岸相望，又被城市主流所鄙夷排斥。

　　另一类"边缘人"形象，则是在城市或者是小城镇苦苦挣扎着的小市民的形象。社会和时代的变迁拷问着这群人的生活，《蛇为什么会飞》中，金发女孩从北方来到南方都市，为的是做广告模特。她有着"黄金一般的新鲜而灿烂的头发"，期盼成为明星，然而奇迹并没有发生，她打着一把粉红色的广告伞站在车站口等待，等来的却是鄙夷唾弃，最后整容失败导致面目全非，黯然离去。小说中的冷燕本来在车站旅社工作，是车站旅社的"微笑之星"，虽然有丈夫，还是和彩票室的小陈关系暧昧。对欠了一屁股债的丈夫，她态度始终冰冷，在葬礼上也没有为他掉一滴泪。而最后这个平日里连黄鳝都不敢抓的冷燕最后最高分通过了令人毛骨悚然的"爱蛇计划"测试，成功地做了一名"蝮蛇小姐"，成为克渊口中的"变相鸡"，并在世纪狂欢之夜与蛇共舞，展现了边缘人的沉沦与堕落。作品中的男主人公克渊，更是一个不折不扣的"边

① 苏童：《妻妾成群》，花城出版社 2013 年版，第 142 - 143 页。

缘人"的形象,"他的边缘在于命运迫使他沉沦,而他自己不知不觉,以为自己在发愤图强,在向上爬,暗自得意。这是一个大家都不关注的人,身上没有什么文化符号,他不同于文学史上的任何一个人物,他什么都不是"①。这些人物是一群没有生活信念,在社会上无法找到自己的位置的人,无法融入社会现有的秩序,充满了荒谬又悲情的"边缘"色彩。经济快速发展,时代日新月异,这群人被裹挟在时代的洪流里,却又被无情抛弃,走向堕落和毁灭。小说最后写道,绳子随着风飘荡,并不是蛇在飞,这样的结局向我们宣示着:等待着这些边缘人的命运,仍旧是飘荡和沉沦。

福克纳生活的时代,正是美国的种族问题日益严重的时候,尽管南北战争的暴发使旧时的奴隶制解体,但这并没有消除黑人身上所承受的歧视和压迫,在一些地方,种族主义甚至更为升级和嚣张。福克纳研究专家肖明翰指出:"特别是在 19 世纪末 20 世纪初的几十年中,在美国南方,对黑人的仇恨和种族主义迫害更是达到了前所未有的地步。"② 黑人承受着主流社会的压抑和排斥,无可避免地成为社会的"边缘人"。

《喧哗与骚动》中的迪尔西,《沙多里斯》中的艾尔诺娜,《去吧,摩西》中的莫莉,都是福克纳笔下为人熟知的经典黑人形象。在这些形象中,又数迪尔西这个黑人形象最具有代表性,福克纳本人也表达过对这个人物形象的喜爱,指出迪尔西代表着未来。在康普生这个四分五裂,不可避免地走向崩溃与堕落,缺乏温情的家族里,迪尔西扮演着"维持着一切"的形象。她"勇敢、大胆、慷慨、温柔和诚实",如同慈母一样照料着凯蒂和小昆丁母女,在白痴班吉的身上,也倾注着真诚的慈爱。无疑,从迪尔西这个人物身上,我们可以看到福克纳对被误解与扭曲的黑人的形象的一次重新建构,他为"边缘人"发声,修正了白人把黑人看成没有情感的动物这一偏见,展现出了一个个虽然被主流社会排斥,但仍旧真挚勇敢的黑人形象,为遭受主流文化压迫的"边缘人"发声,给予了他们言说的权利。

苏童在《苏童王宏图对话录》中说:"生命中充满了痛苦,快乐和幸福在生命中不是常量,而痛苦是常量。我倾向于苦难是人生的标签这种观点。"③

---

① 苏童:《蛇为什么会飞》,云南人民出版社 2002 年版,第 272－273 页。
② 肖明翰:《威廉·福克纳:骚动的灵魂》,四川人民出版社 1999 年版,第 209 页。
③ 苏童、王宏图:《苏童王宏图对话录》,苏州大学出版社 2003 年版,第 121 页。

苏童的这种人生感悟与生命体验，实际上与福克纳是相似的，苏童作品中所呈现出来的真实人生际遇和生命形态，很多正是通过"边缘人"表现出来的，这些"边缘人"在困境中的生存与所体验到的荒诞，挣扎以后的失败，无路可走之后的沉沦，无不印证和拷问着人类自身存在的问题。然而纵观福克纳与苏童所塑造的"边缘人"形象，我们又可以从中找出不同，在苏童笔下，"边缘人"象征着无奈的沉沦，象征着挣扎的命运；而福克纳笔下的"边缘人"，他们远离工业文明和金钱世界，身上保留着纯洁的道德力量，在逆境面前有着常人难以想象的"忍耐精神"，福克纳笔下的"边缘人"，并非是为了对社会提出控诉而存在的，他们身上所体现出来的是新生活的希望。

由上可以看到，福克纳与苏童在作品中都为被社会主流文化排除的人寻求和争取到了言说的权利，通过对这些人物的关注，挖掘出他们在社会中的种种际遇以及这些际遇背后所蕴藏的深刻的文化内涵。不过因为两人处在不同的时期和背景中，福克纳与苏童对这些"边缘人"的情感倾向又存在着一定的差异。

2. "患病者"形象

20 世纪 80 年代，美国女作家苏珊·桑塔格出版了《疾病的隐喻》一书，开启了关于疾病隐喻研究的大门，纵观福克纳与苏童所构建出来的人物长廊，我们会发现他们在作品中都同样塑造了一批患有"疾病"的人。这里"疾病"的含义是多方面的，既有身体上的残疾，又有男性在"性"上的疾病与无能，而这些疾病更导致了人物心灵上的"疾病"，而这些疾病的背后，隐含着的又是人性的萎缩与信仰的缺失。

苏童在作品中塑造了很多患有"疯病"的人，也就是疯子的形象，《妻妾成群》中的颂莲，《金鱼之乱》中的阿全，《美人失踪》里珠儿的母亲等。《飞跃我的枫杨树故乡》中描写的"我"的幺叔也是一个疯子，"终日和野狗厮混在一起，疯疯癫癫，非人非狗，在枫杨树乡村成为稀奇的丑闻"①。颂莲日复一日地围着那口古井打转，阿全沿着河岸无休止地徘徊，失去孩子的珠儿的母亲，日夜呼喊着孩子的姓名。苏童为何要塑造一系列疯子的形象？这就需要考究这些人物走向疯癫的过程：颂莲疯于黑暗残酷的男性统治下的婚姻世界，阿全疯于权力的压迫。而珠儿的母亲沦为疯子，则是因为自己的女儿珠儿

---

① 苏童：《罂粟之家》，浙江人民出版社 2019 年版，第 152 页。

的失踪，谁料有一天珠儿回来了，却只把这次失踪当作一场游戏，在这里，道德与亲情已经全然泯灭，一个母亲被推向了疯癫的境地。

同样，"疯癫""癫狂"的疾病，也在福克纳的作品中频频出现。在《喧哗与骚动》昆丁的叙述部分中，我们随处可见这个心智已经失去正常的人疯癫的表现。有一处是关于时间的意象，昆丁是一个旧南方的维护者，凯蒂的失贞带给了他巨大的痛苦和困惑，让他对"时间的流逝"产生了强烈的恐惧。这种对时间流逝的恐惧，其表现形式便是昆丁对钟表的破坏，他试图去损坏甚至砸烂钟表，通过这种方式来抵抗时间的流逝与悄然发生的变革，然而这种努力却是徒劳无功的。"表还在嘀嗒嘀嗒走"，"那些小齿轮还在咔嗒咔嗒地转"，[1] 同样，旧南方也如明日黄花，过去的岁月，早已经无法回去了。陷入疯癫的昆丁，最后选择了跳河自杀，定格了时间。

除却"疯癫"，"白痴"也是福克纳在文学创作中喜欢构建的一类形象。《喧哗与骚动》中的班吉，作为一个"白痴"的形象早已深入人心。纵观福克纳构建起来的人物群像，我们可以发现这位作家不止一次地塑造出"白痴"这类特殊的文学形象。《我弥留之际》里的瓦达曼被认为是一个精神上存在问题的人物形象，例如他一心认定自己的母亲是一条鱼。母亲死后躺在棺材里，瓦达曼认为她在棺材里不能够呼吸，于是就在上面打了几个洞，却因为这种做法，把母亲尸体的容貌毁坏了。在《押沙龙，押沙龙!》中，查尔斯·邦的混血儿后裔，也是一个"白痴"形象，每天都对着经历过一场火灾后的废墟大声嚎叫。艾克·斯诺普斯是《村子》里的一个人物，他爱上了邻居家的母牛，于是便将这头母牛牵走，成天倾诉着对它的痴情。这些我们看起来荒诞可笑的情节，都是福克纳在他的作品中描述过的，由此也证实了这些人物心理上的不健全。那么，福克纳为何要描写这样一类独特的人物形象呢？从这些"白痴"梦呓般的叙述与荒谬的举止中，福克纳试图传达的又是怎样一种人类的共同体验呢？

法国哲学家加缪曾经指出，梅尔维尔之后，还没有一位美国作家像福克纳那样写到受苦。是的，这位有着悲天悯人情怀的南方作家倾向于认为人生中充满着痛苦与磨难，而要表达人生的苦难和生活的虚无，先天残疾的白痴可能比

---

① 福克纳：《喧哗与骚动》，李文俊译，上海译文出版社 1995 年版，第 207 页。

健全的人更具有说服力。以班吉为例，已经三十三岁的他，只有三岁儿童的智力，走路摇摇晃晃，嘴里不停流着口水。一无所能又愤世嫉俗的父亲，虚伪自私无病呻吟的母亲，互相折磨的亲人，在这样畸形的家庭环境里，班吉唯一能获得的安慰就是姐姐凯蒂的爱，可最后凯蒂也离他而去，他只能紧紧抓住她留下的一只拖鞋，直到拖鞋变得发黄、脆裂与肮脏。《我弥留之际》中的瓦达曼，生活在一个贫穷冷漠的家庭里，最大的愿望是得到一辆玩具小火车，然而却从未实现。在福克纳的笔下，这些孤苦又可怜的"白痴"，实际上象征着的正是人类所要承受的苦难和悲惨的命运。

　　除了"疯子"和"白痴"，苏童和福克纳的作品中还有一些患有性病的人，涉及梅毒和性功能障碍。长篇小说《米》中的五龙，死于梅毒。《罂粟之家》里，城市里的梅毒被带到了枫杨树村。在《疾病的隐喻》一书中，苏珊·桑塔格认为"梅毒是一种腐化道德和损害身体的传染病"①，梅毒经常是和"道德的堕落与腐化"这个主题联系起来的。然而仔细阅读文本，我们可以发现梅毒的隐喻又不仅限于道德的腐化和堕落。在苏童的小说中，梅毒常常是和城市联系在一起的。《逃》中的陈三麦一次次逃离故土奔向城市，但也在城市里染上了"脏病"。《米》中的五龙，尤其使人印象深刻，他也是一个从乡村到城市的少年，有趣的是在他对城市的最初的印象中，出现过一张治疗梅毒的海报，这似乎也暗示了五龙的最后归宿，在浮华的城市里沉沦和异化之后，五龙也染上了可怕的梅毒，"炎热的天气加重了五龙的病情，下身局部的溃烂逐渐蔓延到他的腿部和肚脐以上，有时候苍蝇围绕着五龙嘤嘤飞落，它们甚至大胆地钻进了他的宽松的绸质短裤。五龙疯狂地抓挠着那些被损伤的皮肤，在愤懑和绝望中他听见死神若有若无的脚步声在米店周围踟蹰徘徊"②。细腻的描写让我们看到了城市对五龙的改变，以及他在城市中的沉沦，从这个角度出发，我们可以把梅毒这个疾病看作城市的污浊对本已腐化不堪的乡村的另一次冲击。五龙染上了梅毒，无论他采取什么方法，都无法摆脱这种疾病，故事中，五龙最终带着残缺不堪的，被疾病折磨和吞噬了的身体，回到了自己的故乡。梅毒象征着城市的浮华堕落，而这种浮华堕落也在慢慢向乡村蔓延和

① 苏珊·桑塔格：《疾病的隐喻》，程巍译，上海译文出版社 2003 年版，第 54 页。
② 苏童：《米》，湖南文艺出版社 2018 年版，第 163－164 页。

传播，似乎是任何人都无法逃脱的诅咒。

如果说梅毒象征着病毒，象征着道德的沦陷和文化糟粕的侵袭，那么性功能障碍，则通过人身体上的缺失，指示正常人性的缺失，福克纳的代表作《圣殿》中，便描写了这种身体和心灵上的双重"阉割"。心理分析学家弗洛伊德认为父亲代表权威，这种权威的来源就在于他对阳具的拥有。因为拥有阳具，男孩有一天会取代父亲，继承父亲的权威，而这种权威中，自然包括对女性的占有，所以男性的阳具，实际上代表着一种权威，而"阉割"也就象征着权威的软弱和丧失。《圣殿》中的金鱼眼自出生前就被生父抛弃，他出生就带着疾病因而丧失了男性功能。金鱼眼始终把自己放在一个社会的对立面上，他通过暴力行为来彰显自我存在。为了证明自己的男性身份，他枪杀了汤米，并用一个玉米芯强奸了谭波儿。当谭波儿对他喊叫道，"你根本算不上是个男人！他明白这一点。他要是不明白，还有谁会明白？"……"你只好找个真正的男子汉来———而你呆在床边，哼哼唧唧，流着口水，像个———你只骗得了我一次，对吧？怪不得我当初会流出那么多血———"①，他便伸手捂住谭波儿的嘴，不让她张扬，手指甲已经陷进她的肉里。在男权社会里，男性对女性的占有的表现形式，便是对女性身体的占有，然而福克纳却给了这个扭曲变态的人物性无能的疾病，金鱼眼性的无能标志着男性权力的无从体现。《圣殿》中另一个和金鱼眼相对的人物贺拉斯，其实也是一个被"阉割"了的男性。这种"阉割"，主要是指精神上的软弱。贺拉斯本身是一个把正义看得高于一切的律师，可以说是一个理想主义者，但由于性格的软弱，他无法伸张正义。他也无力反抗妹妹对自己人生的安排，回归到了他难以忍受的想要逃离的生活中去。在这种氛围下，贺拉斯将自己的压抑与绝望转移到了对性的幻想上面：对继女的乱伦幻想，对谭波儿的非分之想，贺拉斯就这样被悬置在了被"阉割"的虚妄人生里，无力控制和征服人生。在《圣殿》中，福克纳通过剥夺男性的性能力这种方式的"阉割"，广阔而真实地展现了一个充斥着罪恶，颠倒着黑白的世界，在这样一个被"阉割"的环境中，正常的人性已经不复存在。

苏童作品中的"梅毒"，有着城市文化侵袭到乡村的象征意味，在福克纳

---

① 福克纳：《圣殿》，陶洁译，北京燕山出版社 2015 年版，第 182 - 183 页。

的《圣殿》中，也可以进行类似的解读。考利认为，《圣殿》"充斥着性的梦魇，其实它们都是社会的象征……此书与他认为南方被强奸被败坏的看法是有关联的"①。鲁克斯是著名的福克纳研究者，他认为《圣殿》带着时代的烙印，主题是对现实本质的认识，以及对邪恶的认识。《圣殿》中"强暴"这一意象，表明美国南方这个"圣殿"已被暴力和邪恶侵占，南方传统观念中的勇气、正义、怜悯等优秀品质丧失殆尽，代替"圣殿"的是一个社会腐败、人性泯灭、残忍冷酷的阴暗世界，这和苏童作品中"梅毒"的传播有着类似的象征意义。

3. 深层的时代内涵

不管是福克纳还是苏童，他们对典型人物的塑造，都体现出一种对现代文明的担忧与反感。福克纳描写的人物形象，他们生活在新旧交替的时间段，旧南方的传统道德被从北方而来的工商业文明剧烈地冲击。福克纳自己说过他不是文人，而是农民。这句自我表述体现了福克纳对失落的传统文明的怀念，体现着他对工商业资本主义的排斥和批判的态度。

现代商业文明的入侵，将人引入了对物质的单方面追求，而导致了精神的堕落和道德的崩溃，不管是苏童还是福克纳，都通过各自作品中的"边缘人"以及"患病者"的形象，对这一现状进行了反思和批判。在苏童的作品中，繁华的都市世界并没有带给那些外出"追寻"的人们进步和文明，在光怪陆离的工业化社会里，上演的是人性的软弱以及生命的空虚与堕落。类似的，福克纳十分反感北方的工商业文明，在南北战争之后，对南方的侵袭以及这种侵袭导致的人的"异化"，与福克纳作品中的"边缘人"黑人对应，他在作品中塑造出了一些"穷白人"的形象以及那些代表着工商业文明的北方人形象。《圣殿》中的"金鱼眼"，《喧哗与骚动》中的达尔顿，以及在福克纳多部作品中所出现的"斯诺普斯们"都是这类形象。如今，斯诺普斯已经成为一个英语词汇，用来指称那些为了追逐物质利益而不顾及道德准则的人。除了这些"穷白人"，在批判工商业文明的时候，福克纳也描绘了一些代表着工商业文明的北方人的形象，他们和"穷白人"一样，与"边缘人"相对，构成了当时社会的主流。

---

① 马尔科姆·考利：《福克纳：约克纳帕塔法的故事》，李文俊译，中国社会科学出版社1980年版，第39-40页。

　　同样，在苏童看来，随着现代文明的萌芽和发展，"田园牧歌式"的生活方式已经不复存在，现代文明冲击着旧日的乡镇，如同"梅毒"一样感染着人性，因此苏童在自己的作品中塑造了这样一些被"感染"的"患病者"以及一些放逐的"边缘人"。

　　从以上对比中可以看出，在福克纳的笔下，"边缘人"代表的更多是没有被工商业侵袭和污染的，仍然具有传统美德和人性的，新生活的希望。而在苏童的笔下，"边缘人"则代表着刚刚接受工商业文明冲击，尚且在新旧两种生活方式中挣扎，在农村和城市的缝隙中徒劳地追寻的一部分人。福克纳笔下的那部分人，倾向于生活中少部分的，代表着光明的一面。而苏童笔下的这部分人，是逐渐沦落的一个群体。之所以会有这种不同，应当从两人所处的历史和社会状况考量。西方现代化的进程远远比中国早，福克纳当时生活的美国南方社会，工商业文明的现代化已经充分铺开，社会的主流已经被一部分追求物质利益的人所占据，因此代表传统的道德与美德的人，只能逐步成为当时的"边缘人"。而苏童所在的时代，现代化刚刚展开，物欲横流的城市文化才刚刚向乡镇地区伸展，所以两人在经典形象的塑造方面，尽管有着同一类型的人物，但人物的背后却体现不同意义，具有不同的时代反映以及精神内涵。

　　福克纳的"约克纳帕塔法"世系和苏童的"香椿树街"，是两人各自的文学故乡和精神家园。通过上述四个章节的比较和探讨，我们对福克纳与苏童笔下的人物形象已经有了一个全面的了解。从这些梳理和探讨之中，我们可以看到，福克纳与苏童这两位生活在不同时期和不同地域的文学创作者，在人物形象的构建方面有着很多相似之处，然而对这些相似之处进行分析比较之后，又能找出其中的不同之处。寻找同中之异和异中之同，是比较文学中平行研究最根本的出发点，从这些相同点和不同点中，我们可以看到传统的文化背景和个人的成长经历对作家文学创作的重要影响。

　　苏童是中国"先锋派"的代表作家，同时是一位具有激进色彩的反叛性作家，而福克纳因为"意识流"的写作手法，在美国虽然被认为是现代主义作家，但在他的作品中所表现出来的，实际上更多是一种对传统的怀念和反思，所以本书认为他应当是一位具有反思色彩的传统型作家。

　　两人在人物塑造方面，有很多共同性。首先，是福克纳与苏童对女性形象的塑造，他们都不约而同地把目光投向了在那个特殊的年代里，选择了成为旧时代的殉葬者和堕落者，以及身上有着新生活的希望的女性形象。其次，是两人塑造出来的男性形象，男性形象也可分为堕落与毁灭的，无力与羸弱的，但在苏童的笔下，没有出现福克纳作品中所塑造出来的走向"新生"的男性形象，这与两人不同的文化背景和心理特征有关。再次，是福克纳与苏童在作品中构建出来的少年形象，"少年视角"是两个人在创作中都常用到的一种叙事策略，两人构建出的少年形象也有着很多相似之处，这些相似之处背后体现的都是那个走向堕落的南方，是一段动荡不安的岁月，以及少年们生活的那个残缺的世界。最后，是两位作家作品中独有的文学另类形象，这里主要关注的是"边缘人"形象和"患病者"形象。福克纳和苏童笔下的"边缘人"是不同的，这主要是因为福克纳生活在一个种族主义盛行的时代，而这种状况并没有在中国出现，所以苏童笔下的"边缘人"，多半是一些小人物的形象。"患病者"既有患有精神疾病的人，即"白痴"和"疯癫者"，也有着患有性方面疾病的人，"梅毒患者"和"性无能者"，这几类疾病的背后都有着各自相同或不同的隐喻，本书对此也做了分析和阐述。

"越是能激发多种审美感受的作品，其内涵就越丰富，审美价值就越高。"① 同苏童相比，我们可以看到，从内涵上来说，福克纳的作品能给予我们更多的审美感受。苏童在文本中所构建出来的审美世界，是通过语言、意象等一些艺术手段来展现出来的，而福克纳所创造出来的审美世界，除了归功于艺术上的表现手法，更存在于福克纳创造出来的那些灵魂上充满光辉的人物形象身上，这些人物承载着人类的美好品德和人类的优良品质，使我们能获得一种精神上的启迪。

通过上述对福克纳和苏童作品中的人物形象进行分析比较，我们可以看出，在两人的作品中，人物形象塑造的背后都存在一种悲剧感。无论是堕落的人物、新生的人物、反抗的人物、沉沦的人物，他们在福克纳与苏童的作品中，都经历过或者经历着躲不开的悲剧人生。但我们可以在福克纳作品悲剧感的背后，看到一种崇高感，而这种崇高感，是福克纳人物塑造的独到之处。

（本章作者 柳晓曼）

---

① 成梅：《老舍小说创作比较研究》，陕西人民出版社 2000 年版，第 274 页。

第四章

福克纳与贾平凹的现代英雄神话
叙事比较研究

在探讨福克纳与贾平凹的"英雄神话"之前，本章试先厘清中西"英雄"概念的意义所指，并尝试梳理中西神话学界对"英雄神话"叙事模式的研究现状，以期更好地深入文化视角，认识中西各民族神话的共通性与其各自的民族性。

福克纳在其"约克纳帕塔法世系"小说中构造了自己的南方世界，而中国作家贾平凹同样以故乡为本，虚构了其"商州世界"。这种以乡土为根基构造文学世界的相同选择，为二者的比较研究提供了可比性基础。福克纳的小说具有古希腊及圣经神话色彩，而贾平凹的"商州世界"也有着自身的神秘性及中国上古神话渊源。故本章从英雄神话叙事模式视角出发，旨在对福克纳与贾平凹的作品进行系统的比较研究，深入分析二者的现代英雄神话，并在两种各具特色的表层结构叙事中寻求本质相通的深层结构，以达到中西互识互鉴的目的。

在研究方法上，本章以中西方神话学研究成果为主要理论依据，对福克纳与贾平凹的英雄神话进行平行比较。西方的神话学研究，起步较早、成果颇丰，如弗莱的《批评的解剖》、坎贝尔的《千面英雄》以及弗雷泽的《金枝》等，均为此方面的研究著作，其研究视野从神话叙事结构、原型母题到民间信仰等多有涉及。而中国的神话学研究，从鲁迅、茅盾等开始，到叶舒宪渐趋繁荣，从神谱构建起步，到运用传世文献、出土文献、人类学的口传与非物质文化遗产（包括民俗学和民族学的大量参照材料）、考古实物和图像以及四重证据法进行研究，具有自身的理论特色。

第一节
"英雄" 概念的生成与流变

1. 西方 "英雄" 的 "入世" 之旅

西方的 "英雄" 概念的生成，大致始于古希腊罗马时期，经维柯、马克思、黑格尔等人对 "英雄时代" 的界定，至卡莱尔对 "英雄" 的进一步分类，其意义指向逐步从 "半神英雄" 拓展到现代文明社会中的 "伟人"。

《简明不列颠百科全书》释 "英雄" 为 "在《伊利亚特》和《奥德赛》中所描述的早期自由人，尤指杰出人物：在战争与惊险中出类拔萃的和珍视勇敢、忠诚等美德的超人。有些英雄的双亲之一是神；这种半神族出身用于说明许多英雄具有超自然威力的原因"[1]。这在某种程度上说明，西方 "英雄" 概念的生成与神话中的半神英雄故事有着一定的渊源。

1725 年，意大利哲学家维柯（Giambattista Vico）发表《新科学》，他在书中沿用埃及人划分时代的时间观，将人从起源、发展到不断建立新制度的过程划分为三个时代：（1）神的时代，其时，诸异教民族相信他们在神的政权统治下过生活，神通过预兆和神谕来向他们指挥一切，预兆和神谕是世俗史中最古老的制度；（2）英雄时代，其时，英雄们建立了贵族政体，因为他们自以为比平民具有某种自然的优越性；（3）人的时代，其时，一切人都承认自己在人性上

---

① 《简明不列颠百科全书》编辑部：《简明不列颠百科全书 第九卷》，中国大百科全书出版社1985 年版，第 163 页。

是平等的，因此首次建立了一种民众（或民主）的政体，后来又建立了君主专政政体，这两种都是人道政权的不同形式。① 此时，"英雄"成为时代的象征，标志着人类从原始神话世界向现代文明社会的过渡。具有类似"英雄"蕴涵的表述此后又出现在格罗特《希腊史》、摩尔根《古代社会》、马克思《摩尔根〈古代社会〉一书摘要》、恩格斯《家庭、私有制和国家的起源》以及黑格尔《美学》等著作中，以"英雄时代"指称崇信神与半神英雄的原始时代（尤其是古希腊时期）。②

1841 年，英国学者托马斯·卡莱尔（Thomas Carlyle）在《论历史上的英雄、英雄崇拜和英雄业绩》（*On Heroes and Hero - Worship, and the Heroic in History*）中将"英雄"定义为"伟人"，即"人类的领袖，传奇式的人物"③，将其视为人类崇拜效仿的典范，并进一步划分出"神灵英雄"（神及半神英雄）、"先知英雄"、"诗人英雄"、"教士英雄"、"文人英雄"以及"君王英雄"六种类型。卡莱尔所指"英雄"的概念范畴显然比之前有所扩大，其中不仅囊括了上文所述的神与半神英雄，还包括了世俗社会中在宗教、文学以及政治等领域具有杰出贡献的"伟人"。经卡莱尔的改造后，"英雄"逐渐"入世"，从神话世界逐渐走入世俗人间。

2. 中国"英雄"的"西化"之路

与西方"英雄"概念从神话领域到人类文明社会的演变路径不同，中国的"英雄"概念从生成之日始，就扎根于世俗社会，在儒家文化浸润下带有浓厚的伦理道德意义。

西汉以前，"英""雄"二字通常作为两个单音节字来使用。《说文解字》释"英"："艸荣而不实者。一曰'黄英'。从艸，央声。于京切。"又释"雄"："鸟父也。从隹，厷声。羽弓切。"故从词源上讲，"英"与"雄"并不指代人，而是分别用于修饰草木与动物（或特指鸟类）。

据笔者可查的中国古典文献，"英雄"作为一个双音节词首度出现，并用

---

① 维柯：《新科学》，转引自《朱光潜全集 第 18 卷》，朱光潜译，安徽教育出版社 1992 年版，第 75 页。
② 参考刘志伟：《英雄文化与魏晋文学》，兰州大学出版社 2004 年版，第 10 页。
③ 托马斯·卡莱尔：《论历史上的英雄、英雄崇拜和英雄业绩》，周祖达译，商务印书馆 2010 年版，第 1 页。

于指称人，大概是在西汉韩婴的《韩诗外传》中："夫鸟兽鱼犹知相假，而况万乘之主，而独不知假此天下英雄俊士，与之为伍，则岂不病哉！"屈守元笺疏本为此句所做笺为："夫臣不复君之恩，而苟营其私门，祸之原也；君不能报臣之功，而惮行赏者，亦乱之基也……守元案：此书借物以喻万乘之主不假英俊为病，而说苑则由臣不复恩，君不赏士，两方面取相假之喻。"① 可见，此处"英雄"与"俊士"同义，均指效命于"君"的能人志士。

此后，东汉班彪的《王命论》中也出现"英雄"一词："当食吐哺，纳子房之策；拔足挥洗，揖郦生之说；悟戍卒之言，断怀土之情；高四皓之名，割肌肤之爱；举韩信于行阵，收陈平于亡命，英雄陈力，群策毕举：此高祖之大略，所以成帝业也。"② 从上文所列英雄人物来看，此处"英雄"之义与《韩诗外传》所表大致相同。

汉末至三国时期，出现了以"英雄"为题的专述。一为王粲的《汉末英雄记》，记录了刘表、诸葛亮、曹操等 46 位英雄人物的事迹，从所录人物来看，其"英雄"概念较为宽泛，不论家世、成败和善恶，凡有才能、智慧之人均可称为英雄。③ 二为刘劭的《人物志·英雄第八》，他在此文中为"英雄"下定义："是故聪明秀出谓之英，胆力过人谓之雄，此其大体之别名也……故一人之身，兼有英雄，乃能役英与雄。能役英与雄，故能成大业也。"④ 可见，此处的"英雄"概念与《韩诗外传》《王命论》所指已略有不同，其指向的非贤臣志士，而是能够成就大业的君王，且此君王必须具备谋略与勇气两方面的才能。至此，中国"英雄"的两个主要意义被逐渐固定下来，并在晋以后得到广泛应用：其一指有才能的贤臣，其二指能够成就大业的君王。

纵观中国"英雄"概念的生成流变，可发现其意义所指大致不脱君臣关系。试究缘由，这或许与中国儒家思想文化有一定关联，对"君君臣臣"这一伦理等级关系的强调，成为影响中国"英雄"意义生成的重要文化背景。而自西学东渐乃至新文化运动后，中国"英雄"的意义指向发生了一次重大

① 屈守元：《韩诗外传笺疏》，巴蜀书社 1996 年版，第 497 页。
② 萧统：《昭明文选》，华夏出版社 2000 年版，第 2028 页。
③ 参见罗兴萍：《民间英雄叙事与"十七年"英雄叙事小说》，广西师范大学出版社 2012 年版。
④ 刘劭：《人物志》，吴家驹译，江苏人民出版社 2019 年版，第 106－112 页。

转变：从立足于世俗社会与儒家伦理等级关系，到逐渐"西化"，尤其在中国神话研究领域，"英雄"的意义所指与西方"神及半神英雄"的概念蕴涵渐趋重合。

1929 年，茅盾发表《中国神话研究初探》，其中已出现"半神英雄"的字眼；在讨论中国神话之历史化时，他提出："中国神话在最早时即已历史化，而且'化'的很完全。古代史的帝皇，至少禹以前，都是神话中人物——神及半神的英雄。"① 此处"英雄"一词，显然已非儒家文化里囿于君臣关系中的"英雄"，而是像西方"神话"（myth）② 这一舶来品一样，意义与西方神话世界里的"英雄"类似。此后出现的中国神话学专著，如萧兵的《中国文化的精英——太阳英雄神话的比较研究》（1989），叶舒宪的《英雄与太阳——中国上古史诗的原型重构》（1991），陈建宪的《神祇与英雄——中国古代神话的母题》（1994）等，论及"英雄"时也大多沿用西方"半神英雄"这一概念意义。

从某种意义上讲，随着近现代中国神话学的兴起，中国的"英雄"概念也从世俗世界逐步拓展到神话领域，走上"西化"之路。③

第二节
英雄神话及其叙事模式研究

1. "历险"旅途中的西方神话英雄

各民族神话中英雄们的人生经历有着惊人的相似性，这种模式的类同早就

---

① 茅盾：《中国神话研究初探》，上海古籍出版社 2011 年版，第 100 页。

② 从词源上讲，"神话"（myth）源于古希腊语，用来表示原始时代关于神奇事物或受神能支配的自然事物的故事。参考黄石、玄珠（茅盾）、谢六逸：《民国丛书 第 4 编 59 文学类 神话研究、中国神话研究 ABC、神话学 ABC、神话杂论》，上海书店 1992 年版，第 1 页。

③ 需要指明，中国的"英雄"概念自新中国成立后又有大的变化，伴随着对领袖人物以及共产主义、集体主义的崇拜而带有更多的意识形态的内涵。因本书研究重点在于神话中的"英雄"，故对此部分不再多做论述。

引起了西方学者们的研究兴趣。1864 年，约翰·乔治·冯·哈恩（Johann Georg Von Hahn）列出一些他在民间叙事诗中注意到的不同公式。后来，冯·哈恩在一部关于民间叙事诗的理论著作中提出了一个表格式的详细纲要，他称这个公式为雅利安人被逐和返回公式；从包括俄狄浦斯在内的十四位英雄的生平传记中，冯·哈恩归纳出十六个情节单元，并划分为四个基本大类：出生、青春期、回归和意外事件。1881 年，阿尔弗雷德·纳特（Alfred Nutt）运用冯·哈恩的图表并以凯尔特人的十四首英雄叙事诗为例，对图表做了小小的修改。

20 世纪，随着精神分析学、神话－原型批评以及结构主义等文学理论的兴起，学界对神话中英雄叙事模式的研究也渐趋繁荣。1909 年，奥托·兰克（Otto Rank）出版《英雄诞生的神话》（*The Myth of the Birth of the Hero：A Psychological Interpretation of Mythology*），用精神分析的方法解释了神话中诸位英雄神奇的诞生经历，同时为冯·哈恩的研究做了旁证。

1928 年，俄国民俗学家弗拉基米尔·普罗普（Vladimir Propp）出版《故事形态学》。需承认，普罗普此著作的研究范畴为民间"神奇故事"，但他也指出神话与民间故事是同一个"属"之内的两个不同的"种"；而此后法国人类学家列维－斯特劳斯（Claude Levi－Strauss）更是阐扬了此种思想，更明确地表明了神话与民间故事之间的同质性："神话和民间故事恰好发掘一种共同的实质，只是各自运用不同的方法。它们之间……更多的是一种互相补充的关系。民间故事是微缩了的神话……"① 故从某种程度上讲，民间故事也应被视为神话学研究的重要材料。而在《故事形态学》中，普罗普就对俄罗斯的民间故事做了较为系统的收集研究，从角色对"行动过程意义"的角度定义并归纳出角色的 31 个"功能"，大致包含了主人公破禁、离家、历险、归来、解决难题、加冕为王等几个方面。

1936 年，英国前结构主义学派代表拉格莱（Lord Raglan）发表《英雄》，为神话中的英雄模式总结出 22 个特征，大致包含了英雄的出生与被弃、青春期、历险、加冕为王、死亡等几个方面，其与普罗普对神奇故事中 31 个"功

---

① 克洛德·列维－斯特劳斯：《结构人类学（第二卷）》，张祖建译，中国人民大学出版社 2006 年版，第 608 页。

能"的概括不无相合之处。

1949 年，约瑟夫·坎贝尔（Joseph Campbell）在《千面英雄》中阐扬兰克的观点，认为每个人在出生时都是英雄，并将英雄的冒险归纳为启程、启蒙、回归三个基本大类。而这三大类下的诸多具体环节，如"历险的召唤""拒绝召唤""超自然的助力""终极恩赐""跨越回归的门槛"等，与普罗普及拉格莱的研究成果不谋而合；这大概也如该书标题"千面英雄"所示，侧面印证了各民族英雄神话的共通性。此后，美国学者戴维·利明与埃德温·贝尔德在《神话学》中沿用坎贝尔"千面英雄"的这一提法，并将其作为该著一章中的标题以专论英雄神话；在此章中，二人将英雄神话定义为"元神话"，并总结出英雄的发生、成年、隐修、探索（或修炼）、死亡、降入地府、再生、神化（与未知世界重新合一）等八个叙事模块。①

1957 年，加拿大批评家诺思罗普·弗莱（Northrop Frye）发表了原型批评理论学派的扛鼎之作——《批评的解剖》。该书将"文学"界定为"移位的神话"，认为文学各文类的发展及其叙事模式遵循了神的诞生、历险、胜利、受难、死亡直到神的复活这一完整的循环；其中也述及神话中的英雄叙事，并将英雄的历险概括为四个方面：一是冲突（agon）；二是殊死搏斗或死亡，往往是英雄与怪兽两败俱亡；三是英雄的消失（死亡）；四是英雄重又出现并为人们认识（复活）。这又与前文述及诸著作的研究成果有许多契合之处。

1958 年，法国结构主义人类学创始人列维－斯特劳斯出版《结构人类学》（第一卷）。在《神话的结构》一章中，列维－斯特劳斯强调神话也具有"语言的性质"，像语言存在音素、语素和义素一样，神话也存在"神话素"（mythemes）；其后他重点分析了古希腊俄狄浦斯神话以及北美印第安祖尼人、中西部普韦布洛人的神话，归纳称神话诸系列中总存在"一种对称而相反的结构"②。诚然，此处列维－斯特劳斯对于英雄神话模式的总结仍具有个案性质，但其对神话所做的"表层结构—深层结构"的划分与研究仍影响深远，对本章研究也提供了重要的方法论指导。

---

① 戴维·利明、埃德温·贝尔德：《神话学》，李培茱、何其敏、金泽泽译，上海人民出版社 1990 年版，第 98 页。

② 克洛德·列维－斯特劳斯：《结构人类学（第一卷）》，张祖建译，中国人民大学出版社 2006 年版，第 240 页。

据有限的文献资料显示，"英雄神话"研究自 19 世纪开始，在 20 世纪发展已较为成熟。① 研究所引资料中，古希腊神话及圣经文学为重要部分，其他各民族神话及民间故事也多有涉及。而就诸多学者对英雄神话叙事模式的总结来看，英雄的出生、历险以及回归为叙述最多的内容；其中关于英雄历险的神话传说及民间故事，逐渐成为研究者搜集总结并深入研究的重点。

2. 历史面纱下的中国神话英雄

如上所述，"神话"（Myth）一词是伴随着中国神话学研究兴起而来的舶来品。茅盾在《中国神话研究初探》中曾有论述："'神话'这名词，中国向来是没有的。但神话的材料——虽然只是些片段的材料，却散见于古籍甚多……"② 与西方神话学研究中材料来源丰富的英雄史诗及民间传奇故事相比，中国神话研究急需解决的一个问题，似乎是如何从卷帙浩繁的中国古籍中提取那些可被定义为"神话"的"片段材料"。

1923 年，鲁迅的《中国小说史略》出版。在"神话与传说"一章中，他首先申明了神话与传说的关系，认为传说乃"神话演进"③ 的结果，并在后文叙述中提供了诸多可供研究的古籍材料；其中列举了《淮南子》所载羿的英雄神话、《春秋》中鲧神化为熊的传说、《史记》所记舜的传说等，并提及《穆天子传》《蜀王本纪》《吴越春秋》等历史典籍中所含的丰富神话材料资源。书中所列英雄神话与传说仍为一些不成体系的片段，但需注意，鲁迅在此已意识到中国神话历史化的问题。1925 年，在致傅筑夫及梁绳祎二人的书信中，鲁迅又再次谈及中国神话的搜集问题，并将上古至六朝（或唐）为止群书析为三期，强调上古至周末之书中，多含古神话。④ 在中国神话学研究的起步阶段，鲁迅为搜集中国神话而做的诸多努力，具有重要的奠基性意义。

1926 年，《古史辨》第一册问世，以顾颉刚、钱玄同、胡适等人为代表的"古史辨"派力图"打破古史人话的观念"，将上古神话与历史史实相剥离，

---

① 此处并无涉及 21 世纪的研究。因 21 世纪此方面的研究，多以神话－原型批评理论为支撑，重点研究现代及后现代小说文本，并非单纯神话及民间故事的研究，故不多做论述。

② 茅盾：《中国神话研究初探》，上海古籍出版社 2005 年版，第 3 页。

③ 鲁迅：《中国小说史略》，广西人民出版社 2017 年版，第 16 页。

④ 鲁迅：《鲁迅书信集 上》，人民文学出版社 1976 年版，第 66 页。

以还原古史中的想象祭祀之实，考证出远古时代的宗教史。① 诚然，"古史辨"派在中国学术界仍存在着不少争议，鲁迅就曾批其"有破坏而无建设，将古史'辨'得没有"；但如中国民俗学者刘锡诚所言，"其'破坏'古史的过程，也就是清理或'还原'神话的过程"②，对于中国神话体系的建设与完善，"古史辨"派的努力大概仍有一定的价值和意义。

1929 年，茅盾发表中国神话学史上的重要论著——《中国神话研究 ABC》（后更名为《中国神话研究初探》）。书中再次强调神话历史化的问题，并为中国神话研究筛选出诸如《山海经》《淮南子》《楚辞》等重要的古籍资料；此外，茅盾在此书中力图重构中国的神话体系，对中国"开辟神话""幽冥"及"昆仑"神话等进行了搜集与辨析，并以古希腊神话为鉴，做出了构建中国"诸神世系"的尝试。

在"英雄神话"的搜集研究方面，茅盾的书中并无专章论述；但早在1925 年，茅盾于《小说月报》第 16 卷 1 号上发表了《中国神话研究》（署名沈雁冰），此文将中国神话归为六类，其中就有"记述神——或民族英雄武功的神话"，并举了"黄帝征蚩尤"和"颛顼伐共工"的例子。③ 在《中国神话研究初探》中，茅盾对"英雄神话"也多有提及：第一章提及"愚公移山"的故事，认为在原本的神话传说中"愚公和智叟或者本是'半神半人'的人物"④；第六章中再次提及"黄帝征蚩尤"的神话，认为黄帝与蚩尤或均遭到历史化；第七章中提及"精卫填海"与"刑天舞干戚"的神话，认为"这是'失败英雄'的不忘故志的写照"⑤，后文又论及禹与羿的神话，指出"羿是洪水以前天地大变动时代（相当于希腊神话所谓铁时代）的半神英雄，禹则是洪水时代的本身英雄"。⑥ 综上来看，茅盾所选"英雄神话"大致包含战争英雄（黄帝与蚩尤）、救世英雄（后羿与禹）以及体现个人精神的英雄（愚公、精卫、刑天）三类，但对英雄神话叙事模式的总结却是没有的。

---

① 顾颉刚：《古史辨自序 上》，商务印书馆 2017 年版，第 14 页。
② 刘锡诚：《20 世纪中国民间文学学术史》，河南大学出版社 2006 年版，第 234 页。
③ 茅盾：《中国神话研究初探》，上海古籍出版社 2011 年版，第 98 页。
④ 同上，第 12 页。
⑤ 同上，第 88 页。
⑥ 同上，第 108 页。

20 世纪 40 年代末，程憬完成《中国古代神话研究》①，书分"开天辟地及神统""神祇""英雄传说"三大部分；在第三部分中，程憬重点论述了后羿、后稷、巧倕、夔及后启等神话英雄的传说故事。需指出，该书对英雄神话的研究似乎仍更多地停留在搜集整理阶段；但从搜集整理范围来看，程憬的研究比之 20 年代确有发展，其所选的英雄神话，除上文提及类别外，还囊括了不少发明创造类的"文化英雄"②（农神后稷、工艺神巧倕、音乐歌舞神夔与后启）及其传说故事。

五六十年代，中国神话学研究一度停滞；70 年代后再度回春；八九十年代，随着西方神话学理论的不断引进，以及中国本土神话学研究方法的渐趋成熟③，中国神话学领域积累了不少重要研究成果，同时也出现了数部专论"英雄神话"的重要著作。

1989 年，萧兵出版《中国文化的精英——太阳英雄神话的比较研究》④，此书研究颇具比较视野，以中国各民族神话及西方神话传说为材料依据，对中西各民族的射手英雄、弃子英雄、除害英雄、治水英雄、灵智英雄等多类神话英雄原型进行了比较研究。前两章重点探讨神话英雄的诞生与被弃；三四章涉及英雄的成长、除害及婚姻考试等内容；最后一章论述"智猿"（英雄的化身和朋友）、文化英雄的功绩以及英雄之死等内容。此书虽无重点讨论英雄神话叙述模式的内容，但全书构架尤其论及"弃子英雄"与"除害英雄"的部分，颇合西方神话学对"历险英雄"叙事模式的研究。

1991 年，叶舒宪的《英雄与太阳——中国上古史诗的原型重构》出版。

---

① 程憬：《中国古代神话研究》，顾颉刚整理，陈泳超编订，北京大学出版社 2011 年版。

② 《韦氏大词典》中释"文化英雄"为"传说人物，常以兽、鸟、人、半神等各种形态出现。一民族把一些对于他们生活方式、文化来说最基本的因素诸如各类重大发明、各种主要障碍的克服、神圣活动，以及民族自身、人类、自然现象和人类的起源，加诸于文化英雄身上"。转引自陈建宪：《神祇与英雄——中国古代神话的母题》，生活·读书·新知三联书店 1994 年版，第 143 - 144 页。

③ 自王国维"二重证据法"的提出开始，中国神话研究学者也逐渐拓展自己的研究视野，将纸上材料研究与地下新材料的研究相结合；闻一多在其研究中又实践了"三重证据法"（将考古学，民族学，训诂学，文化史，文艺理论的材料、理论和方法熔为一炉）；至叶舒宪倡导"四重证据法"，以"传世文献""出土文献""人类学的口传与非物质文化遗产（包括民俗学和民族学的大量参照材料）"与"考古实物和图像"为材料依据进行研究，中国神话学逐渐发展出颇具中国本土特色的研究方法。参考刘锡诚：《20 世纪中国民间文学学术史》，河南大学出版社 2006 年版，第 462 页；叶舒宪：《物的叙事：中华文明探源的四重证据法》，《兰州大学学报》（社会科学版）2010 年第 6 期，第 1 - 8 页。

④ 萧兵：《中国文化的精英——太阳英雄神话的比较研究》，上海文艺出版社 1989 年版。

该著从对东西方英雄史诗的研究导入并进一步深论，对"战马英雄""太阳英雄"的神话原型以及"死亡"与"再生"等神话母题进行了中西比较视野上的发掘研究；在第四章中，叶舒宪对中国"羿史诗"的叙述模式进行了个案研究，并从中归纳出英雄神话的"普遍语法"："太阳英雄故事的叙述总是遵循着循环变异之道，以阴阳相生相胜的规则为其普遍语法。"① 该结论与弗莱《批评的解剖》中论及"历险英雄"时所得的结论遥相呼应，大概可说是中西互识互鉴的又一明例。

1994 年，陈建宪出版《神祇与英雄——中国古代神话的母题》，以"母题"研究为切入点，从中西比较的视野上对夷羿神话（射日母题）、农业神话（弃子母题）、黄帝神话（叛神母题）、治水神话（英雄战水怪母题）、冥界神话（彼岸母题）等做了较为全面的搜整研究。该书第七章专论英雄神话，对羿搏杀猛兽、射伤风神水神、射日及恋爱等叙事单元及其文化背景做了较为详尽的论述，并指出各民族太阳英雄的出现，标志着人类与自然关系的转折——从崇拜自然到"企图战胜自然，控制自然力"②。其研究极具文化学人类学视野，但书中并无明确论及英雄神话叙事模式的部分。

综上，中国的神话学研究具备自身的研究特色：从神话历史化的问题开始，以独特的"四重证据法"为研究方法，结合西方理论研究成果，以期重构中国的神话体系。据有限资料显示，国内学界对"英雄神话"叙事模式的研究偏少，诸多重要论著多以西方研究成果为基础，聚焦于各民族的太阳神话、治水神话等原型母题，做搜集整理工作或探究其于生产方式、地理环境等方面所彰显的不同文化特质。但需承认，中国在神话"去历史化"方面所做的努力，为进一步的研究奠定了坚实的基础；在借鉴西方已有研究成果的基础上，以诸多古籍中的神话材料为依据，进而探讨中国英雄神话叙事模式独特的"深层结构"，或许是一条可行的研究路径。

---

① 叶舒宪：《英雄与太阳——中国上古史诗的原型重构》，陕西人民出版社 2005 年版，第 204 页。
② 陈建宪：《神祇与英雄——中国古代神话的母题》，生活·读书·新知三联书店 1994 年版，第 159 页。

第三节
福克纳与贾平凹的现代英雄神话

福克纳的诸多重要作品里，都带有神话的影子，如《我弥留之际》中奥德修斯式的漂泊，《押沙龙，押沙龙!》中对大卫、暗嫩与押沙龙故事的重演，《喧哗与骚动》中关于"犯禁"与"失乐园"的现代神话，乃至《去吧，摩西》对"出埃及"与"救赎"的宗教指涉……以上例证，均可见福克纳的文学世界带着神话色彩，遥指两希神话世界中那个神与英雄林立的时代。

而在中国作家贾平凹所构造的"商州世界"里，人与动物可相互沟通（如《高老庄》《秦腔》《古炉》等），甚至还可相互转化（如《白朗》《怀念狼》等）；人死后能还魂（《白夜》），且有人长生不死（《妊娠》《老生》等）……神秘的商州似乎成了一个《山海经》般神魔鬼怪万物共生的世界，也是在这个世界里，无数的英雄故事上演又落幕。

现代小说与远古神话的沟通，使福克纳与贾平凹的文学世界产生了遥契，也为本章的研究提供了坚实的可比性基础。以前人对英雄神话叙事模式的研究成果为理论基础，本章试图以英雄神话的"诞生—历险—回归"模式为依据，构架福克纳与贾平凹小说中的现代英雄神话，并进一步探究其现代神话所具有的独特时代意义及文化意义。

1. 诞生：被遗弃的英雄

在中西各民族的神话传说中，英雄诞生故事里往往都包含着"英雄被弃"的情节：两希神话英雄如赫拉克勒斯、俄狄浦斯以及耶稣、摩西等都有被遗弃的经历，中国神话中也有后羿被弃、后稷三弃三收的记载。而在福克纳与贾平

凹的神话世界中，"弃儿英雄"似乎也是一个常常露面的神话原型
（archetype）①。

　　在福克纳笔下，"弃儿英雄"常以耶稣的形象现身。首先，需要阐明耶稣
何以成为"弃儿"。《路加福音》第二章中曾记载耶稣出生的故事："他们在那
里（伯利恒）的时候，马利亚的产期到了。就生了头胎的儿子，用布包起来，
放在马槽里……"中国学者萧兵指出，这一情节"很像后稷、朱蒙们被弃于
马厩路旁，牛马辟而不践而且为之哺乳"；且《马太福音》第三章中又载有耶
稣于约旦河受洗的故事，这又有些像弃儿英雄被"置诸寒冰、弃于河海的试
炼"。②

　　而陶思炎在《论水难英雄》中更为详尽地介绍了耶稣"受洗"的象征意
义，认为"受洗型"与"弃儿型"（水中弃儿）英雄均类属于"水难英雄"
原型，而"水难"的设置大概源于英雄的"谬生"；因英雄受天人感应或因人
神交合而诞生的方式有违社会常伦，故才难免磨难。而具体到耶稣的被弃，其
也正是因为"水难"而"洗罪恶，获神爱"③。故从某种程度上讲，耶稣不仅
是"弃儿英雄"的典型，且其被弃背后还蕴含着"净罪"以及"信"与
"爱"的宗教象征意义。

　　而"被弃的耶稣"，恰恰也是福克纳作品中常出现的圣经神话原型，如班
吉（《喧哗与骚动》）、卡什（《我弥留之际》）以及乔·克里斯默斯（《八月之
光》），大概是学界讨论最多且大致已得到公认的"类耶稣基督"④ 形象。

　　《喧哗与骚动》在人物及四部分的结构设置上与"四福音书"存在照应关

---

　　①　"原型"（archetype）概念由来已久，大概可追溯至古希腊柏拉图的"理念"（idea）；精神分
析学兴起后，荣格将其定义为一种"纯粹的形式"，可用"已有的先验形式进行表征"；在神话—原型
批评领域，该词指"一种典型的或反复出现的形象"，也即将一部作品与另一部作品联系起来的象征。
参考 C. G. 荣格：《荣格文集：原型与原型意象》，高岚主编，长春出版社 2014 年版，第 3 - 7 页；诺
思罗普·弗莱：《批评的解剖》，陈慧、袁宪军、吴伟仁译，百花文艺出版社 2006 年版，第 142 页。
　　②　萧兵：《中国文化的精英——太阳英雄神话比较研究》，上海文艺出版社 1989 年版，第 337 -
338 页。
　　③　参见陶思炎：《论水难英雄》，《民间文学论坛》1987 年第 4 期，第 28 - 35 页。
　　④　杰西·科菲（Jessie Coffee）在《作为非基督徒式基督徒的福克纳：小说的圣经参照》
（*Faulkner's Un - Chrislike Christians：Biblical Allusions in the Novels*）一书中概括"类耶稣基督"形象的总
特征：第一，他可能具有耶稣基督的某些象征性表征；第二，他在献祭或承受某种十字架苦难方面类
似耶稣基督的行为方式；第三，在某些方面他是反基督的。译文见王钢：《福克纳小说中作为宗教文化
符码的耶稣形象》，《圣经文学研究》2013 年第 7 辑，第 306 页。

系，且每部分的时间设置均与耶稣相关：班吉部分标志的时间为 1928 年 4 月 7 日，恰好为复活节前夕；昆丁部分追溯至 1910 年 6 月 2 日，是基督圣体节的第八天；杰生部分回到 1928 年 4 月 6 日，为耶稣受难日；迪尔西的部分则标志在 1928 年 4 月 8 日，复活节当日。可见，小说与圣经确实存在着相互指涉的关系；而作为小说中首先出场的叙述人，班吉也在诸多方面表现出他的"类耶稣基督"特点。

班吉智力低下，但确也带着一定的神性：凯蒂失贞前夕，他就曾因"树木香味"的消失而得到预感；而在康普生先生去世时，他甚至能闻到死亡的气味。① 然而，这个带着些许神性的"耶稣"，似乎从一出生就开始了"遗弃—受难"之旅：幼年时，他因智力低下成为母亲的耻辱，为否认小儿子与自己家族的血缘关系，母亲为其改名，也在同时将其遗弃②；此后，凯蒂结婚又出走、昆丁与父亲相继去世，家族内有可能给他庇佑的人陆续离开；33 岁生日当天，他再次回忆起自己被阉割的痛苦经历，这恰如受难的耶稣，于 33 岁被钉死在十字架上；1933 年，母亲离世，他也彻底为家族所抛弃，被哥哥杰生送入了杰克逊疯人院。班吉就这样在不断的遗弃与苦难中，与"耶稣"形象重合在一起；但讽刺的是，神圣的耶稣在受难中重新获得了人类的信与爱，可班吉却始终被钉在康普生家族的耻辱柱上，直到被彻底遗弃。

美国批评家考林斯（Cavel Collins）在评论《喧哗与骚动》时也曾注意到这一点，认为小说文本与圣经中耶稣故事的种种对比是一种嘲讽："对比所强调的是康普生家的悲剧源于缺乏爱……基督临死时给他的门徒第 11 戒——'你们得彼此相爱'——然后便死了。基督徒相信由于他的爱，他曾拯救他的门徒……"③ 基督徒因爱而得到救赎，耶稣也因信与爱而得到永生；可在美国南方的康普生家族里，受"现代文明"浸润的杰生自私自利，眼里只有利益，毫无亲情，而挣扎在传统与现代之间的母亲、凯蒂以及昆丁也都因所谓的"家族荣誉"被剥夺了爱的权利，失去了母爱、家人与亲情，乃至付出生命。

---

① 福克纳：《喧哗与骚动》，李文俊译，上海译文出版社 2007 年版，第 40、49 页。
② 班吉本名毛莱，而毛莱恰恰是班吉舅舅的名字；母亲知晓班吉是白痴之后为其改名，从心理上拒绝承认他与自己家族的血缘关系。
③ 考林斯：《福克纳的〈喧哗与骚动〉》，见叶舒宪编选：《神话—原型批评》（增订版），田维新译，陕西师范大学出版社 2011 年版，第 317 页。

这个家族，仿佛艾略特《荒原》中的芸芸众生，眼里心中只有自己的利益和欲望，在遗弃了耶稣基督与信仰后，看不到"总是走在你身旁的第三个人"①；于是，失去亲人之爱的班吉成为荒原世界里的孤独耶稣，被丢弃在疯人院里无人在意。

而在《喧哗与骚动》后，"被弃的耶稣"这一原型又再次出现在《我弥留之际》中。不少学者曾指出，卡什这一人物身上拥有诸多耶稣特质，其木匠身份、送葬途中的受难情节以及为母亲打造棺材的宗教暗示意义②，无不彰显着他与耶稣的对照关系。但从某种程度上讲，小说中的另一关键性人物达尔，与耶稣基督或许也存在着一定的指涉关系。正如班吉能够预知凯蒂的失贞、父亲的死亡，达尔在其家族中似乎也扮演着一个类似先知的角色：妹妹没有将自己怀孕的事告诉任何人，达尔却对此十分肯定；他预知了母亲之死，甚至也预见了皮博迪医生来家时的种种情形；母亲在达尔与珠尔外出时过世，可达尔却如目睹了整个过程般将父亲与兄妹几人的言行情态叙述得一清二楚……不只如此，他似乎也如班吉一样，有被家人一次次抛弃的经历：达尔的出生，伴随的是母亲对父亲浓浓的恨意，她从此无视甚至在心理上抛弃了本德仑家族的所有孩子，仅对私生子珠尔另眼相看；失去了母亲的爱，达尔又因其神性的预知力知晓了家人不愿为人道的秘密，被妹妹与珠尔所仇视；直至最后，他终于成为家人眼中的疯子，被众人联合送入了杰克逊疯人院……种种的契合似乎印证了达尔与班吉这两个人物的相似性，也从侧面凸显了达尔"类耶稣基督"的特质。

巧合的是，两位"被弃的耶稣"都有被送入疯人院的经历，现代耶稣竟成了众人眼中的疯子，福克纳的反讽功力可见一斑；而这也进一步说明，在这个上帝已死的荒原世界里，人似乎已丧失了信与爱的能力，他们相互憎恨、监视，"他人"成了"我"之地狱。

---

① 赵萝蕤译注的《新约·路加福音》第二十四节，13－16 行："正当那日，门徒中有两个人往一个村子去……他们彼此谈论所遇见的这一切事。正谈论相问的时候，耶稣亲自就近他们，和他们同行。只是他们的眼睛迷糊了，不认识他。"参考艾略特：《荒原》，赵萝蕤译，中国工人出版社 1995 年版，第 31 页。

② 有学者指出，卡什所在的棺材与"约柜"具有类似的意义蕴含："作为基督化身的卡什以打造棺材这一行为警醒家人和世人要笃守与上帝的誓约，完善自我道德并肩负起各自的责任。"见李萌羽：《多维视野中的沈从文和福克纳小说》，齐鲁书社 2009 年版，第 224 页。

法国存在主义哲学家让－保罗·萨特（Jean－Paul Sartre）在其巨著《存在与虚无》中曾这样描述"我"与"他人"的关系：

> 在我能拥有的一切意识之外，我是别人认识着的那个我。并且我在他人为我异化的一个世界中是我是的这个我，因为他人的注视包围了我的存在，并且相应地包围了墙、门、锁……我就是没于一个流向别人的世界、相对别人而言的自我。①

"他人的注视"将"我"囚禁在一个"异化了的"非"我"世界中；此时，"主体－我"不仅无法实现萨特所言的"自为"② 存在，甚至逐渐在"他人"的注视下丧失了一切"主体性"，无法"自由选择"，而完全被他人定义。类似的表述，也出现在法国哲学家福柯的著述中。

在《疯癫与文明：理性时代的疯癫史》中，福柯曾详细地介绍了17世纪巴黎产生的大量禁闭所：在禁闭所中，理性权威将穷人、失业者、囚犯和疯人禁闭于一处，并从"社会角度"出发，统一将他们概括为"疯癫者"。③ 此种定义"疯癫者"的"社会角度"，似乎与萨特所言的"他人的注视"颇为类似。在《临床医学的诞生》中，福柯又将这种"社会角度"发展为"一只会说话的眼睛"，它以其掌握的"知识"（以医学知识为例）观察"病人"，并说出"真理性"的陈述与教诲；如此，知识与话语权结合起来，发展成为可以随意定义"他人"的"权力话语"。④《规训与惩罚：监狱的诞生》更进一步，将"知识－权力"话语的观察监视具象化为"全景敞视监狱"，由是，"权力话语"让所有个体均丧失"主体性"，沦为监狱里为"权力中心"任意

---

① 让－保罗·萨特：《存在与虚无》，陈宣良等译，生活·读书·新知三联书店1987年版，第346页。

② 在萨特看来，人之"存在"有"自在"和"自为"之分。"自在"在"存在意识"揭示它以前就已"自由地"存在，而人存在的本质正悬置在此种"自由"中；通过"自由选择"自身"存在"的一种"可能"，主体最终可实现"自为"。让－保罗·萨特：《存在与虚无》，陈宣良等译，生活·读书·新知三联书店1987年版，第56页。

③ 米歇尔·福柯：《疯癫与文明：理性时代的疯癫史》，刘北成、杨远婴译，生活·读书·新知三联书店2003年版，第57页，"此时人们从贫困、没有工作能力，没有与群体融合的能力的社会角度来认识疯癫"。

④ 米歇尔·福柯：《临床医学的诞生》，刘北成译，译林出版社2001年版，第127页。

规训与惩罚的囚徒。①

而回到《喧哗与骚动》与《我弥留之际》，班吉与达尔之"疯"或许与禁闭所中的"疯癫者"、全景敞视监狱中的"被监禁者"以及身处"他人地狱"中的非"我"均有着类似的特质；"疯"或许也正是"他人"的"权力话语"，在强行剥夺了"耶稣"神性后又重新为其打上的荒诞标签。而在福克纳笔下的那个美国南方，"权力话语"究竟为何？

在美国种植园奴隶主统治的那段历史时期，旧南方被称为"圣经地带"；然而，彼时顶着"圣经"头衔的"清教主义"②，似乎已丢弃了"爱"的基督教原旨，因固守禁欲主义而变成毁弃激情的"死亡之音"③。于是，贵族奴隶主们利用这种清教主义，将"禁欲"定义为一种"家族荣誉"乃至"社会道德"；而"荣誉"与"道德"的背后，实则是贵族们为保证种族纯洁、巩固权威地位而制造的"权力话语"。

由是，当"荣誉"与"道德"均在"权力话语"的操纵下异化时，人性逐渐丧失，亲情与爱也渐渐变质，人终于成为"家族荣誉"的傀儡。大概也正因此，班吉"不荣誉"的白痴身份让母亲以及家人难以忍受；也是出于同样的道德理由，杜薇·德尔的未婚先孕以及珠尔私生子的身份变成不能为人知晓的秘密。于是，带着污点的班吉与知晓秘密的达尔只能被"家族"排除在外，接受被遗弃的命运。"权力话语"的此种操控与遗弃，在乔·克里斯默斯（《八月之光》）身上或许体现得更为明显。

《八月之光》中的乔·克里斯默斯（Joe Chrismas）的"类耶稣基督"性显而易见：其名字的首字母与耶稣（Jesus Christ）相同，且其姓克里斯默斯（Chrismas）恰指圣诞日；因为 1000 美元的悬赏，其追随者卢卡斯背叛了他，正如犹大因 30 元银币出卖耶稣一样；他在三十三岁遭到极刑，如同耶稣于三十三岁受难，且行刑日期为星期五，恰好为耶稣受难日……④而比同类典型班

---

① 参考米歇尔·福柯：《规训与惩罚：监狱的诞生》，刘北成、杨远婴译，生活·读书·新知三联书店 2007 年版，第 224－226 页。
② 参考肖明翰：《福克纳与基督教文化传统》，《国外文学》，1994 年第 1 期。"清教主义"继承并进一步发展了"加尔文主义"，"信奉关于原罪和命运生前决定等教义，压制人的欲望……"
③ 福克纳：《八月之光》，蓝仁哲译，上海译文出版社 2008 年版，第 247 页。
④ 参考金永鑫、李莉：《〈八月之光〉中的耶稣原型——原型批评理论下对〈八月之光〉的解读》，《东北农业大学学报》（社会科学版）2012 年第 6 期。

吉与达尔更甚的是，其诞生伴随的是真正意义上的被遗弃：因为身上的黑人血统，他被信奉加尔文教的外祖父视为受到诅咒的存在，刚一出生就被丢弃在"活像一座监狱"① 的收容所里。由是，白人以种族纯洁、家族荣誉以及禁欲主义道德等为内核构建起的"权力话语"，成为乔·克里斯默斯一生的诅咒，使他遭遗弃、被蔑视、反抗杀人以至最终赴死。

耶稣的神话就这样为福克纳所重写，然而神话中"净罪"以及"信与爱"的宗教象征意义已经被改写：现代"耶稣"的被弃与受难没有洗净众人的罪恶，反而成为贵族"权力话语"摧毁信仰、扭曲人性的明证；而那位救世主，也没能在"信与爱"中恢复神性，而是被荒原上的"他人"定性为疯子，被无爱的"家族"彻底抛弃。同样的悲剧，似乎也发生在贾平凹的"弃儿英雄"身上。

2. "文明"社会中的边缘通灵人

与两希神话相似，中国神话中也曾有关于"弃儿英雄"的记载。宋李昉等人所编类书《太平御览》卷三五〇曾引《括地图》中关于羿被遗弃的传说："羿年五岁，父母与入山。其母处之大树下，待蝉鸣，还，欲取之。群蝉俱鸣，遂捐去。羿为山间所养。"② 《大雅·生民》中也有后稷被"三弃三收"的记载："诞寘之隘巷，牛羊腓字之。诞寘之平林，会伐平林。诞寘之寒冰，鸟覆翼之。"③

晋代张华《博物志·异闻》中也曾引《徐偃王志》："徐君宫人娠而生卵，以为不祥，弃之水滨。独孤母有犬名鹄苍，猎于水滨，得所弃卵，衔以东归。独孤母以为异，覆暖之，遂孵成儿，生时正偃，故以为名。"④《搜神记》亦载此事："古徐国宫人，娠而生卵，以为不祥，弃之水滨。有犬名'鹄苍'，衔卵以归，遂生儿，为徐嗣君。后鹄苍临死，生角而九尾，实黄龙也。葬之徐里中。见有狗垄在焉。"⑤ 据萧兵所考，此"徐偃王"应为"燕子王"："嬴、

---

① 福克纳：《八月之光》，蓝仁哲译，上海译文出版社 2008 年版，第 83 页。

② 李昉等：《太平御览》，中华书局 1960 年版，第 1610 页。

③ 对该句作训诂者颇多，以《毛诗传》《毛郑诗考证》为本，其意义大致为："将后稷遗弃在小巷中，牛羊避而不践，以乳喂养之；将他遗弃在山林，恰逢伐林而抱回；将他遗弃在寒冰上，鸟用羽翼保护他。"

④ 张华：《博物志》，上海古籍出版社 1990 年版，第 26 页。

⑤ 干宝：《搜神记》，中州古籍出版社 2010 年版，第 243 页。

嬴、偃、燕一音之转，他们都是燕子王。这是东方崇拜鸟图腾的夷人集群共同的溯源神话。"① 类似的传说还有瑶族槃瓠、拉祜族札依、白族绿桃少年等。②可见"弃儿英雄"广见于中国各民族的神话传说中；且与希伯来神话中耶稣"净罪"的宗教蕴含不同，中国"弃儿"神话的叙事中往往包含了自然（尤其是动物）庇佑甚至养育英雄的情节。

突出神祇、英雄与动物乃至自然的密切关系，这似乎是中国神话的一个重要"深层结构"，从上述"弃儿英雄"神话中就可管窥一二；此外，中国"神谱"中广为人知的诸多神祇均属半人半兽：伏羲、女娲、共工均为"蛇身人首"③；《山海经·西山经》说西王母"其状如人，豹尾虎齿而善啸"；《山海经·大荒东经》黄帝之子海神禺䝞"人面鸟身，珥两黄蛇，践两黄蛇"；鲧之孙骓头"人面鸟喙，有翼"……以上诸多证据似乎可以表明，在中国神话的原始思维中，人与动物处在一个共生甚至相生的系统中，万物有灵，兽甚至比人更具神性；于是，英雄与动物及自然界的密切关系凸显了其神性，也正因此神性，被遗弃的英雄得以被人世重新接纳并建功立业（如后稷、徐偃王）。或许也是这种人兽共生、万物有灵的原始思维，使贾平凹笔下的"弃儿英雄"都带着"通灵"的特质。

与福克纳从创作之初就有意识地以两希神话反讽现实世界不同，贾平凹的创作是从描绘田园诗般的乡村世界开始的；随着对城乡认识的逐步深入，其创作于 20 世纪 90 年代后期发生了一次大的转变，小说的田园诗性愈弱，而批判性愈强，且"商州"愈向文学世界靠拢，神秘色彩与象征性越加浓厚。也是在此时创作的一系列小说如《高老庄》（1998）、《秦腔》（2005）、《古炉》（2011）等作品中，带着神性色彩的"通灵弃儿"现身。

---

① 萧兵：《中国文化的精英——太阳英雄神话比较研究》，上海文艺出版社 1989 年版，第274 页。

② 详见萧兵：《中国文化的精英——太阳英雄神话比较研究》，上海文艺出版社 1989 年版，第 275－317 页。

③ 中国诸多古籍，如《楚辞》《列子》等，均有伏羲女娲"蛇身人首"的记载；此外，各地出土文物中也有不少"蛇身人首"的伏羲女娲像。关于共工"人面蛇身"的记载可见于《山海经》《淮南子》等典籍中。参考闻一多：《伏羲考》，上海古籍出版社 2009 年版，第 2－30 页。

《高老庄》中的石头，大概可算是贾平凹塑造的第一位"通灵弃儿"典型。① 石头是子路与前妻菊娃的儿子，但因父母的离婚以及后来的拜师学医，从某种程度上讲他是处在被弃状态中的；然而，这一弃儿却也因离奇的出生以及神秘的通灵预知能力而带着一定的神性。

石头从诞生之始就带着神秘性："一块石头从厦房顶上砸进来，石头就落草了……菊娃惊得月子里没了奶，只说这娃不得成了，但却活下来，四岁上都不说话，会说话了，又懒得说……石头不说话，心里却什么都懂……"② 其"落草"颇像神祇英雄如伏羲"感蛇而孕"③、后稷"履神迹而孕"④ 的经历；且其不经人乳喂养而活，似乎也暗示着他受自然养育的"弃儿英雄"身份。

石头与自然的密切联系在其之后的成长中也尤为突出：他似乎能与动物沟通，"噘了嘴，轻轻发出嚯嚯的音，粉蝶便神奇地从竹扫帚上又飞过来"⑤；他画自然万物惟妙惟肖，且能借画预测未来，他从中看出了万物起源以及人生死循环的哲理，也是借其中一幅能改变美术史的石砖；更有甚者，他似乎能依靠天象预知生死：

> ……娘在院子里听见了，侧耳听了听，偏不吱声，倒把石头抱上轮椅，推出院门，猛地看见天边有一个伞一样的东西在旋转……就说："石头，你看见天上有个啥了？"揉揉眼，天上依旧没有了什么，太阳红红地照着，一只乌鸦驮着光直飞过来停落在了飞檐走壁柏上。石头却突兀地说了一句："奶，我舅淹死了！"⑥

奶奶看不分明的天边异象和不以为意的动物活动，石头却从中预知了舅舅的死亡，石头的"通灵"特质已不言而喻；然而，神话世界中的"弃儿英雄"

---

① 需指出，金狗（《浮躁》）与成义（《土门》）实则也带着某些"弃儿英雄"的特质；但在《高老庄》之前，贾平凹笔下的"英雄神话"仍带着些许对远古神话的模仿以及"田园诗"性，与后期极具个人特色与反讽性的"通灵弃儿"神话多有不同。故在此将《高老庄》作为其现代英雄神话的开篇，以石头作为贾平凹系列作品中的第一个"通灵弃儿"典型。

② 贾平凹：《高老庄》，春风文艺出版社 2006 年版，第 21 页。

③ 《宝椟记》云："帝女游于华胥之渊，感蛇而孕，十三年成庖牺。"

④ 《大雅·生民》云："履帝武敏歆，攸介攸止，载震载夙。载生载育，时维后稷。"

⑤ 贾平凹：《高老庄》，春风文艺出版社 2006 年版，第 34 页。

⑥ 同上，第 244 页。

们因与自然的神秘联系而彰显神性、受到保护与尊重，贾平凹笔下的"通灵弃儿"却似乎因此而为人轻视。

在高老庄村人，尤其是父亲眼里，"通灵"的石头仅仅是个有些奇怪的孩子：石头的师父爱惜他，却称"这孩子是有些怪"①；因出生离奇、身有残疾，父亲对他似乎也无甚亲情，得知石头有预言能力时，他也只称"怪得要命，这孩子自生下来后家里就没安宁过"，甚至怀疑其被"白云湫的妖魔附了体"②。

同样的境况似乎也发生在狗尿苔（《古炉》）身上。狗尿苔与石头存在诸多相似：他是别人赶集时从镇上抱回来的，是真正意义上的弃儿；与石头一样，他也具有神奇的预知能力，能靠一股奇怪的气味，预知村里将发生的大事；此外，他同样能与飞禽走兽、花草树木乃至自然万物沟通交流，具有通灵人的诸多特性。然而不幸的是，古炉村人似乎也与高老庄人一样，对狗尿苔这个"弃儿英雄"采取淡漠的甚至是更为严酷的态度：

> 狗尿苔毕竟是有大名的，叫平安，但村里人从来不叫他平安，叫狗尿苔。狗尿苔是一种蘑菇，吃着毒，吃不成，也只有指头蛋那么大，而且还是狗尿过的地方才生长。狗尿苔知道自己个头小，村里人在作践他……③
> ……
> 牛铃说：狗尿苔真的能闻到一种气味哩，他一闻到，村里就出些怪事。
> 支书一下子严肃起来，他说：狗尿苔，你出身不好，你别散布谣言啊，乖乖的，别给我惹事！狗尿苔再也不敢对人说他闻到了那最后那种气味……④

石头似乎是没有大名的，狗尿苔有大名，却因长不高而遭人作践；"通灵"的石头被视为"怪孩子"，而狗尿苔的神性甚至因政治原因而不敢为人所

---

① 贾平凹：《高老庄》，春风文艺出版社2006年版，第135页。
② 同上，第117页。
③ 贾平凹：《古炉》，人民文学出版社2011年版，第4页。
④ 同上，第8页。

知……在高老庄和古炉村内，他们寡言少语抑或无人在意，没有地位，也没有话语权，甚至无法拥有一个真正属于自己的名字和标识。

1909 年，法国人类学家阿诺尔德·范热内普提出"过渡礼仪"（Rites de Passage）的概念，称其指"从一境地到另一境地，从一个到另一个（宇宙或社会）世界之过渡"，并从中进一步分析出分隔礼仪（rites de séparation）、边缘礼仪（或阈限礼仪）（rites de marge）以及聚合礼仪（rites d'agrégation）三个亚类别。针对"边缘（阈限）"这一概念，他又解释道："凡是通过此地域去另一地域者都会感到从身体上与巫术—宗教意义上在相当长时间里处于一种特别境地：他游移于两个世界之间。正是这种境地我将其称为'边缘'（marge）。"① 1969 年，维克多·特纳（Victor Turner）在《仪式过程：结构与反结构》中阐扬了此种观点，在补充诸多民俗材料后进一步阐明："阈限的实体，比如成长仪式或青春期仪式上的初次受礼者，可能会被表现为一无所有的人。他们也许会被装扮成怪兽的样子，身上只披上一块布条；也许干脆赤身裸体，以此来表现作为阈限的存在，他们没有地位，没有财产，没有标识，没有世俗衣物（这些衣物体现着级别或身份），在亲属体系中也没有他们的位置……他们就像是被贬低、被碾压，一直到大家的境况都完全相同了，再重新被塑造……"②

或许石头与狗尿苔就是这样的"阈限的实体"，作为诞生于现代的神性英雄，他们游移于两个世界之间，带着"通灵"的神性却也身处"边缘"③；他们被贬低、被碾压，以期被"重新塑造"，真正融入现代文明社会。然而，所谓的"重新塑造"未必有结果，而重塑的过程，甚至可能让"英雄"更加"没有标识"，愈加遭人嘲笑。引生（《秦腔》）似乎正是这样一个典型。

引生在父亲死后成了清风街上的弃儿；他同样拥有"通灵"的本事，知晓花木的需求，能跟夏天义的狗以及家里的老鼠对话，甚至能看到别人头顶上

---

① 阿诺尔德·范热内普：《过渡礼仪》，张举文译，商务印书馆 2012 年版，第 10、15 页。

② 维克多·特纳：《仪式过程：结构与反结构》，黄剑波、柳博赟译，中国人民大学出版社 2006 年版，第 95－96 页。

③ 《过渡礼仪》的译者张举文在《对过渡礼仪模式的世纪反思（代译序）》中特别强调："'过渡礼仪模式'中的'边缘'不同于我们现在谈论大文化时所指的对应于'主流（中心）'的'边缘'。前者是一种（仪式性）过渡的行为方式，是每个文化群体及每一个体都要经历的。后者是一种相对静态的社会存在状态，是政治经济发展的产物。"但本章此处"边缘"指代上述两方面的意义。

的光焰，以此知人事兴衰。同样的，这个"通灵弃儿"也像石头与狗尿苔一样，不受重视，被人鄙夷耻笑，甚至也如福克纳笔下的班吉（《喧哗与骚动》）、达尔（《我弥留之际》）一样，被当成疯子；他不像石头和狗尿苔一样，先天残疾或长不大，却似乎是在融入清风街的过程中变成了残疾人：

> 我是一口气跑到西街村外的胡基壕的。我掏出了那件胸罩，胸罩是红色的，我捧着像捧了两个桃……我很快被人发现了，挨了重重的一脚……我听见锯在骂我：流氓！流氓！流氓！我自言自语说："我不是流氓，我是正直人啊！"……我说："我杀了你！"拿了把剃头刀子就去杀，一下子就杀下来了……院门外竟然站了那么多人，他们用指头戳我，用口水吐我。我对他们说："我杀了！"①

引生因心生欲念而偷了白雪的私物，被村人发现而遭到咒骂毒打，最终以自我阉割平息了村人的怒火。文明社会就这样以其道德标准规训并惩罚了引生，可这似乎并没有让他真正融入清风街，更不可能使他凸显神性、得到尊重；自残之后，他依旧是别人眼中的疯子，甚至因身有残疾而失去了基本的性别标识，成为众人的谈资笑料。贾平凹的"通灵弃儿"面临与福克纳"被弃的耶稣"同样的窘境，身上有神性却无人可识。上文已述，现代"耶稣"的困苦似乎源于贵族"权力话语"对"信"与"爱"的改写；而"通灵弃儿"被社会"重塑"的悲剧似乎也殊途同归，源于"文明"的"权力话语"本质，始于"中心"对人性"善"的抹杀，对"边缘人"的监视、规训甚至惩罚。

福柯在《规训与惩罚：监狱的诞生》中曾描绘过这样一个由"权力话语"操纵的监狱：

> 四周是一个环形建筑，中心是一座瞭望塔……环形建筑被分成许多小囚室……通过逆光效果，人们可以从瞭望塔的与光源恰好相反的角度观察

---

① 贾平凹：《秦腔》，作家出版社 2005 年版，第 46 页。

四周囚室里被囚禁者的小人影。①

在此种设计下，"中心"与"边缘"陷入一种不平等的"观看/被观看"状态中：处于环形边缘的被监禁者无法观看，只能被监视；而位于中心瞭望塔上的监禁者则在观看的同时，不受任何反向凝视。

而在神性英雄诞生的那个现代文明社会中，"社会中的成人"与"成长中的阈限实体"、"文明人"与"通灵弃儿"似乎也构成了"观看/被观看"的不平等关系。于是，石头的"通灵"本领被子路定义为"怪"，可"文明"的他却因婚外恋与菊娃离婚，再婚后又一再背叛，不"怪"却也不道德，知识渊博可也沦为情欲的附庸；古炉村人，声称要建设文明社会，正因此，拥有神秘预知能力的狗尿苔不敢随意显露神性，竭力重建道德人伦的善人也成为被批斗规训的对象；清风街众人因为引生对白雪的越轨行为愤愤不平，可在引生的全知视角注视下，他们道德的外衣也被剥得彻底："清风街的人偷什么的都有，有偷别人家的庄稼，偷萝卜，偷鸡，偷拿了大清寺院墙偷上的长瓦"②，甚至也有如夏庆玉与黑娥、三踅与白娥一般偷人的。

在神性英雄地位下降的这个文明社会中，有人因有知识而走入"中心"（如子路），有人因有地位而操控着"中心"话语权（如霸槽、君亭乃至夏庆玉）；真正道德且神性的人被排挤到"边缘"，沦为被批斗规训的对象，身处"中心"者高举"道德"与"文明"的大旗，却偷偷行着不文明的丑事、做着不道德的恶事。如此，"权力话语"凸显出了它的野蛮性：似乎只有身处"中心"者的指令，才是"文明"与"道德"的；人已然丧失了自己的判断力，也失去了与人为善的本性。

贾平凹曾在《高老庄·后记》中写道："我出生于一九五二年，正好是二十世纪的后半夜，经历了一次一次窒息人生命的政治运动和贫穷，直到现在，国家在改革了，又面临了一个速成的年代。我的朋友曾对我讲过，他是在改革年代里最易于接受现代化的，他购置了新的住宅，买了各种家用电器……但这些东西都是传统文化里的人制造的第一代第二代产品，三天两头出质量毛病，

① 米歇尔·福柯：《规训与惩罚：监狱的诞生》，刘北成、杨远婴译，生活·读书·新知三联书店2007年版，第224页。
② 贾平凹：《秦腔》，作家出版社2005年版，第209页。

使他饱尝了修理之苦。"①

于是，贾平凹的反讽意图似乎也凸显出来：在神话世界里，万物有灵，人与自然万物和谐共处；可在"文明"的现代，人与人相互仇恨、监视，"中心"者私欲膨胀丧失道德，而如石头、引生以及狗尿苔等因"通灵"而"疯癫"的"弃儿英雄"们，只能徘徊于"边缘"，秉持着初民本性中的灵性与善心，却无法被真正地接纳与尊重。

古希伯来与中国神话中，同样存在英雄被弃的叙事单元，但两类"弃儿英雄"叙事又有其各自的"深层结构"：在圣经神话里，耶稣的被弃与受难背后，是人世信仰与爱的重建。中国神话英雄（如后稷、徐偃王等）的被弃与自然养育，反映的是万物有灵的古朴自然观，构想的是人与自然和谐共生的美好桃花源。

而一面远瞻着现代，一面又紧握着传统的福克纳与贾平凹，正是借着对古朴神话世界的指涉，反讽现实也警示现代人。

第四节
历险：　重寻神性之旅

弗莱在《批评的解剖》中曾将神话英雄的历险概括为"冲突（agon）""殊死搏斗""英雄的消失"（死亡）以及"英雄重又出现并为人们认识"（复活）四个方面，与其在此著作中所提出的神话的循环模式颇为契合。② 而在其后的《伟大的代码——圣经与文学》中，他又重点研究了古希伯来的圣经神话，提出 U 形及倒 U 形两种叙事模式：

---

① 贾平凹：《高老庄》，春风文艺出版社 2006 年版，第 279 页。

② 神话的循环模式即神的诞生、历险、胜利、受难、死亡以及神的复活。参考诺思罗普·弗莱：《批评的解剖》，陈慧、袁宪军、吴伟仁译，百花文艺出版社 2006 年版，第 226、277 页。

　　　　我们可以把整个圣经看成是一部"神圣喜剧"，它被包含在一个这样
的U形故事结构之中：在《创世记》之初，人类失去了生命之树和生命
之水；到《启示录》结尾处重新获得了它们。
　　　　……
　　　　倒置的U是悲剧的典型形态：它上升达到命运或环境的"突变"者
行动的颠倒，然后向下直落堕入"结局"，而"结局"这个词含有"向下
转折"的修辞意义。①

　　诚然，弗莱的上述结论，是针对圣经神话做出的；但U形与倒U形的叙
事循环似乎具有一定程度的普遍性，诸多的英雄历险神话甚至如弗莱在《批
评的解剖》中所做的分析，均合于上述两种模式。而若对福克纳与贾平凹切
合英雄历险神话的诸多作品进行整体观照，似乎也可得出类似的结论。

　　1. U形叙事：漂泊·幽冥·搏兽·救赎

　　若按成书年代纵观福克纳的现代英雄神话，可发现其写作模式颇合于圣
经，或可看成现代的"神圣喜剧"。它大致呈现出这样的U形叙事结构：以
《喧哗与骚动》（1929）的失乐园为前言；从《我弥留之际》（1930）中带着
英雄色彩的漂泊开始，到《押沙龙，押沙龙!》（1936）中承载着罪恶记忆的
幽冥般的黑屋子；再到《去吧，摩西》（1942）中，英雄搏兽以及重寻信仰的
诸多努力，直至找到最终的救赎。

　　前文已述，在《喧哗与骚动》中，福克纳展现了一个信仰与爱遗失后的
荒原世界，这似乎是对人类"失乐园"神话的重写，但大概也正是英雄历险
的契机与开始。《我弥留之际》正是这样带着些许英雄色彩的开始。

　　《我弥留之际》似乎在诸多方面都指向古希腊的英雄时代。据考证，其标
题（*As I Lay Dying*）引自荷马史诗《奥德赛》，出自1925年出版的威廉·玛
礼斯的英文译本：第11卷里，阿伽门农的影子对奥德修斯描述，他被剑刺中
"正要死去"（as I lay dying）的时候，背叛了他的妻子都不愿意去抚合他的眼
睛和嘴唇。此外，阿伽门农遭妻子背叛，与安斯的经历相似；而安斯一家历经

---

　　① 诺思罗普·弗莱：《伟大的代码——圣经与文学》，郝振益等译，北京大学出版社1998年版，
第220、228页。

洪水、火灾以及尸体发臭的种种困扰，最终将艾迪运回杰弗生老家安葬的过程，似乎也带有阿伽门农及奥德赛历经磨难最终返乡的影子。然而，古希腊神话里，奥德赛在历险过程中得到诸神相助，最终荣耀回归，家族团圆；可本德仑家族，如前章所述，却在六天的漂泊后，分崩离析，在旧南方贵族"权力话语"的操纵中遗弃了现代耶稣（达尔）以及对他人的"爱"。

于是，披着英雄外衣而开始历险之旅的本德仑家族，在旅程的终点被剥去了神性；现代的"伪英雄"带着私欲与罪恶走着下坡路，直到降至黑暗的幽冥。

《押沙龙，押沙龙！》中的萨德本家族，正是处于满载罪恶的幽冥世界中。此书标题源于圣经中大卫王子女暗嫩、他玛及押沙龙的故事：暗嫩玷污了自己的妹妹他玛，押沙龙为了替妹妹报仇又谋杀了自己的亲哥哥；后押沙龙阴谋造反，与父亲的嫔妃亲近，犯下诸多罪孽，在最后的战争中头被橡树夹住，为约押所杀。《撒母耳记下》2 章第 33 节记载，大卫王听到噩耗上城门的楼房去痛哭，一面走一面说："我儿押沙龙啊！我儿，我儿押沙龙啊！我恨不得替你死，押沙龙啊，我儿！我儿！"原神话中的兄妹乱伦以及父子兄弟争斗的母题被运用到了《押沙龙，押沙龙！》的现代神话中，萨德本的子女查尔斯·邦、朱迪思与亨利恰可与暗嫩、他玛与押沙龙形成对位关系，查尔斯·邦与朱迪思的乱伦倾向以及亨利最终枪杀哥哥的情节似乎均指涉着圣经故事；此外，萨德本—查尔斯·邦的关系，似乎又与大卫—押沙龙形成对位，神话中的押沙龙反叛了自己的父亲并与宫廷嫔妃乱伦，而查尔斯·邦同样也是怀着一定的报复目的接近萨德本家族并有意与自己的亲妹妹结婚乱伦。

在大卫王神话中，"罪"与"罚"似乎是两个重要的故事内核：大卫王因私欲而犯下耶和华"眼中看为恶的事"[①]，并因此承担了小儿夭折的恶果；其子女乱伦、争斗、反叛也相继为人所杀……神话英雄们因私欲而遗忘了对基督的"信"与对他人的"爱"，也因此自食其果。然而，惩罚之后则是"净罪"

---

① 大卫王与乌利亚的妻子拔示巴通奸，后又刻意将乌利亚派往敌人最多的地方让其战死，将其谋杀。耶和华派拿单对大卫说："我膏你作以色列的王，我救你脱离扫罗的手；我将你主人的家业赐给你，将你主人的妃嫔交在你怀里，又将以色列和犹大家赐给你；若还嫌少，我也会如此这般加倍赐给你。你为什么藐视耶和华的命令，做他眼中看为恶的事呢？你用刀击杀赫人乌利亚，又娶了他的妻子为妻，借亚扪人的刀杀死他。现在刀剑必永不离开你的家，因你藐视我，娶了赫人乌利亚的妻子为妻。"见《撒母耳记下》12 章第 7－10 节。

与"爱"的复归，大卫王城楼上的呼喊似乎正预示着这一点，押沙龙之罪已被谅解，而大卫王的罪孽似乎也在"爱"中被赎清。

同样的叙事也出现在与圣经对照的现代神话中：托马斯·萨德本为建造"百里地"而抛妻弃子，却也在战争之后失去其梦想之地；亨利为阻止乱伦而谋杀亲兄，为止罪而犯罪；查尔斯·邦带着仇恨而来，也承载着自己与亨利的罪恶而死……然而，经历了"罪"与"罚"的数次循环，萨德本家族却似乎没能迎来最终的"救赎"。如前章所述，在由贵族"权力话语"操控的那个美国旧南方，"信"与"爱"渐失，家族荣誉已然成为最高的道德；大概也因此，托马斯将"百里庄园"当成了自己唯一的信仰，为建构一个"荣耀"且纯种的白人家族，他无视亲情，甚至丧失了源自人本性中的父爱：在得知两位"押沙龙"（亨利与查尔斯·邦）的噩耗后，这个现代的"大卫王"似乎无甚感觉，甚至仍执着于那个"荣耀"的梦，对妻妹罗沙提出试婚的非分要求，以至诱奸沃许的孙女，最终被其杀死。

圣经神话中包含着父爱与救赎意义的"押沙龙，押沙龙！"，在《押沙龙，押沙龙！》里变成了对现代"伪英雄"的有力嘲讽：英雄大卫因"爱"而宽恕他人，也获得上帝的宽恕，可现代荒原上的托马斯却早已在"权力话语"的操控下丢弃了"信"与"爱"；从头至尾，他都是众人眼中的"恶魔"，也终于在故事的最后，让"百里地"变成了负载着"权力话语"以及他这个"伪英雄"罪恶亡魂的幽冥。

在《押沙龙，押沙龙！》正式出版之前，福克纳曾将小说命名为《黑屋子》。从小说所叙的主体故事来看，"黑屋子"指代的似乎正是那个幽冥般的"萨德本百里地"；中国学者肖明翰也曾指出这一点，称上述标题所指正是"那个曾经十分宏伟而现在已经破败的'百里之园'"[1]。而从小说叙述者的角度来讲，"黑屋子"大概也是罗沙与昆丁，这两位主要叙述者承载并展开罪恶记忆的想象空间。[2] 小说就是在这样一个实存于"现在"却又满载着"过去"记忆的空间中展开的：

---

① 肖明翰：《威廉·福克纳研究》，外语教学与研究出版社 1997 年版，第 363 页。

② Thadious M. Davis. "Be Sutpen's Hundred": Imaginative Projection of Landscape in "Absalom, Absalom!". *The Southern Literary Journal*, Vol. 13, No. 2（Spring, 1981），pp. 3 - 14.

在那个漫长安静炎热令人困倦死气沉沉的九月下午从两点刚过一直到太阳快下山他们一直坐在科德菲尔德小姐仍然称之为办公室的那个房间里因为当初她父亲就是那样叫的——那是个昏暗炎热不通风的房间四十三个夏季以来几百扇百叶窗都是关紧插上的因为她是小姑娘时有人说光照和流通的空气会把热气带进来幽暗却总是比较凉快……①

罗沙小姐在这个密不透风的"黑屋子"里，为昆丁和她自己重绘了那个"百里地"。于是，"过去"的幽冥与"现在"的"黑屋子"也靠着想象与记忆重合起来；贵族"权力话语"与"伪英雄"的罪恶已将一个家族拉进地狱，而深陷于"过去"的现代南方人也在铭记着罪恶的同时被裹挟入不见天光的幽冥。现代人需要被拯救，而或许《去吧，摩西》正预示着这种救赎。

《熊》在《去吧，摩西》中占着极重的分量，且该篇似乎在诸多方面都照应着英雄历险神话。首先，从《熊》的主体故事来看，山姆·法泽斯、艾萨克以及布恩等人的猎熊经历颇合弗莱在《批评的解剖》中所提的神话英雄历险模式：森林狩猎昭示着以山姆·法泽斯为首的英雄们与老班的"冲突（agon）"；在冲突过程中，英雄获得另一动物（一头叫狮子的猎狗）的帮助，且又经历了数次"殊死搏斗（pathos）"；此后，老班、狮子与山姆·法泽斯在最后的搏斗中死亡；最终，艾萨克成为山姆·法泽斯的继任者，英雄复活，继续一年一度的狩猎。

可以发现，《熊》的叙事结构与英雄搏杀猛兽的神话情节大致相合；而或许福克纳正是要在此对照中做一种预示：似乎靠着搏兽的历险，如赫拉克勒斯与圣乔治般的神话英雄们终将重临于世，现代英雄们的神性也终将复活。② 然而，小说与神话的对照似乎不止于此；从英雄山姆·法泽斯的"文化身份"（cultural identity）、老班的神性以及杀死神性动物的情节来看，福克纳似乎又将现代英雄们带入了另一个古老、原始的图腾崇拜时代。

"图腾"一词源于北美印第安阿尔冈金部落奥吉布瓦人方言"ototman"

---

① 福克纳：《押沙龙，押沙龙!》，李文俊译，上海文艺出版社2019年版，第1页。
② 因福克纳小说常常指涉两希神话，故此处只列出两希神话英雄的例子。古希腊神话中，赫拉克勒斯在建立十二功勋的过程中曾与九头蛇、怪鸟、疯牛等猛兽搏斗；而希伯来神话里，也曾有圣乔治大战恶龙的传说故事。

（英文为"totem"），意思是指"它的亲属"或"标记"；而图腾崇拜则是原始氏族的一种信仰形式，原始人认为自己的氏族与某种动物、植物或其他自然物有血缘亲属关系，于是将其看作本氏族的保护神，对其加以崇拜，把它作为氏族的标志或族徽，并形成一些仪式与禁忌。①

而在上述印第安人的氏族部落中，也存在不少崇拜熊图腾的部族。美国人类学家摩尔根就曾在《古代社会》中列举易洛魁人各氏族的图腾崇拜情况，发现其中狼与熊是其最主要的图腾动物。② 此外，崇拜图腾动物的各部族，又往往以"杀死神性动物"的方式彰显此崇拜；弗雷泽曾在《金枝》中介绍日本阿伊努人"杀死神熊"的祭祀仪式，大林太良又在《神话学入门》中强调各民族祭仪形式有别："祭熊仪式不仅阿伊努人举行，而且西边从北欧到西伯利亚，东边至北美洲的北部分布很广。这种仪式可分为两类。一类是像阿伊努人那样的真正的祭熊仪式，他们在山上捕到熊仔以后养起来，然后举行仪式将其杀死。采用这一形式的只有阿伊努、吉利亚克及其附近的二、三个种族。其它的民族都是在山上捕熊时把熊杀死。这后一形式被认为是古老的形式。"③这一"古老的形式"，似乎与《去吧，摩西》中山姆·法泽斯的猎熊活动相契合。

早在猎熊之前，山姆·法泽斯就已于艾萨克面前显露了其源自印第安部族血液中的图腾信仰与崇拜：

> 它（麋鹿）甚至也没有改变自己的路线，没有飞逃，甚至不是在奔跑，仅仅是以麋鹿走动时那种有翼似的、不费劲的优雅姿势在他们前面走了过去……这时山姆正站在孩子旁边，右臂举得直直的，手掌向外，说的是孩子在铁匠铺听他和乔·贝克交谈而学会的那种语言……"噢咧④，酋长，"山姆说。"爷爷。"⑤

① 陈建宪：《神话解读：母题分析方法探索》，湖北教育出版社 1997 年版，第 185 页。
② 摩尔根：《古代社会》，杨东莼、马雍、马巨译，江苏教育出版社 2005 年版，第 56 页。
③ 大林太良：《神话学入门》，林相泰、贾福水译，中国民间文艺出版社 1989 年版，第 92 页。
④ 李文俊译注：此词（Oleh）可能源于加勒比地区西班牙语中的"Hola"，是人们见面时打招呼的用语，也可能源自某几种西非语，用以向对方表示尊敬、承认其权威与乞求保护之意。
⑤ 福克纳：《去吧，摩西》，李文俊译，上海译文出版社 2010 年版，第 159 页。

　　艾萨克目睹了麇鹿的神性举止，同时也见证了来自古老印第安部族的山姆彰显其"文化身份"（cultural identity），并认定神性麇鹿为图腾的全过程。牙买加裔英籍学者斯图亚特·霍尔（Stuart Hall）曾在《文化身份与族裔散居》（*Cultural Identity and Diaspora*）中指出，"文化身份"是"一种共享的文化，一个集体性的'真实自我'"，它反映了一个民族"共同的历史经验与文化准则，使'一个民族'在分裂与变迁的历史表层下拥有稳固、不变且持久的意义框架"①。然而对于山姆·法泽斯来说，这一提供稳固性的"文化身份"并非与生俱来的：他长于美国（Uncle Sam），是印第安人及黑人混血儿，身上包含了白人、黑人以及印第安人的"历史经验与文化准则"，却似乎并不完全归属于哪一种文化。

　　美国学者科恩（Alexander C. Kern）也曾就此指出："既然山姆的母亲是混血，她便无法宣称山姆是哪一个图腾崇拜部落的成员。"② 于是可以看出，游移于多元文化中的山姆似乎想要在那个古老的印第安部族中寻找"真实自我"，也在狩猎中不断地寻求且确证着那个真正可归属的文化身份：在《古老的部族》一章中，他将麇鹿认作图腾，并带领艾萨克完成了祭杀仪式；而在《熊》一章里，他似乎又与神熊老班产生了某种神秘联系。关于老班的神性，从它在故事中的首次现身即可印证：

　　　　它并非从哪里冒出来的，就此出现了：它就在那儿，一动不动，镶嵌在绿色、无风的正午的炎热的斑驳阴影中，倒不像他（艾萨克）梦中见到的那么大，但是和他预料的一般大，甚至还要大一些，在闪烁着光点的阴影中像是没有边际似的，正对着他看。接着，它移动了。它不慌不忙地穿过空地，有短短的一刹那，走进明晃晃的阳光中，然后就走出去，再次停住脚步，扭过头来看了他一眼。然后就消失了。它不是走进树林的。它就那么消失了，一动不动地重新隐没到荒野中……③

　　① Stuart Hall. *Cultural Identity and Diaspora*. In：Rutherford, J.（Hrsg.）（1990）. *Identity, Community, Culture, Difference*. Lawrence&Wishart. p. 223.

　　② A. 科恩：《评福克纳〈熊〉中的神话与象征》，段炼译，转引自叶舒宪：《神话——原型批评》，陕西师范大学出版社 2011 年版，第 325 页。

　　③ 福克纳：《去吧，摩西》，李文俊译，上海译文出版社 2010 年版，第 181 页。

老班就这样神秘地在荒野上现身又消失，带着光且大得"没有边际似的"，仿佛是这片森林里的神性领主；而山姆·法泽斯对这一神性动物似乎也是满怀敬意，称"他是熊的领袖，他是人"①，且与《古老的部族》中祭杀麋鹿的行为相似，他在《熊》中同样带领着狮子和"他的猎手"布恩②完成了祭熊仪式，甚至在故事的结尾，与他的"亲属"（ototman）共同赴死。

山姆·法泽斯似乎就这样在死亡的同时，为自己的印第安血液找到了最终的图腾、信仰与归宿；而从"古老的部族"回到现代，艾萨克仿佛也同他精神上的父亲法泽斯（Fathers）一样，需要一个属于麦卡斯林家族的图腾与信仰：

> 他依然无法完全相信那投出流动与滑行着的影子的移动着的头真的是一条蛇的头……他这时才把另一只脚放了下来，连自己也不清楚这是怎么搞的，只顾站在那儿，举起了一只手，和六年前那个下午山姆的姿势一模一样……现在他用山姆那天讲的古老的语言说话了，也同样地不假思索："酋长，"他说，"爷爷。"③

在神性麋鹿与神熊老班之后，艾萨克·麦卡斯林似乎也终于找到了属于自己家族的图腾象征——蛇。如科恩所言，这条蛇显然是"犹太—基督教的主要象征"④，因犯下让人类失乐园的罪恶，它"自古以来就受到诅咒，既能致人死命而又形单影只"⑤；这正如现代荒原上掌握着贵族"权力话语"的麦卡斯林家族，他们奴役、剥削甚至强奸黑奴以至"致人死命"，也因此被上帝抛弃"形单影只"，永远得不到上帝与他人之"爱"。

在叫出"酋长"的那一刹那，艾萨克似乎也承认了那桩桩罪恶，接受了家族的最终宿命；然而，经历罪与罚之后，大概就是光明与救赎。在追随山姆·法泽斯的过程中，"纯种白人"艾萨克承认了一位印第安人及黑人混血儿

---

① 福克纳：《去吧，摩西》，李文俊译，上海译文出版社2010年版，第171页。
② 同上，第192页。
③ 同上，第293页。
④ A. 科恩：《评福克纳〈熊〉中的神话与象征》，段炼译，转引自叶舒宪：《神话——原型批评》，陕西师范大学出版社2011年版，第325页。
⑤ 福克纳：《去吧，摩西》，李文俊译，上海译文出版社2010年版，第293页。

的英雄神性，甚至将其认为精神上的父亲，接受也效仿了他以图腾动物确证文化身份的方式。种族、文化乃至时间的界墙似乎终于出现了松动：两希神话的英雄时代与印第安古老部族的图腾崇拜时代在山姆·法泽斯身上融合，而白人、黑人与印第安人似乎也将在法泽斯与艾萨克的亲密关系中握手言和；以"中心—边缘"等级秩序支撑起来的旧南方"权力监狱"终于行将倒塌，而或许，当现代白人的"过去"中被填补上多种族、多文化的记忆，如罗沙与昆丁的"黑屋子"里也终将照进宽恕与"爱"的圣光。

从《我弥留之际》《押沙龙，押沙龙!》的下行入地狱，到《去吧，摩西》中的搏斗与救赎，福克纳似乎就如此在其"约克纳帕塔法"世系中完成了现代的"神圣喜剧"；他毫不留情地揭示了旧南方贵族"权力话语"的罪恶，与此同时，也在不断地探索并预言着荒原人的得救与上帝之"爱"的复归。

2. 倒 U 形叙事：幽冥·搏兽·漂泊·大荒

同样依照创作年表纵观贾平凹的小说，且与福克纳的 U 形叙事做比对，可发现其创作似乎颇合一种倒 U 形叙事结构：以《浮躁》（1988）、《土门》（1996）中神话英雄的挫败与死亡为前奏；从现代"通灵弃儿"们身处幽冥般的"权力监狱"始，到《怀念狼》（2000）中，英雄搏兽与重寻神性的努力；直至《老生》（2014）中英雄的漂泊与重归大荒，结局中"向下转折"[①] 之义已不言而喻。

前章已述，从《高老庄》的"通灵弃儿"始，贾平凹开始正式构造现代英雄的残酷神话；但其实在《浮躁》与《土门》中，已可看出神话英雄的"向下转折"人生走向。《浮躁》中金狗的出生，似乎预示着神话英雄的初临：

> 金狗母身孕时，在州河板桥上淘米，传说被水鬼拉入水中，村人闻讯赶来，母已死，米筛里有一婴儿，随母尸在桥墩下回水区漂浮……金狗生出奇特，其父以为有鬼祟，欲送寺里作佛徒，一生赎罪修行。韩文举跑来，察看婴儿前胸一青痣，形如他胸前墨针的"看山狗"图案，遂大叫

---

① 诺思罗普·弗莱：《伟大的代码——圣经与文学》，郝振益等译，北京大学出版社 1998 年版，第 228 页。

此生命是"看山狗"所变……又提议孩子起名一定要用'狗'字。结果查阅家谱，这一辈是金字号，便从此叫了金狗。①

与石头、引生以及狗尿苔等后期创作的"通灵弃儿"相似，金狗也有被遗弃的经历；但比之前述边缘通灵人，金狗身上似乎仍寄托着贾平凹田园诗式的美好幻想："通灵弃儿"们没有标识、没有姓名，因其神性而为人轻视；可金狗不仅被认作神鸟的化身，甚至其名中也含有"看山狗"的渊源，从出生始就被标明了神性。

金狗的一生也如神话英雄一般，历经波折终得圆满：在与以田、巩两家为代表的"中心"弄权人多次交锋后，金狗再次回到州河上，并探索出改革经济，进而改变乡村面貌的新路。然而，光明的结局背后似乎是新的危机与波折：小说的结尾，金狗为买机动船再次离开州河，但与前次他离开去州城报社时的情形如出一辙，州河再次爆发了大洪水。于是，英雄的前路似乎仍荆棘丛生，被迫走向倒 U 形叙事中"向下转折"的悲剧循环。

这种悲剧色彩在成义（《土门》）身上愈演愈烈。与金狗一样，成义的身世经历也带着浓重的神话英雄色彩：他出生遭弃，却由狼庇护一夜，被老刽子手认为奇异而抱领回家，这颇像夷羿由山间所养、后稷经"三弃三收"的经历；且比金狗更具传奇性的是，成义拥有一身高超的轻功，速度如猴子一般，其神奇"使公安干警目瞪口呆，见未见过，听未听过"②。然而，"神奇"的成义却也没能和金狗一样"圆满"，反而如古希腊英雄般谱写了一曲命运悲剧：为保住仁厚村，他任村长、搞宣传、讨好市领导甚至不惜盗窃秦兵马俑，可"城市化"的进程似乎不可抵挡，成义最终带着古希腊英雄般的悲壮赴死，而仁厚村也终于随着城市化浪潮而不复存在。

从《浮躁》到《土门》，似乎可窥见贾平凹创作风格的转变，在对城乡社会现实认识逐步深化的过程中，作家大概也参悟了现代英雄们所面临的真实处境：金狗有知识却无权力，成义似乎有了一定的权力，但无法接受一切关于"文明"的知识；由是，在"权力话语"操纵下，神话英雄们饱受挫败，甚至

---

① 贾平凹：《浮躁》，春风文艺出版社 2006 年版，第 4—5 页。
② 贾平凹：《土门》，春风文艺出版社 1996 年版，第 300 页。

死亡。大概也是此种参悟，让作家真正认识到神话世界与现实世界的种种不相合，在之后的创作中也愈加不留情地揭露现代英雄身处"边缘"的残酷境况。于是可以看到，贾平凹的现代英雄神话正式展开：远古神话英雄（金狗、成义）挫败与死亡后，新生的"通灵弃儿"们（石头、引生、狗尿苔）落生于一个幽冥般的"监狱"，在"文明"的规训与惩罚下身处"边缘"，再无法显露神性。

然而，这种"向下转折"的境况似乎在《怀念狼》中又得到了暂缓。如福克纳在《熊》中书写印第安英雄的搏兽历险，《怀念狼》似乎也在诸多方面贴合英雄历险神话：傅山的猎人身份与商州的狼灾彰显了英雄与兽的"冲突（agon）"；在冲突中，傅山获得猎狗富贵的帮助，与十五只狼经历了数次"殊死搏斗（pathos）"；在最后的搏斗中，"狼祖"① 被杀；而小说的结尾，傅山彰显狼性，新的兽祖神复活。

在上述英雄与兽的"冲突"和"搏斗"环节中，傅山的历险似乎颇像中国的神话英雄夷羿。《山海经·海内经》曾载："帝俊赐羿彤弓素矰，以扶下国，羿是始去恤下地之百艰。"《楚辞·天问》曰："帝降夷羿，革孽夏民。"《淮南子·本经训》所载更为详细："尧之时，十日并出，焦禾稼，杀草木，而民无所食。猰貐、凿齿、九婴、大风、封豨、修蛇皆为民害。尧乃使羿诛凿齿于畴华之野，杀九婴于凶水之上，缴大风于青丘之泽，上射十日而下杀猰貐，断修蛇于洞庭，擒封豨于桑林。"在上古传说与现代神话中，英雄均因兽的"民害"性而与之冲突并展开搏斗；可以发现，从早期对女娲、伏羲等兽神的崇拜，到"弃儿英雄"与动物间的神秘联系，再到历险英雄搏杀"为民害"的猛兽，人与动物间的关系似乎已发生了重大变化，兽站到了人的对立面上。

《西方的没落》一书作者斯宾格勒（O. Spengler）曾指出，神话的发展大致可划分为两大阶段：前一阶段的神由"物"衍化而出，后一阶段则是"力"的形象化；前者起于对事物的恐惧，后者则起于征服那些事物的企图。② 而中

---

① 最后一只狼活了一百五十岁，可算是狼群之祖；此外，它于傅山年幼时叼过他，而傅山似乎也因此具有了诸多狼性特征，从某种程度上讲，它也是傅山的祖先。
② 参考尉天聪：《中国古代神话的精神》，陈慧桦、古添洪编：《从比较神话到文学》，东大图书股份有限公司1993年版，第241页。

国学者乐蘅军也曾就此指出："后羿的'除天下百害'乃成为一个象征动作，它象征着整个人类心智成熟的一次力进；它是使人与兽有别，善与恶可分，是把荒古冥顽神灵，大胆地堕坏为物，是把人力加之于神，总之，它是宣称着一个真正的精神文明时代的到来。"①

于是，"文明"似乎在此重写了"英雄"的内涵："万物有灵"时代，因与动物间的神秘联系而凸显了神性的英雄们，似乎已随着"文明"的进程被淘汰；新生的现代英雄需要彰显人与兽的区别，并在搏杀猛兽的过程中展现自己的"力"与神性。而《怀念狼》中的傅山，大概就是这样一个有"力"的英雄，他顺应了"文明"与兽为敌，似乎也是在搏兽的历险中，缓解了自己趋于衰微的诸多病症②，改变了倒 U 形叙事"向下转折"的悲剧结局。可是，当这一现代神话发展到"死亡与复活"的叙事环节，"文明"所造"人与兽""善与恶"的种种二元对立，似乎成为对其自身最有力的嘲讽。

人性善，兽性恶，这本是继"万物有灵"之后，"文明"为神话所构造的新型深层结构。就诸民族的搏兽历险神话而言，这本无可厚非；然而，当此种二元对立被放置在贾平凹的现代神话中时，荒诞感顿生：在商州世界里，人纵欲、谋私，甚至不念父子亲情，靠着孩子讹人钱财；狼群却有情有义、知恩图报，为给同伴治病，它们冒着被捕杀的风险来求老道士，出于报恩的善意，它们又再次冒险为老道士送来金香玉……英雄因捕狼之"力"而受人追捧、彰显神性，可"力"的征服欲似乎也泯灭了人性之"善"：

> 两只狼发出低沉的哀鸣，声音如哭诉的妇人，而且受伤的狼用牙叼着小狼的颈，叼起来了，又放下，叫声细碎急促。……舅舅端枪的手软下来，枪头挨着了地……撵狼的人群看得清清楚楚了，一哇声呐喊：狼！狼！并叫着舅舅的名字。③

① 乐蘅军：《古典小说散论》，大安出版社 2004 年版，第 61 页。
② 小说开头写到猎户人家都得了一种怪病："病十分的怪异，先是精神萎靡，浑身乏力，视力减退，再就是脚脖子手脖子发麻，日渐枯瘦。"猎狼之前，傅山已有了种种染病的迹象。参考贾平凹：《怀念狼》，春风文艺出版社 2006 年版，第 8 页。
③ 贾平凹：《怀念狼》，春风文艺出版社 2006 年版，第 162 页。

　　面对展现着舐犊之情的母狼，傅山不忍伤害，然而雄耳川众人却似乎对此视而不见，以一种狂热的呐喊迫使傅山成为猎狼"英雄"；更为讽刺的是，雄耳川的英雄傅山，到了更加"文明"的子明眼里，又变成了迫害珍稀动物的恶人。早在《土门》中，贾平凹就曾揭示"文明"的荒诞面："随着人越来越多，接下来，有了学校，商店，银行，邮局……城市出现了，人们觉得文明了。但人越来越多，美丽的原始风景线越来越远……这时候出现了一个词：污染——环境污染，精神污染。……有人用高科技的猎枪在郊外打死一只野天鹅，人们便骂他野蛮，不文明，这时，人们的第二步文明又来了。已经发展到这里，接下去怎么办呢？"①

　　"文明"在无休止地前进，大概也是在此前进过程中，它陆续将"兽""人""力"以及"善"等词汇放置于最文明的"中心"；然而，"中心"产生对"边缘"的监视与规训，恒久的二元对立，让这些词汇一次次地被异化为操纵个体的"权力话语"。似乎，"文明"就如此造成了一种隐性的恶性循环：它频繁地抛弃因异化而不文明的旧词汇，又不断异化着因走入"中心"而被迫带上权力色彩的新词汇。于是，英雄之"力"又因不"善"而不文明，可所谓的"善"与道德，如前章所述，似乎也是子明带着"中心"眼光的监视与规训，渐失了"人性本善"的真正内涵。

　　英雄们似乎永远无法追赶上所谓"文明"的步伐，走入"中心"，而面对"接下去怎么办"的问题，傅山似乎做出了一个带着浓重无奈与退让色彩的选择：在远离文明社会的"边缘"，重建一个"万物有灵"的神话世界。

　　孙新峰曾讲到，《怀念狼》是作家由"'围城'奔向'田野'的创作生路"②。在《浮躁》《土门》《高老庄》等作品中，城乡现实空间仍是远古神话英雄抑或现代"通灵弃儿"故事展开的主要落脚点；但在《怀念狼》中，狼与狗、狼与猪、狼与人甚至人狼传说等商州民间故事被大量运用到小说世界中，商州于是被拉入民间传说的语境，以一种独特的话语样式被呈现出来。

　　于是在《怀念狼》里，贾平凹的雄耳川似乎终于脱离了现实地理空间的约束，"万物有灵"、人兽共生共存甚至相互转化的神话世界，得以被重现：

---

① 贾平凹：《土门》，春风文艺出版社 1996 年版，第 327－328 页。
② 孙新峰：《贾平凹作品商州民间文化透视》，中国文联出版社 2006 年版，第 82 页。

小说的结尾，傅山似乎替代了那只曾经叼过他的狼，兽化为雄耳川新的"狼祖"；而那些曾经狂热地灭绝了狼群的民众，也紧随着傅山而"有了狼的习性，样子也慢慢有了狼的特征"[1]。在现代文明社会中，傅山仍摆脱不了"通灵弃儿"遭受的残酷境遇，无法真正彰显神性；但在"边缘"的"禁区"，他却成为神性的狼祖，雄耳川的兽神。雄耳川上演了远古且"非现实"的神性复活，可文明世界的"中心"却汲汲于建设更"文明"的社会，茫然前行而忘了停一停、回一回头，思考"文明"的真义。

从困于"权力的监狱"而无法彰显神性的"通灵弃儿"，到顺应"文明"又最终跳脱现实世界的搏兽英雄傅山，现代英雄们似乎走到了一个神性复活却又略显无奈的小高潮。此后，在《老生》中，文明社会与神话世界愈走愈远至于分裂，现代英雄也终于脱离现实，在《山海经》般的神话世界中，归入大荒。

《老生》中的唱师身上带着诸多神性特质：他长生不死，且具有通灵能力，可与动物交流，也能与鬼魂打交道；此外，他多年漂泊，历经一个时代又一个时代，也走过一个村又一个村，看过一个人又一个人，似乎像古希腊神话中的奥德修斯，漂泊数年最终彰显荣耀与神性。然而，唱师毕竟不是古希腊式的西方英雄。在经历了一系列历史时期，也看过了老黑、马生、刘学仁和老余等一茬茬亦人亦魔的"中心"领导人后，唱师没有如奥德修斯般荣耀回归，反而代表着现代英雄再次"向下转折"，于边缘窑洞中死亡。比《土门》中悲壮赴死的成义更甚，唱师死得悄无声息、不留痕迹，仅留下一句平淡无波的碑文："这个人唱了百多十年的阴歌，他终于唱死了。"[2]

唱师就这样以无声无息的死亡，与古希腊式的西方英雄截然分开；可与此同时，他似乎更贴近小说开头和结尾所引的中国上古英雄夸父，如《山海经·海外北经》所说，在漫长的逐日之旅中"化为邓林"：

夸父与日逐走，入日。渴欲得饮，饮于河渭；河渭不足，北饮大泽。未至，道渴而死。弃其杖，化为邓林。

---

[1] 贾平凹：《怀念狼》，春风文艺出版社 2006 年版，第 179 页。
[2] 贾平凹：《老生》，人民文学出版社 2014 年版，第 288 页。

中国学者叶舒宪曾在《英雄与太阳——中国上古史诗的原型重构》一书中，揭示"太阳英雄"这一神话原型背后的深层蕴意："人与太阳的结合，不是为了必死，而是为了永生。太阳虽然每日沉下西天，但次日便又从东方诞生，这种永恒的循环在原始心理中被理解为不死或再生的象征，理解为超自然的生命。"① 奥德修斯下冥府又重返人间的经历，似乎预示着这一"永生"；同样的，因逐日而与太阳"结合"的夸父，大概也是在"化为邓林"后归入自然万物的循环系统中，以"元气"的形式永生不灭。

《老子》第四十二章言："道生一，一生二，二生三，三生万物。万物负阴而抱阳，冲气以为和。"河上公释曰："道始所生者一也，一生阴与阳；阴阳生出和、清、浊三气，分为天、地、人也；天地人共生万物也。"（《河上公章句》）王安石则说："道有体有用。体者，元气之不动。用者，冲气运行于天地之间……盖冲气为元气之所生，即至虚而一，则或如不盈。"（《王安石老子注辑本》）可见，"道"所生"一"，即为"元气"；"元气"守"静"，动则为"冲气"，运行于天地之间，继而又生出"和、清、浊"三气，分别蕴含于"天、地、人"三方。

由是，在道家的思维语境中，夸父"化为邓林"之"永生"似乎得到了颇为合理的解释：在人间守"浊气"的逐日英雄，在死后于"虚静"中归入"元气"，长生且"生万物"。而现代英雄唱师似乎也循着夸父的长生之路，悄然地死，也归入"虚静"之"元气"，终化为水，随万物循环再生：唱师死的那一夜，"棒槌峰端的石洞里出了水，水很大，一直流到了倒流河"；而每年腊月二十三，山里人都要顺着这倒流河走一遭，"恍惚里越走越年轻，甚或身体也小起来，一直要走进娘的阴道，到子宫里去了"。② 倒流之水绵延不绝、循环往复，似乎正如唱师的生命，于死后长生。

再次回到小说文本，《老生》的叙述结构也颇为独特：以四个故事为叙述重点，讲述中国近代百年的种种变革；但每节之前却以《山海经》作为引子，写尽"四荒"内的山水万物。"商州世界"似乎就如此分裂，一面是现实中的现代文明社会，一面却是《山海经》般的远古神话世界。唱师正是借着这

---

① 叶舒宪：《英雄与太阳——中国上古史诗的原型重构》，陕西人民出版社 2005 年版，第 59 页。
② 贾平凹：《老生》，人民文学出版社 2014 年版，第 288、1 页。

《山海经》世界，与生于"大荒"的夸父形象重合①，并最终长生；可这"荒"之为"荒"，不仅暗示着空间上的"荒远"，也寓意着时间上的"荒古"，它孕育了中国远古的神圣先祖、帝王英雄，却也时刻彰显着神与人、神话世界与世俗人间的距离。

叶舒宪曾说："后世之人关于'荒古'事件的追忆往往带有神圣的意义。而任何类似乌托邦的美妙奇异幻想总要在世俗居住区以外的遥远地方寻找非现实性的空间。"② 大概正因此，当现代文明社会难容英雄之时，贾平凹在远离现实的"边缘"——"大荒"，重建了一个《山海经》般的神话世界，让唱师恢复英雄神性；然而，"英雄"本该入世③，可在现代文明世界中、于儒家文化语境里，唱师仍然是身世"玄乎"又长得"有些妖"的边缘人，唱了百多十年的阴歌，终于唱死了。

通灵英雄就这样与现实世界告别，也终于为贾平凹倒 U 形的现代英雄叙事画上了一个句点：从"通灵弃儿"，到经历搏兽历险的傅山，再到漂泊后死亡的唱师，"英雄"最终也没能真正入世，只得回到"大荒"之中，寂静地上演文明社会之外的英雄神话。

纵观福克纳与贾平凹的英雄历险神话，可发现其中均包含着"幽冥""搏兽""漂泊"等神话叙事要素；然而不同的是，福克纳借着从"幽冥"到"救赎"的 U 形叙事预示基督信仰及"爱"的回归，贾平凹则在从"幽冥"到"大荒"的倒 U 形叙事里，一次次揭露现代文明社会的荒诞性，暗示着神话世界与现实人间的距离。

然而，U 形抑或倒 U 形，似乎均不是福克纳与贾平凹现代英雄神话的叙事终点；艾萨克式的救赎或是唱师的回归大荒，大概也不是现代英雄最终的结局。在最后的"回归"中，原初的叙事似乎均将被颠覆；在"式微"的现代社会中，新的英雄终将从"边缘"复生，并建构平等博爱的新世界。

---

① 《山海经·大荒北经》载："大荒之中，有山名曰成都载天。有人珥两黄蛇，把两黄蛇，名曰夸父。后土生信，信生夸父。"

② 叶舒宪：《"大荒"意象的文化分析——〈山海经·荒经〉的观念背景》，《北京大学学报》（哲学社会科学版）2000 年第 4 期。

③ 中国"英雄"一词，从词源上讲本与神话世界无干，指涉现实社会中遵循君臣父子等人伦道德的帝王贤臣。详见本章第二节。

3. 回归：式微，式微，胡不归？

历险与漂泊后，是英雄的回归与复活。然而，到艾萨克认蛇为祖（《熊》）以及唱师的归于"大荒"（《老生》），英雄的"回归"环节似乎均未彻底完成：福克纳的英雄仍在罪恶的幽冥中赎罪并等待圣光；而贾平凹的英雄则回归了一个神话世界，同时也彻底脱离了现实。在荒原般的美国旧南方与残酷的现代文明社会，现代英雄如何真正彰显神性，于"式微"的人间上演真正的回归？

如前章所述，在山姆·法泽斯死后，艾萨克成为英雄的继任，并循着前任英雄寻求文化身份的方式认蛇为祖；然而，艾萨克这一回归人世的新英雄，似乎并不十分具备神性。

诚然，艾萨克这一形象颇具圣经英雄特质，其名字与先知以撒相同（Isaac），而其木匠身份又将他与耶稣联系在一起；在小说中，他是个虔诚的基督徒，出于赎罪的愿望将祖产全部转让给卡斯·爱德蒙兹，似乎是主动地让自己更加贴合献祭者以撒，抑或受难的耶稣的形象。可如卡斯所说，艾萨克的牺牲或许也不过是一种逃避：

> "……这个艾萨克比亚伯拉罕晚年所得的艾萨克出生得要晚，而且弃绝牺牲：没有父亲，因此安全地离开圣坛，因为这一回那只被激怒的手也许不提供小羊了——"于是麦卡斯林（卡斯）说
> "是逃避："……①

艾萨克将祖产转让给了麦卡斯林·爱德蒙兹，似乎也在同时将麦卡斯林家族的罪恶转嫁在了爱德蒙兹身上；卡斯代替艾萨克，成为麦卡斯林家族中新的继承人和贵族奴隶主，但黑人仍未被解放，种族压迫也没能被消除。荒原人依然在贵族"权力话语"的罪恶幽冥中挣扎，可"现代耶稣"却重操旧业，做起了木匠；他没能将基督之"信"带给他人，也没能彻底打破"中心—边缘"的等级秩序，以"博爱"真正拯救黑人、印第安人、麦卡斯林家族，甚至是妻子和他自己。

---

① 福克纳：《去吧，摩西》，李文俊译，上海译文出版社 2010 年版，第 250 页。

有学者指出，艾萨克始终在"寻机而逃，却是既无救星，自己又完全不能拯救自己"①；事实如此，"被激怒的"上帝决意惩罚罪恶的世人，可"现代耶稣"却似乎无能为力、神性全无，他唯一做到只是在认蛇为祖的同时承认了白人种族与自己家族的罪恶，在一种"叫人恶心"② 的死亡气息中等待着被救赎。于是，《熊》中的"英雄回归"环节似乎仍带着些许讽刺与荒诞的味道：成为新英雄的艾萨克仿佛只是一个"软弱的基督"，他期待着多种族间真正的握手言和，却无法以一己之力打破"权力的监狱"，拯救所有荒原人和他自己。然而，如英雄神性在印第安英雄山姆·法泽斯身上复活，拯救世人的使命似乎也被福克纳放置在了黑人女性身上；最终，在"坚强的母亲"的"信"与"爱"下，包括黑人与白人、女性与男性以及"中心人"与"边缘人"在内的所有现代荒原人，均将被拯救。

如前文所述，在"权力话语"的监视下，"边缘人"逐渐丧失了那个具有主体性的"自我"，成为被标签与规训的对象；而对于边缘女性来说，这种标签化或许更甚。印度后殖民主义理论家佳亚特里·斯皮瓦克（Gayatri C. Spivak）就曾揭示这一点，在《底层人能说话吗?》中，她披露了边缘女性之主体性所遭受的双重掩盖："在底层阶级主体被抹去的行动路线内，性别差异的踪迹被加倍地抹去了。……在殖民生产的语境中，如果底层阶级没有历史、不能说话，那么，作为女性的底层阶级就被置于更深的阴影之中了。"③

于是可以看到，在以白人男性为"中心"所建构起的"权力监狱"中，如爱米丽（《献给爱米丽的一朵玫瑰花》）、康普生夫人（《喧哗与骚动》）以及罗沙（《押沙龙，押沙龙!》）等白人女性，已然在"家族荣誉"与"种族纯洁"的"权力话语"下被囚禁在一个个满载着罪恶的黑屋子里；而如尤妮丝、托梅（《去吧，摩西》）等黑人女性，更是毫无主体自由，被权力"中心"的白人男性强迫，犯下种种"耶和华眼中看为恶的事"。更有甚者，这苦

---

① 乌尔苏拉·布鲁姆：《荒野与开化：对福克纳的解释》，《党派评论》，1955 年第 22 卷，第 347 页。转引自叶舒宪：《神话——原型批评》，陕西师范大学出版社 2011 年版，第 326 页。

② 小说描写艾萨克见到蛇时的情形："现在他能够闻到它的气味了：一股淡淡的叫人恶心的气味，像腐烂的黄瓜，也像某种说不出是什么东西的气味，让人想起所有的知识、一种古来的倦怠、低贱的种姓和死亡……"福克纳：《去吧，摩西》，李文俊译，上海译文出版社 2010 年版，第 293 页。

③ 佳亚特里·斯皮瓦克：《底层人能说话吗?》，转引自陈永国、赖立里、郭英剑：《从解构到全球化批判：斯皮瓦克读本》，北京大学出版社 2007 年版，第 107 页。

难与死亡的血泪史，最终仅仅化成了布克与布蒂记账本中轻描淡写的几笔；她们似乎永远带着"黑人"与"女性"的双重标签，也在这双重掩盖下丧失了话语权，无法言说关于"自我"的那段真实历史。

然而，福克纳却似乎让这边缘里的边缘人一步步地向"中心"靠拢，成为其现代神话中拥有强大救赎能力的"坚强的母亲"。早在《喧哗与骚动》中，"坚强的母亲"形象就已出现；在展现了"被弃的耶稣"面临的残酷境况以及现代荒原人的种种欲望与罪恶后，小说在第四部分将视角聚焦到了康普生家族之外的黑人女性迪尔西身上。随着对迪尔西"现在"生活的叙述，康普生家族"过去"的故事得到补充，其最终的结局也被呈现出来，小说得以圆满；而比之只有碎片记忆的班吉、囚困于"过去"的昆丁，以及被"现在"时间的流动折磨着的杰生，迪尔西似乎是唯一既"看到了始，也看到了终"①的人。在小说的几个主要人物中，似乎只有她的时间是具备完整性的，而这完整性，又意味着什么？

法国心理学家柏格森在《时间与自由意志》中提到，人的心理时间不同于线性流动的物理时间，它并不将时间量化分割，而是动用"自由意志"将"自我"的"过去""现在"与"将来"融合，以实现时间的"纯绵延"②。由此，时间的"纯绵延"成为人真正"自由"的标志。而德国存在主义哲学家海德格尔在其巨著《存在与时间》中，也阐释了"本真存在"的时间性问题。

在海德格尔看来，"本真的存在"始终关注着它自身，它首先必须从被抛入世的"沉沦"中觉醒，意识到自己的"在此"存在；随后"此在"需为自身筹划"将来"，寻找那个最本己的"能在"，且此种筹划并非"玄思可能性"，而是要"从传承下来的此在（曾在）之领会中取得此在向之筹划自身的生存上的能在"。③ 简言之，"本真的存在"，即是一种融合了历史"曾在"与将来"能在"的"此在"。

由是，"绵延的时间"获得了生存论上的意义，彰显着个体的"自由"与本真"能在"。而福克纳的反讽或许也寓于此：当"曾在"满载着贵族"权力

① 福克纳：《喧哗与骚动》，李文俊译，上海译文出版社 2007 年版，第 338 页。
② 柏格森：《时间与自由意志》，吴士栋译，商务印书馆 1997 年版，第 67 页。
③ 参考海德格尔：《存在与时间》，陈嘉映、王庆节译，商务印书馆 2015 年版，第 431 页。

话语"的罪恶，如班吉、昆丁乃至艾萨克等白人男性"耶稣"，又如何从中领会一个本真的"能在"？于是可以看到，现代"耶稣"以残疾人（班吉、卡什）、"疯子"（班吉、达尔）以及"软弱的基督"（艾萨克）形象现身，被囚困于"曾在"造就的罪恶幽冥中，既不能寻到自己的"能在"，也不能为整个荒原世界带来光明的"将来"。但大概也正因此，迪尔西的时间完整性显得尤为重要。身处边缘的边缘，带着"黑人"与"女性"的双重标签，迪尔西被"中心"剥夺了书写自我"曾在"的权利；然而，不可言说、无权书写的她，却似乎真正拥有"绵延"时间的可能性：

> "我看见了那鳏居的上帝关闭了天堂的大门……我看见了笼罩在世代之上的永久的黑暗和死亡。接着看下去，兄弟们，我又看到了什么呢？……我看见了末日的轰鸣，并听到了金色的号角被吹响，那是天国的永久的荣耀，那些铭记羔羊的鲜血的死者纷纷复活！"
>
> ……迪尔西笔直地坐在他（班吉）的身旁，心中还满是对于羔羊的鲜血的铭记，静静地哭泣着。……"我看到了始，也看到了终，"迪尔西说，"不要管我。"①

艾萨克"弃绝牺牲"，声称上帝"被激怒的手也许不提供小羊了"；然而，那些在"权力的监狱"中，长久地生活在"黑暗和死亡"的边缘小囚室里的黑人女性，大概才是真正的献祭者，是无辜牺牲的羔羊。迪尔西或许无法言说那段血泪史，但她的心中仍"满是对于羔羊的鲜血的铭记"，这是她们真实的"曾在"，被记载在基督教义之中，不可抹灭。

于是，靠着虔诚的信仰，她铭记着满载了白人男性罪恶，却也书写着黑人女性苦难的"曾在"；也是遵循着上帝的教义，她怀着真正的"爱"成为一个"坚强的母亲"，铭记苦难的同时也谅解、忍耐，向着"将来"而"艰辛地活着"②，庇佑着她所"爱"的世人共同走向一个"死者纷纷复活"的"能在"。

诚然，并非所有的黑人女性都可担当救世主的角色；当迪尔西带着班吉走

---

① 福克纳：《喧哗与骚动》，李文俊译，上海译文出版社 2007 年版，第 337－338 页。
② 同上，第 385 页。

进黑人教堂，众多人对其指点非议，这其中也包括她的女儿。但是，"坚强的母亲"虔诚地"信"着，也懂得何为真正的"爱"；面对女儿的指责，迪尔西这样反驳："仁慈的上帝才不会在乎你是聪明还是愚鲁。除了那些废物白人，没有人会在乎这个。"① 在她的"信"里，上帝是"博爱"的；聪明或愚鲁、黑人与白人、"中心"抑或"边缘"，在神的眼中仅仅是无足轻重的标签，他平等地爱着众生。

于是，当荒原人在"权力话语"下抛弃了信仰，也渐渐丧失了"爱"的能力；虔诚的迪尔西仍然拥有"爱"的强大力量：她爱自己的种族，当牧师宣讲黑人苦难史时，她感动地流泪；她也爱着康普生家族，在康普生太太坦诚她可以离开，"不用再日日夜夜背着这个责任"② 时，她仍守着这个式微的白人家族，直到故事的结尾；她以"博爱"化身为"坚强的母亲"，谅解了白人的罪恶，也保护着班吉这个白人"耶稣"，将福克纳的神话世界渐渐引向一个信仰复归、"爱"义重现的人间。而在《去吧，摩西》中，这一原型又再度出现并展现出强大的感召力；当"软弱的基督"仍在"权力的监狱"中认罪并等待救赎时，莫莉靠着"信"与"爱"的强大力量，一点点瓦解着"中心—边缘"的等级秩序，启迪荒原人走向一个由平等与博爱建构的新世界。

与迪尔西相似，《去吧，摩西》中的莫莉也是一个虔诚的基督徒，这信仰重于一切世俗关系，甚至促使她在路喀斯做了"上帝不愿人去做的事"③ 后，决意离婚；此外，莫莉也是一个没有自由和话语权的黑人女性，无论是在自己的黑人家庭中，还是被迫生活在白人的大房子里，她活动的范围只有"灶火与炉床"；但更重要的是，她同样是一位"坚强的母亲"，忍受一切奴役与苦难，却仍"爱"着自己的家人，甚至是白人男性洛斯：

> 这妇女是他爱德蒙兹记忆中唯一的母亲，她抚育他，像奶自己亲生子那样用自己的乳汁喂养他，还持久地用无微不至的关怀来保护他的肉体乃至精神，教他要有礼貌，要行为端正——对不如自己的人要和善，对相等

---

① 福克纳：《喧哗与骚动》，李文俊译，上海译文出版社 2007 年版，第 330 页。
② 同上，第 310 页。
③ "不愿人去做的事"指寻找埋在地里的金子。福克纳：《去吧，摩西》，李文俊译，上海译文出版社 2010 年版，第 87 页。

的人要尊重，对弱者要慷慨，对老人要多加照顾，在所有人面前都要彬彬有礼、以诚相待和勇敢无畏——她给了自己这个失怙的孤儿一种始终不渝的、永不衰竭的深情与热爱……①

在路喀斯为自己的尊严与白人家人对抗，甚至拔刀相向的时候，莫莉用自己的"博爱"平等地包容了她所有的子女，包括没有血缘关系的白人洛斯。路喀斯的反抗是无可厚非的，甚至从某种程度上讲，也是必要的；但或许在福克纳看来，真正能够打破"中心—边缘"等级关系的，不是互不认同的对抗，而是基督般的"博爱"，是多种族在对上帝的共同信仰中相互理解、认同，主动走出"权力话语"的桎梏握手言和。这似乎需要"中心"与"边缘"共同的努力，然而，如艾萨克等白人男性"耶稣"似乎已然在"权力话语"的规训中，丧失了"信"与"爱"的力量；于是，"坚强的母亲"承担起了启示荒原人的责任，她成为为世人之罪而牺牲的"羔羊"，却也以虔诚的"信"与永不衰竭的"爱"教谕黑人与白人、中心人与边缘人去相互尊重、以诚相待，真正地"爱"彼此。

在《去吧，摩西》的结尾，莫莉最终在白人律师、编辑以及贵族小姐的帮助下，将塞缪尔的尸体运回家乡，就像携着约柜出埃及的摩西，最终带领着遭受奴役的世人去往应许之地迦南；当灵车经过广场，黑人与白人通通赶来，"给史蒂文捐过一块、半块、两毛五的商人、店员、理发师和专业人员以及一个子儿也没捐的人都从门口与楼上窗口静静地观看着"②，救赎或许就在此刻发生。与"权力的监狱"中"中心"对白人耶稣、贵族小姐以及所有黑人的监视与规训不同，此时的"观看"似乎已不再是单向性的：不同种族、身份乃至性别的荒原人均参与到这次带着神圣色彩的"游行"中，史蒂文等能够观看围观者，而带着不同身份标签的围观者们也在互相观看；广场的包容性似乎打破了"权力监狱"的基架，由封闭的"中心瞭望塔"与狭窄的"边缘小囚室"构造起的边界和隔阂不复存在，而在相互审视、相互理解的过程中，或许"爱"也将发生。

---

① 威廉·福克纳：《去吧，摩西》，李文俊译，上海译文出版社 2010 年版，第 101 页。
② 同上，第 339 页。

　　而这场打破边界的"游行"，正是"坚强的母亲"莫莉制造的；她带着对家人的"爱"远涉万里，又在史蒂夫、沃瑟姆小姐以及黑人兄弟的帮助下上演了"人类协调与团结"① 的古老出埃及神话。诚然，她没能如圣经神话中的摩西一样，为人类找到一个新的应许之地——"流着奶与蜜"的迦南；但或许靠着忍耐、宽恕、虔诚的"信"以及无差别、无等级的"博爱"，旧南方的"权力的监狱"终将在中心人与边缘人的共同努力下被推倒，平等与爱的新南方将于废墟中诞生。

　　从"软弱的基督"到"坚强的母亲"，福克纳似乎最终将拯救世人的英雄神性赋予了边缘人；于是到《去吧，摩西》，英雄神话的整体构架似乎也略有颠覆：白人男性英雄不再是现代神话世界里的唯一主导，原始印第安部族与黑人母亲似乎也走入中心，获得与前者同等的地位。于是，不同性别、种族乃至文化的现代英雄们将相互帮持，携手真正地回归荒原，救赎众人。

　　与在现代荒原中挣扎并最终携手共进的福克纳式英雄不同，贾平凹的英雄们似乎始终无法融入现代社会，甚至在经历了"文明"的数次规训后，追随着上古神话英雄的步伐最终出世，在《老生》的结尾归于"大荒"。

　　如前文所述，经过异化，如"善与恶""人与兽""力与文明"等词语似乎均已丧失了其原初本真的蕴意；而到《老生》以及贾平凹的后作《山本》中，似乎连"英雄"一词也被扭曲，成为一种个别人为包装自己而戴上的假面。《老生》的故事是从秦岭游击队"英雄"老黑、匡三等人开始展开的。然而，老黑是为了"吃粮"追随王世贞进了保安队，又因为"想自己拉杆子"入了党；同样地，还有后世为人称颂的游击队英雄匡三，"神话英雄"除"民害"的救世情怀与仁爱之心，在这些"英雄"身上全然看不到；似乎从本质上讲，他们仅仅是为满足私欲而喊着"革命"口号，盲目进行暴力斗争的政治投机分子。

　　此种"英雄"的丑恶面在井宗秀（《山本》）身上被再次凸显出来。因为阴差阳错而拥有了三分风水宝地，井宗秀带着天命所归的"神性"色彩，被陆菊人乃至所有涡镇人视为能够救世的大英雄。然而，"英雄"的起事仍是出于私利，始于他与陆菊人对他们能成大事的崇信；其斗争过程，似乎也浸透着

---

① 威廉·福克纳：《去吧，摩西》，李文俊译，上海译文出版社 2010 年版，第 337 页。

残忍和暴力色彩，甚至促使他在此过程中愈发丧失了人"善"之本性：因为与阮天保为敌，他要诛杀涡镇上姓阮的十七个无辜百姓；又因为三猫的报复叛变，他残忍地虐待三猫，在其伤口上撒盐和辣椒面，甚至最终逼迫陈皮匠将三猫剥皮……在《老生》与《山本》中，这些所谓的"英雄"，无甚仁爱之心，甚至在"英雄"之路上变得愈发残忍而无人性。

可是，侥幸熬过战乱的匡三被视为英雄，愈加位高权重；而井宗秀剥皮的残忍行为，似乎也没能让涡镇人认识到假"英雄"的残酷本质：陆菊人在剥皮的当天给地藏菩萨上香，求的却是"剥了三猫的皮，不要影响到井宗秀的声誉"①；在她的观念里，天下要太平，就需要有"一个大英雄"② 来主涡镇的事乃至秦岭的事，于是，井宗秀的残忍被视为环境逼迫的不得已行为，而他本人仍"是有情有义，是有德行的"③。

而早在《文化偏至论》中，鲁迅就披露："古之临民者，一独夫也；由今之道，且顿变而为千万无赖之尤，民不堪命矣，于兴国究何与焉。"④ 封建帝制时代的"一独夫"，随着时代的演进被"千万无赖"所替代；可也是这众无赖，为巩固自身的权力地位做着诸多如井宗秀般的残忍之事，却仍被"不堪命"的民众视为"一个大英雄"：

> 陆菊人说：那你看这啥时候世道就安宁啊？陈先生说：啥时没英雄就好了。……陆菊人就急了，说：怎么能不要英雄呢？镇上总得有人来主事，县上总得有人来主事，秦岭总得有人来主事啊！是不是，英雄太多了，又都英雄得不大，如果英雄做大了，只有一个大英雄了，便太平了？陈先生说：或许吧。⑤

前文已述，中国的"英雄"概念，自生成之日起就带着儒家君臣等级的意义蕴含，指向是为"一独夫"之君，抑或忠君之臣；可到现代，这种带着

---

① 贾平凹：《山本》，人民文学出版社 2018 年版，第 418 页。
② 同上，第 515 页。
③ 同上，第 418 页。
④ 鲁迅：《鲁迅经典文存》，洪治纲主编，上海大学出版社 2004 年版，第 3 页。
⑤ 贾平凹：《山本》，人民文学出版社 2018 年版，第 515 页。

封建统治色彩的英雄观，却仍是陆菊人乃至所有涡镇人的"正统意识"。陈先生勘破了"英雄"一词的异化本质，却似乎无法说破；在"英雄"当道的年代，他与"通灵弃儿"、唱师等一样，处于社会的"边缘"，无法展现真实的"自我"。

于是，《老生》中的唱师就此抽离出了这个"英雄"乃至"人"之概念均被扭曲了的荒诞世界；但或许也正因此，真正的英雄才能在"大荒"世界中复活，再度回归一个百废待兴的人间。《山本》中的剩剩，或许就预示着这种回归。

陈思和在《试论贾平凹〈山本〉的民间性、传统性和现代性》中指出，剩剩的遭遇正象征着现代人身处荒谬世界所面临的残酷境况："幼小的生命，经历了残酷的遗弃、疾病、伤残、浩劫、战争等等磨难，终将还要带着凶险的预兆，浑然无知地走向未来。"① 可与此同时，贾平凹似乎也为这面临着生存危机的现代人，开出了疗救的药方：当文明社会已千疮百孔时，依然幸存的现代人需从"大荒"世界中汲取文化力量。这种文化力量，包含两个方面：一则为猫象征的"巫"，为"民间底层的神秘文化力量"；二则是陈先生所代表的"道"，也即"中国古代文化的最高境界"。②

剩剩与小说中那只神秘的猫有着亲密的联系：给孩子起名的时候，陆菊人的脚被猫食盆绊了一下，看到吃剩的猫粮福至心灵，遂起名为"剩剩"；剩剩落马残疾的当天，猫也曾拼命阻止，不想他出门；而当涡镇终被血洗，如井宗秀、周一山等"英雄"人物相继死亡，也是抱着猫的剩剩独自存活下来，成为涡镇里唯一幸存的下一代人。而这只猫，如陈思和所言，大概正象征着"某种民间神秘文化力量"③：它长生不死，一直"睁着眼睛"见证涡镇的人事兴衰；此外，它仿佛能听通人言、知人心、预测吉凶，它知晓陆菊人的心事，似乎也预知了包括井掌柜、剩剩等涡镇人将遭受的祸患。

剩剩似乎正是借着与猫的种种联系而最终存活，而这大概也是贾平凹的一种隐喻；暗示着诸如石头、引生、狗尿苔以及唱师和剩剩等身怀民间神秘文化力量的"边缘人"，在一次次的世事动荡与人事更迭后，终将成为文明世界废

---

① 陈思和：《试论贾平凹〈山本〉的民间性、传统性和现代性》，《小说评论》2018 年第 4 期。
② 同上。
③ 同上。

墟上的"中心",重建一个"善"与"英雄"真正回归的"人"间。而这一重建,似乎又要依靠"中国古代文化的最高境界"——"道"。如前章所述,正是靠着"大荒"世界中的万物循环之理,唱师(《老生》)得以归于"元气",再度重生;而这"元气"则是万物本源,是"一",更是"道",正如《老子》所说:

> 有物混成,先天地生。寂兮寥兮,独立而不改,周行而不殆,可以为天地母。吾不知其名,字之曰道,强为之名曰大。大曰逝,逝曰远,远曰反。故道大,天大,地大,人亦大。域中有四大,而人居其一焉。人法地,地法天,天法道,道法自然。

"道法自然",而何谓"自然"?首先需指出,"自然"从词源上讲亦非双音节词:"自",《说文解字》言:"鼻也。象鼻形。"清代段玉裁注曰:"鼻也。象鼻形。此以鼻训自。"言人用手指着自己的鼻子,以表示"自己"。而"然"字,《广雅·释诂》释曰:"然,成也。"准此,"自然"即"自己而然","道"也即"先天地生"而自然"混成"之物。故王安石言:"夫道者,自本自根,无所因而自然也。"① 又,其自本自根自因,故而"无所待"(《逍遥游》),而无待而然者也即绝对,独立不改、周行不殆,故也无限;无限的东西又只能是一,如果是二,则此一与彼一互相限制,那就不能是无限的了。②

故"道法自然"而无所待、无限,为"一"、为万物本源("道生万物");此外,其又曰大、曰逝、曰远、曰反。王安石曾释此句:"大者,虽六合之外而不能逃其巤,毫末之小不能遗其细,故'大曰逝'。远之极,则反于朴矣,故'远曰反'。反者,反于本也。用之则弥满六虚,故曰远。近则不离已身,故曰反。远者,出于无极之外,不穷也。近在于己,人不见之。"③"道"因其无限而大,无所不纳;因大而远,无穷而人不可及;然而,远极则又返朴、返本、返于自身。这其中已然包含了万物循环、相反相成的道理。

---

① 王安石:《王安石老子注辑本》,容肇祖辑,中华书局1979年版,第29页。
② 参见詹剑峰:《老子其人其书及其道论》,华中师范大学出版社2006年版,第140页。
③ 王安石:《王安石老子注辑本》,容肇祖辑,中华书局1979年版,第28-29页。

由是，"道"因"自然"而无限且包纳万物，并于相反相成的万物循环中彰显其"大"；而"人"也只有循着"自然大道"才可成为"域中四大"之一。道家文化就借着"法自然"彰显了人的最高价值，也循着"远曰反"的循环规律让人返璞归真。由古至今，道家思想似乎始终被贴着出世的标签；然而，如上所述，"法自然"似乎也并非是恒久的"逝"且"远"，"道"最终仍要"反"于人本身，并诲人以"朴"之道德。《老子》又说：

> 知其雄，守其雌，为天下谿。为天下谿，常德不离，复归于婴儿。知其白，守其黑，为天下式，为天下式，常德不忒，复归于无极。知其荣，守其辱，为天下谷。为天下谷，常德乃足，复归于朴。朴散则为器，圣人用之，则为官长，故大制不割。

知雄守雌、知白守黑、知荣守辱，如此，人才可法自然之"式"（王弼注：式，模则也）而如谿、如谷；而后能反朴、反真（王弼注：朴，真也），"反于未生，复于未始，与道为常，归于无极矣"（《道德真经玄德纂疏》引）。诚然，这种"复归"正如《老生》中唱师的死而复归于"大荒"一样，带着些许出世的味道；但如谿如谷、包纳万物的自然之"式"也诲人以朴真的道德，而此道德，终将为圣人所用，以大道制御天下，"以天下之心为心"（王弼注），使社会无所割伤而自治。这其中似乎蕴含着些许矛盾："域中四大"正是因脱离了有限的人世而无限、无极故也"大"，可朴真的道德又要求"大"人循"自然大道"而治世，从无限中再次返回有限人生。然而，此矛盾似乎也正是道家思想"入世"之明证：在万物循环之中，"大"包纳了一切对立双方，万事万物均可相互转化；于是，"有无相生"，无限中蕴含着有限，人法自然而复归于无限，却也循着大道而返归于有限人间，以包纳万民之心无为而治。

某种程度上讲，御天下的"大道"之理与儒家所谓"仁者爱人"似乎有共通之处；同时，二者似乎又均指向着"善"。《老子》说，知雄守雌、知荣守辱，则"天下归之，如水流入深谿（谷）"（《河上公章句》）；而"上善若水"："水善利万物而不争，处众人之所恶，故几于道。居善地，心善渊，与善仁，言善信，正善治，事善能，动善时。夫唯不争，故无尤。"（《老子》第八章）故上善若水"利万物而不争"。

而孟子则说："人性之善也，犹水之就下也；人无有不善，水无有不下。"（《孟子·告子上》）言人性向善正如水流向下，人性无不善良的，水也无不向低处流。且"善"中又包含着四"心"："恻隐之心，人皆有之；羞恶之心，人皆有之；恭敬之心，人皆有之；是非之心，人皆有之。恻隐之心，仁也；羞恶之心，义也；恭敬之心，礼也；是非之心，智也。仁义礼智，非由外铄我也，我固有之也，弗思耳矣。"（《孟子·告子上》）类似的论述也出现在《郭店楚简·五行》中："见而知之，智也；知而安之，仁也；安而行之，义也；行而敬之，礼也；仁，义礼所由生也，四行之所和也。和则同，同则善。"可见，在儒家文化中，"善"则是"和"，其中包含了仁、义、礼、智乃至信的五德和合。①

道家以水喻上善、大道，而儒家也以水就下喻人性善；其中均包含着为人谦逊、待人仁善，乃至治世者"言顺人心，身在人后"（《道德真经玄德纂疏》引）以及"仁者爱人"（《孟子·离娄下》）的道理。然而，封建社会"罢黜百家，独尊儒术"，又强化儒家思想中的伦理等级秩序以巩固王权，似乎在一定程度上改写了"仁爱"与"善"的真正蕴意；而现代文明社会似乎又在一定程度上放纵"权力话语"随意扭曲着"仁爱""英雄"乃至"善"的真义。当此时，贾平凹让唱师（《老生》）复归于"大荒"，似乎是一个较好的选择；而当他循着"自然大道"再次返回人间，因"荒"而幸未被异化的道家文化，或将与儒家文化携手，共同修复、拨正人性之"善"。

贾平凹曾在《山本·后记》中言："我需要书中那个铜镜，需要那个瞎了眼的郎中陈先生，需要那个庙里的地藏菩萨。"② 从某种程度上讲，这三者或许正指涉着儒释道三家文化：陆菊人手持铜镜，而铜镜鉴古立戒，正如她本人，虽崇敬着"大英雄"却也以儒家传统文化中的"仁爱"之"善"希冀、劝谏井宗秀；陈先生是瞎眼郎中，他看不见却也能预知人事兴衰，济世救人又身处边缘、脱离涡镇"中心"，他仿若一个半归隐的道士，秉着上善若水的"大道"去高处下，关怀救济所有涡镇人；宽展师父毋庸置疑是佛家文化的代

① 孔子思想中已包含仁、义、礼、智、信等方面，但并未并举提出；孟子提出仁义礼智后，董仲舒后又对其补充，于《春秋繁露》中提出仁义礼智信五常。

② 贾平凹：《山本》，人民文学出版社 2018 年版，第 545 页。

表，她守着地藏菩萨也演奏带着哀音的尺八，似乎是以一颗我佛慈悲心超度着"英雄"以及因其而死的普罗大众。而在小说的结尾，众"英雄"皆随着喧哗与骚动远去，无道世界似乎即将覆灭，也正是手持铜镜的陆菊人以及陈先生和宽展师父，带着剩剩最终存活下来；于是，"文明"的废墟之上，心怀"仁爱""大道"与"慈悲"这些本真之"善"的边缘人，或将走入中心，重新修复人间：

> 陆菊人说：你知道会有这一天吗？陈先生说：唉，说不得，也没法说。……陆菊人说：这是有多少炮弹啊，全都要打到涡镇，涡镇就成一堆尘土了？陈先生说：一堆尘土也就是秦岭上的一堆尘土么。陆菊人看着陈先生，陈先生的身后，屋院之后，城墙之后，远处的山峰层峦叠嶂，一尽着黛青。①

陈先生最终所言颇有些"道可道，非常道"的味道；涡镇化为了秦岭上的一堆尘土，然而这尘土似乎也如陈先生身后的层峦叠嶂，如他膝下的剩剩，"一尽着黛青"，于自然循环中自我修复，归真返璞继而新生。而新生的社会中，将不再是"文明"话语规训下的边缘通灵人与野蛮暴力的伪英雄；而是身怀民间文化、儒家"仁爱"、上善大道乃至佛家慈悲心而来的剩剩。在中国丰富传统文化的滋养下，他或许不会再遭遇阈限也不必脱离于世，在"善"义重现的桃花源中，自然成长为真正的现代英雄。

在福克纳与贾平凹现代英雄神话的"回归"环节，似乎均蕴含着颠覆与重建的深层结构。福克纳颠覆了以白人男性英雄为主导叙事，并借此最终打破了"中心—边缘"的等级秩序，使黑人、女性以及不同种族均走上历史舞台，构建真正平等的新南方，也让基督"博爱"的圣光真正普照到所有现代荒原人；贾平凹则彻底揭开了"英雄""文明"等词汇的荒诞面，从边缘的"大荒"世界中汲取力量，让处于中心、主流的儒家文化与民间神秘文化、道家乃至佛教文化携手，重建"英雄""仁爱""善"乃至"文明"的真义。

---

① 贾平凹：《山本》，人民文学出版社 2018 年版，第 539 页。

《论语·子路》讲:"君子和而不同,小人同而不和。"中国著名人类学家费孝通也曾提出"各美其美,美人之美,美美与共,天下大同"的十六字"箴言"。这种"和而不同""美美与共"乃至最终"天下大同"的设想,或许也正是福克纳与贾平凹让"英雄回归"的真正结局。诚然,二人的具体方式略有不同,福克纳寻求的是基督教的"博爱"力量,而贾平凹主要依托的则是万物循环复生的"自然大道";但从根本上讲,二人的现代英雄神话均是依靠着"边缘"的力量,解构了"中心—边缘"的诸多二元对立与等级关系,也是仰赖着"边缘文化"的强大包容能力,最终拯救"中心"并重建各美其美却也万物和谐、平等共生的大同世界。

在"约克纳帕塔法"世系与商州世界中,福克纳与贾平凹分别构造了各自的现代英雄神话。福克纳的现代神话渊源于古希腊英雄神话与希伯来宗教文明,反讽的是信仰、神性与博爱精神渐失的现代荒原人;而贾平凹则借着上古神话英雄、道家文化孕育的"大荒"世界以及民间神秘文化,披露现代文明世界中人性"善"的丧失。

然而,正如"千面英雄"各具民族性却也走着共同的英雄路;福克纳与贾平凹的现代英雄们同样以不同的文化力量,对抗着本质共通的"权力话语",并试图构建打破了"中心—边缘"诸多二元对立的平等新世界。而追溯至基督教文化与儒释道文化中,所谓的宗教博爱与儒家仁善、道家上善实则也是和而不同、美美与共;从本质上讲,二者均以其无限的包容性接纳弱势、边缘,以及诸种"他者"与异质文化,也在此种包容中携手走向"世界主义"。

阿皮亚在《认同伦理学》中提到,真正的"世界主义",是一种建立在对本民族的认同基础上"有根基的世界主义"。[1] "世界主义"以一种"道德普遍主义"[2] 实现了世界人的文化心理认同;可"道德"的所谓"普遍"并非空中楼阁,它仍需建基在各民族的文化中,于异质中寻求共通。这或许也正是比较福克纳与贾平凹现代英雄神话的意义所在:在中西互识互鉴中,基督"博爱"与儒家"仁爱"及道家"上善"共同导向了一种普遍的道德;由是

---

[1] 阿皮亚:《认同伦理学》,张容南译,译林出版社2013年版,第269页。

[2] 同上,第277页。

中西英雄们才可真正携手，打破白人/黑人、男性/女性、文明人/通灵人，乃至西方人/东方人等所有所谓"中心—边缘"的对立与边界，建立"和"却又带着各自"不同"的"族群感情"的大同世界。

（本章作者　赵婉婷）

第五章

福克纳与格非小说的诗化书写比较研究

改革开放以来，西方现代及后现代文学思潮在中国文艺界掀起热潮，20世纪80年代中国文坛涌现一批以余华、苏童、格非等人为代表的新时期小说家，他们在小说形式上积极实验创新，讲求打破传统叙事传统，因其小说折射的反叛与革新精神，被称为"先锋派"小说家。格非作为小说家兼学者，以其丰富的学理储备、强烈的主体意识在这一文学流派中占据特殊位置。作为跨世纪近四十年的中国当代学者型作家，格非不仅在小说叙事实践上多方实验，并且在文学理论及文学批评上也有所建树。他的早期短篇小说更注重小说形式尤其是叙事技巧的革新。21世纪以来，诸多先锋小说家对现实投入更多关注，逐渐致力于拓宽小说的视域，格非的小说风格也逐渐发生变化，创作了以中国江南地区为背景的《人面桃花》《望春风》等长篇小说，此时他的创作并未完全放弃对于形式创新的追求，而是将现代主义手法与中国古典文学传统融合。美国作家福克纳出生于1897年，他的一生跨越了19、20两个世纪。1924年，福克纳曾离开故乡去往新奥尔良暂住，在舍伍德·安德森的影响下开始从事小说创作，先后写下了《士兵的报酬》《蚊群》两部小说。1925年福克纳离开家乡去往意大利，接着又去了瑞士，最后来到法国，在巴黎卢森堡公园附近租住，此时的法国现代主义思潮方兴未艾，普鲁斯特、乔伊斯、伍尔夫等现代主义作家活跃文坛，这次远行也为他的现代主义创作实践打下基础，他的小说形式与所表达的思想内容是交融的，形式往往能够有助于更准确地表现内容。

在社会历史环境方面，两位作家身处中美社会转型期。新时期以来，一方面中国面临思想价值体系重建问题，另一方面改革开放政策的施行、国内与国际关系的大致稳定，使国内经济迅速发展，经济繁荣促进了消费，由此又刺激了乡村的城市化。美国作为第一次世界大战中最大获益的国家，20世纪20年代经济空前繁荣。经济的繁荣给处于两个不同时期的国家带来了如贫富差距、城乡问题等类似的社会问题。随后 30 年代的经济危机不仅给美国带来一系列社会问题，如劳资矛盾、游行罢工等，这一危机也投射到了思想文化领域，国内人们对美国精神开始抱有怀疑。19 世纪末至 20 世纪初，美国南北战争结束后，伴随战争而来的是旧南方逐渐发生变迁，南北方文化的巨大差异以及战败给南方人留下的集体记忆都使文化融合的过程极其艰难和缓慢，由此产生的各种社会矛盾（如种族矛盾、城市与乡村问题）给福克纳这一辈南方年轻人思想上带来巨大震动。虽然时隔一个世纪，但格非与福克纳都生活在变革中的社会，面临着传统思想价值准则的动摇与重建的问题。

在思想主题方面，两位作家在小说中都对社会现实投以深沉的思索，他们的小说还表现了两位作家对现代人精神与心灵彷徨的担忧。从民族与社会历史的动荡、人生命运的无常，到人内在精神的漂泊与无所适从，都是两位作家小说的主题。18 岁时，福克纳就发表了第一首诗歌《牧神的午后》，此后在《密西西比人》《鹰报》等刊物也陆续发表了诗歌。李文俊评论其诗歌《春之幻景》说"诗中既有 19 世纪末英法诗歌的遗风，又有现代主义的影响"。张曦 2016 年 9 月发表在《南京师范大学文学院学报》上的论文《福克纳多角度叙事的诗化风格》引用大量文献佐证福克纳的叙事结构起源于早年在诗歌与绘画上的实践，最远可以溯源至威廉·布莱克的英国浪漫主义以及以马拉美为代表的法国象征主义诗歌。福克纳早期创作的诗剧《牵线木偶》是对王尔德的《莎乐美》的仿作，他设置了咏叹者与抒情者的角色，并且用各自不同的视角对某一人物展开重复式的歌咏，这些叹词即交叉重合，主角与咏叹者互相咏叹，形成多层视角网络。由此笔者推测诗剧的结构对福克纳的小说创作产生过影响，比如《我弥留之际》小说中艾伦和他人互相咏叹死亡的永恒与人生的虚无。沃伦·贝克在评论福克纳的创作时指出："他的作品中最突出的风格就是他实现传统叙事技巧与诗歌语言的结合。"[1] 细读福克纳的小说后我们可以注意到他通过意象的选择与组合，注重抒情，同时营造象征性环境，这与他早年的诗歌写作经历有着紧密关联。

---

① Warren Beck, "William Faulkner' style", Frederic J. Hoffman & Olga W. Vickery, eds. *William Faulkner: Three Decades of Criticism.* Michigan State University Press, 1960.

同时小说中的意识流写作并不注重描摹人物外在形象和情节的铺展，表现意识变换的长句式语言富有诗意和流动感。相比而言，格非虽并未单独发表诗集，但他在读博期间对废名小说进行了深入研究，废名以其极具古典诗词意蕴的"诗化小说"闻名。在博士论文《废名的意义》中，格非阐述了废名小说中现代文学与中国古典文学的融合，这对格非自己中后期的小说创作也或许产生了影响。同时，他还大量阅读了西方现代后现代作家如普鲁斯特、博尔赫斯的作品，这些作品内化在格非的小说创作中。还有，中国古典文学传统注重写意与抒情，常常出现叙事、抒情与议论融合的现象，置身中国文学的大背景下，格非的小说也具有抒情特征。格非与福克纳同样善于运用非固定视角切换、共时性叙述、重复等手法增强小说的节奏感，使小说结构相比较传统小说，呈现不稳定性，同时通过对文本进行有意的省略，在叙述中留出"空白"，给了读者用心灵创造、填补、扩大小说的想象空间，增强了小说结构的张力美，深化了小说的意旨。但在不同的文化语境与文学审美传统下，格非与福克纳两位作家的小说呈现的诗化效果却有不同，这正是研究需要关注之处。同时21世纪以来，当代先锋小说逐渐有转型的趋势，彰显了小说的形式实验与思想内容的平衡问题，而身处社会转型期的福克纳也曾面临过相似的创作困境。本章从小说的诗化书写出发，以福克纳的小说创作实践为参照，对格非在如何处理小说的形式与情感表达、现实视野等问题上进行比对分析。

第一节
中西诗化小说概述

　　20世纪初，第一次世界大战打破了相对稳定的世界格局，人赖以生存的物质现实摇摇欲坠，随之而来的是人的精神世界也在崩塌的边缘，人们对肉眼可见的现实与现存社会秩序都有了深刻怀疑，原本由理性主义建造的牢固的思维梁柱也面临全面崩塌的危险，这种怀疑的精神也渗透进文学创作中，面对心灵受到创伤的人们，一批现代主义作家出现了，他们质疑重表象轻内心、重客观轻主观的传统现实主义手法，一面对陈旧的文学观念进行革新，一面在创作实践中尝试新的视角与叙述手法，以突破传统规约的束缚。为了与现实主义分道扬镳，一些作家如亨利·詹姆斯、詹姆斯·乔伊斯试图革新传统的艺术观念和文学形式。英国小说家、理论家戴维·洛奇在《现代主义、反现代主义、后现代主义》一文说，这类"作家的散文风格精雕细刻，优美动人"，"摒弃以时间为顺序、因果为逻辑关系的传统叙述结构"。① 他曾表示现代作家在创作时越来越依赖那些本属于诗歌，特别是属于象征主义诗歌的表现技巧。象征主义诗歌运动是诗化小说产生的重要背景，后经现代小说家不断探索，诗化小说的实践与理论建设在英国小说家伍尔夫的努力中臻于清晰。伍尔夫曾有这样的预言——未来的小说将成为一种诗化小说，它并非使用诗歌的格律、分行等形式来进行小说创作，而是以心灵变化为书写模式，从而在小说

---

① 转引自王潮：《后现代主义的突破——外国后现代理论》，敦煌文艺出版社1996年版，第86页。

中探索人与自然、人与自我以及他人的关系，借用诗歌中诗人普遍使用的透视、诗歌常用的修辞手法、表现技巧以及诗性的语言来写小说，它并不局限于个别人物的悲欢离合，而着眼于对人类命运的哲理思考，对大自然之美的赞叹，以及对于梦幻与理想的追求。除了以上这些，小说的诗化还包括表现小说中嵌入人物的意识流写作，"人物的内心独白，就好比是一种无韵之诗。它接近于诗的抒情性而不同于一般散文的逻辑性，思绪的跳跃和情绪的变化，也与诗歌相仿佛"①。

　　中国现代诗化小说是从废名的《桥》、沈从文的《边城》、冯至的《伍子胥》、萧红的《呼兰河传》以及汪曾祺的小说等逐渐展开的，这些小说各自有其独特之处，但是从语言、文体、形式、审美几个方面来看，又具有大体相似的特征，如小说艺术思维的意念化与抽象化、意象性抒情、意境营造、语言的诗化等。研究者注意到中国这类小说常常运用回忆的追溯性机制，抒发挽歌情怀、表现对乡土经验的眷恋与回归等特征。格非谈及中国现代作家的诗化小说写作时，说这些诗化小说因外国文学的影响，与古典小说相比有一系列的变化，它们"并不谋求戏曲、诗歌和小说文体上的结构穿插，而是将古代不同小说文类的抒情性进行了抽象，重新安排情节人物事件和诗性之间的比例关系，从而创造出一种冲淡、诗化、以抒情性为基本特征的'新文体'"②。

　　如今学界对于"诗化小说"缺少一个统一的概念，因此本章中笔者从以下几个方面总结了"诗化小说"与传统小说相比表现出的不同特征：此类小说融入诗歌的抒情，较之传统小说情节较为淡化，不以故事的起承转合为描写的重点；并且，此类小说不以传统小说塑造典型环境中的典型形象为重点，更注重人物形象情绪的表达，因此减少了行动描写，更注重描写人物的心理活动和内心独白；最后，此类小说会倾向于运用各类意象，使用隐喻的修辞手法，扩大审美空间，使小说的语言富有诗意。

---

① 王潮：《后现代主义的突破——外国后现代理论》，敦煌文艺出版社 1996 年版，第 232 页。
② 格非：《文学的邀约》，清华大学出版社 2010 年版，第 274 页。

第二节
格非与福克纳的诗化抒情比较

1. 格非与福克纳的诗学观及其渊源

格非在散文随笔集《塞壬的歌声》中写道:"写作只不过是对个体生命与存在状态之间关系的象征性解释。真正意义上的写作仿佛在一条幽暗的树林中摸索着道路,而伟大的作品总是将读者带向一个似曾相识的陌生境地。"① 这种"似曾相识"的"陌生境地",是指作家的记忆、情感、欲望等生命存在状态被激发后以书写作为表达方式,而一方面通过写作来说明作家与记忆、情感、欲望之间"晦暗的"的联系非常困难,另一方面正是这种联系的"不确定性"使写作成为可能。此外,格非还论述:写作的魅力正在于它的相对性。可以看出,"不确定性"被格非放置在写作本质上讨论,同时这也是他判定一部作品是否伟大所必须达到的一个重要境界。在格非早期许多短篇小说中,故事线索模糊、人物身份被悬置,一切都晦暗不明,甚至主题本身就是"不确定"的。

西方小说是从叙事诗逐渐演变而来的文体,格非多次提到,如果小说这一文体并未从叙事长诗的母体中分娩出来,如果叙事、议论和抒情没有被体裁的规定性加以分工,小说会以何种面目呈现在大众面前?中国文学则"重诗歌,重境界,重抒情,重内在,重不拘泥于物的超然和解脱"②,有着独特的抒情传统,而格非也反对将文学的叙事、抒情严格划分开来,他主张小说叙事中要融入抒情性,但同时他也看见抒情对于创作的双重作用,中国文学讲究"哀

---

① 格非:《塞壬的歌声》,上海文艺出版社 2001 年版,第 14 页。
② 格非:《文学的邀约》,清华大学出版社 2010 年版,第 272 - 273 页。

而不伤"，怎样把握叙事与情感抒发的度是作者面对的一道难题，需要围绕情节、人物形象、环境做出相应的调整。1925 年福克纳在《新旧诗作：一场朝圣之旅》的尾声写道，与英国浪漫主义时期相比，"……仍旧是一样的空气、一样的阳光，雪莱曾经梦想过这银色的世界中生活着不老的黄金般的男人和女人……难道我们当中竟无人能够写下美丽、热情、哀伤的诗歌而非令人伤心的诗歌吗？"① 从表述中，我们可以推测福克纳受到英国浪漫主义诗歌影响，强调诗歌的抒情作用，主张在自然界的四季变换中寻找文学古老的诗意。

福克纳在接受诺贝尔文学奖时的演说中说道："现在从事写作的青年男女已经忘记人类的内心冲突问题。"诗歌是一种内倾型艺术，而 19—20 世纪以来，文学尤其是西方文学开始有向内转趋势，同处于这一趋势下的格非与福克纳逐渐重视文学对于人精神世界的探索，在小说中展现人的心灵、内心冲突、情感等内在真实，作家根据经验、观察、想象，探索与现代整个人类的内心冲突相互映照的内在情感世界，并通过适合的形式表现出来。

关于作者与传统的关系，格非很清楚地认识到，传统文学对于作家个人的影响是不可磨灭的，最有特色的东西常常潜移默化在创作中，以一种更隐秘的形式呈现出来。21 世纪以来，格非的创作更多受中国古典诗歌、古典小说的影响，如短篇小说《锦瑟》是向李商隐的《锦瑟》的致敬与再创作。英国浪漫派诗歌注重对自然风景中的色彩和光影的描绘，对声音、节奏的描摹，注重发挥想象力创造意象，福克纳早期的诗歌创作就受其熏陶，在对于自然的刻画中也注重色彩与光影的结合，创造出一个个意象抒发情感，这些影响也渗透在"约克纳帕塔法"世系系列小说的描绘中。

斯达尔夫人曾在《论文学》中提出地域与文学之间存在的密切联系，南方文学与北方文学各自具有不同的文学风格与艺术秉性，中国的领土面积为 960 万平方公里，绝大部分国土位于北纬 20°～50°之间，而美国领土的面积仅次于中国，约 937.26 平方公里，位于北纬 25°～50°之间。格非的故乡在中国江苏省镇江市丹徒镇，属于江南地区，与江南地区湿润的气候相似，美国东南部也同属于亚热带季风性气候，这里是福克纳家乡所在地。相近的维度与相似的气候也是两位作家文学观有可比性的来源。格非十五六岁便离开故乡，童年

---

①　William Faulkner . *William Faulkner Early Prose and Poetry*. Carvel Collins , ed. House, 1960.

经历和记忆是他创作的源泉，他曾写道："我离它越远，它在我的记忆中的形象不是逐渐模糊，而是越来越清晰。"① 他的童年在长江之畔的江南水乡度过，因此小说中常出现浓密的树林、江水、绵延的梅雨等意象，细腻、优柔的文风源自对家乡的曲水与深巷、布满青苔的石板桥，以及江南女子所着旗袍摇曳的裙摆的描绘。拥有独特景观的江南地区为格非多数小说提供了故事发生的地理背景，在小说中描绘江南，也成为他身处异乡时在精神上回归故乡的一种方式。此外，从古至今千百首描绘江南地区的诗篇和浸透的诗意凝聚成一种独特的地域精神流传下来，即江南地区独特的诗性精神文化，滋养了一代代诗人，也成为格非创作过程中诗意追求的文化心理基础。

福克纳的故乡南方小镇奥克斯福位于美国密西西比州，属于美国南方地区，是"约克纳帕塔法"世系大多数故事的背景，他在小说中对故乡自然之美进行了渲染与描绘。李文俊 2014 年在著作《福克纳画传》中评价道："他对自然景色的描写都充满着个人的感觉和情感，因而显得更像是诗。"此外，福克纳小说中对南方的气候进行描绘，马尔科姆·考利曾在《福克纳：约克纳帕塔法的故事》中总结福克纳对气候的抒情描写，如炎热的八月下安谧的寂静，清冷的九月里的尘土，无风的十月里烟雾蒙蒙的树林，寒冷的十一月徐徐滴落的雨点逐渐结冰……他认为福克纳不是传统的通过观察人物的行为编织情节的小说家，而更像是一个用散文式的语言书写史诗的作家。美国南方的自然气候与福克纳小说的整体氛围之间紧密相连，为作家提供了创作源泉，是作家实现其预期文学效果的养分，帮助其形成独特的创作风格。

当然，无论是中国还是美国，现实南方与作家笔下的南方并不完全一致，格非清醒地认识到这点，他在小说中这样写道，"我心回神萦的天堂就是南方"②，但让他魂牵梦萦的南方，并非现实中的那片土地。小说中的乡村图景都是对南方想象后的附属物，是对想象的模仿，心中的南方在文字中得以永存，作家的想象是南方得以延续的根据。真正的存在物将是那些不存在的，作家心中以自己精神与灵魂所凝聚的，以文字呈现的南方，才是永恒的，并且永远不会代谢消亡。

---

① 格非：《人面桃花》，上海文艺出版社 2004 年版，第 2－3 页。
② 格非：《傻瓜的诗篇》，时代文艺出版社 2001 年版，第 41 页。

2. 格非与福克纳小说的诗化抒情比较

在西方，与后来的诗（poetry）相近的含义的词最初由古希腊亚里士多德规定，包括史诗与戏剧的两大类型，他对诗学的讨论主要聚焦于对史诗、戏剧技法的阐述，认为它们是对现实进行摹仿的技艺，由此可见在西方，抒情诗（lyric）与最初的诗（poetry）并非一个概念，最初的诗（poetry）并不主要承担抒发情感的功能。抒情诗（lyric）在古希腊语中的原意是由七弦琴演奏配乐的诗作。Lyric 从文艺复兴时期才被逐渐广泛使用，18—19 世纪由于浪漫主义思潮的兴起，一大批浪漫主义诗人如华兹华斯、柯勒律治、雪莱、济慈等都推崇文学对于人的情感的表达功用，抒情诗这个体裁也逐渐被人们熟知，这个词的现代含义在 19 世纪被固定下来，黑格尔的《美学理论》将 lyric 定型为表达、构成自我意识的文学体裁，值得注意的是，抒情诗需要传达的情感不只是诗人的主观思想，而"应该具备'普遍人性'的内容（1121），抒情诗应该将……具体细节和普遍情感相结合（1129）"①。在中国，"诗"最初在古人的观念中也与现今不同，汉朝人训诗为志：诗之为言志也。"志"有记录、记忆、怀抱的意思，而诗与志则为同一个意思，即最初的"诗"的本质并非抒情而是记事。闻一多先生认为诗歌抒情是在经历了与歌合流的阶段后才形成传统，歌先于抒情诗产生，并且带有强烈的抒情作用，原始人抒发情感的最初形式是不禁发出如"啊""哦""唉"或者"呜呼"类的声音，②声音的长短、声调上相当的变化，以及歌中的感叹词如"兮""噫"等虚词，配合实词，会更有利于传递情绪。从《诗经》开始，歌与诗开始合流，这时诗歌的故事色彩逐渐隐藏起来，而"情"的成分逐渐显现，人的情思、感想、怀念、欲慕等心理由诗抒发，也逐渐被文论家合理地阐释，如三国张揖所撰《广雅·释言》论道："诗，意也。"晋代陆机在《文赋》中也写道："诗缘情而绮靡。"

现实主义作家托尔斯泰曾在《艺术论》中，阐述了自己的情感论理论，他认为艺术起源于人们将他们所经历的感受传递给他人这一事实，在作家的内心重新唤醒这种感情，并通过外在的能够为人读懂的形式表达出来。艺术即

---

① 金雯：《解析与对话：西方抒情诗如何呈现内心》，《英美文学研究论丛》2018 年第 1 期。
② 闻一多：《歌与诗》，选自陈国球、王德威编，《抒情之现代性——抒情传统论述与中国文学研究》，生活·读书·新知三联书店 2014 年版，第 204 页。

"一个人用某种外在的标志有意识地把自己体验过的感情传达给别人，而别人为这些感情所感染，也体验到这些感情"①。中国古典文学从《诗经》开始到《红楼梦》，叙事传统中，叙事与抒情常常交织融合，在此文学传统下，谈格非小说的诗化，就不可避免地要论及抒情性对于小说的渗透与融入，从情节的虚化、诉诸情感的形象和自然环境的抒情化三个层面探究诗化的效果以及由此呈现出的小说审美层面与主题表现方面的效果。

传统小说的主要功能是叙事，情节的跌宕起伏对于叙事效果起着不可替代的作用，而抒情诗的节奏是以感情色彩来决定的，继而除了知晓语言字面层次的意义，字词之间所产生的感性震撼力也需要被体悟。而具有诗化特征的小说为达到传递和交流情感的目标，不再执着于虚构惊险情节的追求，而大多探微观微，选取生活片段，对准所选情节的细枝末节，化情节为情境，展现某一特定时间段，某一特定情景中相互交织的、复杂的各因素之间的交叉关系，或者花较长篇幅表现人物的欲念、迷惘、情思等各种心理纠葛。

格非早期短篇小说《褐色鸟群》就对情节做了淡化处理，《褐色鸟群》中"我"蛰居在一个水边的地域，水边可见水底各种颜色的鹅卵石，以及茅穗上甲壳状或蛾状的微生物，"我"每天可见寓所屋顶黑瓦上的白霜，看着它在太阳光的照射下化成水从屋檐落下。深夜"我"观察奇异的天象，如流星划过，月亮转动等。尘世的时间好似在小说中停止，唯一可以让"我"感受到时间的流逝的便是一些褐色的鸟群从水边的上空飞过。作者写"我"如同时间被戛然而止，故事的时间被封锁，在这一特定时刻里的记忆碎片被无限地放大书写。无论是我耳畔出现的来自拥挤车站的"空旷而模糊的声音"，抑或是落雪、落沙的如候鸟拍击空气的声音，还是看偶遇的躺在海滨的穿着夏装的女人"棋"，还有我们皮肤相触时一刹那所散发的蛋白质的气味都被作者细细道来，全部勾勒。没有骇人听闻的烧杀抢掠传说，没有智力之间的角力，更没有斩妖除魔的鬼怪传闻，它是内敛含蓄甚至充满了神秘色彩的。格非深谙小说中"虚"与"实"的关系，星点的回忆碎片是从棋口中得知，但小说的结尾关于偶遇棋这一情节被解构，记忆成为如梦般虚幻的存在，不再真实。我在梦中与棋讲述了与另一个女人的故事，格非在这种嵌套式的故事中寻找最舒适的书写

---

① 转引自赵炎秋：《文学形象新论》，湖南师范大学出版社 2000 年版，第 28 页。

基点，将故事嵌入在语言建构的梦境与记忆的"太虚幻境"中，把情节的虚构性提到显现层，最终读者发现浪漫的爱情、珍贵的记忆只是南柯一梦，真实的是人对细节的瞬间感受。格非对此细致地斟酌与描绘，他笔下的现代人不断在与现实疏离和抵达超现实如梦境、记忆中徘徊，突出人无法分辨过去与现在、在现实与幻境中彷徨与逗留的个体生存困境，流露出浓烈的感伤情怀。相比而言，福克纳作为最精通讲故事的小说家之一，他虚构故事情节的能力在世界文坛都享有盛誉，他倾向于对人物的心理深入剖析渲染，他追求的是另一种极致的真实，即如伍尔夫所言——心理的真实。

《喧哗与骚动》深刻地表现了这种心理真实，小说分为四个部分，分别由康普生家的成员即三个儿子班吉、昆丁、杰生以及黑人仆人迪尔西的叙述构成，班吉部分讲述了 1928 年 4 月 7 日这一天的事，他的叙述遵照低能儿的思维方式，首先是对于外界事物的变化，他是迟钝的与无意识的，无法进行理性的逻辑思考，因此叙述中都是关于他对现实中感官可感的现象的呈现，包括他看见勒斯特他们在打球，勒斯特在树旁找东西，班吉却无法分析出勒斯特正在找的东西是滚入草丛中的球，又包括他听见"开弟"（球童），因与姐姐凯蒂（Caddy）相同发音而无法分辨二者的区别。他的叙述中还充满了他的感官对外界敏感的直觉感受，比如说康普生先生去世那晚他能够闻到"死亡的气味"，凯蒂与男友幽会那天，他也能够立刻感觉她的变化。班吉的叙述并非按照理性逻辑而进行，而是通过与气味、声音、画面所联通的意识化写作而呈现。昆丁在哈佛读大学，他的叙述与受过高等教育的思维方式相联系，他的独白充满了艰深难懂的典故，且富有思辨性。由于妹妹凯蒂失贞、对时间流逝的恐惧以及难以承受的变化，昆丁最终精神崩溃，小说中我们发现昆丁在精神失常前的叙述是有逻辑性的，他的思维依然保持着某种理智。他试图阻止凯蒂的婚事，还想要将尖刀刺进她的心脏，他还提出同她私奔，强迫她承认他们发生乱伦行为等。他能够较为完整地复述在 1910 年 6 月 2 日这一天的所见所闻，而最后决定自杀前，他的精神已经完全失常，他的思维也无法做理智的思考，作者使用意识流手法写出人物的无意识，昆丁意识不断回到凯蒂失身那一天，在那天，维系他生命不可或缺的关于道德、荣誉、纯洁的信念随着凯蒂的堕落也随即崩塌。人物的情感随着意识流动自然流露，他的理性思维已被耻辱、愤怒、恐惧、悔恨、孤独等情感交织支配，另外昆丁性格敏感脆弱、固守、胆怯，也使他无法接受凯蒂堕落这个事实，而与凯蒂失身有紧密关联的南方社会道德的失落，三者一同摧毁了昆丁，这些都决定了自凯蒂失身那天起他的生命就已终止，如福克纳论及昆丁的死时说"他心头长期存在的阴影预示了他自己的死亡"①。作者对昆丁情节进行淡化处理，而使他的精神状态浮于文本之上，一定程度上反映了美国南北战争后的南方现代人对纯洁心灵的执着呼吁，对战后的南方庄园社会道德失落感到迷惘无措。残酷的现实一夜之间将无形的理想击碎，昆丁的意识流叙述将现代人理想破灭的思想历程赤裸地呈现。这一点在福克纳解释自己写作用意时再次被证实，他说他要写的毋宁是"人的心灵与它自己相冲突的问题"，他认为"只有这一点才能制造出优秀的作品，因为只有这个才值得写，值得为之痛苦与流汗"。②

苏珊·朗格认为艺术的本质是情感，她理解的情感不局限于人对外界事物的态度与反应，而是"任何可以被感受到的东西——从一般的肌肉觉、疼痛觉、舒适觉、躁动觉和平静觉到那些最复杂的情绪和思想紧张程度，还包括人类意识中那些稳定的情调"③。也就是说，情感包括人的内在生命与主体体验。也正是对于内在精神与情感的关注，使格非与福克纳的小说能够捕捉游走在人类精神疆域中不可祛除的诸种复杂情感和深邃纠织的人性冲突。西方传统中，诗人认为忧郁、痛苦与诗意美是相联系的，狄德罗认为只有经历过巨大的灾祸才能成就伟大的诗作，英国浪漫主义诗人雪莱曾表示诗歌应该表现忧伤的情感，法国象征主义诗人波德莱尔将痛苦的情感注入《恶之花》中。格非与福克纳的小说中都着重表现人的苦闷情感，而表达情感的方式是有一定差异的，福克纳在昆丁自杀一节使用意识流手法，加入对现实的思考与诘问，意识流写作的语言就是诗化语言，"诗就是诗人的内心独白，是诗人前意识、潜意识、梦与幻觉的暗流，加上借助神话，运用象征手法，妙步谐韵，小说家得以在自己的作品中尽情抒发爱与恨的激情，既表现一种极致的疯狂，又表现一种圣化的理智"④。通过连篇的发问读者能够深刻体会人物的挣扎、痛苦，人物最终选择以自我毁灭实现自己心中所坚持的信念，这是一种怨愤情感的自然流露、

---

① 吴冰译：《福克纳在大学》，《外国文学》1993 年第 5 期。
② 福克纳：《押沙龙，押沙龙！》，李文俊译，上海译文出版社 2004 年版，译序第 3 页。
③ 苏珊·朗格：《艺术问题》，滕守尧等译，中国社会科学出版社 1983 年版，第 24 页。
④ 虞建华：《英美文学研究论丛》第 1 辑，上海外语教育出版社 2000 年版，第 250 – 251 页。

是情感的直接宣泄，是迸发式的，来源于一种外化于形的表达情感的方式。而格非的小说用婉转细腻的笔触，使人物内心深处的情感体验不显于文字，而是通过细枝末节含蓄地表现出来，他笔下很少出现如昆丁的痛苦激愤的沉思者形象，格非通过放大人物感官对零碎细节的感知，擅长委婉含蓄地表现知识分子忧郁、感伤的情怀。中国古代文论家李仲蒙说"索物以托情谓之比""触物以起情谓之兴"①，将"比""兴"视为表现情感的方法，与福克纳自然流露的方式相比，格非小说中人物的情感触物而发则更为含蓄。

　　无论是中国还是西方的传统小说，都将塑造典型环境中的典型人物作为写作的重要任务，具有诗化特征的小说为表现人类各种各样的情感需要，将形象的塑造置于直接表达情感的需要之上，情感隐含在形象里，通过形象表现出来。在格非和福克纳的小说中，作家并不注重对视觉的表象作精确地描摹，而是对现实进行严格提取，对形象进行抽象化描写与简单勾勒，抽出形象中凝聚了最具本质意义的、最能够传达情感的特征。这一点在对于女性形象的刻画上有突出表现。中国古典诗歌中，对女性形象的描写经历了从具象化到抽象化过渡的过程，《诗经·卫风》中的《硕人》这样写庄姜的美丽："手如柔荑，肤如凝脂，领如蝤蛴，齿如瓠犀，螓首蛾眉，巧笑倩兮，美目盼兮。"对古代女子的手、肌肤、颈、齿、额、眉、目等进行了正面的全方位描摹，这种古朴原始的具象化描写，到了唐宋，经由高度发达的抽象审美模式统摄，变成从侧面进行较为婉约的描写，如白居易的"回眸一笑百媚生，六宫粉黛无颜色"，是为烘托女性之美的典范。

　　回顾格非早期的小说《褐色鸟群》中的女人"棋"，作者描绘与她的相遇，一天，一个穿橙色（或者棕红色）衣服的女人，拿着一个画夹到来，在她和"我"说话时，我逐渐沉浸到追忆往事的梦中，这时，眼前的棋变成"一片红色的影像"，时而模糊，时而清晰。初遇棋时，她如一位故人与我诉诸往事，小说结尾"我"从梦中醒来，再遇到她时，她却说她不叫棋，而只是一个过路人。对女性形体与衣着色彩几近模糊的勾勒，使人物如从中国水墨画中走出一般，朦朦胧胧，与人物前后不一致的言行，以及梦境中的故事一起突出了小说本身的虚幻性与人生的虚无。在载于 1995 年《东海》第 11 期的

---

① 转引自李倩：《发愤抒情论的中西比较谈》，《吉林大学社会科学学报》1996 年第 5 期。

小说《紫竹院的约会》中，主人公"我"是43岁的语言学教授，单身，"我"身边并不缺少女性，但精神上总觉空虚，在同事裴钟的介绍下"我"认识了残疾姑娘吴颖，在朋友的撮合下应邀与这个女孩在紫竹院见面，第一眼见到女孩作者写道："她长得不算漂亮，可也说不上难看，给人以十分虚弱的印象，就如一件织物在水中洗了又洗，颜色褪了又褪，又如一株终年不见阳光的盆栽植物，柔嫩而苍白。"① 寥寥几笔就将姑娘羸弱、消瘦、阴郁的气质概括出来，她说喜欢一直这样坐着，几乎静止的状态，没有过多的行动描写，人物并不承载塑造典型性格的功能，身体的残缺有着某种象征意义，似乎指涉外表某方面的缺憾。但小说中"我"经过与吴颖几句对话后，就决定与她结婚。吴颖身体羸弱甚至残缺，打动"我"的是她的孤独与对于精神家园的憧憬与执着追求，指涉了一种丰硕的精神状态，"我"与吴颖相爱，源于"我"深知内心的空洞需要被填补，也渴望能够带来幸福与慰藉的人类语言。而与吴颖的对话中，我看见她广阔的精神世界，这种从内心世界散发出的富足态势，使身体的残缺被忽略，人物散发出独特魅力。读者通过对话感受人物内心世界的波动与情绪变化，以此体会形象的抒情效果。相互打量、长时间的沉默以及摇头等细微的动作，初见时紧张的情绪被读者感知，语言上从初始的小心试探，到激情的深入对话，渲染了恋人之间甜蜜的氛围，就是在这样看似平淡的约会中正酝酿着一份超越现实与世俗的爱情，小说恰似一首精美的古典爱情诗。格非早期小说的女性多与接连的雨水与潮湿的空气相伴，成为凝聚了某种神秘的欲望与气息的抽象化形象，而在《紫竹院的约会》中女性角色又象征着人们灵魂栖息的家园。在《唿哨》这部小说中，"女人"也有着相似的指涉意义，小说这样写道：

> "——那么，家园又在哪里？
>
> ——家园？
>
> ——灵魂栖息的家园。
>
> ——人们通常从一个女人的身上去寻找它。
>
> ……

---

① 格非：《相遇》，浙江文艺出版社2019年版，第78页。

从某种意义上说它仅仅是一盘棋，一只断了线的风筝……"①

　　1990 年，格非的《唿哨》发表在《时代文学》上，被《小说月报》1991 年第 1 期选载，在 1992 年岁末又被选入陈骏涛主编的"跨世纪"文丛的第一辑。《唿哨》主人公是一位耄耋老人，名为孙登，他处于凝聚整篇小说的中心位置，终日坐在一张变了形的藤椅上，面前摆着未下完的棋局，他的女儿在门前不停剥豆荚，如此"守望着流转的光阴"，一位不知来处的诗人与他交谈着无意义的话题："一切都是固定不变的，永恒的，僵死的。"突然池塘前出现一团暗红色的光影，那是一个女人的身影，由于生气勃勃的油菜地的衬托，给孙登留下了深刻的印象，当他试图靠近她甄别她的面容时，她的背影已经在一条栽有榆树的小路上消失了。逝去的往昔，糜烂的诺言，那些稍纵即逝的、隐秘的、躁动不安的生活的沉渣通常潜伏在语言和行为的背后，在暗中等待时机，而孙登坚持着无结果的等待，一切都是在昭示毫无生气的精神荒原。小说中格非对女人形态的轮廓勾勒十分简洁，女人的出现并非为了展示某种独特性格，或悲剧命运，而是暗指着现代人正等待灵魂得以栖息的家园。但如同《等待戈多》中的戈多，她像空中浮云般既不可捉摸，亦不可抵达。文末等待着孙登的仅仅是一声从遥远古代传来的尖厉刺耳、凄凉哀婉的唿哨声，现代人将永远在毫无生气的、荒芜的精神原野里彷徨踟蹰。女性身形窈窕，被天地自然的勃勃生气包裹，被作者喻作心灵的归属与港湾，格非小说中的女性是神秘的、无法捉摸的，构成了独特的象征意义，代表精神家园与现代人永远的疏离与隔阂。

　　福克纳笔下的女性更多处于隐匿的位置，女性形象刻画的侧重点并非是对外貌的具象式描摹，而在描写人物的行动与对话时会糅合曲婉的抽象化处理，并且具有一定抒发情志的功能。这表现在代表作《献给爱米丽的一朵玫瑰花》中村民们眼中的他者形象爱米丽的相关描写上，爱米丽出生于美国南方贵族的没落时期，她的父亲是一位南方传统父权制的捍卫者。作者对不同年龄段的爱米丽的描绘通常是印象式的，用简单的线条勾勒出一幅人物印象画，"身段苗条、穿着白衣的爱米丽立在身后，她父亲叉开双脚的侧影在前面，背对着爱米

---

① 格非：《锦瑟》，浙江文艺出版社 2019 年版，第 152 – 153 页。

丽，手执一根马鞭"。爱米丽从小就被父亲严加管束，为维护南方传统的淑女风范，她年轻的时候身边的男子全部被父亲赶走，福克纳描绘的这幅画中自私、独裁的父亲象征着传统的保守观念的沉重和无法撼动的权威与力量，而父亲背后身着白衣、身材苗条的爱米丽则象征着被南方传统的妇女观压抑的女性，她们被关在象牙塔中，无法尽情享受青春与爱情，将幸福挡在门外。作者通过村民"我们"的视角侧面描写了爱米丽这个女性人物，从她父亲去世后，家中挂着的父亲的画像暗示着爱米丽依然被压在陈旧的妇女观念下无法动弹，她选择封闭自我，在经历了爱情的失败后选择以极端的方式向给她施加恶意的世界复仇，她的身上凝聚了受害者与施害者双重身份，展现了美国南方女性生存的悲剧和女性犯罪的社会根源。对爱米丽外貌的简化处理似乎更有利于我们从她和与她产生联系的社会关系中抽出这一层本质属性和联系。我们发现爱米丽始终处于一个被注视的位置，作者极少对她有正面的详细描绘，而是描写村民闻到从她所居住的屋子散发出浓郁的气味、看到屋外常年未修剪的草坪，在黑夜中看见灯光下屋内徘徊的爱米丽在窗户上投下的黑色剪影，形成一幅又一幅阴暗恐怖的画面，而推测出爱米丽的生活：常年将自己关在屋内，任由二楼房间的尸体腐烂，散发出浓烈的腐败气味；在每个难熬的夜晚，屋里的爱米丽孤独恐惧，但由于孤僻与封闭，不愿与人交流，只能踱步独自在灯下。小说缺少对爱米丽的正面刻画，无论是年轻时的纯真容颜、中年犯罪时的面孔，以及年老死亡时的面目；而通过镇上人们的眼睛观察爱米丽，尤为突出这一女性角色的悲剧性。

《喧哗与骚动》中对凯蒂·康普生的描写也用了类似手法，小说的四个部分都是从他人的角度来看凯蒂，在班吉的印象里凯蒂是善良的姐姐，是家里唯一心疼他的人，而在哥哥昆丁眼里她的贞洁象征着家族传统的道德荣誉，失贞后的她又成为放荡淫乱的女人，而在自私的杰生眼中妹妹则完全沦落为"贱胚"，作者并未正面描写凯蒂，他人对凯蒂的叙述带有强烈的主观臆断。我们先回顾福克纳对此持有的解释："对我来说，凯蒂太美，太动人，故不能把她降格来讲述那些正发生的事情，而从别人的眼里来看她会更加激动人心。"①李文俊曾提道："福克纳认为，间接的叙述往往更加饱含激情，最高明的办法

---

① 肖明翰：《威廉·福克纳：骚动的灵魂》，四川人民出版社 1999 年版，第 135 页。

莫若表现'树枝的阴影，而让心灵去创造那棵树。'"① 如果凯蒂代表"那棵树"，而小说中他人眼中凯蒂的外貌与行动以及他人耳中听到凯蒂的对话则共同构造了"树枝的阴影"，通过语言塑造出的是"树枝的阴影"，真正的"那棵树"是沉默的，由每位读者的心灵创造。那些无法通过语言表达的，隐藏在叙述下的，通过"心灵创造"出的"树"才是形象的本质。关于这种诗学的观点，中国唐代皎然也有相似的表述，在其论诗著作《诗式》中他说道："但见情性，不睹文字，盖诗道之极也。"我们可以用来解读凯蒂的形象，"不睹文字"是指那些被作者隐藏起来的直接描写凯蒂的部分，而读者沉浸在语言所构造的"树的阴影"意境中，用心灵语言创造"凯蒂"形象。除了读者，形象还蕴藉了作者的主观感情。赵炎秋在《文学形象新论》中写道，形象是作者主观把握生活后，用感性形式将其表现出来，包括对生活的主观化、简化、情感化、变形、定型与物化等几个环节，"所谓情感化过程，主要是指在形象的创作过程中，作者的主观因素对形象的渗入"②。从三个叙述者的论述可知，班吉的回忆里，1906 年，11 岁的他看到凯蒂与查利约会，他拉扯着凯蒂的衣裙，凯蒂拉着班吉一起跑回屋子后与他痛哭着拥抱，对弟弟给予关爱展现了凯蒂身上所具有的母性光辉。凯蒂怀孕后，昆丁恼怒不已，他悔恨自己没有保住她的贞洁，竟主动向父亲承认自己与妹妹乱伦（事实并未发生），甚至想亲自杀死凯蒂以挽留住她的清白。作者曾说过"昆丁就是我"，昆丁的行为与思考是作者对凯蒂爱恨交织的复杂情感的折射。在杰生狭隘自私的叙述夹缝中，可以得知凯蒂离开家后依然挂念小昆丁，康普生先生殡葬那天她亲自回家探望女儿，马车从凯蒂身边跑过，她追赶载着小昆丁的马车，在拐弯时仍然在奔跑。我们依然能够在这一系列描述中洞悉作者对凯蒂的怜悯与喜爱之情。

福克纳常表现少女由年轻逐渐堕落或衰老的动态过程，如爱米丽、凯蒂、罗沙小姐等，一方面隐喻了旧南方由盛而衰的现实，另一方面表达了作者对传统南方道德失落的悲观感伤。而福克纳另一部作品《八月之光》中莉娜脚下的路漫长而单调，日复一日；她坐过的一辆又一辆一模一样的马车，车轮吱嘎作响……仿佛是那古翁上的绘画，"在路上的莉娜"形成一幅静态画，在这

---

① 李文俊：《〈喧哗与骚动〉译余断想》，《读书》1985 年第 3 期。
② 赵炎秋：《文学形象新论》，湖南师范大学出版社 2000 年版，第 147 页。

里，福克纳以浪漫主义诗人济慈的名篇《希腊古瓮颂》为参照，营造出恬静优雅的意境，暗示着莉娜的生活轨迹所构成的一幅静止的纯真、唯美的画面，在本质上如济慈的诗中所吟唱"沉默的形体啊，你冰冷宛若'永恒'"① 代表着永恒的真与美。西方艺术因执着于对永恒的追求，崇尚静态美，因此诗歌中常描绘女子的静态容颜，而福克纳笔下由少女到衰老或堕落的女性形象即打破了对"永恒"追求的幻想，是时间的力量使少女的美丽容颜与纯洁心灵发生变化，也让旧南方逐渐褪去繁华假象，作家一方面认识到时间拥有不可战胜的力量，另一方面依然沉湎于对永恒美的幻想。中国古典诗歌中女子常常被视为作家理想与情感的寄托，而格非笔下一部分女子形象则倾向于被塑造成为一类物化意象，如小说《褐色鸟群》中的"棋"、《唿哨》中的女子，她们与书中人或诗人之间的距离较远，诗人所要表现的并非具体的外貌与她们的思想、性格与命运，这些女子往往身体柔弱、如一个个隐约摇曳的背影，蕴含了诗人朦胧的审美追求，她们神思忧郁、形态静谧，则更像是作者主观的忧郁感伤的客观投射。另外，中国古典诗歌中，诗人往往将个人的理想抱负寄托在女子形象之上，格非笔下的另一类女性常常在身体某一部位出现缺陷，但她们或精神上富饶，或有执着的理想追求，如《紫竹院的约会》中的残疾人吴颖，抑或有着超然于世的品性，如《隐身人》中毁容的蒙面女人，在这里，女性形象承担了蕴含诗人理想的价值追求的作用，暗示着现代人纯粹的精神复归与超然不群的人格与情志。

　　格非与福克纳都将乡村作为人物活动与故事展开的背景，对于乡村环境描写不同，所营造的情节变化的氛围也大不相同，显出作者对于故乡爱恨交织的矛盾感情。两位作家在描写乡村自然环境时，一方面不断追溯儿时记忆，笔下的自然环境浸染了儿童般的纯净与美好；另一方面，作家站在更高的文明角度去审视故乡时，又看见此地的人们正痛苦地煎熬着，他们敏锐觉察到，小说中人物的悲剧命运与时代更迭下乡村的封闭落后是紧密联系的。这时，自然环境是封闭黑暗的，是灰色可怖的，人们久居于此无法逃脱，如同命运被黑暗中的手紧紧拽住。当人离开封闭的家乡试图在城市中寻觅更开放、更富足的生活时，故土也无法避免地走向衰落，格非与福克纳都试图在小说中为失落的故土

---

① 济慈：《我是一朵孤独的流云》，夏天译，北京时代华文书局 2015 年版，第 50 页。

谱曲。

　　自然景观在格非的笔下有抒情、营造氛围的作用，对已到知天命的年纪的作者而言，小说中江南水乡的自然植被、天空与星辰、雨水与泥土也都是回返故乡的媒介，通过不断回顾儿时印象中的故乡，作家的心灵也回归了故土。在2016年出版的新作《望春风》中，格非深切地表达了这一主题。他曾在访谈中说到这部小说的写作初衷："现在回想起来，当初之所以决定写这部小说，也许是因为我第一次见到儿时生活的乡村变成瓦砾之后所受到的震撼。"① 故乡代表一个人的本源，是生命活动的初始空间，如海德格尔所说："诗人的天职就是还乡，还乡使故土成为亲近本源之处。"小说以"我"的视角讲述发生于中国江南村落儒里赵村以及邻村半塘的风俗人情故事，前后历时半个世纪，涉及的人物有数十个，但贯穿整篇小说的是"我"、同村的春琴、高定国、堂哥赵礼平、同彬等人，幼年时候记忆中的乡村遍地有着如画般的景色，作者描绘了一系列承载了表现自我想象、情感的有关心灵的物象。"到了仲春时节，等到村子里的桃树、梨树和杏树都开了花，等到大片的红柳、芦苇和菖蒲都在水沼中返了青，成群的江鸥和苍鹭从江边结队而来，密密麻麻地在竹林上空盘旋，半塘就是人世间最漂亮的地方……"② 芦苇、江鸥、白鹤、苍鹭、村落无一不是暗示着自然蓬勃的生命力，清新的乡村植物与人栖居的村落相伴而生，暗示了此时故乡还未经历城市化的侵入，人与自然有着相依并存的和谐关系。再如书中年幼的主人公因贫困被几番羞辱后，突然看到雨中发了黄的杏子和梅子，看到河塘在斜雨中腾起轻烟、田野里延展的雪白麦花，所有的耻辱与烦恼，都被故乡的春风荡涤一空，故乡江南又成为疗愈人心灵的一剂良药。作者笔下的家乡风物与其说是对现实的摹写，不如说是作者站在未来回望过去时，对记忆进行有意识地提取与美化后的自然物象，是被作者强烈情感化后的乡村景观。

　　作者这时着重描写了王曼卿用蔷薇花编织的篱笆院落，"桃、杏、梨、梅，应有尽有；槿、柘、菊、葵，各色俱全；蚕豆、油菜、番茄、架豆，夹畦

　　① 陈龙、格非：《像〈奥德赛〉那样重返故乡》，《南方日报》2016年7月6日，第A18版，第1页。
　　② 格非：《望春风》，译林出版社2016年版，第389页。

成形；薄荷、鸡冠、蜡梅，倚墙而列"①。春风摇曳中，人工培植的五彩斑斓的迷人花园充斥着浓烈芳香，最终变成了尘世声色的象征，代表乡村平和淡然的表面之下，人的欲望正无孔不入地弥漫开来。紧随着便是城市化带来的拆迁、外出务工、消费主义盛行等现象，有人开始做生意，买缝纫机、收音机，村里开始出现手表、第一辆自行车，有人盘算去大城市寻找机会，许多村民变成留守人群，这些都是故乡走向终结的原因。父亲死后，"我"不得已也离开这片土地，被安排进了一个砖瓦厂旁的图书馆上班，在离开家乡这段日子里，"我"经历了妻子离去、母亲去世、春琴生病等变故，思乡之情愈发浓烈，终于在多年后踏上了返乡之路。"我"再次回到家乡，站在一片废墟里，眼前的故土犹如一堆被虫蚁蛀食一空的骸骨，"我"站在过去家里阁楼的位置，却看到碎砖与木梯，霉黑的蚊帐，一片肥壮的野生的向日葵，高出瓦砾、破旧的竹席碎片的芝麻秆，数不清的燕子找不到做窝的地方，真切地感受到故乡的终结，"我"感叹道：故乡每天都在死去。在《望春风》中，作者以更接近现实的笔触，代替对乡村的幻想式书写，勾勒出一曲失落的故乡挽歌。

格非曾说，如果"没有对时间的沉思，没有对意义的思考，所有的空间性的事物，不过是一堆绚丽的虚无，一堆绚丽的荒芜"②。大自然每一时刻的风景，艳阳与树林，溪水与狂风，雨水与残月，都呈空间化地排列，在中国文学传统中，物并不是死的，而是处于时刻变化中的，在格非的笔下，自然并未被视作定格的、一成不变的，而是被置于不断奔流的纵向的时间轴里，而意义的产生，便是在纵向与横向交错的缝隙中涌现的。当再次回到故乡时，"我"借着快要燃尽油灯的光，看见南窗外纷纷坠落的新雪，由此联想到雪落到多年前故乡的黄金岁月里，甚至回想到最早一批从山东琅琊来到江南腹地寻找栖息地的先民们，这里的"看雪"，如中国古诗词中的"望月"与"观江"，作者跨越时间的河流，看到荒芜颓败的村庄曾披着黄金般的面纱。故乡的古钟发出令人崇敬的回响，如今这番溃败模样令人惋惜，对于时间流逝与时代更迭所导致的故乡的衰亡，作者唯有扼腕叹息。

福克纳早年喜爱创作抒情诗歌，1924 年 12 月，他的诗集《大理石牧神》

---

① 格非：《望春风》，译林出版社 2016 年版，第 145 页。
② 格非：《重返时间的河流》，《法制日报》2016 年 1 月 27 日，第 2 页。

在波士顿发表，序言中菲儿·斯通对诗集评价道："它们有青春期的纯粹的喜悦……还有青春期的蓦然、朦胧、不可理喻而且毫无缘由的悲哀……"① 福克纳在诗歌《牧神午后》中写道：

> 我穿越吟唱的树林追随
>
> 她流云般的头发和脸庞
>
> 而撩人朝思暮想的柔膝
>
> 宛如睡膝深处粼粼水光
>
> 或似秋夜，缓缓凋谢
>
> 掠过寂静、爱已萎靡的空气。
>
> 她驻足：像悲伤的送葬者
>
> ……
>
> 我有一个无以名之的希望
>
> 去某个遥远沉寂的正午子夜
>
> 那里孤独的溪水潺潺流淌
>
> 叹息落在月光漂白的沙地，
>
> 四肢金黄的舞者旋转着飘过，
>
> 衰老而疲惫的月亮，
>
> 透过叹息的树林凝望
>
> ……②

从这首诗来看，作者笔下大自然中的物象有树林、溪水、月光、微风与露珠，与诗人的朦胧的感伤之情交融，与自然、在树林中追随的女神一同构成一幅春日午后牧神图，我们可以推测英国浪漫主义诗歌熏陶下的福克纳发现了自然与人的喜悦与悲伤、战栗的激情等情感之间的联系，抒情意味也浸染于后期小说的创作中。因此在描写"那块邮票一般大的故乡"时，福克纳对南方的自然地理环境进行了提炼与变换，与人的情绪变化发展相互应和，营造情节发

---

① 福克纳：《水泽女神之歌——福克纳早期散文、诗歌和插图》，王冠、远洋译，漓江出版社2017年版，第20页。

② 同上，第27-28页。

展所需的氛围，同时书写过程中渗透了作者矛盾的故土情怀，一方面对南方爱得深沉，对故乡生命的衰竭带着浓厚的感伤之情，另一方面又因为对南方奴隶制与种族制度中陈旧价值观有着清醒的认识，对于资本主义发展带来的乡村城市化从而引发的道德失落的愤懑之情，也在描绘自然中流露了出来。大卫·敏特曾说福克纳虚构的家乡"既不来自密西西比的生活，也不出自英国诗歌，既非起源于实实在在的土地，也非萌发于想象中的天堂，而是两者矛盾冲突的产物"①。

小说《八月之光》从莉娜的视角看见了无生气的工厂倒闭所剩下的烟囱、一个个被砍伐后遗留的树桩、荒弃的无人耕耘栽种的田野被秋雨和春分时节的狂风骤雨冲刷和侵蚀而逐渐变成一条条红色沟壑，这一切都在诉说着这个无名的小村子被人彻底忘却，构成了一幅萧瑟颓败的乡村图景。短篇小说《干旱的九月》被评为"一首叙事形式的绝妙诗篇，是一声关于痛苦与悲伤、恐惧与同情的悲鸣，将在美国文学史中占有永久的一席之地"②。小说中作者将自然环境的变化与人性恶的堕落、虚构的凶杀情节与人物的情绪变化几条线索融合，自"残阳如血"的九月开始，整整干旱了六十二天，当理发师在街上疾走时，"稀稀落落的路灯在死气沉沉的半空放出冷酷而又灼目的光芒。遮天蔽日的风沙吞噬了白昼。精疲力竭的尘土笼罩着昏暗的广场。广场上空，黄灿灿的穹隆像口铜钟。东方天际，一轮比平时大两倍的月亮时隐时现"。小说的叙述围绕着以麦克伦登为首的白人种族主义者迫害黑人的事件进行，小说笼罩着凶杀的恐怖氛围。以麦克伦登为首的白人种族主义者驱车赶到黑人梅斯的住所时，福克纳就是这样描绘村子里的自然景观的。人们看着东方天际，一轮硕大的月亮逐渐爬上山脊，整个世界仿佛都被涂上一层银灰色，人们感觉到如同在一锅炽热的铅水中呼吸生存。四周阒静无声，无虫鸣鸟叫声，似乎只能听到人的喘息和汽车散热、金属冷却时的声响。惨案发生的最后，"黑暗的世界像患了重病昏沉沉地睡死了"。持续的干旱缺水、残阳、庞大的月亮与苍穹、昏黄的沙土仿佛都在讲述着可怖的凶杀故事与人性的扭曲，一个死寂昏沉、干旱颓唐的环境下，人的欲望被持久压抑，隐藏着巨大的破坏能量，与黑暗相对的光

---

① 转引自陶洁：《威廉·福克纳研究》，上海外语教育出版社 2013 年版，第 29 页。

② Edmond L. Volpe. "Dry September": Metaphor for Despair. *College Literature*, Vol. 16, No. 1 (1989), pp. 60–65.

明——人性善与道德、荣誉等对立面被硕大的冷月镇压，封印在世界的最深处。在《干旱的九月》里，作者无情地揭示了南方种族制度扭曲的种族偏见对人的摧残，也表现出福克纳对故乡的"恨"。如在诸多小说中一样，他撕去南方温文尔雅、欢乐祥和的面纱，揭示南方奴隶制与种族制度的落后，也暴露出它的罪孽和必然败亡的命运。

第三节
格非与福克纳小说的诗化叙述比较

中国古典诗歌中，常常使用非固定视角的散点透视来呈现事物，通过留出语言空白营造"虚实相生"的意境，在西方，传统小说大多遵从按时间先后的叙事规律，以达到能够全面呈现现实图景的效果。伍尔夫、普鲁斯特等现代小说家摒弃以时间为顺序、因果为逻辑关系的叙述结构，讲究叙述的跳跃性、节奏感。在中国古典文学传统与现代文学传统的双重影响下，格非运用非固定视角使小说结构呈现不稳定性，同时还通过有意省略留下叙述"空白"给读者填补，以此延长读者的审美时间和想象空间，增强叙事文学结构形态的张力与思想意旨的深度。学者张曦曾证明福克纳在大学期间曾对法国唯美主义诗人王尔德的代表作《莎乐美》进行仿写，这部诗剧通过不同人物交错叙述同一事件的方法，以突出前后情节的冲突和因果联系。古典诗剧的叙述任务通过歌队辅助完成，歌队在观看主人公命运发展的同时进行介绍和咏叹，在叙事的同时起到加强抒情的作用，因此与传统小说客观地呈现事物不同，诗剧是一种可融叙事与抒情为一体的艺术类型。为表现不同情节的紧张与冲突，往往在前一部分留出空缺与不足，对后一部分的叙述做补充或提出疑问。抒情性较强的诗剧常常弱化戏剧性冲突，用"重复"咏叹的手法渲染情绪，表现人物的内心变化。这些要素对福克纳日后的小说创作如《我弥留之际》《押沙龙，押沙龙!》的结构与叙述方式的选择，都产生了不可小觑的影响。

1. 流动的视角与意义延宕

除了抒情意味，诗歌的性质"更多时候也体现为诗歌话语叙述结构以及层次所营造出来的张力之美"①。中国古典诗歌，常通过流动视角而非固定视角进行视觉意象的组合，因此描绘的过程是流动的，诗人调整视角流动的速度和频率来增强画面的节奏感。在小说中，文本的叙事形式影响读者对文学文本的想像性构建，进而促使该文学文本风格的判断和形成，叙事视角一定程度上决定着叙事文本的构建工作。杨义先生认为叙事文学的"流动视角以虚实兼备的笔墨，笔在此而意在彼，从而写出意态、意念、意趣"。

格非小说《陷阱》通过"我""牌"与另一个叙述者"黑桃"之间的视角切换，讲述了三个人的相遇。通过有限视角的转换展现出的故事具有极大的不确定性，小说开头"我"位于现在，回望从前，道出那些"湮没了故事的附属部分也许根本就没有发生"②。之后"我"便开始叙述，在一条河道堤坝上遇到女子"牌"后，窃听她的自叙，视角切换至"牌"回忆六岁时离家出走未能如愿，被父亲抓回村子的故事。当"我"询问她离家出走多久时，她回答"我注定落入圈套"，"我"开始怀疑"牌"叙述的故事的可靠性。之后"牌"带"我"去见她的好友"黑桃"，一位遗忘心理学权威，在与"黑桃"的对话中"牌"自己又将之前的叙述解构，她说她父母双亡，住在一座八角祠堂，也没有远亲，一天当她在路上遇到一位老人后再回到祠堂，发现已经被一伙人占领，最后她被他们合伙赶了出来。三年后，"我"收到来信说我和"牌"去见"黑桃"之前，他就已死于非命，又一次解构了前文与黑桃相遇的故事，原来他们当时只是目睹了一场葬礼。视角又转换到盛大葬仪的现场，当我们准备与队伍告别时，"我"又发现自己钻入了别人的圈套，死者只是一条丹徒郎猪。最后，小说以"我"准备再讲述与另一个女子"棋"的故事为结尾，小说的意义似乎就在于不断解构前一个故事的可靠性，同时不断建构新的故事，再对前一部分故事进行解构中循环往复。

《押沙龙，押沙龙!》出版于1936年，被称为福克纳所有作品中史诗意味

---

① 孙基林、王瑞玉:《作为修辞的诗歌叙述话语与其诗性构建》,《百家评论》2017年第4期。
② 格非:《迷舟》,浙江文艺出版社2019年版,第40页。

最强烈的一部，福克纳传记的作者弗·R. 卡尔将其视为福克纳创作生涯的顶峰，彼时现代主义技巧在欧洲趋于颓势，而福克纳觉察到小说叙述的变化。这部小说由三个叙述者分别讲述了萨德本家族跨越一个多世纪的传说，体现了福克纳在叙事方面所做出的尝试与改良。一个二十多岁的外乡人独身来到约克纳帕塔法县，带领黑人和建筑师共同建起了一座庄园，后娶了科德菲尔德家大女儿埃伦，产下一对子女，亨利和朱迪思，萨德本婚后在外征战四年，战败后归来，有关萨德本的传说众人皆知。第一个叙述者是罗沙·科德菲尔德小姐，她的父亲信奉新教拒绝服兵役，后在自家阁楼饿死，如今她已年老，故事从她与昆丁的对话中展开。罗沙小姐带着无可奈何而又永不消解的气愤，充满反感地叙述着，她眼中的萨德本不是个绅士却想冒充绅士，为了融入南方体面的乡绅生活方式，他迎娶姐姐埃伦，随后又抛弃妻子。她将萨德本称为恶魔，她不愿宽恕又恨自己不能亲自报复萨德本，不断诅咒他堕入地狱无法超生。

然后视角转向康普生先生，他口中的萨德本与罗沙小姐口中的"恶魔"有着很大区别，他所讲述的萨德本传说带有英雄主义色彩，他对黑人宽容以待，带头干活，能吃苦，整整花费两年时间建造自己的房子。康普生先生反对罗沙小姐所说萨德本是骄傲与虚荣的，相反他认为正是执着与勇敢使他在外乡立足。康普生先生眼中的科德菲尔德一家选择萨德本联姻，也是因为那幢大宅和未来的地位与经济实力，而罗沙小姐却将自己、姐姐描绘成受害者的形象，他为萨德本感到不平。昆丁也说，如果萨德本真的抛弃了埃伦，她是不愿意跟任何人讲起这件事的，也就是说，康普生先生与昆丁在后文中解构了罗沙口中的萨德本，后一个叙述者与前一个叙述者的说辞有前后矛盾之处。

视角不断在罗沙小姐与康普生先生之间转换，罗沙小姐一方面对萨德本带有无法磨灭的仇恨，另一方面又自相抵牾，每当想到他只靠自己的双手面对南方的命运，建起一幢大宅，外加总司令战后给他颁发英勇嘉奖令，她也不由地感叹"啊他真勇敢"。罗沙的矛盾还体现在她的种族观上，她眼中充满了贵族对外邦人和黑人与生俱来的偏见，知道查尔斯·邦被杀后她回到大宅，与黑人女仆克莱蒂产生冲突，罗沙本以为亲人去世无论怎样悲伤也应该保持得体，而当她看见女仆在埃伦死后还穿着同一件印花布裙衫、手中捏着埃伦送的老照片，罗沙突然醒悟，意识到自己的前半生一直处于压抑的状态，无法表达她自己的渴望、欲念，形同一个"空心的女人"①。在同样的伤痛前，她逐渐放下上一辈遗留的种族偏见，与朱迪思、克莱蒂共同守护大宅。同时，她不再否认自己对萨德本的渴望，对于他的勇敢、精力充沛和他的财富给予承认，接受了萨德本的求婚。

康普生先生作为后一个叙述者甚至为前一个叙述者为何如此主观臆断进行了剖析，康普生先生推测这位老太太四十三年后依然对萨德本如此愤怒，也许与她不幸的童年有关，这时叙述者开始叙述前一个叙述者的故事，由后一个叙述者我们知道罗沙小姐的出生伴随着母亲的死亡，她在封闭保守的清教家庭中长大，萨德本到家中后她的亲人接二连三地去世，这使她成为无所依靠的孤儿。她虽称萨德本为恶魔，认为他的冷漠毁了科德菲尔德一家，但成为孤儿后却只能依赖他，在他的大宅里寄生，因此她更加仇恨这个男人。康普生先生试图用更为理性的思维，站在更为客观的视角去讲述萨德本一家的故事，包括儿子亨利、查尔斯·邦、朱迪思的三角关系。罗沙小姐死后，在昆丁与哈佛的同学施里夫的谈话中，施里夫不停重复罗沙四十三年来从未踏入过那幢房子，对罗沙小姐的言辞报以怀疑态度，对她的叙述又一次解构，读者仿佛又从一个叙述圈套中走出来，而施里夫并非南方人，他对他听到的南方传奇添油加醋，进行虚构，又仿佛在设置另一个虚构的叙述陷阱。在这部小说中，福克纳于创作实践上证明了他所说的要写人的心灵与它自己相冲突的问题，早期创作的诗剧围绕一个事件，各个人物、歌队对此事轮番叙述的结构运用在小说中，能够更为直观地呈现人物矛盾的内心世界。

中国诗歌常常强调"要以自然自身构作的方式构作自然，以自然自身呈现的方式呈现自然"②。中国山水诗视角上讲究按照自然真实序列来进行散点透视，强调诗人不以固定视角观察事物，而强调多方位、全面地观察与呈现事物，也就是对于现象"真实"的追求，在叙事作品中也需要使用相似手法实现"真"的审美理想。20世纪以来，现代人越来越察觉到在无法确定的过去面前，所谓真相已无处可寻，而格非与福克纳的小说的不确定性与意义的延宕性则来源于限知性视角变化所带来的前后情节的矛盾与冲突。格非小说《陷

---

① 福克纳：《押沙龙，押沙龙！》，李文俊译，现代出版社2017年版，第107页。
② 叶维廉：《中国诗学》，生活·读书·新知三联书店1992年版，第97页。

阱》中，视角在三个叙述者之间流动，而由前一个人根据个人经验与记忆所叙述的故事，又被后一个叙述者的叙述解构，读者发现故事其实是由一个个叙述者编织的诸多叙述圈套。叙述者讲述内容前后矛盾与视角流动这一形式反复重申了这种不确定性与扑朔迷离，使小说呈现出虚实兼备的诗性特征。从小说的意义来看，《陷阱》将人生长河中无法获解的秘密比作叙述者有意下的叙述圈套，表现人在圈套中无处遁形的、真实的尴尬处境。

与《陷阱》这部早期创作的小说相比，美国华盛顿大学访问学者森冈优纪在评论格非最新的现实题材小说《望春风》时说道，小说使用少年视角叙述年少时优美、神秘的故乡，用元虚构则表现出现代人对逝去故乡复杂无奈的情感，而知识分子叙事展现出一个动态、流转、多元的故乡。格非并没有因需要扩大小说表现的现实视阈而放弃对先锋形式的探索，而是将非固定叙述手法和后现代的元小说叙述相结合，同时融入基于中国社会现实与传统文化的素材，将小说的形式与所要表现的现实内容融合，编织出一张错综复杂的叙述网，以描绘 20 世纪 50 到 80 年代中国江南农村的社会现实与价值观变更的图景，相比《陷阱》和《褐色鸟群》，《望春风》表现的现实视阈被拉大了。20世纪 30 年代后，美国的经济危机到达顶峰，对于现实的思考使福克纳在《押沙龙，押沙龙!》中一方面运用多视角表现个人经验与内心的矛盾冲突，同时也不放弃探索其背后特定社会文化历史原因，弗·R. 卡尔称：这部小说"受惠于乔伊斯和普鲁斯特，但又完全是美国想象力的一个产品……所掌握的是美国内战及其余波这样一个更加重大的主题，在经济恐慌处于最顶点时，他掌握住了美国失败的全部光辉"[1]。罗沙小姐身上是美国南方传统贵族旧道德与资本主义精神以及个人意识之间的冲突。康普生先生对萨德本进行英雄主义式的叙述，是对美国内战时期的南方先辈美化的结果。昆丁的叙述更为复杂，如肖明翰先生提到的："理智和感情上的矛盾在昆丁身上更为激烈。"[2] 作为唯一走出南方的叙述者，受过高等教育的他对旧南方社会的封闭与落后有清醒认识，但从小对先辈们不屈不挠的精神与荣誉耳濡目染，这种崇敬的意识根植于他的内心，又让他无法完全摆脱这片土地。也就是说在格非的《望春风》以及福

---

① 李文俊：《福克纳传》，重庆大学出版社 2014 年版，第 110 页。
② 肖明翰：《〈押沙龙! 押沙龙!〉的不可确定性》，《四川师范大学学报》（社会科学版）1997年第 1 期。

克纳的《押沙龙，押沙龙!》中，小说形式、人复杂的内心精神世界以及对社会现实的关注始终保持一种平衡关系。

2. 重复咏叹与情感强化

格非在文学批评著作《文学的邀约》中谈到中国古典诗词常遵循情感的线索而非线性时间线索串联结构。同时他注意到诗歌叙事时间的奥妙。① 表现为对叙述时序、叙述频率不同的处理上，非线性叙述与增加叙述频率即重复的手法。福克纳在《喧哗与骚动》中说道："只要那些小齿轮在咔嗒咔嗒地转，时间便是死的；只有钟表停下来时，时间才会活过来。"② 格非也曾经说过"时间的瓦解使写作成为可能"。如果将钟表比作故事时间，真正的时间便是叙述时间，只有故事时间停下来，作家才能够将时间掌控于笔端。

福克纳的长篇小说《我弥留之际》形成围绕某一事件，里层人物（艾迪一家）抒情咏叹，外层人物（镇上的人）叙事的叙述结构，围绕母亲艾迪的死和一家人送葬这一行为，由 15 个叙述者交织叙述完成这个故事，在过程中叙述者交替补充，故事时间常常停止，前后并无时间或逻辑关联的各个场景被共时性并置，分散在小说中。诗剧中歌队的重复咏叹能达到强化作品的抒情效果，福克纳在诗歌中也用到了同样的重复咏叹手法，他早期的诗歌《濒临死亡的角斗士》中写道：

亲爱的，怎样的悲伤，由风和雨唤醒？

人生不过是没有明天的四月

……

人生短暂，也不苟延残喘。苍天！

四月如何记得你，卡亚，你年轻的苍白！

……

亲爱的，怎样的悲伤？青铜时代的青铜

和生命，不过是恺撒的一个手势，

死神这情人奄奄一息，独自，让她满意，

---

① 格非：《文学的邀约》，清华大学出版社 2010 年版，第 154 页。

② 福克纳：《喧哗与骚动》，李文俊译，漓江出版社 2019 年版，第 93 页。

濒临死亡，他或将她的堡垒攻克。

亲爱的，更短暂，比所有痛苦都短暂，
四月和青春，是花环、草叶和飞燕。
亲爱的，怎样的悲伤，一片休耕的田野？
亲爱的，这样的悲伤，因为雨后的久旱？①

　　"没有明天的四月""花环""草叶""飞燕""一片休耕的田野""雨后的久旱"这些场景在"亲爱的，怎样的悲伤"一句的重复咏叹中有了情感联系，对于逝者的缅怀与悲痛之情串联整篇诗歌。而《我弥留之际》也形成了里层人物重复咏叹的结构，每个叙述者重复叙述"艾迪去世"这一事实，小说的叙事逻辑之外还有一条平行的人物情感变化逻辑，在增加叙事文学抒情性的同时使小说结构更加紧密。非线性叙述将不同人物叙述的片段并置，使传统小说由一个中心叙述者线性叙述情节的确定性和一元化规律打破，使一个事件本应确定的意义发生偏移。比如在《我弥留之际》中，中心事实是母亲艾迪·本德仑死之前提出将自己葬在家乡，本德仑一家人将她的棺材运回最终也完成了她的遗愿。但通过儿女、丈夫安斯、村里的人的叙述片段，又赋予了送葬这一事实多重意义。丈夫安斯将自己与亲人受的苦难视为上帝对选民的"管教"，而对送葬行为，他觉得他并不想亏欠他人，因此将其视为应该履行的对他人的承诺，但已经计划着事情办完后去装假牙。艾迪自己则将死亡视作"打扫自己的屋子"，即抵消自己犯下欲罪的途径。达尔是一个了解事实的叙述者，他知道杜威·德尔怀孕并且有借送葬进城堕胎的秘密打算，他能预感到艾迪的死，他也知道朱厄尔是母亲的私生子，他独自面对艾迪、杜威·德尔等家族犯下的罪孽，他看到将艾迪的棺材运到城内的举措并不明智，点火烧毁谷仓这一行为似乎隐喻他想用火来惩罚他们，同时也暗示了一条烧毁旧南方陈旧观念的途径。叶维廉在《中国诗学》中有过这样的论述："中国古典诗歌模棱两可的词法句法在物象和物象之间作若即若离的指义活动，标志着我们与外物

---

　　①　福克纳：《水泽女神之歌——福克纳早期散文、诗歌和插图》，王冠、远洋译，漓江出版社2017年版，第109－110页。

的接触是，一个事件是一种发生之际，不是概念和意义可以包孕的。"① 也就是说物象与物象在空间上的并置使人为赋予的意义更具开放性。如用叶维廉的话阐释小说中的非线性叙述手法，即围绕"艾迪之死"，上述场景与场景之间在作"若即若离的指义活动"，通过各叙述片段之间的矛盾与冲突使"艾迪之死"的意义逐渐延展。小说叙事进行的同时，还隐藏着一条平行的情感线索，艾迪死后白痴瓦达曼无法分清鱼的死亡与母亲的死，不停地说着"我的妈妈是一条鱼……"实际上也在重复母亲的死亡，而达尔发疯狂笑不止时，瓦达曼重复问他发笑的原因，作者似乎让瓦达曼这个叙述者同时兼任抒情者，用重复的方式对"死亡"与"罪孽"发出悲悯的重复咏叹，在重申主题的同时使小说抒情意味更为浓厚。

　　格非的小说《人面桃花》中以清末至民国初年为背景，小说有三条跨时间的叙述线索，主要叙述线索聚焦于陆侃的女儿——陆秀米。陆侃是一个终日不出门，将自己关在阁楼里的疯子，一日秀米母亲的"表哥"张季元来到家中，她开始对张季元产生懵懂的情感，但短短几个月后张季元便被人杀害，在张季元的日记中秀米发现原来他有着革命党的身份。后在履行婚约的途中秀米被劫入一座湖心岛屿"花家舍"，在这里生活了几个月后她前往日本避难，后她再回普济时在村里采取了一系列举措。小说最后秀米被抓，家破人亡，逐渐过着隐居的生活直至死去。秀米的叙述中穿插了张季元的日记，作者用日记体的形式讲述了他的革命理想和与坎坷的革命道路，日记中还写满了张季元对秀米的欲望，构成了理想与欲望之间的冲突。他想要通过暴力革命实现自由平等理想，但他口中的理想又极其幼稚简单，即"想和谁成亲就和谁成亲，只要他愿意，他甚至可以和他的亲妹妹结婚"②，可见张季元所谓"革命理想"实际上是空想。他一面想全身心投入革命中，另一方面又对秀米产生无法抑制的欲望，以至于在日记中说道，"没有你，革命何用"，他叙述了革命中同伴逐渐暴露出的惰性与自私，而他的死，标志革命的失败，他的日记展现了人性与理想的冲突。

　　小说中不断重复着社会理想幻灭的历史图景，清末进士陆侃试图在普济实

① 叶维廉：《中国诗学》（增订版），人民文学出版社 2006 年版，第 22 页。
② 格非：《人面桃花》，春风文艺出版社 2004 年版，第 36 页。

现"重建桃花源"的理想，失败后成为"阁楼上的疯子"。而秀米偶入的"花家舍"与世隔绝，风景秀丽，表明上恰似父亲理想中的世外桃源，但岛上的人与世外桃源的人大相径庭，因匪乱，这里的人烧杀抢掠，逐渐充斥帮派厮杀与权力斗争，变乱使人性之恶愈发彰显，书中人韩六道出：一逢乱世，还是这些人，心里所有的脏东西都像是疮疖丹毒一般发作出来，最终小岛被连夜烧毁，也是陆侃桃花源理想粉碎的标志。秀米在张季元日记的革命启蒙下，从日本回家后，试图延续前一辈的理想，开始成立放足会、地方自治会，还设立育婴堂、养老院、疗病所、书籍室，而这些举措在村民眼里都是胡闹，他们认为陆侃沉迷于桃花源梦遂至疯癫，秀米和她父亲一样也变成了疯子。秀米的社会理想在 5 岁的孩子"小东西"被官兵杀后幻灭，新生命本象征着理想的延续，而小说不断重复咏叹"小东西"的死，似乎在咏叹社会理想将在不断破灭中循环往复。

《我弥留之际》和《人面桃花》两部小说通过穿插非线性叙述，着重表现对死亡的重复咏叹。《人面桃花》的最后一章名为《禁语》，出狱后的秀米不再开口说话，她养花种草、写诗，在不断回忆与冥想中度过余生。晚年她逐渐认识到生命中的一切都是卑微琐碎的、没有意义的，小说中父亲、张季元、秀米孩子接连死亡，死亡的重复叙述似乎在喻旨生命就是在虚无与无意义中不断循环往复。福克纳的《我弥留之际》中艾迪说道：人活在世上只是为长久的安眠做准备。她知道人们各自怀着自私的念头和无法获悉的秘密，日复一日，而婚后生活让她愈发感到孤独，她开始憎恨这一切，在心中将丈夫亲手杀死，她为了报复丈夫犯下欲望之罪，将死亡视为自己赎罪的途径而平静地接受死亡。艾迪的叙述充满了对生命哲学的思考，通过多个叙述者重复叙述"死亡"，像在重复本德仑家族将在永无休止的虚无中沉没，同样也象征现代人重复"生"的虚无。

3. 叙述省略与意义凸显

诗歌是最凝练也最注重抒写人内心情感的艺术，而艺术化的"留白"对诗歌的表现有着不容忽视的审美价值，一方面语言的空白能够控制诗歌行进的节奏，扩展想象空间，另一方面所谓"诗歌张力结构的形态美"① 很大一部分

---

① 张骞：《论诗歌结构艺术的审美层面》，《文艺争鸣》2018 年第 8 期。

来自诗人设定的言语空白部分，在诗歌试图表现的思想上，有意留出语言空白能够增强思想意旨的张力。从广义的角度而言，"省略"在任何叙事性的文本中都会存在，作者讲述一个故事，描述一个事件，或者呈现一个场景，都必须有所取舍。作者使用"许多年过去了"等句式省略对情节不具推动作用的部分，可以使故事更加紧凑、凝练。在读者迫切想知道结局和前因后果时，作者有意地将情节省略不提，或隐瞒关键的内容，就可构成文辞上的重要手法。涂年根道出"空白"其实是一种"有中之无"①，不仅不会破坏故事发展的完整性，反而会拉大叙事文学结构中的张力美，扩大故事表现的审美疆域。在对文学朦胧美的审美理想统摄下，格非诸多小说运用叙述省略导致叙述"空白"，使小说呈现一种虚实相生的氛围。在他 2012 年创作的《隐身衣》这篇小说中，与福克纳的《圣殿》相同，叙述省略的手法更凸显了小说的主题，如同现实中的"恶"藏匿于现实表象之下，小说中人性之"恶"也是从一个个文本夹缝中滋生的。

《隐身衣》中，主人公音乐发烧友"我"在北京做定制高级音响的生意，小说中充满了作者对古典音乐的倾心礼赞，而与之形成鲜明对比的是 20 世纪 70 年代后社会上追名逐利的现实和惊心动魄的场面，"我"正面临着婚姻破灭的问题，妻子出轨后向"我"提出离婚，"我"净身出户，年过四十无处栖居，只能暂住在姐姐位于石景山的一套闲置公寓里。一天姐姐在电话中哭诉着姐夫对她的家暴，请求"我"搬出公寓自己寻找住所。"我"在被逼无奈，快要走投无路时，想将自己收藏的英国天朗公司的一款发烧音响中的极品"AUTOGRAPH"转卖给一个叫丁采臣的有钱人。但我在拿到预付款后，一个月后买家再无消息，为了追回余款，"我"再次来到他的家中，却被一个毁容的蒙面女子接待，她告诉我丁采臣已跳楼身亡。"我"最终与这位毁容的女子生活在了一起，第二年"我"又突然收到了剩下的余款。

小说表层的故事是一个离异中年人在北京的际遇，但隐于叙述语言之下的是社会中人们道德失落的各种现象。在婚姻这一条线索中，作者并没有正面描写妻子玉芬出轨，而是委婉地点出有一天下班后一个机修工把她堵在了厕所里，强迫与她发生关系，令人惋惜的是她并没有反抗而是顺应了这样的侵犯，

① 涂年根：《叙事空白及其意义生成》，《西北大学学报》（哲学社会科学版）2015 年第 6 期。

甚至在之后的岁月里愈演愈烈，任由欲望蔓延。格非省略的部分也包括玉芬堕落的原因，我们可以推测是躁动不安的社会氛围、沉溺欲望的人使爱情一同湮灭。另一条线索是"我"与姐姐和姐夫一家人的关系，表面上姐姐打电话来向"我"哭诉，姐夫虐待她，后来"我"推测这是为赶他搬家而编织的谎言，格非在叙述中将这些亲情淡漠的行为省略了，但我们可推测出正是金钱主导的价值观使亲情变得一文不值。另一条线索是"我"、蒋颂平、姐姐之间的友情线索，蒋颂平与姐姐小时候一段秘闻又成为一块叙述空白，"我"发现突然有一天他不再上门玩耍，"我"不明所以，而母亲让我与他断绝来往，红了眼眶的姐姐让我别再提起他，从家人的反应我们可以推测出蒋颂平对姐姐做了侵犯行为。最后是"我"的客户丁采臣，由丁采臣错发的短信内容以及他的手枪可以推测他是从事黑道行业，而跻身"黑社会"中的他选择自杀的原因，也是小说中的一个叙述空白。

　　作者说："不论是人还是事情，最好的东西往往只有表面薄薄的一层，这是我们的安身立命之所。任何东西都有它的底子，但你最好不要去碰它。只要你捅破了这层脆弱的窗户纸，里面的内容，一多半根本经不起推敲。"① 如巨大的冰川隐于海下，可怖凶恶的事物也都隐藏平静的表面之下，反映到格非的小说《隐身衣》中，罪恶、丑陋的事物也隐藏于文本之下。但作为一种文学手法，小说家运用省略手法真的反映了对罪恶视而不见听而不闻的态度吗？或者说刻意省略的叙述是不重要的吗？相反，如福克纳所说，我们所见到的是"树的阴影"，作者要让读者用心灵去创造"那棵树"，有时"省略"反而是一种突出，有意沉默往往是传达作者最痛心疾首的思想内容的一种表意方式。

　　《圣殿》被称为福克纳"最激愤、最阴暗、最辛辣、也最悲观的小说"②，谭波儿被歹徒金鱼眼、汤米、戈德温一行人抓住的时间里，谭波儿被患有精神病的歹徒金鱼眼用玉米破身的情节被隐藏起来。作者这样写道，当听到金鱼眼的脚步声后她对一位盲人老头喊道："我出事了！"事后读者通过破碎的消息渐渐回忆这一罪恶的恐怖气氛，谭波儿在车上还在不停尖叫，口中重复着"我还在流血"，小说中暴行的"缺席"如迷雾一般生发出一种野蛮、恐惧、

---

　　① 格非：《隐身人》，选自小说集《蒙娜丽莎的微笑》，上海文艺出版社 2014 年版，第 278 页。
　　② 肖明翰：《〈圣殿〉里的善恶冲突》，《国外文学》1999 年第 2 期。

压抑的气氛，赋予了孟菲斯市的杰弗生镇和发生在这里的故事一种意义——凶恶世界的象征，代表了人类的堕落与迷失，以各种形形色色的凶杀等暴行作为叙述中心，表明是一种堕落与邪恶的精神正主宰这片土地。另外一些重要事件如汤米被开枪打死，在他人破碎的对话片段中逐渐清晰，在戈德温与霍拉斯的谈话中，我们知道子弹是从汤米的背后打进去的。金鱼眼生理性阳痿、雷德警察被杀害这些重要事件都被作者有意省略，留下叙述空白，读者只能通过旁枝末节，以及散落在他人口中的碎片式的消息猜测获悉。这部小说中"含义模糊的字眼、句子结构里的空白、思想和语言的中断等联合起来把小说的关键事件表现得糊里糊涂"①。可见，省略是小说双重结构的分界线，而略萨在《致青年小说家的信》中也对福克纳的《圣殿》所使用的省略技巧进行了剖析，这种由读者自己想象创造的情节在心理上造成的震撼力往往比被直接告知更强，这也是这种手法应用在叙事文学中所带来的审美效果。

格非与福克纳将罪恶置于文本缝隙中，当读者眼中的光束透进来，迷雾被拨开，缝隙中一桩桩社会暴行与一次次道德失落便凸显出来，小说中蕴含的未尽之言，指涉更为复杂的社会现实背景。《隐身衣》中，主人公"我"离婚后反对别人咒骂妻子，当"我"意识到蒋颂平对姐姐的侵犯行为，多年以后也选择原谅他，"我"面对客户抱怨社会的混乱无序、礼乐崩坏时说道："如果你能学会睁一只眼闭一只眼，改掉怨天尤人的老毛病，你会突然发现，其实生活还是他妈的挺美好的。不是吗？"小说中的主人公是平凡的、懦弱的，但实际上代表了很多人真实的生存状态，就是这种平庸与麻木揭示出人性的真实。主人公不站在道德高地去评价他人，从未对这一切社会现象做出审视与批判，而是抱有一种旁观者的淡然态度，这并非说明作者对这一切熟视无睹与态度冷漠。格非曾说写作即摸索一条树林中幽暗的道路，试图将读者带向"一个似曾相识的陌生境地"，他在《隐身衣》中将社会现象和自己"感觉的困惑"②以真实的状态展示出来，将道德失落的原因隐藏，以这种方式，不左右读者判断的同时，引发读者的思索。而在《圣殿》中另一条线索是辩护律师霍拉斯受人嘱托负责调查凶杀案，霍拉斯也需要面对婚姻的破碎问题，生性懦弱的他

---

① 福克纳：《圣殿》，陶洁译，北京燕山出版社 2015 年版，第 21 页。

② 格非：《塞壬的歌声》，上海文艺出版社 2001 年版，第 51 页。

忍受了十年无趣乏味的婚姻生活，但他面对罪恶时依然站在正义的一方，尽管在办案途中遇到重重阻力，他还是"我不能袖手旁观，听任不公正——"①，他在言论遭到珍妮小姐的反驳后答道："那么就算是对付事件内隐含的讽刺意味吧。"② 与金鱼眼一拨人代表野蛮、卑劣、罪恶相反，他代表正义与原则，是追查整起谋杀案的侦探。可以看出作者在小说中将正义与邪恶置于两个对立的端点，霍拉斯看到乐器店门口驻足的人们，发现最打动他们的都是那些诉说痛失亲人、因果报应和忏悔罪行的歌谣，可见作者敏锐地觉察到罪行对他人身体与精神带来的伤害将永远无法弥合。但霍拉斯在孟菲斯找到被骗至妓院的谭波儿，却发现她也已堕落不堪时，他想象把她、金鱼眼、戈德温等人全部关进一间屋子，他试图能够直截了当地消灭罪与恶，但他能够看到他们连同自己，人之于世都是孤独的，于是在愤慨与惊讶之余，想在一瞬间将这一切邪恶、不公正以及其带来的痛苦与泪水，从这个悲惨世界里消除和毁掉。

"空白"时长的设置并不是任意的，涂年根指出，叙事文本中的持续叙述过程中出现的短暂空白，一方面是前文的"余音"，另一方面是后文的"先声"，能够取得"大音希声"的效果，即听起来的"无声"中却蕴含着的巨大的声音，除了在突出文本主旨时有显著的意义，中国诗歌中，诗人在选择意象、营造意境时，常常有意留出空白，使读者与诗歌情境保持一定审美距离，而未尽之言反而使意境生发，诗意展现。在西方，莱辛在著作《拉奥孔》中阐述了如何描写"美"："诗人啊，替我们把美所引起的欢欣，喜爱和迷恋描绘出来吧，做到这一点，你就已经把美本身描绘出来了！"③ 莱辛认为写美高明的做法即诗人描写美所引起的情感效果，而让美本身隐藏于语言文字之下。《圣殿》中，福克纳继承了古希腊史诗常使用的这一叙述手法，通过省略对谭波儿被害情节的直接描绘，而将笔墨置于事后谭波儿体会到的恐惧、痛苦心理，以及由此在她脑海中引发的各种幻象，来渲染和烘托犯罪现场的惊心和可怖。由此可见，格非与福克纳小说中运用的叙述省略手法的来源及其所取得的效果不尽相同。

---

① 福克纳：《圣殿》，陶洁译，北京燕山出版社 2015 年版，第 91 页。
② 同上，第 91 页。
③ 莱辛：《拉奥孔》，朱光潜译，商务印书馆 2017 年版，第 132 页。

第四节
格非与福克纳小说的诗化修辞比较

诗歌是一门古老的艺术，正如德国语言学家赫尔德认为的，人类最初的语言就是诗歌的语言。"诗不仅仅是抒情的呼喊，更是通过隐喻发放出的寓言和神话；诗歌天然具有隐喻性和寓指性。"[1] 格非与福克纳由于所处中西文学传统不同和母语——英汉两种语言的偏差，使得他们小说的诗化语言有相通之处又各自有差异。格非小说常常直接引用古典诗词、民间歌谣，中国古典诗歌语言在讲究韵律、节奏的同时，更讲究凝练美，而福克纳的小说语言大多绵延流动。他们小说的语言富有节奏感与内在韵律，有音乐美，使用色彩斑斓的词汇构建诗意画面。本节着重分析两位作家小说语言中的隐喻以及包孕着丰富意义的各类意象。

雅克布逊在文学理论文章《隐喻和转喻的两极》[2] 中深入地分析了比喻的两种形式——隐喻和转喻，当描述一个事物时不使用约定俗成的语词直接描述，而是用另一个词汇代替，就要运用隐喻和转喻。他提到隐喻与转喻都是一种表达的替换方式，隐喻替换依据语义的相似性原则；而转喻替换依据毗邻性、联想性原则，即描述与事物相关的、相邻近的另外一个事物。例如形容一个棚屋，用隐喻的手法，可以用"穴""巢""窝"来代替；而用转喻的方式，则可以描述屋顶上的"棚草"，或其他由棚屋联想起来的事物，如田野、贫穷等。二者的交互作用在诗歌艺术上有相当广泛的运用。穆卡洛夫斯基在

---

[1] 张沛：《隐喻的生命》，北京大学出版社 2004 年版，第 27 页。

[2] 雅克布逊：《隐喻和换喻的两极》，选自伍蠡甫、胡经之：《西方文艺理论名著选编》下卷，北京大学出版社 1987 年版，第 432 页。

《标准语言与诗的语言》一文中分析诗歌语言与标准语言最大的区别在于，诗歌语言的宗旨是对标准语言中为实现交流而约定俗成的词汇进行选择、对作为意义单位的词之间的关系进行再创造。在创作中，诗人的直觉、灵感与想象得到充分自由的发挥，他们找出或创造万物之间的联系，用此类事物把握另一类事物，以形象化的喻体来说明另一类事物。隐喻在诗歌中的广泛使用，使诗歌语言摆脱理性束缚成为可能。

1. 格非与福克纳小说中的隐喻比较

格非与福克纳在小说语言上的一个共同的突出特征，是用自然物象隐喻小说主题。《献给爱米丽的一朵玫瑰花》中，小说除了题目中出现了"玫瑰花"，结尾处爱米丽尸体上覆盖着玫瑰花，那栋岿然独存的房屋的楼上，被弃的房间里，也陈设着"败了色的玫瑰色窗帘""玫瑰色的灯罩"，这里"玫瑰"与爱米丽悲剧的一生以及可怕的情杀，甚至她的结局——死亡有着隐秘的联系，年轻时的爱米丽身段苗条、穿着白衣，但出生于传统的格里尔生大家族、受到传统思想禁锢的她像一枝被囚禁在阁楼里的娇嫩玫瑰，父亲去世后她成为家族的末代人物，身上承载着家族的尊严与荣誉，孤僻、封闭、偏执的她不可避免地走向褪色、衰败，像一株毫无光泽的、败了色的玫瑰花。"玫瑰花"这个词汇在文中反复出现，不仅是爱米丽悲剧的隐喻，也暗示了南方传统贵族家族的衰败以及保守传统的南方文明的消亡殆尽。关于小说《八月之光》题目的由来，1957 年福克纳在弗吉尼亚大学演讲时这样谈道："在密西西比州，八月中旬会有几天突然出现秋天即至的迹象：天气凉爽，天空里弥漫着柔和透明的光线，仿佛它不是来自当天是从古老的往昔降临，甚至可能有从希腊、从奥林匹克山某处来的农牧神、森林神和其他神祇……对我来说，它是一个令人怡悦和唤起遐想的标题，因为它使我回忆起那段时间，领略到那比我们的基督教文明更古老的透明光泽。"①"八月之光"是从远古传来的透明光泽，这是来自远古时代的，是宗教意义上极其纯净的自然光，它能够给人以明亮、温暖，带给人愉悦和希望。在《八月之光》这部小说中，莉娜具有自然纯真、超然物外的品性，对拜伦·邦奇而言，她恰似这束澄明的光束，遇见她之后邦奇俨然变得更加善良、正直，海托华与拜伦进行对话后，在为怀有身孕，富有强大生命力的莉娜

---

① 福克纳：《八月之光》，蓝仁哲译，上海译文出版社 2004 年版，第 6 页。

接生后，也逐渐摆脱悲痛往昔的梦魇，沮丧无望的心境变得舒展和安宁，并且最终选择谅解与维护他人——克里斯默斯，他意识到人们之间的关系应彼此相依。

与福克纳的小说相似，格非的小说里也常出现具有隐喻主题与主旨作用的自然物象，如短篇小说《青黄》。在小说中，针对在学界颇有争议的"青黄"一词，教授谭维年认为这个词指涉一部记载九姓渔户妓女生活的编年史，他声称这部书依然散落民间，主人公"我"为了证实此说法，决定去往麦村寻找线索。在麦村"我"遇见一位老人，在回忆与交谈中老人有意掩盖了许多事；不久"我"又遇到旧识外科郎中，他提醒"我""青黄"是否是指某个女人的名字；后来"我"遇到一个看林人，他告诉"我""所有的事物都比人活得更长久"，他说他能记住"村中每一株山药树的样子和河床里每一粒石子的形状"①。"我"又遇到一位叫小青的女人，她告诉自己另一个女人因她而死的故事，说道"所有的事情全都会过去，只有人死了不能再生"。小说结尾主人公发现"青黄"在编于明代天启年间的《词综》中被记载为一种夏季开花的植物，它的根状茎为黄色。小说由主人公"我"听闻的有关"青黄"的事件串联起来，如谭教授阐述的学术观点、村里老人口述的历史、各色人对往昔记忆的追忆，当不为这些事件的真实性做定论时，我们可以发现分散在文本中的，处处是人生命垂危的场景，一位被疾病湿疹夺走生命的妇女，一位患有痢疾的外乡人的死亡，女人的孩子溺水而亡、善良的姑娘二翠被奸人所害，在人脆弱而稍纵即逝的生命与记忆面前，如看林人所说，任何事物都比人活得更长久。老人告诉我"青黄"是一条背上带青黄色的狗，"青黄"是否如狗一般摇尾乞怜，又如竹叶青了又黄？具有讽刺意味的是，结尾"我"发现记载于明代天启年间的"青黄"的词条："多年生玄参科草本植物……"青黄指能够存活多年、可达一米多高的高大草本植物，隐喻拥有生命力的自然以及隐藏在自然深处、巨大的足以与时间并行的力量，如书中的埃利蒂斯所说，"树木和石子使岁月流逝"。正是自然界的植被见证了岁月流逝，尘世的沧桑变化，与在疾病、命运、时间面前无能为力的人形成对比，更显得人生命的脆弱与短暂。

诗歌语言的宗旨并非突出意义的"空洞"，而是对标准语言中为实现交流

---

① 格非：《锦瑟》，浙江文艺出版社 2019 年版，第 16 页。

而约定俗成的词汇选择、语音结构与作为意义单位的词之间的关系进行抵抗与再创造。如穆卡洛夫斯基所说："正是对标准语言规范的有意触犯，使对语言的诗意运用成为可能，没有这种可能，也就没有诗。"① 除了对事物之间约定俗成的联系而产生的语言进行再创作，作家还需要根据直觉、想象发掘或者主动地构建世界万物之间的联系，也就是说那些具有创新意义的、有原创性的隐喻才能够不落入俗套，一个新的隐喻如一个待破解的谜语。

格非与福克纳小说中常从人物的意识流动、感官联通来实现对人内心感觉的关注，在图像、声音、气味、触感中寻找与现实事件之间莫名的隐秘联系，实现隐喻的跨域。福克纳的小说常将视觉、听觉与嗅觉等对物体的感觉与时间和记忆联通起来，如"树的香气"是《喧哗与骚动》中班吉意识流动与记忆跳跃的联通体，忍冬是"芜生蔓长的枯萎腐朽的提示物"②，在班吉和昆丁的意识中与"凯蒂失身"相联系，树的香气在班吉的意识中则与凯蒂的纯洁相联系。在小说《熊》中艾萨克"置身在原始森林与冬日迟暮的浓重的幽黑慧冥中"③，看见"朽烂的圆木"④、嘴里涌现出一股"黄铜般的味道"、胃里感觉"一阵刺痛"⑤，从而开始回忆表外甥、德斯班少校和老康普生将军梦中的老熊，不愉悦的感官感受与暗示着对旧南方的过去给后辈留下的隐隐苦楚相联系，"刺痛""黄铜般的味道""朽烂的圆木"共同隐喻着旧南方过往难以名状的伤痛记忆。在具体物象上，格非与福克纳小说中也常常创造新的隐喻，例如在《押沙龙，押沙龙！》中用"蝴蝶"的萎缩与衰亡隐喻姐姐埃伦的死亡，有学者认为这也是对美国南方旧社会衰败与历史记忆流逝的隐喻。格非小说《人面桃花》中秀米去世时，冰块也正在融化，暗指人的生命如冰花一般脆弱、短暂易逝，用融化的冰来隐喻生命的衰亡。福克纳的《喧哗与骚动》中福克纳对昆丁的思想与心理活动进行了长篇幅的描写，他理解昆丁对于旧时南方的缅怀，他所坚持的道德、伦理与信念，而昆丁将钟表踩碎便象征着昆丁对过去的执着，也蕴含他对于永恒的执着，而他自杀的行为也饱含了福克纳对这

① 穆卡洛夫斯基：《标准语言与诗的语言》，选自伍蠡甫、胡经之：《西方文艺理论名著选编》下卷，北京大学出版社 1987 年版，第 416 页。

② 霍夫曼：《威廉·福克纳》，姚乃强译，春风文艺出版社 1994 年版，第 43 页。

③ 福克纳：《去吧，摩西》，李文俊译，北京燕山出版社 2017 年版，第 164 页。

④ 同上，第 164 页。

⑤ 同上，第 164 页。

一人物的同情。昆丁踩碎了钟表,因为钟表隐喻着物理时间,但真实的时间依然不断流逝,不被人的意志所左右。而人在时间的长河中如克林斯克鲁布斯所说应该是"既生活在现在,亦生活在过去和未来"①。

2. 意义生成——格非与福克纳小说中的意象群

我们可以发现无论在小说还是诗歌上,从文本中,读者可以看到直接呈现出来的物象,这些物象是构成一首完整诗歌的基本元素,它可以通过想象力的作用对人的大脑做出直接解释,但诗歌中一些特殊物象不是单纯的象,而是承载着特殊意义的,往往使用扭曲的、间接的方式表达意义,是为"意象"。意象是诗人隐喻手法在诗文语篇中的具象化,"'象'为实而'意'为虚"②,意义虽然不易捕捉,但大多依然是有迹可循的,韦勒克和沃伦在《文学理论》第十五章里提到人们往往从隐喻、象征、神话构成的架构和视野中寻觅"意象"所指称意义的蛛丝马迹。不仅诗歌,中国的古典叙事作品中也融入了这一艺术手法的精髓,杨义先生曾说中国的叙事文学是一种高文化浓度的文学,这种文化浓度存在于叙事文学的叙述结构、它所蕴含的时间观念、它所运用的视角形态中,同时也从它所包含的各类意象中体现出来。格非小说注重意象组合与意境的营造,这与他继承了中国古典文学传统有关,在中国古典诗词中,常常用带有隐含寓意的"意象群"制造意境,增强诗歌的哲思意蕴。格非小说常以故乡江南地区为背景,在营造故事环境时,常使用中国古典诗歌中的经典地域意象,如小桥、流水、树木、梅雨、竹林等,塑造一幅幅充满意境的"江南春雨图",同时格非笔下的南方乡村常出现难挨的雨季、废弃的房屋、断桥、坍塌的花园墙体等透露出颓靡感的意象,暗示乡村欲望横流、道德失落。中国古典诗歌使用意象群,增加各个意象呈现的密度,常常是为了创造诗歌意境,营造一种诗意氛围,而美国象征派诗人艾略特认为"意象"与人的感官、情感相联系,是象征着某一抽象观念的具体的物象,福克纳早期诗歌创作受到19世纪英国浪漫派和20世纪象征主义诗歌的影响,他的小说中,意象往往单独散布于各章节,同时常常重复出现,起到象征某种意义的作用。

---

① 克林斯·布鲁克斯:《福克纳关于约克拉帕托法及其他》,耶鲁大学出版社1989年版,第268页。转引自乔颖:《〈喧哗和骚动〉中的生命哲学思想》,《南阳师范学院学报》2009年第8期。

② 黄也平、付刚:《隐喻 - 象征 - 神话:西方诗学的一个重要视域》,《文艺评论》2015年第7期。

不过，福克纳的《喧哗与骚动》中也出现了意象密集的章节，如在第一章，白痴班吉身上缺少人性的善恶意识、理性思维等，相比昆丁和杰生，他是纯净的，班吉对自然界的事物有着敏锐的感知，通过调动感官，自然物象都成为他联通记忆与跨越时间的媒介。白痴班吉的世界里进行直觉式的铺陈叙述，使自然界的花、草、树等意象组成了一个没有杂质的伊甸园，保持着最初的本真与纯洁呈现。格非在《人面桃花》中这样描绘湖心岛"花家舍"："桑竹美池，涉步成趣；黄发垂髫，怡然自乐；春阳召我以烟景，秋霜遗我以菊蟹。舟摇轻飏，风飘吹衣，天地圆融，四时无碍。夜不闭户，路不拾遗，泂然有尧舜之风。"①桑竹、美池、春阳、秋霜等自然意象的密集分布为作品增添了诗的意境，同时也描绘了一幅世外"桃花源"景象。

格非与福克纳小说通过意象群的组合赋予了小说丰富的诗意内蕴，同时隐喻了不同的社会、宗教理想。对格非而言，《人面桃花》中的进士陆侃试图在普济这个地方重建"桃花源"，而张季元怀有实现人民自由平等的理想、陆侃女儿陆秀米回到家乡后实行各种新政举措，可见"花家舍"象征着中国古老的社会理想，而陆侃重建"桃花源"失败最后被人视为疯子关在阁楼里，张季元被清政府秘密杀害，陆秀米的一系列举措以失败告终，儿子也被官兵杀害，人物的悲惨结局暗示着这一"乌托邦"理想的幻灭。基督教文化语境下的福克纳则将宗教理想赋予小说的意象创作中，小说中的树，与《旧约》开篇的《创世纪》中伊甸园的智慧树有关系，夏娃和亚当吃了智慧果后获得人的理性，但在上帝眼里这是人类叛离与堕落的开始，凯蒂7岁时爬上家门后的那棵树，裤子沾上污渍，似乎与此有某种内在关联。班吉在意识里将凯蒂与树的气味联系，他每当觉察出姐姐凯蒂有不贞的行为后，会用"水"冲洗她的身体，洗去她身上的香水味，还有她身上沾到的污渍，水意味着能够洗涤欲望罪孽的纯净之水。凯蒂的堕落又暗示康普生家庭走向失落，而后康普生先生去世、昆丁跳河自杀，试图用水洗涤家族的罪孽，凯蒂的女儿小昆丁也偷偷爬上同样的树，暗示着家族后辈可能也会在堕落中循环往复。低能儿班吉从宗教意义来看是澄明与洁净的，是上帝眼里尚未堕落的人，班吉向凯蒂泼水，不停地痛哭、发出哼哼声，似乎想表达对凯蒂堕落、康普生家族衰落却希望获得救赎

① 格非：《人面桃花》，春风文艺出版社2004年版，第100页。

的渴求。而通过他的直觉将自然中的花草、树木直接呈现出来，由此班吉世界里的自然意象也被赋予了宗教意义上纯净的象征。

隐喻不仅是一种语言现象和文学中的修辞手法，更是一种思维与心理现象，人们通过感知、体验、想象来把握事物之间的联系，这种思维与心理过程背后隐藏着深层的文化根源。自然物象成为格非与福克纳的小说中隐喻思维运用的重要喻体，他们通常将抽象或具象的事物与自然界的某种物象联系起来，福克纳生活的南方是美国新教曾经盛行的地区，宗教的自然观对其创作的影响不应被忽视。同时，宗教因素是影响了福克纳创作的英国浪漫派对自然与人性进行歌咏时不可或缺的一部分，他们将自然视为上帝所造之物，认为自然之美是神圣的、洁净的美，并且能够对人的心灵起净化作用，同时作为抽象的、整体的自然是永恒的，"它既不随时间而增长，也不为岁月所毁损"①。浪漫派诗歌中宗教、人性与自然的相互交织也反映在福克纳的创作中。福克纳笔下的由班吉的直觉所构建的圣洁的"伊甸园"与现实社会形成鲜明对照，是弗雷里克·霍夫曼所说的一种纯粹的超越人类复杂情况的时间的停滞。② 这也是《八月之光》中的那一束由远古传来的透明的光和主人公莉娜在路上所喻指的意义——在无限的永恒和纯粹的自我中去把握有限的或者时间性的事物。格非的《人面桃花》中，出狱后的秀米将自己与外界隔绝，住在一幢花园洋房中，这座花园由一个虔诚的英国女传教士修建。《隐身衣》中的"我"和蒙面毁容女子隐居于北京市郊的一座公寓中。《望春风》的主人公"我"回到故乡后与春琴二人选择在父亲去世的那座孤庙中居住。三部作品都以主人公选择远离市嚣隐居作为结尾。如刘小枫所言，诗人试图寻找能够将人带领到一个超时间的无限中去，把有限之物、时间中的物（包括个体的人和世界中的事物）统一领入无限中去。③ 上述意象隐喻一种对超越现实世界、有限时间的诗性追求，但在各自文化语境下作家所依托的形式各有所异。

除了事物之间客观存在和相互关联的隐喻，还"有些现实的隐喻联系不是很容易被发现的，它需要个体思维的努力，才能发现其'真实'，而诗人最

---

① 约翰·托兰德：《泛神论要义》，陈启伟译，商务印书馆 2009 年版，第 35 页。
② 霍夫曼：《威廉·福克纳》，姚乃强译，春风文艺出版社 1994 年版，第 10 页。
③ 刘小枫：《诗化哲学》，华东师范大学出版社 2007 年版，第 53 页。

能直觉这种内在的隐喻过程"①。格非与福克纳用诗人丰富的想象力、敏锐的直觉去感知世界，寻找现实物质世界与感官世界中隐秘的联系，将这些联系用语言表述出来，将创造性的语言运用到小说的书写中，提高了小说语言的诗化程度，同时丰富了小说的内在意蕴。

格非的故乡位于中国江南地区，气候湿润，村落错置，曲水深巷。南方地区独特的自然地理优势以及传统的江南诗性文化传统在历代文人的创作中留下深刻的痕迹。格非使用细腻、优美的语言抒发个人心灵对于生命的体悟，对个人与民族历史记忆进行创造性书写。在中国古典文学抒情传统下，格非反对将叙事、抒情、议论完全分离，他的小说不放大情节的戏剧性，而更注重人内心的真实，注重对主人公感伤忧郁的情绪进行含蓄的表达。而美国作家福克纳受到英国浪漫主义与法国象征主义诗歌的熏陶，也强调文学的抒情作用和文学的表征意义。美国南方气候湿润、植被丛生，使福克纳与自然保持着亲密的联系，因此他在小说中使用了大量具有隐喻与象征意义的自然意象，使小说在叙事的基础上镀了一层浓厚的抒情意味。同时他笔下常出现非理性人物，他用意识流的手法表现人处于激情下的情感的自然流露，是一种直接表达情感的方式，因此小说的情感浓度较格非高，当然这与中西文学传统有一定关联。

受到后现代主义思潮影响，格非强调写作的魅力即它的相对性，他早期的小说注重在叙事、结构等形式方面做出先锋性的探索，强调小说通过叙事变化而引起结构上的不稳定与不确定性。《陷阱》《褐色鸟群》等早期短篇小说表现事实与意义的不可靠性，但缺乏对现实的关注与表现力度。张曦认为诗化的结构与现实视野之间的平衡一直是福克纳小说所需解决的主要矛盾。② 福克纳在《我弥留之际》中通过形式变化表现人的内在真实与外在真实的无法完全抵达，小说运用形式的技巧扩展了读者的想象与审美空间，但就对现实的表现而言，后期小说《押沙龙，押沙龙！》更加突出与强化了，在前后叙述者相互关联又有所冲突的声音中，现实历史事件的意义被延宕，意义在确定—不确定两个端点之间发生变化，而后显示出人的主观内心、现实世界的变化与复杂

---

① 胡壮麟：《诗性隐喻》，《山东外语教学》2003 年第 1 期。

② 张曦：《福克纳多角度叙事的诗化风格——从〈我弥留之际〉到〈押沙龙，押沙龙！〉》，《南京师范大学文学院学报》，2016 年第 3 期。

性，福克纳在这部小说中减少了叙述者人数和视角变换的次数，因此小说的结构更为紧凑，小说在形式、对人的内心的关注与对现实的关注三者间达到平衡。

美国内战后资本主义工业化的侵入，使旧南方难逃被"改造"的命运，一方面福克纳缅怀淳朴自然的旧南方及其传统道德，用少女逐渐堕落衰老隐喻南方走向失落的现实，也因此他的小说笼罩着强烈的悲观主义基调；另一方面他又以哀其不幸、怒其不争的口吻控诉着南方旧制度与旧道德的陈腐。格非在后期小说创作中风格也发生转变，逐渐从形式探索向更稳固可靠的现实靠拢，比如在《隐身衣》《望春风》中，更注重将叙事内化为对人与人、人与现实关系的表现，同时注重对基于现实与文化传统的素材的使用，拓展了小说体裁所能表现的视野。而两位作家都适当地将诗歌中的隐喻思维，抒情诗中对情感的表达方式以及诗歌、诗剧的表述技巧融入小说中，提升小说的审美高度，同时，加深了意蕴主旨的深度。处于中西不同文学与文化传统下的两位作家的小说表现出相对不同的特征，小说呈现的诗化效果也不尽相同，但两位作家运用的创作手法及其引发的审美与表征效果，能够为特定文化语境下的小说创作如何在形式与内容之间寻找一种动态的平衡提供一些思路。

（本章作者　佘苹）

第六章

福克纳与张炜小说文学伦理学比较研究

作为在中美文学史上有突出成就的两位作家，福克纳与张炜尽管在时空上存在差距，但都耕耘着各自的一方天地，不论是福克纳的"约克纳帕塔法"世系还是张炜的胶东半岛都讲述着人与自我、人与人以及人与自然的关系。

福克纳居住在美国密西西比州北部拉法耶县奥克斯福镇，张炜则出生在中国山东半岛龙口市。两位作家在地理上相距甚远，但他们表现出一些相似的审美旨趣，如他们对《堂吉诃德》和《白鲸》等作品都很推崇，体现出美学上的相似追求，他们的小说创作无不在践行其美学追求，作品往往时间跨度大，人物众多，具有很强的历史感和空间感。福克纳和张炜的小说都从故乡的土壤中汲取养分。福克纳接受的正规教育不多，广泛的阅读以及南方的民间乡野口述传闻成为他创作的丰富素材，并且他根据自己的故乡创造出了"约克那帕塔法"世系，其主要脉络是这个县杰弗生镇及其周围农村不同社会阶层的若干家族几代人的故事，时间跨度大，刻画了美国南方白人、黑人以及印第安人等众多族群，人物在各个长篇小说与短篇小说中穿插交替出现，不同故事间会有相关性，每一部书既是一个独立的故事，又是整个"世系"中的一个组成部分。张炜则植根于山东半岛的风土人情、儒道文化传统以及《聊斋志异》等文学创作的哺育，让齐鲁大地的故事在他的小说中复活。张炜所创作的多部长篇小说以及十卷本《你在高原》讲述了这一方土地上几代人的家族故事，书中的人物和故事相互联系又可以独立成篇。可以说两位都是具有乡土情结的作家，共同的乡土情结催化了相似的家族小说书写，以往对福克纳和张炜小说的研究就多集中于此，但大致以福克纳与整个新时期中国作家的家族小说叙事为视角，两位作家的单独比较较少，研究不充分。细读福克纳和张炜的小说后会注意到两位作家在许多方面的相似点，例如他们都有强烈的伦理道德意识、对父亲的审视以及对母亲的依恋、热爱敬畏自然、追求平等博爱的人道主义理想。当我们返回福克纳与张炜各自写作的历史现场，会发现他们所面对的历史境况有某些相似之处。福克纳创作时正值美国"南方文艺复兴"时期，这一时期恰逢南北战争结束，南方战败，种植园经济衰微，北方资本侵入南方，南方社会动荡不安，不仅经济上如此，人的心理方面同样如此。而张炜开始创作的20世纪80年代正是中国社会剧烈变化的时期，精神创伤仍未完全退去，市场经济的浪潮又带来更大冲击。社会状况的变化，必然反映在作家的作品中，他们的小说通过何种方式呈现了怎样的社会及人的心理境况？表达了他们怎样的人道主义理想？在中西方相异的文化背景下他们能够殊途同归的原因何在？这些问题都值得进一步的探究。

本章将借助文学伦理学中的理论框架探讨二人小说中传达的对自我、他人以及自然相似与相异的关注，探讨在不同的地理与文化背景下产生上述相似或相异观念的原因，挖掘福克纳和张炜两位作家的创作心理，寻找中美文化汇通之处。文学伦理学批评方法仍在不断发展当中，笔者将多方阅读，借鉴刘小枫、邹建军、李定清等学者对此问题的阐述，以丰富对这个问题的研究。

第一节
伦理概念界定

　　无论东西方，"伦理"一词都古已有之，出现较早。中国古代《礼记·乐记》中已见"伦理"一词，"伦"的本意是"关系"或"条理"，中国古代"伦理"的含义主要是指人伦纲常。英文中的"ethics"一词的词源是希腊文"ethos"，它的本意是"本质""人格"，与"风俗""习惯"相联系，此后亚里士多德正式使用"伦理学"这一术语，使其成为一门独立的学科。在实际的使用过程中，我们常常会把伦理和道德这两个概念混用。何怀宏曾在《伦理学是什么》中考察了伦理与道德之间的差异，认为这二者在大多数情况下被用作同义词，而"当表示规范、理论时，我们倾向于用'伦理'一词，而当指称现象、问题的时候，我们较倾向于使用'道德'一词"①，可见伦理具有更为客观的意蕴，而道德主要用于个人，更加主观，个体意味更浓。

　　刘小枫在《沉重的肉身》中认为"伦理"是"以某种价值观念为经脉的生命感觉"②，他从每一个个体出发来理解伦理问题，认为现代社会的个人"依据其心性来编织属己的生命经纬"③，也就是说个体会依据自己的需求进行伦理取舍，实际上人对于伦理道德是有主体性的，有其自我选择的诉求，正如康德所认为的人作为道德主体，

---

① 何怀宏：《伦理学是什么》，北京大学出版社 2015 年版，第 14－15 页。
② 刘小枫：《沉重的肉身》，华夏出版社 2007 年版，第 4 页。
③ 同上，第 7 页。

是自己给自己立法。但同时我们不能否认的是，个体的伦理诉求也会受社会伦理环境的影响，甚至发生与社会伦理环境相冲突的现象，个体如何进行伦理选择以实现其伦理诉求并与外界的伦理环境形成某种秩序平衡，就显得尤为重要。

学者聂珍钊在界定伦理的基本含义时，认为它"主要指社会体系以及人与社会和人之间客观存在的伦理关系和道德秩序……还包括人与自然、人与宇宙之间的伦理关系和伦理秩序"①。而文学伦理学批评作为一种文学批评方法，从伦理角度分析和阐释文学作品，探究作家以及与文学相关的问题，它与传统意义上的道德批评不同，而强调回到历史的伦理现场，对文学作品中描写的伦理秩序变化以及变化引发的伦理道德结果，人物所处的伦理环境以及做出的伦理选择等进行分析、解释和评价。在文学伦理学批评中，伦理环境、伦理身份、伦理选择、伦理意识、伦理秩序、乱伦、伦理禁忌都是批评的核心术语，另外还包括"兽性因子"、"人性因子"、伦理线、伦理结等，文学伦理学批评认为人逐渐由兽变为人正是由于人理性的成熟，而理性的核心即是伦理意识。

本章将围绕福克纳和张炜小说中人与自我、人与人以及人与自然三个方面的内容，探求两位作家小说中所呈现的人物在特定伦理环境下的伦理冲突与伦理选择，并从两位作家的创作心理和伦理诉求出发，分析他们在小说创作过程中表达的伦理追求及包括自我、家庭以及生态三个方面的伦理建构。

第二节
福克纳和张炜小说中的自我伦理选择

从伦理之维解读福克纳和张炜两位作家的小说时，我们关注的首要问题是

---

① 聂珍钊：《文学伦理学批评及其它——聂珍钊自选集》，华中师范大学出版社 2012 年版，第 9 页。

小说中个体与自我的关系问题，李定清认为文学伦理学批评"不能忽略对人与自我关系的体认和把握""人与自我的关系是各种关系中最内在的，也是最难究明的"①，正如刘小枫在《沉重的肉身》中所阐述的，我们始终要从每一个个体出发去理解伦理问题。而从个体之微去探究人与自我的关系，会发现每一个个体在面临自我伦理困境时都会产生一场内心的精神地震。人与自我的关系"在终极层面上是一种求圣关系"②，人总是希求在自我探寻的过程中到达一种更为高远神圣的境界。以人与自我的伦理关系为切入点，审视福克纳和张炜两位作家的小说，我们不仅能够发现他们笔下人物的内心冲突以及他们所做出的种种伦理选择，也能发现作家对于理想自我伦理关系的建构，由此得以窥见作家的内在精神世界，从整体上把握和理解他们的创作。福克纳和张炜的小说都在探索个体生命的伦理困境，书写个体在历史与现实的夹缝间，面临混乱的伦理秩序和无所适从的伦理身份时的艰难处境，以及在这种境遇下的伦理选择。人物所做出的伦理选择基于他们不同的伦理环境，文学伦理学批评认为伦理环境是文学作品存在的历史空间，因此应回到历史现场，探求他们做出不同伦理选择的原因。

1. 原罪阴影下的毁灭与觉醒

福克纳生活的美国南方拥有深厚的基督教传统，宗教思想渗透在其小说创作中。原罪观在基督教中有着至关重要的意义，因为原罪的存在，人与神之间产生了界限，同时人也获得了作为人所拥有的自由，因此才能够在此基础上进行各自的自我伦理选择与建构。与美国南方的基督教文化传统不同，张炜所生活的齐鲁大地上传承的是儒道文化，这一文化传统并无原罪意识，但如刘再复所说，《古船》中的隋抱朴是一个充满"原罪感"的人物形象。张炜深受"托尔斯泰主义"思想影响，托翁身上的忏悔意识影响了其小说创作，因此张炜笔下的人物也饱含深沉的罪感与忏悔意识。昆丁的原罪意识以及隋抱朴的"罪感"都是他们处于各自伦理困境中的外在表现，本节将以此出发探析他们做出的不同选择及其内在动因。

---

① 李定清：《文学伦理学批评与人文精神建构》，《外国文学研究》2006 年第 1 期。

② 同上。

福克纳曾说作家要写的毋宁是"人类内心冲突"①。《喧哗与骚动》中的昆丁在福克纳的小说中是一个代表性的人物，尽管我们无法将昆丁和福克纳作简单的对等，但不可否认的是他是距离作家本人最近的人物，福克纳曾说："我是《喧哗与骚动》里的昆丁。"② 昆丁的伦理困境来自妹妹凯蒂的失贞，凯蒂的失贞与《圣经》中夏娃的堕落形成互文关系。《圣经》故事中亚当与夏娃偷吃禁果的行为让人类始祖背负上沉重的罪恶。及至《喧哗与骚动》，凯蒂的失贞成为南方伦理大厦发生动摇的象征。面对凯蒂的失贞，昆丁的反应最激烈，他出身贵族世家，作为南方传统的继承者，面对凯蒂在外与人幽会的现实，他本想维护南方的伦理秩序，试图与艾密司争斗，却由于紧张害怕而昏过去，无力改变既有现实，显示出他作为过去伦理价值观念代表的软弱。

文学伦理学批评认为文学作品中的伦理线和伦理结是构成作品伦理结构的主要成分，"伦理线可以看成是文学文本的纵向伦理结构，伦理结可以看成是文学文本的横向伦理结构"③。《喧哗与骚动》中凯蒂的失贞构成了小说的伦理结，康普生家庭的每个人都围绕这一伦理结做出自己的伦理选择，昆丁对凯蒂自我放纵的阻止与对她贞洁的维护构成了其中的一条伦理线。凯蒂的失贞表明她与南方重视女性贞操的"淑女"决裂，当昆丁面临这样的伦理困境时，他甚至为了维护南方传统伦理秩序，不惜让自己处于乱伦的危险境地，昆丁与凯蒂未产生实质性的乱伦行为而只是具有精神上的乱伦倾向，但维护南方的伦理秩序与昆丁和凯蒂之间的精神乱伦构成了激烈的伦理冲突，以致昆丁无法确认自我的伦理身份，因此陷入了深重的伦理困境中。一方面他有强烈的罪感，另一方面他表现出外在的"停滞"状态，他的内心状态和外在表现相辅相成。由凯蒂失贞所引发的罪恶感让他无所适从，昆丁的内在自我已然分裂而无法继续走向未来，他的外在"停滞"状态证实他自身时间的停滞，同样表明南方的传统伦理生活的停滞，而无法接受这一结果的昆丁只能将时间"停滞"在此时此刻，"停滞"于现在。小说中出现了大量描写钟表的细节，钟表的意象

---

① 潘小松：《福克纳——美国南方文学巨匠》，长春出版社 1995 年版，第 202 页。

② 转引自肖明翰：《威廉·福克纳研究》，外语教学与研究出版社 1997 年版，第 236 页。

③ 聂珍钊：《文学伦理学批评及其它——聂珍钊自选集》，华中师范大学出版社 2012 年版，第 13 页。

贯穿始终，时间可谓无所不在，但吊诡之处在于昆丁"把表弄坏了"①，因此对于昆丁来说，时间是"停滞"的，霍夫曼认为这种"停滞"普遍出现在福克纳的小说中，"停滞"表达的是一种"理想的"自然状态。显然《喧哗与骚动》中的昆丁是一个理想主义者，他在剧烈的伦理秩序的动荡下希图保存的仍是南方旧有的伦理道德观念，恐惧南方的伦理秩序发生变化是昆丁的悲剧所在，当他的观念与现实发生冲突时，其内心就产生了自我毁灭的倾向。昆丁的自杀可以看作是他面对凯蒂堕落时的一种赎罪仪式，正是对于传统伦理秩序的固守让昆丁无法在当前的伦理环境中继续存在，因此他最终选择了自我戕害，而他的自杀实际上是对自我的逃避。昆丁一定程度上带有福克纳本人的影子，学者肖明翰认为"福克纳是一个敏感的理想主义者"②，这一结论与福克纳所植根的美国南方的文化土壤密切相关，"南方文化中有十分突出的浪漫主义和理想主义"③，但福克纳坚守的理想主义并非全然退回到南方的过去。霍夫曼曾说："福克纳并非一个原始主义者，崇尚原始社会，主张人们从现在退回到一个理想的，没有被玷污的自然状态中去。"④ 福克纳信奉的是一种存在主义伦理观，于他而言"逃避自我是恶，面对自我是善"⑤。昆丁的自杀表明福克纳"埋葬"了部分自我，这一部分自我执着地怀念往昔的南方伦理生活，而另一部分的福克纳则逐渐靠近现代伦理观念，这一观念在他此后的文学创作中不断体现。

　　张炜的《古船》同样以人物内心的伦理冲突为着重表现的对象，与昆丁类似，隋抱朴也处在伦理困境当中，他面临的伦理困境是现代化进程中洼狸镇的乡土伦理与现代伦理之间的矛盾与冲突，同时妹妹含章失身于赵炳的事实愈发加重了隋抱朴的伦理困境。父亲在他小时候就经常躲在房间里算账，告诉他"我们欠大家的"⑥，从那时起隋抱朴就认为自己是一个一贫如洗之人，应该赎

---

① 福克纳：《喧哗与骚动》，李文俊译，漓江出版社 2004 年版，第 93 页。
② 肖明翰：《威廉·福克纳：骚动的灵魂》，四川人民出版社 1999 年版，第 101 页。
③ 肖明翰：《威廉·福克纳研究》，外语教学与研究出版社 1997 年版，第 74 页。
④ 参见弗雷里克·J. 霍夫曼：《威廉·福克纳》，姚乃强译，春风文艺出版社 1994 年版，第 13 页。
⑤ 转引自肖明翰：《威廉·福克纳研究》外语教学与研究出版社 1997 年版，第 78 页。
⑥ 张炜：《古船》，人民文学出版社 1987 年版，第 42 页。

罪和忏悔，他对弟弟见素说："我是老隋家有罪的一个人。"① 刘再复认为，"笼罩于《古船》字里行间的是一种具有宗教气氛的罪感与赎罪感"②，在这种罪责中他独自一人坐在老磨坊里，任磨坊以外的世界如何变幻，始终不肯走出去。隋抱朴身上背负着沉重的苦难和包袱，他目睹了洼狸镇人所遭受的苦难。面对洼狸镇社会转型，旧有的乡土伦理已经不适应当前的生活，因此他对自己所信奉的伦理文化产生了困惑和质疑，这些困惑让他陷入了自我伦理困境的漩涡中。

和昆丁相同，隋抱朴的时间同样处于停滞的状态，他如一个思考者，将自己困在黑暗的老磨坊里沉默无语。有学者将隋抱朴和罗丹的雕塑《思想者》加以比较，把他看作一个思考者的形象。在这一点上隋抱朴和昆丁两个人物形象有相似之处，他们都在自己所处的伦理困境下不断思考，但又无法脱离思考的泥淖付诸行动。"哈姆雷特"式的延宕行为是他们面临巨大的心理冲突时的外在反应，他们选择以外在的停滞状态保护内在自我的分裂，因此也让自我时间停止。隋抱朴作为家中的长子，背负着沉重的家族负担，他接过了父亲的"罪"，同时还要赎罪，他要为所有的罪恶"还账"，这一"父债子偿"的观念即是传统家族伦理的具体体现，因此他强调自己是一个罪人。面对深爱的小葵，他因为无法承担可能会给家族名声抹黑的风险而不能迈出前进的脚步，此时隋抱朴身上所承担的罪责已经成为他进行自我伦理选择的枷锁，让他无法喘息。

隋抱朴与昆丁的不同之处在于他在小说的后半部分读到《天问》和《共产党宣言》，他的内心发生了转变，找到了继续前进的方向，并且自我意识开始觉醒，最终他选择与洼狸镇的人团结在一起完成自己的使命。有的学者认为隋抱朴的这一变化弱化了小说的艺术性，似乎是作家刻意为之，但仔细阅读《古船》的文本我们会发现，对于隋抱朴来说这是合理的转变。通过对《天问》和《共产党宣言》等文本的阅读，他逐渐让自己内心不知所措的非理性因素转变为可控的理性因素，从无所适从的状态走出来，找到了拯救洼狸镇的出路，从而认清自我的伦理身份并承担起自己的伦理责任。其次与昆丁的贵族

---

① 张炜：《古船》，人民文学出版社 1987 年版，第 82 页。
② 刘再复：《〈古船〉之谜和我的思考》，《当代》1989 年第 2 期。

身份不同，他接受的是中国传统家庭伦理文化的教育，作为家庭中的长子，对于家庭以及社会的责任削弱了他对自我的过分关注，在这一文化系统中他信奉整体观念，他曾说："我也为死去的老父亲难过，他吐净了血死在老马背上，就为了今后的人一块过生活……这里面'牵扯到了做人的根本——怎么过生活？这不是一个人的事情，绝不是！"① 因此隋抱朴和昆丁的不同就在于除了关注自我，他同样看重自己对于他人的伦理责任，他对弟弟见素说："我亲眼见到镇上好多没有牙的老头子老太婆吃红薯和麸皮做成的团子，你发了财，会保证让他们吃好穿好，像对待父母一样对待他们吗？"② 因此与《喧哗与骚动》中昆丁掉入自我挣扎的窠臼中难以自拔不同，隋抱朴找到了突破自身狭小天地的路径。

昆丁与隋抱朴都在深刻的罪感意识中陷入伦理困境的泥淖，却做出了相异的伦理选择。昆丁的选择表明福克纳对美国南方在基督教文化传统和清教主义影响下看重女性贞洁的伦理观念的清醒认识，秉持人道主义观念的福克纳在小说中表现了这一伦理观念带给人的戕害，表明了他对这一观念的否定。但昆丁的悲剧命运同时表现出福克纳本人对南方伦理问题的内在矛盾，即他对南方的过去仍然抱有怀恋之情，无法走出南方过去的"神话"，反映出他对南方爱恨交织的双重情感。而对于张炜来说，《古船》中隋抱朴的"罪感"意识源自他对洼狸镇历史与现实的深刻忏悔，他的伦理选择表明作家对于勇于承担伦理责任行为的肯定，尽管张炜常被贴上"保守主义"的标签，但实际上他对时代变化带来的伦理观念的改变并非秉持一味排斥的态度，他看重当下的、今天的意义。他认为："我们所追求和颂扬的道德应该是眼下的、手边的，是正在生活中运行着的东西……"③ 正是对于当下的关注与反思让张炜笔下的人物有了冲出自我伦理困境的勇气，能够直面自我的内心冲突，找到继续前进的道路。

2. 历史迷雾中的对话与反思

福克纳和张炜小说中的人物不仅要面对沉重的原罪阴影下的自我伦理选择问题，同时要在历史与现在相互对照的维度上进行各自的伦理选择与建构。这

---

① 张炜：《古船》，人民文学出版社 1987 年版，第 216 页。
② 同上，第 217 页。
③ 张炜：《域外作家小记》，作家出版社 2014 年版，第 280 页。

里所说的历史与现实意义上的历史事实有些许不同，小说通过人物塑造所展现的历史是一种直接的形象化表达，是根据作家个人化的体验形成的独特艺术表现，福克纳和张炜两位作家都擅长在个人伦理经纬上探究历史的面貌以此实现个体的自我伦理选择与建构。他们都是"向后看"的作家，具有深刻的历史意识，在他们的小说中，过去的历史对于个体自我伦理选择起着重要的作用，对过去历史的探索同时代表了他们对自我伦理的探索。

因此我们发现在福克纳的《押沙龙，押沙龙！》与张炜的《家族》中，个体要在与前辈的对话中拨开历史的迷雾，找寻他们的来龙去脉，进而实现自我的伦理选择与建构。

《押沙龙，押沙龙！》中的萨德本曾经因穷困被黑人守门人拒绝进入种植园而立志成为更加富有的庄园主，因此他不择手段地发财，规划自己的雄伟蓝图，渴望建立一个纯白人家族。但萨德本的这一愿望却遭遇了阻碍，他在西印度群岛时与一个有黑人血统的女性结婚生下了孩子查尔斯·邦。萨德本抛妻弃子回到杰弗生镇，开始谋划并实施了萨德本百里地的建设，迎娶了埃伦·科德菲尔德，生下了亨利和朱迪思。此后亨利在大学结识了查尔斯，两人实际上是同父异母的兄弟关系，而查尔斯与朱迪思两人本是同父异母的兄妹关系却缔结了婚约，最终酿成了兄妹三人的悲剧命运。在这个家族故事中，萨德本因受南方种族主义伦理环境的影响，做出了抛妻弃子的伦理选择，这一选择使他未能履行自己作为父亲的伦理责任，同时他身上的自由意志控制了他的理性意志，开始任由本能行事，为了延续后代，甚至占有了仆人沃许·琼斯的外孙女，又因对方所生的是女孩抛弃了她们，最后引火上身，走向死亡的命运。而亨利对查尔斯和妹妹的情感都超出了兄妹之间应有的程度，有乱伦的倾向，查尔斯与朱迪思之间的关系也触碰到了伦理禁忌，最终亨利选择杀死查尔斯，结束这一悲剧命运。作为萨德本混血儿子的查尔斯处在不被父亲承认的尴尬境地，他试图确认自己作为萨德本之子的伦理身份，但无法如愿，同时他还在战争中为南方而战，南方地区本就深受种族主义思想荼毒，而他本人也因种族问题而深陷伦理混乱，因此可以看出查尔斯这一人物的伦理两难处境。

《哥伦比亚文学史》中评价《押沙龙，押沙龙！》是一部"纯粹解释性的小说"①, 小说中的人物如罗沙小姐、康普生先生、昆丁和施里夫都在试图解释过去, 不同人的叙述共同呈现了萨德本家族覆灭的悲剧故事, 展现了美国南方, 人与人以及人与自我内心之间的激烈冲突。昆丁是这一历史的倾听者, 他在罗沙小姐、康普生先生的讲述中勾勒过去的历史, 昆丁在萨德本庄园的探险"就是对南方的过去和对他自身的探索"②, 在这一过程当中他得以认清自己所处的历史环境并进行自我伦理选择, 可以说昆丁就是在这一过程中逐渐清楚自己作为南方之子的内在身份以及他将面临的命运。福克纳曾经说: "南方人写的是自己, 不是他的环境……我们……或者对当代生活进行激烈的抨击或是努力的逃避……不管选哪一条道路, 都是一种强烈的参与。在参与过程中, 他不自觉地在每一行、每一个短语里都写进了自己的强烈的绝望、强烈的愤懑和强烈的沮丧以及对更为强烈的希望的强烈的语言。"③ 昆丁与施里夫两人参与过去历史建构的过程, 与处在过去的查尔斯和亨利两人之间实现了奇异的共存: "起先, 是他们中的两个, 然后是四个; 此时又是两个了……他们两人都忍受着寒冷, 仿佛对自己肉体故意摧残的那种心醉神迷能转化为另外两个年轻人的精神阵痛。"④

"他们都在卡罗来纳而时间是在四十六年之前, 而且此刻甚至都不是四个人而是进一步作了组合, 因为此刻他们两人既是亨利·萨德本同时又都是邦。"⑤

两对年轻人之间的重合揭示出南方循环往复伦理关系的悲剧命运, 在《押沙龙, 押沙龙!》里亨利因为妹妹的缘故杀死了查尔斯, 最终导致萨德本家族的覆灭, 于昆丁来说这一伦理选择在他心中刻下了深深的印记, 他与亨利一样处于进退维谷的道德伦理困境之中, 在与先辈的对话中, 他对南方历史中由来已久的伦理困境感同身受, 但仍然对此无能为力, 到了《喧哗与骚动》中, 昆丁已经没有了亨利的残酷, 他选择以自杀的方式逃避最终的伦理选择。

张炜笔下的人物对待历史的态度则相对清醒与理智, 他们常常以反思的态

① 埃默里·埃利奥特:《哥伦比亚美国文学史》, 朱通伯译, 四川辞书出版社 1990 年版, 第 751 页。
② 肖明翰:《威廉·福克纳研究》, 外语教学与研究出版社 1997 年版, 第 372 页。
③ 陶洁:《灯下西窗——美国文学和美国文化》, 北京大学出版社 2004 年版, 第 187 页。
④ 福克纳:《押沙龙, 押沙龙!》, 李文俊译, 北京燕山出版社 2017 年版, 第 327 页。
⑤ 同上, 第 333 页。

度思考过去并面对当下。《家族》嵌套了几代人的故事，小说开头是年过四十的宁伽作为家族第三代的自述，与《押沙龙，押沙龙!》中昆丁对萨德本家族历史的探索相似。张炜的《家族》同样讲述的是由子辈追寻父辈历史的过程，小说中的"我"曾自述一生中的很多时间都在探索外祖父的秘密，实际上，不仅是外祖父的故事，"我"是在探索整个家族的兴衰、苦乐以及得失、荣辱。

《家族》中的历史和现实故事交叉进行，历史的真实大多是通过外祖母或者母亲的记忆如拼图一般拼凑出，张炜在进行历史书写的过程中舍弃了宏大叙事，转向从个体经验出发探寻历史的真实面貌。小说中的子辈们坚定地认为"还原一个真实永远是必要的"①，于他们而言，祖父以及父辈的历史是他们进行自我伦理建构过程中无法绕过的碑石，《家族》中书写了善与恶的家族代表，父辈的历史正是在善与恶的斗争中展开的，小说中的宁珂、曲予作为善的代表与殷弓、"飞脚"等作为恶的代表相互对照出现。

面对父辈的苦难，宁珂的儿子宁伽陷入了一种善与恶相互扭结的伦理困境中，他无法理解站在善的营垒中的父亲为何成为被侮辱和被损害的对象，而恶的代表却仍然能够继续安然无恙的存活下去。残酷的历史真相对于宁伽这样的子辈们来说是一种无法改变的悲凉宿命，因此在《家族》中，我们会发现在现实层面上，宁伽作为 03 所的研究员因为父辈们莫须有的罪名在当前的环境中无法生存下去，从而面临个人伦理身份的混乱问题，他们渴望在现有环境中继续生活下去，试图修正所面临的悲剧命运，改变其既无法认同父亲也无法获得现实承认的伦理困境，因此产生了幻灭感与失落感，成为精神上的"流亡者"。这样的子辈们大多选择离开家乡在异地流浪，试图寻找自己的精神家园，因为父辈他们在现实生活中常常处于被排挤和不被承认的境地，这一困境正是张炜小说中关注的重点。他敏锐地发现子辈们在历史中追寻自我的过程如浮萍一般，失去了本该有的根脉，无根的子辈们的自我伦理建构之旅因此变得异常艰难，如昆丁一样，他们成为精神上的游荡者或流亡者，无所依傍的他们最终只能走上逃离的道路。小说的最后宁伽选择离开 03 所，继续踏上寻找历史真相的道路。到了《柏慧》中我们发现作为儿子的子辈在对父辈历史的进

---

① 张炜：《家族》，作家出版社 2010 年版，第 22 页。

一步探索中得知父亲所遭受的苦难，最终选择与父亲和解。

《押沙龙，押沙龙!》中的昆丁与《家族》中的宁伽都在探寻父辈历史的过程中进行着自我伦理选择与建构，他们所处的外在伦理环境常常是道德失范的混乱局面，人物因此无法确认自我伦理身份，从而产生伦理混乱，最终走向毁灭或逃离的命运。

福克纳笔下的人物面临的是南方种族主义导致的人的伦理悲剧。美国南方深受种族主义观念的荼毒，在这一背景下人的伦理观念产生了畸变，无法以平等的态度对待他人，萨德本做出的伦理选择体现了南方伦理环境的罪恶。而张炜笔下的人物面临的则是战争造成的善与恶的颠倒，宁珂在战争中做出了巨大的牺牲，但因为自己的出身遭到背叛和抛弃，善与恶的失衡造成了人内在心理的失衡。与福克纳笔下的人物的悲剧命运不同，张炜笔下的人物往往选择背负着苦难继续探寻，以逃离的方式坚守自己的伦理道德选择，最终在探寻历史真相后实现与父亲的和解，与父亲和解的过程即是与自我和解的过程，同时他们探寻父辈历史的行为也具有精神寻根的意义。不管是福克纳还是张炜，他们笔下的人物都选择在探寻历史真相的过程中进行当下自我的伦理选择与伦理建构，体现出了他们共同的历史观，即过去的历史与今天的现实是紧密相连，无法割断的，正如福克纳所说的"过去永远不会死，它甚至还没有过去"①，而张炜也认为"现实和历史是无法割断的，过去的历史是今天的现实，今天的现实也同样有着历史的痕迹"②，父辈们所遭遇的伦理困境都无一例外地延续到子辈的身上，这一循环往复发生的伦理困境正是他们所面临的共同问题。

福克纳和张炜都对塞万提斯的《堂吉诃德》十分推崇，福克纳表示每年都会重读这部作品，从中可见《堂吉诃德》对他创作的影响。张炜同样对《堂吉诃德》给予了高度赞赏，肯定了小说中的文学精神力量。两位作家对同一部作品的喜爱并非偶然，其中内蕴着他们共同的性格特征或文学追求、审美旨趣。福克纳和张炜两位作家都具有理想主义的性格特质，同时他们笔下许多人物也都具有理想主义的色彩，这一方面体现了作家本人的文学追求，另一方面也得益于他们所处的文化背景中的浪漫主义和理想情怀。在文学史上，堂吉

---

① 肖明翰：《威廉·福克纳研究》，外语教学与研究出版社 1997 年版，第 84 页。
② 张炜、王光东主编：《张炜王光东对话录》，苏州大学出版社 2003 年版，第 77 页。

诃德这一人物形象具有经久不衰的艺术魅力，一方面他沉溺于骑士小说的浪漫幻想中，对过去的世界存有深深的留恋；另一方面他又具有正义感，是一个执着于同外在现实环境对抗的理想主义的典型代表。反观福克纳与张炜的创作，我们会发现他们笔下的许多人物都是"吉诃德"式的人物，即都对过去有依恋和幻想，同时又都处在社会剧烈发展变化的历史环境中，极易陷入内在自我与外在环境的剧烈冲突中，造成自我迷失，但这些形象身上仍然留有人性的美好品质，作家在他们身上寄予了未来的希望。

有关福克纳小说中"吉诃德"式的人物形象，学者王钢曾在《福克纳小说创作中的"吉诃德"原则》中有过探究，他认为福克纳小说中理想主义的"吉诃德"式人物形象的书写体现了福克纳本人理想主义的性格特征。而当我们从个体自我伦理选择的视角审视福克纳小说中的"吉诃德"式人物形象时，会发现由于他们处在新旧伦理观念交锋的伦理环境之中，所以他们性格中的理想主义因素让他们陷入了伦理选择的困境之中，他们做出的不同伦理选择映照出福克纳本人的伦理取向和价值观。《喧哗与骚动》中的昆丁、《八月之光》中的海托华、《野棕榈》中的高个子犯人以及《去吧，摩西》中的艾萨克都是福克纳小说中"吉诃德"式人物形象的典型代表。《八月之光》中的海托华从神学院毕业之后来到杰弗生镇做牧师，但他终日沉浸在祖父往日的荣耀当中，在讲坛布道时总会怀着兴奋的心情讲述祖父在战争中落马身亡的故事，他的举动让坐在听众席的会众感到莫名其妙，开始还有会众听他布道，后来人们干脆不去教堂了，最终他被教会辞去教职。同时他与妻子的关系相当冷漠，妻子几次出走他都无动于衷，海托华没有尽到自己作为牧师和丈夫的伦理责任，同时也没有认清自己的伦理身份，反而陷入过去的历史无法自拔，因此最后落得一个被逐出教会，失去妻子的下场。而当海托华帮助莉娜接生以后，感叹于新生命的诞生以及莉娜在遭受分娩的剧痛时仍然保持安宁无惧的状态，体悟到母亲与儿女之间联系的深切。迎接了新生命以后他感到一种胜利的喜悦，二十五年来一直无所事事打发日子的他终于成为一个有明确目标的人，并且开始反思自己应当承担的责任，他对被追杀中的乔的帮助表明他开始主动与他人建立联系，开始走出过去影响的藩篱。《野棕榈》中的高个子犯人同样是一个"吉诃德"式的人物形象，李文俊曾在《福克纳传》说"高个子囚犯有点像堂吉诃德"①，高个子犯人身上吃苦、忍耐、坚毅的性格正是福克纳所偏爱的人性特质。小说中的高个子犯人因抢劫火车的罪名被关进帕奇曼监狱，在马上将要被释放的时候遭遇洪水，他被指派搭救一名被困水中的孕妇，湍急的洪水意外将他冲到妇女的身边，此后他开始了与孕妇的水上漂流，在这个过程中他曾有机会回到岸上，此时如果他能够逃离洪水回到岸上，同时也就意味着能够逃离监狱的监禁，高个子犯人在留下与逃离的伦理困境中没有选择逃离而是主动承担起自己的责任，护送孕妇回到岸上，并帮助她产下自己的孩子。高个子犯人帮助产妇顺利生产与《八月之光》中海托华帮助莉娜生育的情节形成了一种呼应关系，表明福克纳在他们身上寄予了希望，他们的优秀品质将能够继续传递到后代身上，他们所拥有的优秀品质正是南方走出困境的良药。

张炜在《你在高原》系列小说中提出了他的"高原精神"，"高原"即是一种理想的精神家园，对"高原精神"的坚守意味着对宽恕和仁爱的人道主义的坚守。在当代作家中张炜无疑是一个具有鲜明理想主义色彩的创作者，他的小说树起了一面理想主义的旗帜，他在许多场合都曾经表示自己的理想是成为一名地质工作者，他期望以这样的方式丈量大地，他笔下的人物常常行走在广阔的大地上，坚守自己的道德理想，以一种退守的方式坚守张炜所说的"高原"阵地，"高原"在这里代表的就是他心中永存的理想信念。张炜小说《家族》《柏慧》《我的田园》是主人公的行走史，他们行走在大地上、山野中，是张炜笔下大地上的"流浪者"，而他们"流浪"的过程即是坚守理想，进行自我伦理建构的过程，一定程度上他们可以称得上是"堂吉诃德"式的探求者，既依恋于过去美好的浪漫幻想，又常常因为当前的伦理困境而产生自我伦理身份的迷失，他们尽管遭遇种种苦难，却最终都能够坚守住自己的道德理想，坚守一种"高原精神"。

《家族》中的宁伽在追寻父辈的历史中进行自我伦理的建构，实际上他同时是在探寻"善"与"恶"在大地上的斗争，此后他辗转各地探寻历史的真相，试图修正父辈们所遭遇的不公正的对待。在《我的田园》中他回到了葡萄园，葡萄园即是张炜笔下的"高原"的代表之一，我们会发现尽管宁伽面

① 李文俊：《福克纳传》，新世界出版社2003年版，第103页。

临善与恶颠倒的伦理困境，感到自身伦理身份的混乱，但他并没有在这样的困境中沉沦，而是选择了退回到葡萄园中，正如小说中所说"谁要做一个拒不低头的人，谁就得流放自己"①，他正是在这样的"流放"中实现了对自身理想信念的坚守。

《外省书》中的史珂面临原有乡村伦理的失落的困境，现代化生产技术的介入不仅改变了人们的生产方式，更改变着人们的伦理观念。在京城居住多年的史珂本想叶落归根回到家乡，但家乡的巨大变化却让他无所依傍，甚至不得不从侄儿家搬至海边的一所孤屋中居住，在剧烈的伦理变化中，史珂一类理想主义人物感到了苦闷与彷徨，他们找不到自身的定位，于是选择退守到边缘，在退守的过程中他们保持清醒的认知，采用这样一种脱离中心的方式使他们既能够保持自我，同时又坚守其理想信念，从而实现与中心的对抗。

从上述论述中可以看出，福克纳和张炜将希望寄托在其笔下的理想主义者身上，他们以人道主义作为其思想的核心和基础，相信人性中善的力量是能够带领人类走向未来的希望。

福克纳小说中人物的自我伦理选择与建构，是基于美国南方基督教文化传统、清教主义和种族主义相互交织影响的伦理环境，小说中"吉诃德"式的人物形象表达了作家理想的自我伦理建构之途，他们在自我伦理选择的过程中承担起自己的伦理责任，从而摆脱伦理困境。这类人物身上具备的忍耐与坚毅等古老的品质是福克纳倡导的人性中善的一面，他认为南方正是因为这些优秀的人性特质才能走向更美好的未来，但同时福克纳也看到了他们身上的弱点，如昆丁与海托华对过去的过分留恋，体现了福克纳内心对他笔下塑造的"吉诃德"式理想主义者的矛盾心理。张炜的笔下理想主义的"吉诃德"式的人物的自我伦理选择则更具知识分子的反思精神与觉醒意识，尽管他们处在两难的伦理困境中，遭受苦难的折磨，仍然不忘自己的社会责任，并且在对父辈历史真相进行反思的过程中实现与父辈的和解，以退守的方式坚守自己的伦理道德理想和"高原精神"。

---

① 张炜：《我的田园》，作家出版社 2014 年版，第 70 页。

第三节
福克纳和张炜小说中的家庭伦理书写

　　从家庭角度来探析福克纳与张炜小说中的伦理书写时，其考察的核心重点是以婚姻关系和血缘关系为连接纽带的人与人之间的关系，家庭关系最显著地表现了人的伦理身份与伦理责任，人的伦理身份包括先天血缘关系获得的身份，如父母与儿女，也包括后天获得的身份，如丈夫与妻子等。

　　福克纳与张炜的小说都以家庭为描写的重心。在福克纳的长篇作品中，家庭小说约占有三分之二的比重，由此可见家庭在其创作中的重要地位。《喧哗与骚动》中的康普生家族、《我弥留之际》中的本德仑家族、《押沙龙，押沙龙！》中的萨德本家族以及《去吧，摩西》中的麦卡斯林家族集中反映了美国南方社会的历史变迁。美国南方是以庄园经济为主的农业社会，这一经济基础造就了南方人以家庭为中心的生活面貌，反映在小说中就形成了南方浓厚的家庭文化，泰特曾说"南方的中心是家族"①，福克纳的小说创作是对这一南方文化传统的继承和发展。同时，家庭也是齐鲁文化乃至中华文化的重要内核之一，正如冯友兰所说"中国的社会制度便是家族制度"②，在张炜的笔下，《古船》中的隋家，《家族》中的宁家与曲家，《外省书》中的史家抑或是《丑行与浪漫》中的家庭书写，无一不把观察的重心放在家庭中人与人的伦理关系之上。同时张炜的家族小说创作继承了中国家族小说创作的传统，从《红楼梦》到巴金的"激流三部曲"再到莫言笔下的"红高粱家族"，家族小说是中

---

　　①　转引自肖明翰：《大家族的没落——福克纳和巴金家庭小说的比较研究》，广西师范大学出版社1994年版，第23页。
　　②　冯友兰：《中国哲学简史》，赵复三译，天津社会科学院出版社2005年版，第18页。

国作家言说的重要方式之一。

福克纳和张炜分别以基督教文化和儒家、道家文化为背景进行创作。文化土壤迥异，时代相差悬殊的他们在家庭伦理的书写上有许多相似之处，这源于他们对人与人伦理关系本质特征的敏锐观察。家庭是特定历史阶段的具象投影，不论是福克纳还是张炜，他们的家庭伦理书写不单单聚焦于家庭中的伦理关系，更着眼于特定历史时期中人与人之间的伦理关系，他们都致力于以家庭伦理书写透视人与人之间伦理关系的本质。家庭伦理书写的重点在于亲子关系以及男女两性关系，本节将着重从父子、母子以及男女两性关系入手探析他们小说中传达的特定历史环境中的家庭伦理现状以及作家希冀的家庭伦理关系的理想状态，深入解读他们的创作心理。

1. 善与恶二元对立的"父亲"形象

父亲在家庭生活中扮演着重要的角色，父子之间的伦理关系构成了家庭伦理关系的底色，在以基督教文化为主的美国南方和以儒道文化为主的山东半岛，父亲都是家族文化传统的承继者，在家庭中拥有至高无上的地位，两地都逐渐形成了父权至上的伦理观念。

文学伦理学批评认为古希腊神话中的斯芬克斯之谜回答了什么是人的问题。斯芬克斯是人头和兽身的结合体，它具有人的头脑，同时又留有兽的身体，这一特点成为斯芬克斯因子，斯芬克斯因子由人性因子和兽性因子组成，通过理性意志和自由意志发挥作用，同时还存在非理性因素，它来自错误的判断以及犯罪的欲望，受到情感的驱动。人性因子即人的伦理意识，表明人从兽变为人，能够分辨善恶，而兽性因子则是人身上的动物性本能，是人身上的非理性因素。如果人的自由意志控制了理性意志，违背伦理秩序做出错误的伦理选择，将受到应有的惩罚。

在福克纳的小说中有一类自由意志控制了理性意志的"恶魔"式的父亲形象，他们人性中的兽性因子占据了主导地位。《押沙龙，押沙龙！》中的托马斯·萨德本、《八月之光》中克里斯默斯的外祖父、乔安娜的祖父、《去吧，摩西》中的卡洛瑟斯·麦卡斯林都是"恶魔"式的父亲代表。《押沙龙，押沙龙！》中的托马斯·萨德本在其庄园中是绝对的统治者，拥有绝对的权力，他受南方种族主义的毒害，费尽心力想建立一个纯正白人血统的家族，不惜舍弃自己作为父亲和丈夫的伦理责任，抛妻弃子。他身上的自由意志控制了他的理性意志，毫无伦理意识可言。为了传宗接代他强行占有米利，但又因米利生下的是女孩又将她们抛弃，最后萨德本被米利的祖父沃许杀死，萨德本家族覆灭。在这个家族故事中，亨利、邦作为儿子和朱迪思作为女儿，与父亲萨德本的关系处于紧张和对抗的状态中，亨利在得知邦的身份前曾与邦是亲密的好友，朱迪思甚至爱上了邦，萨德本曾经的美好愿景因他做出的错误伦理选择而被无情摧毁，因此家族的覆灭就是一个在所难免的宿命，萨德本家族注定无后。《去吧，摩西》中的卡洛瑟斯·麦卡斯林同样是一个毫无伦理意识的"恶魔"式父亲形象，他占有了女黑奴尤妮丝，生下了女儿托梅，同时又违背伦理秩序与女儿托梅产生了乱伦关系，触碰了伦理禁忌，卡洛瑟斯的乱伦行为导致麦卡斯林家族始终处在罪孽的阴影之下。

同福克纳笔下被自由意志控制的萨德本和卡洛瑟斯相似，张炜《古船》中的赵炳以及《丑行或浪漫》中的小油挫之父老獾同样是没有伦理意识，被自由意志所控制的"恶魔"式的父亲形象。而这另一类"恶魔"式的父亲形象同样缺少伦理意识，内在的非理性因素逐渐增长，变得暴戾无常，但这类父亲受到外在环境的不合理压制，实际上是一类受害者的形象。

《古船》中的赵炳是一个宗法制社会环境下封建大家长式的"父亲"，他利用权势在洼狸镇享有特权，手中掌握着洼狸镇的生杀予夺大权，甚至强行占有抱朴的妹妹含章，触犯了伦理禁忌，破坏了伦理秩序，而含章最终用剪刀刺杀赵炳的行为象征性地完成了她的"弑父"行动。作为封建大家长的赵炳因自己的乱伦行为受到了应有的惩罚，从而正式宣告这一畸形伦理关系的结束。《丑行与浪漫》中，小油挫的父亲老獾也是一位典型的"恶魔"式父亲，张炜擅长用动物来描写人物的特性，老獾的祖上是"食人番"家族，獾这一尖嘴獠牙的形象生动地刻画了小油挫父子身上的兽性因子，老獾毫无伦理意识，充满了兽性特征，他折磨儿媳的手段残忍，对儿媳用刑、鞭打，甚至把她的衣服锁起来，让她半裸着做家务活。后来当刘蜜蜡被迫嫁入以后，老獾和儿子又故技重施，他们的恶赤裸裸地表现出来，小油挫和老獾对刘蜜蜡用尽各种手段折磨，尽管他们都希望刘蜜蜡能够为家族延续生命生下一个儿子，但最终未能如愿。与福克纳笔下的萨德本相同，他们最终要承受家族无后的结局。《柏慧》中的父亲又是另一类"恶魔"式的父亲，他被关押多年，重新归来，长期遭受的痛苦折磨令他变得暴戾无常，他无力承担自己作为父亲的伦理责任，反而向弱小的母亲和儿子传递暴力，让家庭成员之间处于紧张的关系中，但小说中的儿子多年后理解到父亲所遭受的苦难以及他忍受折磨时产生的奇迹，儿子与父亲之间紧张的伦理关系又得到缓解，一定程度上达成了和解。于是儿子说："我知道，我今后要好好地爱我的父亲了，虽然这已经太晚。"①

福克纳和张炜小说中"精神"式的父亲形象，有的在小说中与子辈之间并无真正的血缘关系，但他们承担着重要的角色，是子辈们"精神"上的父亲，显示出两位作家对于理想的父子伦理关系的追寻和呼唤。

《去吧，摩西》中的山姆就是艾萨克"精神"式的父亲，艾萨克正是在山姆的引导下逐渐成长为一名真正的猎人，美国评论家路易斯认为法泽斯（Fathers）这个姓氏本身就暗含着重要的意义，即山姆是艾萨克的精神之父。山姆·法泽斯由契卡索族酋长伊凯摩塔勃与一个具有四分之一黑人血统的女奴所生，他的身上流淌着两个种族的血液。"一方面是一个种族的漫长历史的继承者，这个种族通过受苦学会了谦卑，同时通过比受苦更有生命力的坚韧学会了骄傲，另一方面是另一个种族的历史的继承者，这个种族在美洲大陆上的历史比前一种更为悠久，可是如今仅仅靠了个年老无子的黑人的陌生的血液的孤独的友谊，以及一只老熊的狂野不羁而不可战胜的精神，才能存在……"②

通过小说中的这段描述，我们可知山姆是美国南方复杂种族环境的象征，南方的黑人与白人之间存在种族关系上的巨大鸿沟，面对外界复杂的伦理环境，山姆·法泽斯作为黑人种族的后代，身上具备许多优秀的品质，他是一名出色的猎人，拥有坚强、自尊的性格，他以平等的姿态对待白人，从不卑躬屈膝，以自尊、自重的态度对待自己和周围的人，并且还以平等的态度对待艾萨克。作家在山姆这个人物身上寄予了美好的期许，小说中提到"只有山姆、老班和那杂种狗'狮子'是未受玷污而不可败坏的"③。艾萨克正是在山姆的指导与教育下逐渐成长为一名猎人，山姆带着他进入森林，教他打猎的技术，同时山姆身上的精神也引导着艾萨克的成长，艾萨克在山姆的带领下到森林里见识大熊——"老班"的过程即是艾萨克精神成长的过程，在这一过程中，他的伦理意识逐渐觉醒和清晰，他认识到祖上所犯下的罪孽，并选择放弃所获

---

① 张炜：《柏慧》，人民文学出版社 2010 年版，第 190 页。
② 福克纳：《去吧，摩西》，李文俊译，上海译文出版社 2014 年版，第 259 页。
③ 同上，第 163 页。

得的财产，为这些罪恶赎罪，他同时意识到森林与荒野的广大和自身的渺小，与大自然形成了和谐的生态伦理关系，实际上福克纳通过山姆这一理性的"精神"式的父亲对艾萨克的引导表明南方的希望在于人与人之间平等相待，在于人与人之间相互扶持与团结。

张炜同样刻画了"精神"式的父亲形象，与福克纳小说中的父亲形象不同，张炜小说中的父亲形象向来都相当沉重，因为他们都遭受着苦难的折磨，他们常常缺席儿子的成长，返回家庭时又由于曾经的遭遇而变得异常暴力，因此在张炜的小说中儿子与亲生父亲的关系常常是回避或疏离的。正是由于父亲的缺位，我们才会发现张炜笔下的"儿子"都在寻找"精神"上的父亲，以此弥补"无父"的恐慌和焦虑。在《家族》中，叙述者"我"即宁伽一直回避别人对其亲生父亲的追问，因为父亲在现实生活中带给宁伽更多的是屈辱。当宁伽毕业来到03研究所工作时，遇到了领导朱亚，朱亚是一个认真负责、对待工作一丝不苟的人，他不顾自己的身体状况坚持到野外勘探，希望获得第一手资料，和研究所中编造数据的人形成了鲜明的对比，他怀着对平原的深厚感情工作，希望通过自己调查的数据，阻止人们对平原不恰当的开发，他对待工作理性严谨，对待热爱的平原土地又充满怜惜的深情，朱亚身上的精神特质深深影响了"我"，可以说是朱亚这一"精神"上的父亲形象让"我"从"无父"的伦理困境中确认了自己的伦理身份，在朱亚这里找到了出路。因此"我"对导师朱亚既同情又敬佩，当导师朱亚被研究所里的人陷害时，"我"坚定地站在朱亚一边，并且尽力帮助导师完成他的调查研究，试图保护好他们共同热爱的平原。

通过以上的论述我们可以看出，福克纳和张炜小说中"恶魔"式的父亲形象是他们对于特定历史状况下家庭中父子关系的敏锐省视，这些人物身上的自由意志控制了他们的理性意志，兽性因子占据主导地位，没有承担起他们对家庭的伦理责任。福克纳笔下的"恶魔"式的父亲本质上是南方种族主义和奴隶制的受害者，南方的种族主义制度和奴隶制度造成了白人与黑人之间的隔离状态，因此作家将矛头指向南方的社会制度和伦理传统，"南方的社会制度和文化传统对人性的压制和摧残是'父亲'成为暴君式人物的根源"①。在这样一种外在伦理环境下,查尔斯·邦作为拥有黑人血统的儿子无法获得父亲萨德本的承认,而只能如克里斯默斯一样处在无法确认自我伦理身份的困境中,并在与父亲的对抗中走向悲剧结局。"恶魔"式的父亲形象导致了子辈们与父亲之间无法缓和的冲突和矛盾,他们之间的伦理关系以及最终的结局代表南方人与人之间因种族问题产生的相互隔绝关系,福克纳正是在这一维度上表明这一关系的荒谬,并且警示人们这样的父子伦理关系最终只能导致家族的覆灭,南方的未来没有希望。而张炜笔下存在两类"恶魔"式的父亲形象,一类如赵炳、小油挫的父亲,完全丧失了个体的理性意志,沦为被自由意志支配的"恶魔",他们处在宗法制社会中,宗族制度和传统观念赋予了他们为所欲为的权力,他们是被外在环境所异化的"恶魔"式父亲形象,残害女性,触犯伦理禁忌,成为与"兽"类无异的存在。另一类则如《柏慧》中的父亲,受到外在无端折磨与迫害,诱发了内在的"兽性因子",被迫害的他们选择将暴力传递给更弱小的家人,但又因为他们所受到的苦难,最终获得了子辈的谅解。

"精神"式父亲形象则具有鲜明的理性意识,给予子辈正确的人生指引,尽管并无血缘上的联系,他们却承担起了教育子辈的家庭伦理责任,成为子辈精神上的引路人,引导子辈建立理性健全的人格,从文学伦理学的角度来看,人理性的成熟促成其伦理意识的产生,人逐渐由兽变为人,小说中"精神"式父亲形象是子女们道德上的引导者,体现出福克纳和张炜对于理想父亲形象和健康父子伦理关系的呼唤。

2. 母爱的"匮乏"与"补偿"

在家庭伦理关系中,相较父亲与子女的关系,母亲与子女的关系具有更为天然的联系,母亲的关怀与爱在子女的成长过程中起着重要作用。福克纳和张炜的小说有很多母亲没有尽到应有的伦理责任,造成子女们母爱的缺失与"匮乏",导致母子关系产生种种裂痕,从而产生了冷漠和疏离的亲子关系。同时他们也刻画了如大地般具有强大包容力量的"母亲",这些女性形象拥有自然般的神性特征,这些"母亲"是家庭中爱的源泉,寄托了作家理想的家

---

① 高红霞:《福克纳家族小说叙事及其在新时期小说创作中的重塑》,《兰州大学学报》(社会科学版)2008年第6期。

庭伦理追求，因为有了她们对子女们爱的"补偿"，家庭成员才能在社会发生激烈伦理变化时重获"母亲"的关怀与爱。

福克纳《喧哗与骚动》中的康普生太太作为母亲，没有履行自己的伦理责任，除了对儿子杰生表示认可和肯定，她对其他子女都表现出不同程度的厌恶与憎恨，导致家庭中亲子关系的冷漠与疏离。康普生夫人认为班吉是为了惩罚自己自轻自贱嫁入康普生家才来到世上的，她对班吉缺乏母亲应有的温情与耐心，总是斥责班吉吼叫，因此缺乏母亲关爱的班吉与姐姐凯蒂的关系更为亲近一些，凯蒂在一定程度上给予了班吉"母亲"般的爱和关怀。对待女儿凯蒂，康普生太太认为凯蒂抹黑了康普生家族的声誉，康普生太太出生于大家族，她由南方的妇道观所塑造，受到的家教是成为"一个规规矩矩的女人"①，因此重视女性的贞洁，她对凯蒂的行为有诸多不满和贬斥，凯蒂亲吻了男友之后，康普生太太在屋里穿起了丧服，说自己的小女儿死了，而当凯蒂失身以后她又急于为凯蒂找一个丈夫结婚。对待儿子昆丁，康普生夫人认为他的种种行为是对自己的报复，而只承认杰生是自己的亲骨肉，她对子女的态度充斥着不满和抱怨，这导致康普生太太与子女的关系充满隔绝与冷漠。

《我弥留之际》中的艾迪与子女的关系同样如此，艾迪深陷虚无主义的孤独之中，她从父亲那里继承的观念是"人活着的理由就是为长久的死亡做准备"②。科拉曾说艾迪是"一个孤独的女人，一生都带着自尊享受孤独"③，艾迪的这些思想观念和性格特征影响了她与子女之间的关系，当她发现怀上达尔时，她无法接纳这个孩子，无法与达尔沟通交流，让她失去了与孩子的情感连接，最终将自己隔绝起来，母亲的孤独与隔离让本德仑家的每个人因此都陷入封闭的怪圈。

与福克纳笔下的母亲形象相似，张炜《古船》中的茴子与《丑行或浪漫》中的金梨花作为母亲，同样没有尽到她们作为母亲的义务与责任，没有给予子女们应有的关怀和爱。茴子的形象实际上是一个被损害的女性形象，她是隋迎之的第二任妻子，赵多多记恨隋家红火的粉丝厂生意，趁机打压隋家，并且多次对茴子图谋不轨，茴子受到凌辱选择服毒自杀，并焚烧了隋家的正屋。茴子

---

① 福克纳：《喧哗与骚动》，李文俊译，漓江出版社 2004 年版，第 116 页。
② 福克纳：《我弥留之际》，王鸿羽译，安徽人民出版社 2013 年版，第 160 页。
③ 同上，第 19 页。

的死对儿子隋抱朴产生了深重的影响，隋抱朴曾说"妈妈在我眼里很陌生"①，而茴子作为母亲，在整部小说中出场极少，在三个儿女的成长过程中是缺席的，因此儿女们时常处于失去母亲的惊恐中，由于母亲的缺席，隋家的三个孩子都处在不同的孤独状态之中，隋家的小女儿含章实际上成为母亲茴子的爱的替代，她的存在给予了隋抱朴和隋见素爱的温暖，正如《喧哗与骚动》中的凯蒂之于班吉。而《丑行或浪漫》中的金梨花作为母亲同样没有尽到自己的伦理责任，反而以自己的本能冲动行事，经常一个月只回家三五次，每次只待三五分钟，她把对丈夫的怨恨转移到了儿子身上，埋怨儿子太像父亲，逐渐对他冷漠起来，甚至取绰号嘲笑儿子，反而是在赵一伦家的保姆刘自然（即刘蜜蜡）与孩子的感情更为亲密，给予了孩子母亲的温情与关怀。

福克纳小说中的一些女性形象并非子女们血缘关系上的母亲，但在实际生活中承担了母亲的伦理责任，给予子女们母爱的"补偿"，她们的存在为家庭增添了一抹光亮。《喧哗与骚动》中的迪尔西即是这一"母亲"的代表，尽管迪尔西只是康普生家族的黑人女仆，但她在摇摇欲坠的康普生家族中充当精神支柱。在康普生太太无法承担作为母亲的伦理责任时，迪尔西对康普生家的孩子倾注了自己的爱。与康普生太太相反，她充满耐心和爱心地照顾着班吉，对凯蒂的命运充满同情，甚至在凯蒂的小女儿出生以后仍然尽心尽力地照顾着她，尽量减少杰生对小昆丁的伤害，并且为凯蒂母女主持公道，同杰生理论。她不歧视任何人，包括她带着班吉去教堂，在她的身上体现的是对所有人平等的爱，正如她回应女儿弗洛尼劝她不要带班吉去教堂时说的话"慈悲的上帝才不管他的信徒机灵还是愚鲁呢"②，因此迪尔西是作为整个南方的母亲而存在的，她不仅是康普生家族的儿女们的精神安慰，更是南方未来的光明与希望之所在。

而张炜《丑行或浪漫》中的刘蜜蜡与福克纳笔下的迪尔西有许多相似之处。一开始刘蜜蜡与迪尔西都是以仆人的形象在家庭中存在的，但后来她们都成为家庭中"母亲"般的存在。刘蜜蜡对赵一伦家的关怀与呵护充满了大地母亲无私奉献的爱的特征，在金梨花作为血缘上的母亲"缺席"的情况下，

---

① 张炜：《古船》，人民文学出版社 2004 年版，第 220 页。
② 福克纳：《喧哗与骚动》，李文俊译，漓江出版社 2004 年版，第 313 页。

是刘蜜蜡关爱着这个家，她是张炜心中理想女性的代表，寄寓了作家质朴的家庭伦理追求。张炜笔下的许多母亲形象都承受着苦难的折磨，因为父亲"缺席"，母亲常常需要承担双份伦理责任，她们坚韧善良，是传统女性美的代表。她们用温情与爱抚养下一代，为他们的成长提供精神上的保护。即使在父亲"不在场"的情况下，她们也勇敢地支撑起整个家庭。《柏慧》中的母亲在父亲被抓捕的情况下，仍然坚强地生活，并且带着年幼的"我"和外祖母在荒野上的草屋艰难度日。她不辞辛劳，自食其力，尽力维持家庭的正常运转，等待丈夫的归来，即使丈夫回家后表现出暴戾的性格特征，她仍然以包容的心对待，并尽力保护"我"，让"我"感受到母爱的温暖与关怀。

福克纳和张炜小说中无法承担伦理责任的母亲形象在与子女的关系上呈现出冷漠疏离的状态，她们虽然是子女血缘关系上的母亲，却没有给予子女爱与关怀，导致家庭成员关系的相互隔绝。福克纳笔下的母亲形象受到美国南方清教主义传统妇道观的塑造，重视贞洁，这一观念是男权社会给予女性的枷锁，受害的母亲最终却成为维护这一观念的施害者，在女儿身上继续这一悲剧。她们作为母亲是软弱而无力的，只是作为南方以男权为核心的社会中"影子"般的存在。而张炜笔下的母亲形象，一方面如金梨花在城市化进程中抛弃了自己作为母亲的伦理责任，追逐弗洛伊德所说本我的快乐，对丈夫以及儿子表现出淡然和冷漠的态度，另一方面如茴子是父权制社会下的受害者，与福克纳笔下的康普生太太和艾迪不同，面对以赵多多为首的男性的深重压迫，她选择用更为决绝的反抗态度对待父权社会的迫害。针对亲子关系中子女们母爱的"匮乏"状态，两位作家都塑造了诸如迪尔西、刘蜜蜡一类充满自然神性的大地母亲形象，迪尔西作为黑人女仆遭受了来自南方种族主义的压迫，而刘蜜蜡则面临父权社会的损害，但她们对子女们都倾注了平等的母爱，"补偿"了他们母爱上的缺失，她们的形象是作家对于理想母亲形象的呼唤，同时也寄寓了两位作家对理想家庭伦理关系的追求。

3. 理想两性关系的艰难追逐

男女两性关系是人与人关系的重要一环，同时两性关系在家庭伦理关系中占据主要地位。福克纳和张炜的小说中不乏对男女两性关系的深刻探索，他们的小说中都描写了男女两性关系中"爱"的失落，对男女两性关系来说最重要的元素"爱"的缺失造成了人与人之间的隔阂与冷漠，而父母之间情感的疏离又会在家庭中对儿女的情感生活产生影响，由此产生了一系列家庭伦理悲剧。不过，福克纳和张炜对男女两性关系并非抱持悲观的态度，他们同时塑造了叛逆的爱情追逐者形象，表达了两位作家对于理想爱情和理想男女两性关系的追寻。

《喧哗与骚动》中的康普生夫妇、《我弥留之际》中的安斯和艾迪夫妇是福克纳小说中两性关系"爱"失落的代表。《喧哗与骚动》中的康普生夫妇之间关系冷漠，夫妻两人很少沟通交流。康普生太太是南方家庭中的大家闺秀，她自认为嫁给康普生先生是自卑自贱的行为，儿子班吉则是对这一罪孽的惩罚，她在夫妻关系中却没有尽到自己应有的责任，常常称病躲在自己的房间里，对康普生先生也未表现出应有的关心，对待孩子的态度同样如此，反而是家中的黑人女仆迪尔西更加关心孩子们。而康普生先生同样没有尽到自己作为丈夫的伦理责任，他对昆丁的教育表现了他对于女性的态度，深受南方传统伦理道德观念影响的康普生先生认为女人是软弱且神秘的，曾对昆丁说"因为女人是那么娇弱那么神秘"①。受这一观念的影响，康普生先生眼中的太太处于从属地位，因此在与妻子的相处中他并没有给予应有的关心和安慰，反而对妻子的抱怨置之不顾，甚至常常挖苦讽刺，对康普生太太的家人显示出鄙夷的态度。因此康普生夫妇的关系显得冷漠而畸形，同时这一冷漠的夫妻关系又通过家庭生活传递给家中的孩子，造成家庭中人与人之间的孤独冷漠的问题。家庭中的"爱"失落了，家庭成员爱人的能力也同时丧失了。

相较康普生夫妇尚且能够维持夫妻之间表面的关系，《我弥留之际》中的安斯和艾迪夫妇则更为冷漠与无情，他们之间的关系表明南方家庭中男女两性关系的伦理大厦正在崩塌，传统伦理道德观念正在被现代伦理观取代。小说围绕艾迪的死亡展开叙事，艾迪即将离世之际，安斯为了三块钱让儿子去拉货，导致艾迪与儿子永别。甚至在艾迪病危之际，作为丈夫的安斯仍然吝惜诊费。尽管妻子艾迪遭受着病痛的折磨，他仍不肯请医生，满心想的都是自己"装假牙"的事，不把妻子的病情放在心上。而当一家人终于把艾迪的尸骨送到杰弗生时，他就迫不及待给自己配了假牙，还迎娶了新的太太，似乎艾迪的死是一件微不足道的插曲。安斯作为丈夫是失职的，不仅不承担自己的劳动责

---

① 福克纳：《喧哗与骚动》，李文俊译，漓江出版社 2004 年版，第 143 页。

任，甚至还像小丑一样抱怨自己的处境，认为像自己这样一个老实干活的人却要在这样一个"苦地方"遭罪。本德仑家族中作为妻子的艾迪是连接家庭成员的重要纽带，她的去世无疑使家庭的联系都切断了，她身上具有鲜明的虚无主义色彩，这一精神特征影响着家庭成员的情感状态，同时给她与安斯之间的两性关系蒙上了一层阴影。

与福克纳笔下夫妻关系的冷漠相似，张炜的《丑行或浪漫》和《外省书》中也描写了夫妻关系中"爱"的失落的现状。但与福克纳笔下南方传统家庭伦理关系中男性主导、女性从属的观念所导致的男女两性关系本源上的不平等相比，张炜笔下的男女两性关系聚焦于人本能欲望在商品经济环境下的无节制释放。《丑行或浪漫》中赵一伦已经人到中年，虽然拥有妻子和儿子，但家庭生活与他相距遥远，妻子一个月只回家三五次，每次只待三五分钟，儿子则住在寄宿学校，婚后生活没有让他感受到夫妻之间的和谐美满，反而让他倍感孤单，甚至他在明知妻子与其他男人在一起的情况下仍然没有任何行动。妻子生育了儿子以后脾气就变得古怪，常常对他吹毛求疵，对他的仕途、薪资甚至性能力都要训斥一番，甚至还听从本能欲望的需求与其他男人发生关系。当赵一伦提出找保姆来家里帮忙做家务时，金梨花却因为保姆年轻、漂亮而心生怨恨，用各种方式将她们辞退。赵一伦和妻子之间伦理关系的变化是时代变化的结果，如小说中所说"时代变了，衡量事物的标准和尺度也在变"[1]。《外省书》中的史东宾与两任妻子的结合都不是出于爱的缘故，与第一任妻子的结合是他想改变自己由于父亲原因在码头扛包的处境，与第二任妻子结合的原因是他需要这样一个"具有时代高度的老手"。对于史东宾来说，第二任妻子是"与时代告别的一个'新概念'"。[2] 可以说他们的结合是经济的而不是"爱"的原因，家庭中的两性伦理关系因为社会经济发展的冲击也悄然发生了改变，在两性伦理关系中"爱"逐渐退场，经济的因素占据了主导地位。

福克纳和张炜也塑造了勇敢的爱情追逐者的形象，这些形象代表了他们对于理想两性伦理关系的期盼，他们将对和谐两性关系的希望寄托在了笔下的女性形象上，福克纳与张炜对叛逆的女性爱情追逐者表达了赞颂，同时他们对这

---

① 张炜:《丑行或浪漫》，作家出版社 2013 年版，第 3 页。
② 张炜:《外省书》，花城出版社 2005 年版，第 32 页。

种形象的态度也存在些许差异。福克纳表现出了矛盾的心理状态，他既对追逐爱情的叛逆者形象予以赞美，但又受困于自己所处的伦理环境而选择让她们走向悲剧的命运。张炜笔下的爱情叛逆者则更为彻底，他写出了人们在商业社会中如何懂得"爱"的价值。

福克纳小说《野棕榈》中的夏洛特是一个较为典型的叛逆爱情追逐者形象，夏洛特遇到哈里以前已有丈夫和孩子，但仍然选择离开现有的生活与情人哈里踏上未知的旅程，做出这样的伦理选择是夏洛特屈服于内心本能欲望冲动的表现。她抛弃了丈夫和孩子，放弃了自己作为妻子和母亲应承担的伦理责任，此时她的伦理身份也发生了改变，她不再作为妻子和母亲存在，而成为哈里不合法的情人。夏洛特和哈里在海滩遇到的医生夫妇、在湖边生活时遇到的布拉德利夫妇以及在矿区生活时遇到的巴克纳夫妇则是传统道德的代表，这对非法恋人所到之处总会受到来自代表传统道德规范的目光的注视，这一审视甚至有一些窥探的目光，携带灼热的温度，侵袭着夏洛特和哈里两人之间的爱情。小说中夏洛特因难产而死亡，可以说夏洛特为她所做的选择受到了惩罚。透过这一人物的悲剧命运，我们能发现福克纳对夏洛特所做出的伦理选择持一种相对否定的态度。但同时福克纳又是矛盾的，他赋予了这一人物许多美好的特质，肯定了她对爱情的勇敢追逐，在夏洛特的身上我们看不到明显的柔弱女性特征，相反她兼具男性与女性的特征，甚至可以说有许多神性的成分在。夏洛特的形象遭到一些评论家的批评，认为她抛弃家庭显得冷酷无情，而实际上这一点也恰好体现了她超越一切、爱情至上的原则。就福克纳来说，他内心的挣扎与矛盾让他看到了这种"耶稣"一般的人物终究无法在人间存在，恰如小说中的哈里所说："即便耶稣在世，人们也会出于自我保护把他绞死。"① 福克纳在传统伦理道德观念与现代伦理观念之间挣扎，罗伊·F.鲍迈斯特对福克纳的作品进行研究后认为"可能存在两个福克纳"②，对夏洛特这一形象悲剧命运的描写，一定程度上代表了福克纳内心的矛盾心理。

与夏洛特相似，张炜笔下的刘蜜蜡也是一个勇于追求爱情的女性。《丑行或浪漫》讲述了刘蜜蜡追逐爱情的传奇故事，蜜蜡对老师雷丁产生了情愫却

---

① 福克纳：《野棕榈》，蓝仁哲译，上海译文出版社2009年版，第117页。
② 丹尼尔·J·辛格：《威廉·福克纳：成为一个现代主义者》，王东兴译，黑龙江教育出版社2016年版，第240页。

被小油挫劫夺控制在家中，遭受非人的对待，后来蜜蜡逃走踏上寻找雷丁的旅途，却发现雷丁早已经死去。绝望中的蜜蜡在游荡中遇到了铜娃，与铜娃在河堤一次亲密接触之后迫于被抓捕的压力不得不逃走，后来蜜蜡再一次走上去省城寻找铜娃的道路，终于在无意中找到了铜娃。小说中的蜜蜡是一个勇敢的奔跑者形象，张炜在这部基于真实故事而写就的小说中注入了真挚的情感，赋予了蜜蜡最美好的品质。蜜蜡在乡村和城市之间奔跑，经历着一段城市与乡村的爱情，她是穿梭其中的"奔跑的女神"，蜜蜡身上拥有最朴素和真诚的爱情观，对老师雷丁的爱是如此，对铜娃的爱同样是如此。张炜毫不掩饰对蜜蜡的喜爱，曾说"她大概是我们这个时代所能拥有的最好的女儿了"①，蜜蜡的勇敢与质朴令人动容，她在追逐爱情的过程中遭到了来自外在环境的众多阻挠，包括小油挫与村里管事的老掌柜，他们都想方设法囚禁美丽的蜜蜡，剥夺她的自由，但是他们无法真正囚禁蜜蜡这样充满生命活力的大地女儿。张炜在蜜蜡的身上倾注了质朴的伦理情感，刘蜜蜡与铜娃之间的两性伦理关系建立在爱的基础之上，这一关系是对金梨花和赵一伦（即铜娃）之间建立在现代伦理秩序之下两性伦理关系的有力反驳。如赵东祥所认为的，这一质朴的伦理关系指向"确定对于仁与生的伦理信仰"②，蜜蜡与人、动植物相亲相爱表现了"仁"的核心本质，张炜在小说中传达出人类的基本生存法则就是"作为一个人道主义者，要普爱众生"③，因此在张炜的笔下，我们会发现他从描写刘蜜蜡这样的一个勇敢的爱情追逐者入手，最终落实到人与他人与天地万物之间的大爱，人与人之间和谐的伦理关系正是作家极力追寻和探求的理想状态。

福克纳和张炜同样塑造了作为爱情追逐者的女性形象，不论是夏洛特还是刘蜜蜡，她们都敢于冲破原有伦理道德规约的束缚，寻找符合内心的爱情归属，从这个层面上来说，福克纳和张炜对于理想男女两性关系的追寻可谓殊途同归，他们都将男女理想两性关系的希望寄托在女性身上，都看到了女性身上具备的力量。

但同时他们又表现出许多相异的特质，从小说中主人公的不同命运来看，福克纳对理想男女两性关系抱持更为审慎和矛盾的态度。他对女性的态度更复

---

① 张炜：《丑行或浪漫》，作家出版社 2013 年版，第 251 页。
② 赵东祥：《形式意味与伦理内容——论张炜的〈丑行或浪漫〉》，《名作欣赏》2015 年第 12 期。
③ 张炜：《美妙雨夜·后记》，上海文艺出版社 1991 年版，第 423 页。

杂，既看到了她们追求爱情的力量又对这种力量表示担忧。而张炜则在男女两性关系中对女性寄予了更多希望，认为她们是男性的带领者、引导者。他曾说："女性带给了我们许多温暖，她们指导了我们，带领了我们，送我们上路。"①

福克纳笔下的夏洛特追求自由和理想的爱情，但最终坠入死亡的深渊，究其根源在于她抛弃了自己的伦理身份，对自己本应承担的伦理责任置之不顾，小说中的高个子犯人作为对位的故事出现，高个子犯人在营救洪水中孕妇的过程中始终没有逃避自己的责任，尽管有机会逃离洪水回到岸上，并能够逃离监狱的监禁，但他最后仍选择回到监狱。他身上所具备的坚毅、忍耐的品质与夏洛特对于自我本能欲望的放纵之间构成了对比关系，但高个子犯人尽管履行了他的伦理义务，却回到了身体被监禁的状态，而夏洛特则处于外在身体自由的状态，实际上这两个故事都充满了悲剧色彩。他们的悲剧结局是福克纳内心伦理价值观冲突的结果，如奥康纳所说："福克纳将自己固有的传统价值观与现代世界的冲突投射到小说中，这种冲突影响了他的小说创作，使他的所有作品都朝着悲剧的状态努力。"② 而张炜小说中的刘蜜蜡对于理想爱情的追求则更为彻底，她敢于冲破压抑人性的束缚，刘蜜蜡的形象是作为自然的女儿出现的，在对理想两性伦理关系的书写中，张炜将人与人之间和谐的伦理关系扩大到人与自然和谐共处的深度和广度，表现出比福克纳更为坚决的态度。

第四节
福克纳和张炜小说中的生态伦理建构

从本源上来说，人类是由自然界成长发展而来的，其后随着社会的发展和

---

① 张炜、王光东：《张炜王光东对话录》，苏州大学出版社 2003 年版，第 104 页。
② George Marion O'Donnell. "Faulkner's Mythology", *The Kenyon Review*, Vol. 1, No. 3（Summer, 1939）, pp. 285－299.

城市的崛起，才与自然产生了分离，可以说"人与自然的关系是人之存在的本源性关系"①。这一关系超越了人与自我、人与人之间关系的尘世范畴，是在一个更为广泛的视野中观照人与外界的关系，因此人与自然的关系具有更加本质的特性，它要回答的是人在自然界处在怎样的位置与状态的问题。

　　文学伦理学批评包括人与自然之间的对伦理关系和伦理秩序的探究，人与自然的伦理关系存在人类中心主义与非人类中心主义的区别。人类中心主义以人的发展为中心，而非人类中心主义则在人与自然平等的基础上看待自然万物。人类中心主义的思想观念由来已久，文艺复兴将人从宗教的桎梏中解救出来，提高了人本身的价值和地位，同时也在一定程度上强化了以人为中心的价值观念，此后伴随着人类中心主义理念的兴盛，全球性的生态危机发生后，人们才逐渐开始思考人类中心主义是否真正有利于人与自然的长久发展，此时非人类中心主义逐渐登上舞台。福克纳和张炜都在非人类中心主义的背景下看待人与自然的关系，在他们的笔下，现代工业文明与自然环境存在明显的伦理冲突，冲突即在于人类对自然无节制的滥用和破坏所造成的自然环境的恶化，这一冲突的出现使人与自然的关系出现了二元对立的局面，紧张激烈的对抗局面造成了人的伦理困境，失去了自然的人类被现代工业文明所"异化"，同时丢失了共同的精神乐园。因此不论是福克纳还是张炜都致力于追求人与自然和谐相处的生态伦理理想，实现让人类重获在自然界自由发展的目标。

　　本节将从两位作家不同的生态伦理思想来源、人类文明与自然之间的冲突以及他们共同回归荒野的生态伦理建构三个层面出发，探析他们的生态伦理思想，从中分析在相异的文化背景下，他们对于人类共同的生态伦理理想的期盼。

1．福克纳和张炜生态伦理建构的思想溯源

　　福克纳与张炜两位作家青少年时期与自然环境的紧密联系，让他们对自然怀抱真诚的热爱，反映在作品中就表现为他们对自然的赞美与敬畏之情。同时，相异的文化传统的浸染孕育出他们各自不同的生态伦理观。

　　福克纳青少年时期成长于奥克斯福镇，小镇周遭的乡野、森林以及南端的约克纳河后来成为作家创作的灵感来源，他的一生都在书写关于"约克纳帕

---

　　① 李定清：《文学伦理学批评与人文精神建构》，《外国文学研究》2006 年第 1 期。

塔法"这块"邮票般大小的地方"。福克纳童年时期经常和父亲一起到森林中打猎，林中出没浣熊、狐狸、鹿或者熊等动物，在打猎的过程中他获得了与自然亲密接触的机会，福克纳曾强调自己是"农民""乡下人"，后来他选择了远离尘嚣的罗温橡树作为自己的居住地，甚至购置了农场，饲养动物，去林中骑马，重新找回了童年时期与自然亲密接触的美好回忆。

福克纳的成长经历影响到他其后的文学创作，在早期的诗歌《大理石牧神》中，他以大理石牧神像的视角描述了大自然四季轮转的美好画面，阳光洒满花园中的玫瑰，风与森林互相低语，月光在林间穿梭，鸟儿在林间做梦，他以浪漫主义的手法书写了古老南方的田园风光，同时自然在他的笔下充满神秘的色彩，让人产生敬畏之情。在此后的创作中，自然始终作为其作品中一个重要的部分出现。福克纳缅怀南方人与自然和谐共处的美好画面，《八月之光》这个书名本身就蕴含着福克纳对家乡自然环境的怀恋，同时也暗含着对古老南方的追寻。他曾说："在密西西比州，八月中旬会有几天突然出现秋天即至的迹象：天气凉爽，天空中弥漫着柔和透明的光线，仿佛它不是来自当天而是从古老的往昔降临，甚至能有从希腊、从奥林匹克山某处来的农牧神、森林神和其他神祇。"①《去吧，摩西》中出现的熊更是大森林生命力和灵性的代表，艾萨克在森林中与熊相遇的时刻充满了自然与神性之光。童年时期与自然万物的亲密接触让福克纳对自然充满怀念与敬畏，因此他呼吁人们以敬畏之心对待自然，以此实现人类与自然和谐共处的生态伦理关系。

张炜童年时期生活在山东龙口，这一地区处于胶东半岛的一片海滩冲积平原上，南部是山野，西部、北部面朝大海。他出生在渤海莱州湾畔的一片莽野，当时张炜一家为了躲避兵荒马乱来到林间生活，他自出生起接触的就是遍布树和野兽的荒野。父亲常年在外地，母亲则在果园打工，大多数时间他都和外祖母生活在一起。孤寂的童年生活中，是山川、森林以及大海陪伴着作家成长，使他从小与大自然的关系十分密切。捉鱼，爬树，在海滩上看人喊号子拉网，在烟地看人劳动；林中的蘑菇与小兽成为他的密友，广阔的大海，一望无际的海水是他心中的美好世界，童年的经历让他与自然始终保持着密不可分的关系。

---

① 福克纳：《八月之光》，蓝仁哲译，上海译文出版社 2008 年版，第 5 页。

"童年的经验是顽固而强大的，有时甚至是不可改变的"①，与福克纳相似，童年时期与自然的亲密关系让张炜在此后的文学创作中始终致力于书写人与自然的关系。不同之处在于，张炜把自然当作实现人自身完整性的存在，在张炜看来，人本身是不自足与不"完整"的，只有贴近土地，融入野地才能接通与根源之间的联系，获得生存上的"完整"。他的小说致力于实现人的这种完整的生存状态，因此有大量的动植物描写，人与动植物之间达到了一种不分你我、彼此融合的状态。《九月寓言》中的荒野上长满了绞扭着茅草葛藤的灌木科，奔跑着兔子、草獾、刺猬和鼹鼠，《刺猬歌》中描写了能够重新焕发人的生命活力的"黄鳞大扁"，乐于与山林野物结交的霍公、人与刺猬精的后代美蒂以及担当野兽接生婆的姗婆，营造出人与自然万物共生共在的场景。

美国南方具有深厚的浪漫主义和保守主义倾向，罗德·霍顿和赫伯特·爱德华兹在《美国文学思想背景》中指出，南方人身上具有一种不变的态度与行为上的浪漫保守主义，并且在其世界观中具有非现实的成分，体现在文学创作中，我们会发现南方作家继承了浪漫主义和超验主义传统，他们的作品珍视人与自然之间的和谐关系，同时存在哥特小说和众多民间故事的文化根基。

南方早期开拓者们亲近大自然，庄园经济使他们与土地和自然的关系格外密切。美国文学中不乏描写人与自然关系的作品，梭罗是著名的自然文学作家，他笔下的《瓦尔登湖》描写人回到自然的怀抱，重获自由宁静的生活。他看到工业文明与自然之间的矛盾关系，认为返回荒野才能实现对世界的保护。马克·吐温的《汤姆·索亚历险记》描述儿童逃离文明社会的束缚，在自然环境中成长的过程。福克纳的创作植根于美国南方文化传统，他的作品既充满了浪漫主义色彩，同时又包含了相当多的现实主义成分，他既赞美了美国古老南方美好的自然风光，同时对南方暗藏的生态伦理危机有深刻的体察与关怀。随着南北战争中南方的战败，北方工业经济入侵南方，改变了南方农业社会的经济基础和生态伦理观念，人与自然的关系发生了变化，人在自然面前更加具有侵略性，人们与自然和谐共处的图景被现实摧毁。正是基于这样的现实，福克纳敏锐地观察到了美国南方存在的生态伦理问题，他试图建构新的人与自然和谐共处的生态伦理理念。在他的小说中，既有大自然充满神秘力量和

① 孔范今、施战军：《张炜研究资料》，山东文艺出版社 2006 年版，第 63 页。

自然灵性的部分，也有《押沙龙，押沙龙!》以及《去吧，摩西》中那类人类
文明对自然破坏的现实图景。

张炜所生活的山东半岛地区是齐鲁文化相互交织的地区，他的思想中有鲁
文化、齐文化的多重影响。同时美国作家梭罗、爱默生作品中的自然思想以及
俄国作家托尔斯泰思想中的人道主义对张炜也有着深刻的影响。鲁文化中儒家
文化的严谨与入世特质在张炜的小说中有丰富的展现，儒家文化强调"内圣
外王"的理想人格塑造，《古船》中的隋抱朴表现了作家对这一理想人格的推
崇。隋抱朴身上具有深刻的自我反思精神和强烈的社会责任感，他将粉丝厂的
未来发展和洼狸镇的现代化责任担负起来，积极寻找避免历史悲剧重演的解决
方法。《外省书》中的史珂关注现代工业文明发展过程中的环境破坏以及西方
文化入侵所造成的人的欲望膨胀等现实问题。而齐文化中的志怪传统以及民间
丰富的神鬼故事催生了张炜小说波云诡谲的艺术世界，"齐文化在审美层面是
一种浪漫、灵异、怪力乱神的文化"①，《聊斋志异》对张炜的小说创作产生了
重要的影响。蒲松龄的《聊斋志异》描写了众多鬼狐故事，这些鬼狐能够幻
化出人形，具有人的性格和情感特征，出入人的世界，与人交往相爱，营造出
亦真亦幻的艺术世界。在这一强大的民间叙事传统影响下，人与自然之间的伦
理关系产生了微妙的变化。作为山东作家的张炜，他的笔下自然万物充满灵
性。张炜认为《聊斋志异》所描写的情景并不仅仅是文学创作，而是齐地真
实的现实状况，虽然灵异却不是全然虚构的传说故事，因此在他的小说中，人
不仅能与动物对话甚至能与动物相爱，真正实现了人与自然万物的相亲相爱，
他的小说流动着充满自然生命力的山野趣味和从土地中自发生长且蕴含着生存
哲学的民间智慧。张炜的小说真正实现了儒家"天人合一"以及道家"道法
自然"的观念，人与自然之间形成了相互依存的同构关系。

2. 工业文明与自然之间的生态伦理冲突

福克纳与张炜两位作家都秉持人与自然和谐相处的生态伦理观，但由于他
们身处工业文明与自然环境相互冲突的环境之中，因此他们的小说描述了一系
列人类文明与自然环境相冲突的现象。

人类与自然之间的生态伦理关系并非一开始就是相互冲突的，农耕文明阶

---

① 唐长华：《张炜小说研究》，中国社会科学出版社 2016 年版，第 30 页。

段人与自然的关系就处在相对和谐的状态。福克纳和张炜都生活在社会转折期，美国南方工业入侵造成传统庄园经济式微，张炜生活的胶东半岛则处在乡土社会向现代工业社会过渡的阶段，人与自然之间的伦理关系相应地发生了改变。随着社会经济发展，人类利用自然、征服自然的欲望愈发强烈，人的本性中就存在欲望，但不加节制的欲望不仅会吞噬人美好的天性，导致人的异化，同时也会对自然环境造成难以估量的损害。新的生产方式的出现，在提高生产效率的同时，改变了人与自然原有的生态伦理关系，人类中心主义思想的产生是人与自然伦理关系恶化的主要原因。实际上福克纳和张炜并不一味否定社会的生产发展，并呼唤人类回到原始社会状态，简单地将人类文明与自然二者对立起来。相反，他们是社会发展过程中敏锐的观察者，对社会发生的每一点进步都怀着审慎的态度，并试图在其中寻找一种平衡的相处方式。自然的破坏在很大程度上是难以恢复的，因此他们冷静的态度才更为可贵，而这也正是人类在发展过程中应该具备的优秀品质，即应理性地进行社会发展，理性对待因社会发展而造成的自然层面的妥协和牺牲。

《我弥留之际》和《野棕榈》中都出现了洪水的描写。《我弥留之际》中本德仑一家运送艾迪的尸体回到家乡安葬，他们在旅程中遭遇暴雨洪水，洪水淹没了桥梁，淹死了骡子，甚至险些将载着艾迪尸体的棺材冲走。《野棕榈》中洪水淹没了整个三角洲地区，不论是人还是鸡、猪、母牛、骡子一类的动物都处于岌岌可危的境地。洪水在福克纳的笔下又有一种"泰然自若"甚至"庄严神圣"的架势，从生态伦理的角度来看，洪水的肆虐一定程度上表示人与自然之间存在着紧张的生态伦理关系。《八月之光》中，由于伐木工厂的连年开采，森林遭遇严重的危机，而被开采过的田野中充斥着被伐的树桩，最终这些没有了利用价值的田野被人类舍弃。小说中对于火车的描写发人深省，奔驰而过的列车似"幽灵"一般从村子之间穿过，发出女巫一样的尖叫声，预示着村庄未来不幸的命运。"大森林三部曲"：《古老的部族》《熊》与《三角洲之秋》中写到大片的树木被砍伐，火车开进森林，人类试图以征服者的身份占有森林。《熊》中木材公司的发展速度令德·斯班上校感到震惊甚至愕然，他只能选择迅速进入森林，躲藏起来。火车开进森林意味着现代工业文明对于森林的侵袭，《熊》中描述火车这一现代人类文明进入森林时写道："火车……把身后的一节节车皮也拖了进去，就像是一条肮里肮脏的不伤人的小草蛇消失在野草丛里。"① 福克纳以蛇的意象来比喻因人类文明产生的火车，表明其中所蕴含的罪恶和危险，而面对人类文明的不断冲击，荒野则只能持续向后退，人类文明与自然环境正是处在这样一种进与退的矛盾与冲突关系中。

在张炜的笔下，自然同样面临人类文明的冲击。《家族》里即将被不合理开发的平原，《外省书》中人对海岸的滥用造成无法逆转的破坏，《九月寓言》中因煤矿开采导致土地陷落，导致平原遭受巨大损失。平原上出现了一块又一块的洼地，麦畦和瓜田沉陷，取而代之的是芦苇和蒲草。《刺猬歌》中唐老驼与儿子为掘金炸山、破坏森林，让居住在林间的动物无家可归，土地被占用盖起紫烟大垒，都暗示了现代文明带给自然的破坏。自然为人提供生命的活力，当自然被损毁，人类本身同样也面临巨大的危机。《刺猬歌》中的美蒂作为人与刺猬所生的后代，象征着自然的女儿，当农场即将被现代工业强占时，她不再散发自然的清新气味，而变得污浊不堪。《蘑菇七种》里参谋长对老丁的雄狗"宝物"万般虐待，而后来调查小组来到丛林却被林中能够幻化成人形的狐狸戏弄。因此在张炜看来人类与自然的关系是相互作用的，伤害自然最终会伤害人类本身。

3. 回归荒野的生态伦理建构

正是由于工业文明的发展与侵袭，人与自然的关系丢失了本该有的和谐与平衡，福克纳和张炜因此在他们的小说中书写被人类遗忘已久的荒野，以此唤醒人类回归曾经的乐园。两位作家都写到了荒野，但他们关于荒野的概念以及他们倡导的回归荒野的生态伦理观存在差异。

在美国的自然文学中渗透着强烈的"荒野意识"，荒野是"人类的根基"，同时荒野"寄托着一种情感，是人类的精神家园"②。在福克纳的笔下，荒野充满神圣感，人类应对荒野心怀敬畏之情，同时荒野也是让人的心灵获得净化的神圣之地。

福克纳的生态伦理建构的独特之处在于他处在被称为"圣经地带"的美国南方，因此他的生态伦理观具有浓厚的宗教伦理色彩。福克纳笔下的自然充满神圣的意味，不管是《八月之光》里天空中犹如神祇降临的光芒，抑或是

---

① 福克纳：《去吧，摩西》，李文俊译，上海译文出版社 2014 年版，第 280 页。
② 程虹：《寻归荒野》（增订版），生活·读书·新知三联书店 2011 年版，第 20 页。

《熊》中艾萨克与代表荒野的"老班"相遇时斑驳的正午光影，都充满神性之光，而其小说中人物如艾萨克的生态伦理建构，是以放弃自己的财产成为如基督一般的木匠作为结尾，因此他的生态伦理建构从宗教中的罪恶与救赎的角度出发，是一种人性与神性的结合，他期望建立一个"大地与天空、神性与俗世、自然与道德完美融合的新境界"①。实际上福克纳并不否定自然为人所用的观念，他也并不提倡人们回归原始主义的荒野世界，他是在肯定人的正当生存需求的基础上，提出其生态伦理观念的。福克纳在《八月之光》中讲述了森林被大量砍伐的状况，到了《熊》中，森林遭到破坏的程度愈发严重。正是由于人类不知回报索取的现实，福克纳才呼吁一种有节制的、人与自然相对平衡的和谐生态伦理关系的出现。主人公艾萨克对于森林的壮阔和伟大怀抱着敬畏之情，他对自然的敬畏与尊重的态度伴随他的成长过程。十岁的艾萨克在山姆的陪伴下，开始在真正的荒野见习时，学会了对自然心怀敬意却不必畏惧，后来他懂得了他最终将走向荒野，回归荒野。荒野在《熊》中是故事发生的主要背景，荒野存在于人类还未出生以前，它仿佛是永恒的，始终保持着不朽的生命之光。它在福克纳的笔下是一种神圣的存在，路易斯曾将艾萨克与猎人们前往森林猎熊的行为视作"一种反复的宗教仪式般的行动方式"②，艾萨克与"老班"在林中相遇时感到它并非在哪里突然出现，而是它就在那儿，当"老班"出现时正好伴随着正午阳光斑驳的阴影，仿佛"老班"的存在是一种永恒的象征，"老班"与荒野是合二为一的一个整体，在一定意义上"老班"象征着永恒的荒野。

与福克纳的生态伦理观相似，张炜同样认为荒野是人类最后的精神家园。他在《九月寓言》的后记中说人应当"融入野地"，融入野地不仅仅指人与自然和谐相处，更重要的是"通过维护个体与自然的平衡来维系内心世界平衡的问题，最终形成一个内（人与自我）外（人与自然、人与人）同构的生态平衡世界"③。因此张炜致力于实现的是人与外界自然关系与内在自我的双重

---

① 王钢：《论福克纳小说〈熊〉的生态伦理观念》，《南京邮电大学学报》（社会科学版）2018年第2期。
② 转引自李文俊：《福克纳的神话》，上海译文出版社2008年版，第210页。
③ 曹长英：《"融入野地"的生态理想——张炜小说中的生态意识》，《文艺争鸣》2012年第6期。

平衡，只有实现了这两种关系的平衡状态，人才能实现自由的生态理想。

与福克纳从宗教出发的生态伦理建构不同，张炜的生态伦理建构是基于大地情怀的生态伦理观。利奥波德曾在《沙乡年鉴》一书中第一次阐述"大地伦理学"，这一观点认为大地上出现的一切生物与无生物构成了一个统一的有机共同体，而人类对这一共同体不应给予过多的干预，与土地的和谐相处和与朋友的和谐相处类似，同时人类还应采取有效的措施保护我们共同拥有的家园。可以看出利奥波德在这里将大地提到了与人类平等的地位，并指出人类应承担保护大地的伦理责任。张炜生活的齐鲁大地拥有厚重的文化底蕴和传统伦理观念，学者张艳梅认为山东作家的作品精神内核常常是"大地意识和生命关怀"①，因此我们这里探讨的大地伦理与利奥波德德的观点既有相似又存在不同。在张炜的"大地伦理"书写中，"大地"是一个如母亲般宽容的存在，它具有强大的生命活力，是人类最后的田园牧歌，"土地拥有母亲的胸怀品性，是真理的象征"②，张炜认为大地负载了地球上的一切生物，人类失去了大地将失去一切，同时相对应的存在于大地上的一切人和事物都应该具有平等的地位。张炜的小说中描写的葡萄园、野地与高原是人类精神家园的象征，与现代文明发展的走向不同，张炜的眼光一直聚焦于大地，在他的笔下最具生命活力的就是自然，人只有处于自然中才能保留最本真的特质，离开了自然与荒野的人必将遭遇现代工业文明的"异化"。在张炜的小说世界，动物、植物以及人类共存于自然中，动物、植物有了人的生命特征，人类能够与它们交流并相爱。在张炜看来，"人类于自然、与其他生物是不该割断联系的，人应该对自然和其他生物有着一种平等的亲情关系"③，因此自然界中的动植物不仅与人类处于平等的地位，而且闪耀着生命的光辉。在他的笔下，一朵曼陀罗花、一只蜻蜓都是充满灵性的小生命，拥有生命的光彩，自然充满生机与活力，《九月寓言》和《刺猬歌》中人与动物交织在一起，人类与他们产生感情、共同生活在一起的情境让人无法忘怀，自然的生命力在张炜的笔下复活了。每个

① 张艳梅：《齐鲁作家的文化伦理立场——以莫言、张炜、尤凤伟为例》，《文艺争鸣》2007年第8期。

② 郜元宝：《两个俗物，一对雅人：王朔、贾平凹、张承志、张炜合论》，《上海文化》1996年第2期。

③ 张炜、王光东：《张炜王光东对话录》，苏州大学出版社2003年版，第95页。

身处自然的生命都有其自身存在的价值，而生命之间同样是充满因果联系的，人类的生命源于其他生命的存在而存在，因此与整个自然界是休戚与共的。由于两位作家相异的地理和文化背景，福克纳选择以宗教伦理观自上而下地观照荒野，而张炜则选择从大地、从民间出发寻找人类与荒野和谐共存的路径。

福克纳和张炜所继承的文化传统、所处的社会背景、地理环境等各不相同，但他们最终都以一种人道主义的立场来审视自我伦理、家庭伦理以及生态伦理。在他们的小说创作中我们会发现他们有相似的伦理诉求，即不论是人与自我，人与人抑或是人与自然之间，他们都力图追求更为和谐的关系。福克纳背后是被称为"圣经地带"的美国南方，同时家庭环境中浓厚的基督教宗教氛围对他的本人的伦理观念也产生了较大影响，宗教在他笔下人物的伦理建构中有重要的影响作用，但他并不将宗教作为人最后的归宿与追求，而仅仅是"作为一种规范"[1]，主人公们所经历的"既非宗教的彼岸也非世界的末日，而是个人根据他的时代和环境对善与恶、生与死作出的最后抉择"[2]。张炜所生活的胶东半岛地区主要受到儒道文化传统的浸染，儒家文化中的"仁""爱"以及道家文化传统中的"自然""本真"同样将张炜的伦理诉求指向了人道主义。他在小说创作中贯彻人性的逻辑，同时也发现了人身上具备的神性印记，张炜认为这即是他所理解的宗教，他相信人天性中善的力量，而这种善的力量能够让人对未知事物产生敬畏与向往。

福克纳与张炜的创作所处历史语境都是社会发生剧烈变化的时期，福克纳面临南方种植园经济的衰微以及北方资本的入侵，特别是在南北战争中南方战败以后，人们内心的道德观念与外界发生了碰撞。而张炜开始创作的 20 世纪 80 年代恰逢中国社会转型时期。两位作家在各自的创作过程中都面临如何对待原有的伦理道德体系以及如何构建新的伦理体系的课题，尽管这一问题涉及诸多层面，但又是关乎人的生存与发展的非常实际的问题，只有建立了和谐的伦理观念，人才能实现其内与外的平衡。

福克纳和张炜的小说创作展现了他们在个体自我伦理诉求、家庭伦理书写

---

① 朱振武：《福克纳创作的人类忧患意识》，《盐城师范学院学报》（人文社会科学版）2007 年第 1 期。

② 同上。

以及生态伦理建构等多方面的伦理观点，同时他们也在小说创作的过程中进行着自我的建构。他们都在不断地反思过去，致力于在动荡的社会环境下进行新的伦理秩序的思索——不仅对于人的内心世界，同样对于外在自然。人最终需要达到的是一种内外秩序相平衡的理想伦理状态。

（本章作者　王亚宁）

第七章

福克纳与毕飞宇小说女性书写比较研究

作为美国文坛上的巨匠，福克纳虽已谢世六十年之久，但其声誉并没有随之减退；相反，国内外学术界对其研究日趋深入。福克纳不仅对美国、欧洲国家乃至对处于东方的中国都产生了深远的影响。福克纳尤为关注女性的命运，他以历史的笔触深入地探索了美国南方女性面临的困境，表现了她们悲惨的命运遭际。毕飞宇自20世纪90年代以来，相继推出《哺乳期的女人》《青衣》《玉米》等一系列作品，塑造了众多栩栩如生的悲剧女性人物形象。两位作家对女性生活和命运的深切关怀，为我们提供了研究女性书写的丰富文本。

福克纳和毕飞宇作为男性作家，均擅长塑造各色女性人物。在两人的作品中，都对女性人物有着大量精彩的描写。这就为两者之间的比较研究提供了素材。由于受到男权主义思想的影响，男性文本在文学中的比例相当高。很多男性作家在创作小说的过程中很容易忽略女性的主体地位，对女性的真实生活和生命历程都有着不同程度的忽视。福克纳对人性有着深刻的洞察，对女性生存压力感同身受，他对女性人物的人道主义关怀穿插于字里行间。毕飞宇则坚持一种"第二人称"的中性视角写作，以求得对广大女性生存状态、生命历程的观照，这一点难能可贵。

勃兰兑斯曾说："比较研究有双重意义，一方面有利于我们更好地吸收外国文学，一方面有利于我们重新审视自己的文学。"① 因而对福克纳与毕飞宇的比较研究，既能帮助我们吸收外国文学的精华，也能使我们对本国文学有更深入的体悟。

同时通过对中西方两位作家的比较研究，便于我们深入了解两种文化的同中之异与异中之同，从更深层面了解作家创作的动因，以深化对两位作家和对中美文化的理解。

---

① 转引自乐黛云：《中西比较文学教程》，高等教育出版社1988年版，第35页。

第一节
女性书写类型比较

同为男性作家的福克纳和毕飞宇，在他们的小说中勾勒了丰富多彩的他者形象。"他者"作为一个历史悠久的概念，按照黑格尔所言，只要处于二元对立的状态，如果一方具有绝对的自由意志，则相对一方就是"他者"。① "他者"后来被广泛运用于后殖民主义、女性主义、生态批评领域。对于在父权制压迫下的"她们"，"他者"的指向性很明确，就是两位作家笔下的女性形象。她们有的纯洁善良却惨遭命运的捉弄；有的迷恋权力最终反被权力玩弄于股掌之间；有的敢于直面人生而与命运抗争；还有的逆来顺受接受时代对她们的束缚。形象各异的女性中，其属性难免有交汇之处，看似独立的女性个体却往往包含着许多富有共性的内涵。通过对两位男性作家小说文本的梳理，本章认为他们都聚焦于对以下三种女性类型的书写。

1. 缺失关爱型

无论是在"约克纳帕塔法"世系中的女童，还是生活在王家庄的女童，在她们的成长道路上，不仅缺乏应有的管教而且缺失家人的关爱，最终导致她们误入歧途。不同的是，福克纳笔下的女童往往是因为母亲的缺席，母爱的缺失，导致她们走向"淑女"的反面；而毕飞宇笔下的女童，虽然母亲在场，但受周围畸形的生存环境的影响，女童们同样身处水深火热之中。

---

① 参见金文宁：《聚焦"他者"：〈干旱的九月〉之人物塑造》，《世界文学评论》2010 年第 2 期。

　　《喧哗与骚动》中小昆丁就是这样一位具有代表性的被遗弃的女童形象。因为未婚先孕，作为母亲的凯蒂被当时的南方贴上了"失去贞洁""堕落"的标签，因而打从娘胎里起，小昆丁就不受世人待见，除了母亲凯蒂，没有人期待她的到来，她更像是母亲寻欢作乐后留下的苦果。康普生太太因女儿凯蒂失去贞洁并有孕在身被未婚夫抛弃这件事，认为女儿让堂堂康普生家族颜面尽失，绝不接受这一对母女回家。凯蒂正是在走投无路的情况下，被迫与自己的女儿分离，让小昆丁寄养在冷漠缺爱的康普生太太家，成为无父无母的弃儿。"假如从全书当中概括出一个跨越时代且亘古不变的主题，那一定是关爱的要义。缺乏爱心的人不足以为人，同样缺乏爱心的家庭，也难以为继。"① 家庭的冷漠和母亲的缺席导致小昆丁和母亲凯蒂一样在成长道路上迷失自己，最后走向了淑女的反面——成为一个彻底的堕落者。

　　《圣殿》中的谭波儿，更是一个缺乏关爱和管教的无知少女。从文本中我们可以看出：谭波儿是和父亲以及兄弟生活在一起的。至于母亲，文本中从未提及，或许我们可以推测福克纳的用意正是使这位母亲在女儿成长的道路上彻底缺席。可悲的是，父亲和兄弟并没有真正关心过这位女童，或许在物质上他们尽到了一定的责任；但是从精神上，他们从不给予她任何关注和爱护，除了训斥和威胁谭波儿，他们之间几乎没有交流。在结尾处，谭波儿和父亲路过卢森堡公园的时候，"谭波儿……掏出一个带镜子的粉盒，打开粉盒看到一张大大缩小的郁郁寡欢、满怀不满、愁苦悲怆的面孔。她父亲坐在她身边，两手交叉放在手杖头上"②。她的父亲宁可把手放在手杖上，也不愿意让女儿搀扶，可以看出他们之间的父女关系很淡漠。从这一层面上来说，谭波尔宁愿投靠金鱼眼这个性变态者，也不愿回家，表明了一个母亲缺席的家其实就一个可有可无的"空"房子。

　　在福克纳所描述的母亲缺席、母爱缺失的家庭里，因为父权制对女性的绝对束缚，使女性基本丧失了爱人与被爱的机能。丧失了关爱的女童，就如同被遗弃的孤儿，没人看管只能自暴自弃。毕飞宇笔下的女童也遭受着同样的伤痛，然而与福克纳所批判的父权制不同，毕飞宇想要强调的是落后的封建思想

---

　　① 任文：《〈喧哗与骚动〉中不可毁灭的女性形象》，《四川大学学报》（哲学社会科学版）1998年第2期。

　　② 福克纳：《圣殿》，陶洁译，北京燕山出版社2015年版，第253页。

对孩童的伤害。因而，在他的笔下女童往往因为周围畸形的环境迫使她们走向悲剧的深渊。

毕飞宇《生活边缘》的小铃铛，天生是个哑巴，但是因为父母宠爱，起初生活的还是挺幸福："经常小铃铛一觉醒来首先是拍床，这是一个仪式。拍床之后过来的肯定是爸爸，爸爸给她穿衣，然后她坐在床边，爸爸在给她套鞋。洗漱和早饭都是妈妈操办的。这一切都完成了，小铃铛的一天才算开始。"① 然而随着弟弟的出生，爸爸妈妈所有的注意力都集中在弟弟身上。虽然她用自己的方式向爸爸妈妈表达自己的痛苦和无助，但是爸爸妈妈还是一味地强调她有了弟弟这个令他们喜悦的消息。在嫉妒心的驱使下，小铃铛用剪刀剪掉了弟弟的生殖器，因为在她看来，这样弟弟和她就是一样的存在，爸爸妈妈应该会像以前一样对待她了……悲剧的酿成不全在于小女孩儿失宠后的"报复"，而在于爸爸妈妈重男轻女的封建思想。在没有儿子之前，他们可以接受女儿的残疾。但自从有了儿子，女儿就变成了那个洗尿布、打酱油的小护工。这种落后的重男轻女观念导致了一家人畸形的生活环境，这种畸形的环境也葬送了一家人的幸福。

《怀念妹妹小青》的小青是一个美丽、善良的健康女孩。"文化大革命"期间，农业生产和批斗几乎耗尽了父母所有的精力和时间，因而他们没有多余的时间去关心庇护孩子。文本把改造盐碱地和烧红的铁块烫残妹妹双手交替并列叙述，"前者具有喜剧的反讽，后者蕴藉着悲剧的哀挽"②。两起事件看似不相关，实际有很密切的关系。小青的悲剧间接由父母的无暇照顾造成，但最主要的原因在于特殊时期畸形的社会意识。

2. 欲壑难填型

无论是父权社会还是男权社会，女性总是生活在男性的压榨之下。正如波伏娃在她的《第二性》中所说的："定义和区分女人的参照物是男人，而定义和区分男人参照物的却不是女人。她是附属的人，是同主要者相对立的次要者。他是主体，是绝对，而她则是他者。"③ 换言之，无论女性的社会地位、

---

① 毕飞宇：《雨天的棉花糖》，上海锦绣文章出版社 2009 年版，第 161 页。
② 程蕊：《纯美生命的消逝——论毕飞宇〈怀念妹妹小青〉》，《安徽文学》（下半月）2012 年第10 期。
③ 波伏娃：《第二性》，陶铁柱译，中国书籍出版社 2004 年版，第 4 页。

家庭实力、教育背景有多么突出，她终究还是附属于男性的他者。相较而言，福克纳笔下年轻女性的"堕落"与金钱、物质的关系不大，反倒是因为精神匮乏、信仰缺失导致被世人唾弃，追求爱情被男性玩弄。而毕飞宇笔下的年轻女性往往是在追求物质享受、权力欲望的过程中陷入泥沼，不可自拔。

凯蒂是福克纳最喜爱的女性人物之一，他曾说过："对我来说，她是美的，深为我所心爱。这就是我这部书想要表达的……要塑造的凯蒂形象。"① 然而就是这样的喜爱也不能改变福克纳将她写成一个令人生厌、走向堕落的女性。

爱憎分明、善良诚实，敢于挑战旧传统的凯蒂是人性完美的化身。她疼爱自己的白痴弟弟，揭露母亲的虚伪，敢于追求自己所爱，但是她的失贞却改变了她的人生轨迹。因为失贞，哥哥昆丁跳河自杀，父亲以终日酗酒的方式了结了自己碌碌无为的一生，弟弟杰生更是为此丢掉了一份银行工作的美差而怨恨凯蒂。凯蒂自己也因为未婚先孕被丈夫抛弃，败坏家庭声誉被母亲拒之门外。导致这一切的原因就在于她对情欲的渴望，她相信爱情也大胆地接受了爱情，即使她最终走上了自我毁灭的道路。

《献给爱米丽的一朵玫瑰花》中，年轻的爱米丽本是一位不错的结婚人选，但是被南方旧传统以及清教妇道观洗脑的父亲却将一位位合适的男性青年拒之门外。父亲的过世曾让爱米丽难以接受，然而与北方佬的爱情却让她从阴霾中走了出来。为了爱情，她不顾自己大家闺秀的身份，与北方佬形影不离，连群众的议论她也置若罔闻。可悲的是，北方佬只是抱着不负责任的心态，准备等小镇的工程结束就一走了之，这与想要和他终成眷属的爱米丽的初衷大相径庭……按理来说追求幸福是人与生俱来的权利，但是美国的父权制却扼杀了女性的这一项基本人权。北方佬辜负了爱米丽的真情，因为在那个巧取豪夺的年代没有真心实意。"……福克纳则着重表现南方社会人与人之间的疏离、冷漠关系。"② 连恋人之间都如此疏离，若放到南方这一大背景下，可以推知整个社会都是冰冷无情的。爱米丽的悲剧一方面在于爱得太深却得不到理应的回报，所以她用杀死荷默的办法来满足自己无法实现的长久的情欲，另一方面则

---

① 转引自周文娟：《人性的异化——〈喧哗与骚动〉人物悲剧的创作根源解析》，《宁夏大学学报》（人文社会科学版）2008 年第 2 期。

② 李萌羽：《多维视野中的沈从文和福克纳小说》，齐鲁书社 2009 年版，第 122 页。

在于整个南方社会冷漠的人际关系。

凯蒂和爱米丽的悲剧显然不是物质因素造成的，而在于女性对爱情的追求和执念，同时强大的父权制将女性搁置在附属、被动的位置上，这也决定了她们的结局不会圆满。面临清教妇道观对女性长期以来的性压抑和精神摧残，她们旺盛的情欲只能将她们置于悲惨的境地。毕飞宇笔下的年轻女性虽然也受到男尊女卑观念和男权社会的影响，但更主要的因素来源于女性对金钱、物质的渴求。

《家里乱了》的乐果，本来在一家名为五棵松的幼儿园当老师，丈夫苟泉在第九中学任教，小两口的日子还过得去。但是因为贪慕虚荣和拜金主义作祟，她找到了一个特别适合自己的职业——夜总会的歌手。于是乐果一步步沦陷，先是让自己的歌声与市场接轨，然后又让自己的身体向市场靠拢；最后成为一个靠出卖肉体为生的三陪小姐。乐果的堕落代表了当今社会一些女性的堕落，为了金钱和物质她们出卖自己的身体与灵魂。

《相爱的日子》无疑也是直面现实的作品。小说将文本中男女主角的姓名模糊化，只凸显他们的年龄、职业等信息，旨在揭示社会中一些年轻人相通的生活态度。"他"和"她"之间是有爱情的，不仅仅停留在"好像"上，一开始，"她"和"他"以相爱的身体对资本的阴影进行反抗，到最后又对这个巨大的阴影妥协。① 在金钱与物质的诱惑下，"她"放弃了与之相爱的"他"，选择了一个有房有车，年薪三十万的二婚男人。不妨做个假设，如果以后"她"又遇见了更有资本的"他"，那么"她"还是会无情地抛弃年薪三十万的"他"。无疑，欲望只会变本加厉的折磨"她"，直至她坠入欲望的苦海。

对情欲的过度渴求使福克纳笔下的女性人物走向堕落，对物质近似疯狂的追逐使毕飞宇笔下的女性投身欲望的牢笼。他们笔下的女性虽同遭苦难，但究其根本在于欲念的属性不同。福克纳笔下的女性败给情欲，而毕飞宇笔下的女性败给物欲。

3. 孤独终老型

在两位作家的描写下，老年女性的孤独更是无法言说的悲伤。她们可能是受尽风霜却无福可享的老年母亲，也可能是有儿有女却依然孤独的母亲，还有

---

① 施龙：《"近于没有事情的悲剧"——论毕飞宇〈相爱的日子〉》，《当代文坛》2008 年第 2 期。

可能是受尽宗教、制度的压迫，最终悲惨死去的老妇人。福克纳笔下的老年女性要么过着行尸走肉般的生活，要么封闭自己，与外界隔离。毕飞宇笔下的老年女性形象大多都有些晚年凄苦、灵魂无所依托之感。

福克纳笔下的老妇形象"是不称职的母亲或精神变态的老处女"①。无论她们维护还是反叛传统，都无法逃脱父权制的统治。比如康普生太太，她接受并认同父权制的统治，在空虚中度日，对生活没有激情、没有热爱，为了维护所谓的"传统"，将自己怀孕的女儿赶出门外。在外孙女出生之后就阻断外孙女和母亲的联系，她的冷漠无情跃然纸上。因为长期生活在父权制的压迫之下，她逐渐丧失了爱与被爱的能力，她对子女的生活起居不管不问，从未关心过子女的精神世界，除了抱怨生活，传递负能量，她几乎没有尽到一个母亲应尽的职责。她的子女（除了杰生）因为感受到她的冷漠，也都离她而去，她晚年的境遇可想而知。

与康普生太太不同，艾迪·本德仑虽然也不是一个尽职尽责的好母亲，然而她并没有被父权制牵着鼻子走。她反抗过传统，也和现实生活斗争过，甚至追求过她以为的幸福生活；但是在发现男人欺骗和伪善的面孔之后，她心如死灰，最后卧病在床直至生命耗尽。

福克纳笔下还有一类老年妇女，她们活得"似人又似鬼"，常常被视为异类，当作鬼魂，遭到社会无情抛弃。读者用心感知福克纳作品中的情感，遗憾的是映入眼帘的只有一幅幅枯萎颓废的爱的荒原图景，小说中无论男女均丧失了爱的能力与情感，代之以"扭曲、变态、畸形的两性关系"②。

《押沙龙，押沙龙！》中就包含着这样一幅爱的荒原图景。福克纳借昆丁的父亲康普生之口说："多年以前，我们在南方把妇女变为淑女，战争来了，把淑女变成鬼魂。"③ 小说中罗沙就面临着这样的转变。战争伊始，罗沙沦为无所依靠的孤儿，没有可以落脚的住所，只能住到姐夫萨德本的农场以求果腹。萨德本为了延绵子嗣，守住庄园，用一种近乎侮辱的方式向她求婚。因自幼受到南方淑女观念的规训，这种求婚给罗沙带来了巨大的伤害，以至于二十

---

① 杜翠琴：《福克纳与莫言作品中的悲剧女性形象比较研究》，《西北师大学报》（社会科学版）2016 年第 5 期，第 49−54 页。
② 魏李梅、李萌羽：《沈从文、福克纳小说的神话——原型阐释》，《齐鲁学刊》2009 年第 5 期。
③ 福克纳：《押沙龙，押沙龙！》，李文俊译，上海译文出版社 2004 年版，第 7 页。

年来，萨德本的魔鬼形象一直深深地刻在她的脑海之中。他厚颜无耻地提出婚前生育的要求，是对罗沙身心莫大的侮辱。因为南方女性的贞操甚至大于她们的性命。贞操观本身就加固了女性的附属地位，没有贞操，女性甚至连附属地位都没有。这次巨大的伤害之后，她独自返回父亲的故宅，不再与人往来，最终如同隐士般死去。

包括《献给爱米丽的一朵玫瑰花》中的爱米丽也是这样的一个鬼魂。相较于罗沙尚有一丝想要言说的欲望，爱米丽彻底化身为"屋内的鬼魂"，这也就不难理解当有人问及福克纳对爱米丽的情感时，他答道："我怕她。"① 爱米丽年轻的时候，皮肤白皙，身材苗条，但随着岁月的流逝，30 多岁时出现在大家面前的爱米丽"看上去虚浮臃肿，活像在死水里浸久了的尸体"②。直至74 岁她孤独地死去。在其葬礼结束后，人们终于揭开了她那位未婚夫突然消失的谜底，他的尸体被锁在其中的一个房间中。显然，这起谋杀案是爱米丽小姐精心策划的。"南方绅士在女性身旁筑起高墙，在自己心目中塑造偶像，为的是使她们永远处于被男子控制的地位，并具有迎合男权世界的一套本领。"③ 然而，爱米丽的谋杀行为却彻底粉碎了南方绅士的理想。她不仅勇敢追求幸福，更是以不择手段的方式让北方男人成为被她控制的对象。评论家们认为，正是因为北方佬不愿同爱米丽结婚，为了确立自身的优越性，维护自己仅剩的一丝尊严以及作为一个完整的南方淑女，爱米丽别无选择，只能毒死他。同时她精心策划的谋杀案更是对父权制的一种顽强反抗。然而，在她杀死荷默之后的日子里，过着怎样凄苦无助又忐忑不安的日子，只有她自己最清楚。虽然她反抗父权制，但她又是父权制的受害者。

毕飞宇笔下的老年妇女虽然也以孤独空虚的形象示人，然而她们的孤独比较纯粹，大多表现为精神上的老无所依。比如：《婶娘弥留之际》中丧偶无子的孤寡老人婶娘。婶娘年轻的时候曾是一名好老师，家长们放心把孩子交给婶娘。"其实家长们不懂婶娘，婶娘不是给孩子们当老师，是当妈妈。"④ 而且，这些年婶娘也一直把"我"当儿子却从未说出口。虽然婶娘不是完整意义上

① 朱振武：《夏娃的毁灭：福克纳小说创作的女性范式》，《外国文学研究》2003 年第 4 期。
② 福克纳：《献给爱米丽的一朵玫瑰花》，李文俊、陶洁译，译林出版社 2015 年版，第 41 页。
③ 钟京伟、郭继德：《福克纳小说中南方女性神话的破灭》，《当代外国文学》2011 年第 3 期。
④ 毕飞宇：《是谁在深夜说话》，春风文艺出版社 2007 年版，第 35 页。

的母亲，然而她确实是一位善良的、充满母性的女性，她从不吝惜自己的母爱。后来，婶娘住进了养老院，"她得了痴呆症，再也不会掩饰了，一心一意往别人那里送母爱。但没有人领她的情，她的爱也就无处落实，她就是这么疯掉的"①。最后她的爱连同她的生命一起凄凉地死去。婶娘的晚年是很悲惨的，因为婶娘天性中的母爱在非正常的状态中以一种变异的形式爆发出来，因此不被世人理解，在生命的尽头一边被病痛折磨，一边遭到周围人的嫌弃，死对婶娘来说确实是一种解脱。

《生活在天上》的蚕婆婆也是精神无所寄托，竟然在儿子的高层楼房里养起了蚕，把蚕当作自己的亲人。儿子工作繁忙，高层楼房里冷淡的人情都让这位从农村来的母亲感到孤独，她有爱却无处安放，只能将爱放置到这些蚕虫身上。这与《彩虹》中虞积藻的状态很相似。虞积藻作为一位母亲，她无疑是成功的，"大儿子在旧金山，二儿子在温哥华，最小的是一个宝贝女儿，这会儿正在慕尼黑"②。然而作为一名老去的母亲，她又是孤独的，因为儿女们都有出息，她让他们"全飞了"，结果留下了自己和老伴儿相依为命。

概括来看，福克纳笔下的老年女性深感孤独最重要的一个因素是父权制对女性的压迫。对康普生太太和本德仑太太而言，父权制的压迫使她们丧失了爱与被爱的权利，甚至连母爱这种天性也在长期压迫中消失殆尽。反之，她们的子女更不会给予她们更多的关怀，所以她们的晚年注定孤独。对罗沙和爱米丽而言，这种压迫造成了她们心理上的扭曲，因而她们选择在与世隔绝中度过自己孤独的一生。毕飞宇笔下的老年女性感到孤独的原因则较为简单，一方面是因为无儿无女，精神上无所依托；另一方面则是因为儿女无法在身边陪伴自己的孤独。同样书写孤独女性，两位作家下笔的力度和批判的内容却不一致，福克纳批判父权制对女性沉重的压迫，而毕飞宇则呼吁社会应关注空巢老人。

---

① 毕飞宇：《是谁在深夜说话》，春风文艺出版社 2007 年版，第 36 页。
② 同上，第 174 页。

第二节
女性书写主题比较

福克纳与毕飞宇的小说中，描绘了大量的女性形象，其中很多形象给读者留下了深刻的印象。福克纳对他笔下的女性人物倾注了丰富的情感；毕飞宇同样赋予笔下女性人物独特的生命体验。当毕飞宇被问及为何专注塑造女性人物时，他解释道："我书写过的女性人物比例较高，可能与我的创作母题有关。我的创作母题是什么呢？简单地说，伤害。我的所有的创作几乎都围绕在'伤害'周围。"① 所以他刻画的女性人物，几乎大部分都在不幸中挣扎，难逃悲剧的命运。这与福克纳创作的女性人物有很大的相似之处。纵观两位男性作家的女性书写，的确女性大多都离不开悲剧的宿命，因而"疼痛"是他们共有的主题。女性经历了各式各样的磨难或者伤害之后，心理上会产生很大的畸变，这种畸变会进一步发展为女性和自己关系的异化以及女性和其他人关系的异化。作者的最终目的并不是书写女性的疼痛和异化，而是通过对女性生存处境的揭露，展现出对女性的人道主义关怀。

1. 权力阴影下的女性之痛

无论是西方女性还是东方女性，她们在历史的舞台上长期处于"第二性"的地位。"人类所有不平等机制都源于男性的优越和女性的顺从。"② 具体到权力对女性的压迫上，福克纳笔下的女性更具有一种反抗意识，她们用自己的方式对抗父权制。与之不同，毕飞宇在刻画悲剧女性形象时，往往让女性将男性

---

① 毕飞宇、汪政：《语言的宿命》，《南方文坛》2002 年第 4 期。
② 凯特·米利特：《性的政治》，钟良明译，社会科学出版社 1999 年版，第 183 页。

作为改变自己命运的救命稻草。

福柯曾说："自古以来身体一直都是权力的对象和目标，身体是被操纵、被塑造、被规训的。"① 美国南方的"淑女体制"实质上就是对女性身体的操纵和禁锢，它要求女性视贞洁高于一切，贞洁甚至是女性最高的道德标准。"淑女体制"实质上就是父权制的衍生产品，是男性按照自己的想象建构的理想女性。因而就是父权制对女性压迫的另一种形式，只不过它的表现更为具象，直接作用于女性的身体，女性与男性之间呈现出一种占有与被占有、支配与被支配的关系。

谭波儿先是被金鱼眼以一种变态的方式占有了身体，后来又被金鱼眼圈养在妓院里，身体时时被控制，最卑劣的是金鱼眼因为自身条件有限，就强迫雷德占有谭波儿的身体，并在一旁观看。金鱼眼是法国人宅院这个以男性为主宰的微型社会中权力的主宰者。正如汤米反复所说："他要不是个人物，我就不是人。"② 实际上，金鱼眼对谭波儿身体的占有和控制揭示的就是权力对于女性身体的操纵和规训。

小说《村子》中，尤拉的家庭里，父亲和哥哥的出现总是伴随着骏马和他们握在手上的马鞭，暗示着他们在家中处于掌控他人的地位，而母亲和尤拉则常常和各种家用物品发生联系，对做家务有快感的母亲"收藏好熨好的布单，整理塞满杂物的货架，收拾土豆窖……"③ 她还将那些家庭用物给尤拉玩要以培养尤拉的女性意识。在尤拉 15 岁之时，每当上学出门的时候，哥哥乔迪会"紧紧抓住她的胳膊，……检查她是否穿上了紧身内衣"④。哥哥用紧身内衣"规训"了尤拉的身体，以便潜移默化地塑造着尤拉的女性身份。最终她习惯了穿上内衣的状态；换言之，她接受了自己身体被规训的事实。

"只要有性欲的地方，那里就有权力。"⑤ "权力首先是获取的权力：获取东西、时间、肉体和生命的权力。"⑥ 福柯所阐释的身体具有双重内涵，首先

---

① 米歇尔·福柯：《规训与惩罚：监狱的诞生》，刘北成、杨远婴译，生活·读书·新知三联书店 1999 年版，第 154、156 页。
② 福克纳：《圣殿》，陶洁译，北京燕山出版社 2015 年版，第 16 页。
③ 福克纳：《村子》，张月译，百花文艺出版社 2001 年版，第 130 页。
④ 同上，第 179 页。
⑤ 福柯：《性经验史》，佘碧平译，上海世纪出版集团 2005 年版，第 53 页。
⑥ 同上，第 61－62 页。

是生理层面上用以区分性别的概念，其次是能够转换为社会效益和经济价值的机器。在毕飞宇的小说中，权力与身体的关系不仅仅是一种占有与支配和被占有与被支配的关系，两者还有一种互动的关系："即对身体的支配和占有欲望极大刺激着攫取权力的欲望，权力反过来帮助身体实现目的并怂恿身体为非作歹。"①

玉米和郭家兴的结合就是各取所需，实现了身体与权力的互动。王连方倒台之后，玉米的家庭遭到重创，先是妹妹们被轮奸，随后她的如意郎君也抛弃了她，一系列的变故都使她越来越明白一个道理：有权才是硬道理。因而她找对象的条件只有一个，"有权就行"。在父亲介绍郭家兴的时候，玉米明明知道他是一个年龄足以做她父亲的男人，而且她是做郭家兴的填房，她还是毫不犹豫就答应了，贪图的是郭家兴所带来的权力。文中写道："玉米巴结着郭家兴的身体，直到郭家兴说道两个好，玉米才放下心来，知道这事稳了。"② 可以想见：郭家兴对年轻女性身体的占有与玉米对权力的痴迷刚好构成稳定而持久的互动关系。

消费社会中身体和权力的臣属关系则演变为身体与金钱的臣属关系。身体资本因之转化为真正的货币资本。毕飞宇的代表作《青衣》创作于20世纪90年代末。"资本的权力成为压过政治权力的新话语体系。金钱开始辐射到社会的各个领域。"③ 作为文中两位权力的代表，烟厂老板和剧团团长乔炳章，他们一步步将筱燕秋逼入不堪的境地。小说中《奔月》的上演离不开资本的支持，就算是剧团团长也不能离开赞助凭一己之力让《奔月》上演。正如同乔炳章时常感叹有钱的好处，在市场经济高速发展的背景下，有钱的烟厂老板成为真正权力的核心。烟厂老板曾经恰巧是筱燕秋的戏迷，他有能力让筱燕秋重回舞台，但后者为此付出了巨大的代价。一面是自己追求多年的梦想，一面要以自己的身体作为交换的筹码，筱燕秋的内心是矛盾的。然而，鱼与熊掌不可兼得，为了实现自己的理想，筱燕秋还是放下了身段与清高把自己并不年轻的身体"奉献"给了烟厂老板。值得玩味的是：筱燕秋的身体对烟厂老板而言

---

① 王永兵：《身体的驯顺与精神的异化——毕飞宇小说论》，《扬子江评论》2007年第5期。
② 毕飞宇：《玉米》，江苏文艺出版社2003年版，第79页。
③ 徐舒桐：《理想主义者的挽歌——毕飞宇〈青衣〉中的筱燕秋形象解读》，《名作欣赏》2018年第23期。

并不构成致命的诱惑，他是想"嫖个名气"而已。"筱燕秋知道自己被嫖了，但被嫖的又不是身体。"① 被嫖的是她心心念念不肯放下的"嫦娥"。筱燕秋怀揣了二十多年的梦就这样轻而易举地被打破了。随着消费社会的兴起，权力操控表现为更加具象的金钱操控，究其实质，筱燕秋的身体和灵魂被金钱操控了，成为金钱的奴隶。

由此可见，相较于福克纳小说中女性身体单方面受到父权制的操纵和规训，毕飞宇的小说更加赤裸裸地展示了男性权力与女性身体的互动关系，并由此衍生出金钱对女性身体的规训。

2. 权力打破两性关系的平衡

露西·伊莉格瑞融合生理因素以及文化因素，同时引入马克思主义理论，发现女性之所以遭受压迫，在于不平等的父权社会体制。在等级森严的体制下，妇女被迫成为一种男性间交换的私有财产。女性主义学者卢宾也指出，社会中通用的"性别制度"是以交换关系为基础的，从原始社会起就存在多种交换形式，比如：送、接受、互赠。女人作为最有价值的信物流通在以人类再生产为主的社会中，促成女人交换成功的形式就是婚姻。基督教到现在依然保留着这种交换的传统，具体体现在婚礼上，女方的父亲将新娘的手托付给新郎，从而完成了一组富有意义的交换。与其他信物相比而言，女性作为信物的意义更加深远。她肩负了两方面的使命，首先完成了赠送的环节，其次稳固了血族关系。② 因此，从这个意义上来说，女性甚至不能成为与男性相对的"他者"，而只能是一种可以交换的礼物。这就决定了女性在婚姻中所处的地位只能是低贱的、卑微的。

从福克纳的长篇小说《八月之光》来看，文中是这么描写麦克伊琴太太的：如同一个可怜动物，浑身看不出有任何性别特征，除了扎在一起的灰白长发和裙子的扮相。冷酷无情的丈夫阴险地宰割和摧毁着弱小的她，她虽得以幸存于世，却被他偏执地敲打，被迫变得逆来顺受。"如同可以任意扭曲变形的金属薄片，剥落得衰败涂地，心灰意冷，微弱苍白，好像一撮死灰。"③ 首先

---

① 毕飞宇：《沿途的秘密》，昆仑出版社 2002 年版，第 230 页。

② 参见鲍晓兰主编：《西方女性主义研究评介》，生活·读书·新知三联书店 1995 年版，第 6 页。

③ 福克纳：《八月之光》，蓝仁哲译，上海译文出版社 2008 年版，第 110 页。

从名字来看——她并没有自己的名字，和文中其他大多数已婚女性一样被称作"某太太"，她丧失了自己的个性，依附于一个男人。其次，面对丈夫的暴力行为，她选择逆来顺受，丈夫占据着家庭中的核心地位，最终她只能沦丧为任由丈夫欺凌的"影子"。乔本是麦克伊琴家收养的孩子，按理说他接受了麦克伊琴太太的帮助应该心怀感激，可他也是一个男性，在男性跟前，麦克伊琴太太永远处于权力的边缘。她虽然是养母、长辈，却依旧得不到养子乔的尊重。

《我弥留之际》中的本德仑太太从某种程度上比麦克伊琴太太的地位要高一些。首先她有了自己的名字"艾迪"，这就决定了艾迪具有自己的个性和一定的反叛能力，而不是一味地附属于本德仑。怀上达尔之后，在她心中，丈夫就已经死了。"他当时不知道他已经死了。"① 安斯为了给自己的懒惰找借口，竟然声称自己不能流汗；除了懒惰，他还说谎，对妻子缺乏应有的照顾与关爱。在对丈夫失望之后，她开始反叛，和惠特菲尔德牧师发生了婚外情，但牧师是个懦夫。受骗之后的她在贫穷和操劳中死去了。最讽刺的是刚给结发妻子送完葬，安斯马上就带回了新的本德仑太太，可以想见：艾迪在安斯心中的地位是多么卑微。这样的两性关系除了带给女性无穷无尽的疼痛，还让女性丧失了对美好生活的渴望，对理想人格的追求，可以说这样的婚姻扼杀了女性的一切。包括短篇小说《花斑马》中的阿姆斯蒂太太，始终对自己的丈夫逆来顺受，如同低人一等的奴仆，哪怕挨揍也不言语，这样不平等的两性关系预示着他们的婚姻必然走向毁灭。

毕飞宇笔下的施桂芳和玉米也都是婚姻制度的受害者。施桂芳是王家庄村支书王连方的老婆，王连方因为手上有权力，便享有更多的特权，其中一项就是对女性的性占有。为此他享有"美誉"——"睡遍王家庄老中青三代的王连方"。王连方不以为耻、反以为荣，毫不顾忌妻子的感受，还总是埋怨妻子生不出个儿子。"儿子到现在都没叉出来，还一顿两碗饭的。"② 王连方重男轻女的封建思想以及把妻子当作生育机器的行径就通过这短短一句话暴露无遗了。施桂芳作为村支书的老婆因为生不出儿子，在家受丈夫的轻视；在外被村里的男女老少取笑。作为女人，对她最大的凌辱就是男人出轨。王连方不仅出

---

① 福克纳：《我弥留之际》，杨自德、王守芳译，新星出版社 2013 年版，第 144 页。
② 毕飞宇：《玉米》，江苏文艺出版社 2003 年版，第 3 页。

轨，而且还出得心安理得、正大光明，施桂芳除了默默忍受别无选择。正如古希腊时期有的哲学家很早就指出："从法律上来说，丈夫的通奸行为不会造成婚姻关系的终止，只有妻子与其他男性发生性关系后，通奸罪才成立。"① 王连方之所以为所欲为，是因为他是一个男人，而且是一个有权力的男人，他的婚姻并不对他的婚外情产生实质性的约束作用。相反，他却能用历史赋予他的男权和他本身具有的权力将施桂芳的尊严践踏在脚下。

玉米也是深受权力之苦的不幸女人。布迪厄说过：爱情不仅能为女性摆脱男性的压迫，而且还能帮助她们走上一条社会升级的道路，婚姻就是完成这种升级最普遍的形式，在男权社会中，女性只有借助婚姻才能实现从低处到高处的跨越。② 连大字都不识几个的柳粉香对"嫁人"也有着一番高见："做女人的可以心高，却不能气傲；天大的本事也只有嫁人这么一个机会。"③ 玉米孜孜以求的就是一个能使她获得权力和尊严的婚姻，为此她嫁给了能做她父亲的革委会副主任郭家兴。然而，她没有获得应有的尊重。在家庭中，她想方设法地取悦郭家兴，只要郭家兴觉得好，她就觉得值。为了获得利益，她不惜出卖自己的身体任人"宰割"。弗洛姆指出："现代人将自己转化为商品，……他的主要目的是用他的技能、知识、他自身、他的'全部人格'为一场平等的、有利可图的交易而进行逐利的交换。"④ 玉米正是把自己当作一件可以交换的商品，她关心的从不是自己的愉悦和幸福，而是获得权力。但是她没有想明白的是：她已经失无所失，她不仅失去了自己美好的身体，还失掉了女性的尊严；她不仅没有真正获得权力，还变成了权力的阶下囚。她的婚姻更像是一场交易，没有爱情，没有亲情，只剩下赤裸裸的交易。

权力打破了两性关系的平衡，对女性的婚姻践踏和伤害是不可估量的，无论是美国南方传统的父权制还是中国古代男尊女卑的封建思想。在这种不健康、不对等的婚姻关系中，除了本就不平等的男女地位，女人还被当作传宗接代的生育机器，这一点在毕飞宇的小说中表现得更为充分。相较而言，福克纳

---

① 福柯：《性经验史》，佘碧平译，上海世纪出版集团 2005 年版，第 211 页。
② 参考翁菊芳：《"鬼文化"带来的伤痛——读毕飞宇的〈玉米〉》，《湖北师范学院学报》（哲学社会科学版）2005 年第 5 期。
③ 毕飞宇：《玉米》，江苏文艺出版社 2003 年版，第 22 页。
④ 弗洛姆：《爱的艺术》，刘福堂译，安徽文艺出版社 1986 年版，第 87－88 页。

笔下的已婚女性在面对权力的伤害时，有时她们会反叛、会挣扎，最后才屈服；但是在毕飞宇笔下，已婚妇女除了逆来顺受别无选择。因此，权力对毕飞宇笔下女性的婚姻的破坏力更胜一筹。

权力戕害的不仅仅是女性的身体、婚姻，还有女性的意志。更可悲的是，这种精神层面的伤害甚至会使女性理所当然地服从男性的意志，并且以此为自己的行为准则。安德丽安·里奇在《强迫的异性爱和莱斯缤的存在》一文中，就对女性的这种意识做了较为深刻的分析：主要因为在漫长的历史进程中，女性受到男性权力的规约，这就会造成女性从出生开始就自然而然地将男性的意志作为自己的意志的结果。进一步来讲，她们也会以此作为应该遵守的准则，占统治阶级的男性随意支配女性的思维和意志，导致女性固化了男性统治自身的意识形态。自觉地成为男性的帮凶和走卒。她还进一步说道："强迫也许并不直接发生在个体身上，强迫是在社会结构、意识形态、教育、日常生活等每个方面同时进行的。它是一种无形的力量，不被轻易地感知、发觉，就像是与生俱来的习惯，强迫就成了自然。"[①]

在福克纳笔下，贵族青年女性身负重压，个人意志被剥夺，甚至连一个完整的个人空间都没有，在强大的家族势力下，她们的思维始终处于"格式化"的状态。老套的家族传统具有强大且根深蒂固的力量，浸淫她们的思想，使她们失去了常人都具备的思辨能力。即使过去的"肉身"已经衰败或者死去，但是这种精神上的控制和毒害却是深远持久的。

《曾有这样一位女王》中的娜西萨就是这样一位被父权制和南方妇道观毒害已久的女性。出于对爱情和被爱的渴望，娜西萨背着珍妮姑婆收下并保存了匿名者的多封情书，她时常将信取出，一遍遍读信时就会落下眼泪来，这些眼泪体现了她内心深处压抑已久的爱欲，但是在弥漫着贞操观和妇道观的南方社会，这种行为和意念是不被允许的。于是在信件丢失后，娜西萨用身体去交换那些带着她泪痕的信件，以防她的心思被任何人知晓。她的悲剧不仅仅在于受到了南方妇道观的"洗礼"，更在于她自己已经自然而然地被现有社会秩序内化了，并将此作为约束自己的准则。在她失身于掌控她信件的联邦官员之后，

---

① 参考翟传增：《毕飞宇〈玉米〉中玉米形象解读》，《河南大学学报》（社会科学版）2005 年第 5 期，第 65－67 页。

她带着自己的儿子在山河的流水中坐了一个傍晚，这种类似约旦河净身的宗教仪式充分体现了娜西萨本人在意识深处对贞操观和妇道观的认同与接纳，所以她希望能够借助仪式洗掉自己的愧疚和失身的罪恶。追求爱与接受被爱本是天经地义之事，可正因为娜西萨从小受到旧式传统观念的"洗礼"，她潜移默化地接受了，并且根深蒂固地认为这种观念是正确的；所以即使是老沙多里斯入坟已久，她自己的丈夫死去之后，她还是不能拥有自己的意志，仍旧处于被压迫的境地。

《献给爱米丽的一朵玫瑰花》中的爱米丽更是典型的南方女性。不管父亲存在与否，爱米丽始终生活在父亲的阴影之中，并被父亲巨大的阴影所遮没，父亲就这样控制了女儿的一生，连父亲的死亡，爱米丽都难以接受，对镇上的人说她的父亲并未死。从某种意义上来说，爱米丽的父亲确实没死，因为他给爱米丽所灌输的思想和精神一直深深地影响着她。

这种精神意志上的主宰在毕飞宇笔下表现为更深层次的浸淫，女性的思想遭到控制反不自知，她们被男性思维意识所支配，被男权的意识形态所同化，自觉成为其帮凶和走卒。

从某种层面来看，《平原》中的吴蔓玲是王家庄身份最特别的女性。因为她是手握权力的具有女性主体地位的人物。遗憾的是，在吴蔓玲身上没有彻底完成女性解放的命题，社会属性的一半她超额完成了，自然属性的那一半她还没进行。她人性中最本真的自然属性被压制了。但是她拥有最宝贵的统治权，这也就决定了她在王家庄村民心中的地位是那样的高高在上。① 作为女性，她并不具有普通女性都具有的女性特质。她完全把自己当成男儿身，吃饭用的是大海碗。文中这么描述她吃饭的样子："吴蔓玲一手捧着大海碗，满满尖尖的大海碗，三下五除二，一转眼就被吴蔓玲消灭了。"② 她来例假也要挑重担，毫不顾惜自己的女儿身；完全坚持所谓的"两要两不要"，"要做乡下人，不要做城里人；要做男人，不做女人"。③ 就这样，吴蔓玲终于被潜移默化成了男人般的"铁姑娘"。

---

① 参见张敏：《"权力文化"视阈中的历史、性别与日常生活》，天津师范大学硕士学位论文，2010年。

② 毕飞宇：《平原》，江苏文艺出版社2005年版，第75页。

③ 同上，第65页。

　　玉米的思想不仅受男性的支配，她还自觉地成为男权的帮凶。"玉米抱着弟弟小八子在与父亲有染的女人家门口一家一家地站，其实是一家一家地揭发，一家一家地通告了。谁也别想漏网。"① 玉米看似不言不语，却以另一种更具杀伤力和挑衅性的方式为母亲立了威信。显而易见：玉米能挣回母亲的颜面凭借的正是封建旧思想当中男权社会强迫女性必须遵守的伦理准则：子嗣观和贞操观。玉米成为典型的父权代理者而不自知。在玉米的价值观与伦理观中，她认为破坏自己家庭的是那些女人而不是自己那无耻的父亲，母亲因为生出了儿子而为自己家挣回了颜面。这些落后的封建思想在玉米的思想体系中根深蒂固，这些极端的男权思想轻而易举地统治了玉米的思想意志。更悲哀的是，玉米不自觉地运用男权思想的一套行为体系来衡量周围的世界，一步一步沦为其代言人。

　　通过以上分析我们可以得知：权力对于女性的伤害是全方位的，是由表及里、影响深远的。从身体层面来看，福克纳侧重于书写女性被权力规约的困境；毕飞宇更强调权力与身体的互动关系。从两性关系来看，福克纳注重描写女性在婚姻中卑贱的地位和得不到男性疼爱的焦虑；毕飞宇则擅长从中国传统文化的劣根性上来批判男尊女卑的封建思想以及将女性当作传宗接代生育机器的行为。从思想层面来看，福克纳笔下的女性往往身负重压，南方旧传统根植于她们的思想，使她们的思想始终被禁锢在父权制的牢笼之中；而毕飞宇笔下的女性人物不仅思想被男权社会所支配，她们还变相成了男权社会的代言人。

　　由于东西方女性都深受男权的荼毒，因而女性在不知不觉中背离自己，隔绝于社会，甚至坠入堕落的深渊，承受着常人无法想象的苦难。异化就是女性不得不进入的怪圈，女性异化更是父权制下的产物。

　　马克思关于异化的解释是：在阶级社会中，工人创造了财富，而财富却被资本家所占有并使工人受其支配。因此，这种财富、财富的占有方式以至劳动本身皆"异化"为统治工人的，与工人敌对的，异己的力量。这是从生产资料私有制的弊端视角来看待这一问题的。黑格尔对异化的认识则表现在对基督教的批判上，他认为人创建了基督教，然而基督教的性质由一开始反映大众的愿望逐渐转变为一种奴役和压迫人的力量。费尔巴哈则从唯物论出发认为，神

---

　　① 毕飞宇：《玉米》，江苏文艺出版社 2003 年版，第 15 页。

也是人，基督教实质上就是人对自身的关系。①

异化在人类历史上的表现可以理解为人与自然的异化、人与自我的异化、人与人关系的异化。② "宗教——至少是基督教——就是人对自身的关系，或者，说得更确切一些，就是人对自己的本质的关系。"③ 费尔巴哈对异化的理解旨在揭示宗教，尤其是基督教摧残人性的一面。福克纳笔下的女性遭受基督教和父权制的双重压迫，这种压迫表现在对女性思想、意志方面的绝对控制，走上异化之路是她们不得已的选择。而毕飞宇笔下的女性则深受金钱和物质的蛊惑，最终走进异化之网。

异化过程中，人失去主观能动性，与此同时异己的物质力量或者精神力量会奴役人，使人的个性得不到全面发展，被迫片面发展。弗洛姆认为："所谓异化，就是一种经验方式，通过这种方式，人体验到自己是一个陌生人。我们可以说，他同自己离异了。"④ 福克纳小说中女性的生命之旅就是在南方父权制的压抑中不断和自己分离的历程。

爱米丽的故事可以概括为：一个植根于她南方身份之中的个人冲突。⑤ 她本身是一位南方"淑女"。福克斯在他的书中这样对"淑女"一词下定义：在美国南方的历史背景下，淑女不一定比其他女性更具魅力，只不过是以她们的社会地位和身份特权为基础的白种女性。⑥ 可以想见，爱米丽贵族家庭的身份与地位必然会招致不少追求者的追求，然而父亲为了保护自己的财产，赶走了所有的追求者，变相造成了爱米丽内心的孤寂。长期经历父亲的压榨和"调教"，她终于变成了一副与之前相比大相径庭的样子：她看上去像长久泡在死水中的一具死尸，肿胀发白。不仅如此，她的人格也发生异化：从前她是温顺的，是站在父亲背后的那个默不吭声的少女。而后来，她成为一个毒死男友，与死去的男友同床共枕、与世隔绝的怪物。爱米丽强烈的占有欲和对爱的无限

---

① 参见刘忠阳：《毕飞宇小说的异化主题研究》，河北大学硕士学位论文，2016 年。

② 参见陈俊安：《论西方现代主义文学中的异化问题》，《消费导刊》2008 年第 14 期。

③ 费尔巴哈：《费尔巴哈哲学著作选集》（下卷），荣震华、王太庆、刘磊译，商务印书馆 1984 年版，第 39 页。

④ 弗洛姆：《健全的社会》，孙恺洋译，贵州人民出版社 1994 年版，第 95 页。

⑤ 参见张培培、许庆红：《异化的存在——也论〈献给爱米丽的一朵玫瑰花〉的主题》，《合肥工业大学学报》（社会科学版）2018 年第 5 期。

⑥ 参见庞旭：《论〈干旱的九月〉中的南方淑女神话》，《重庆三峡学院学报》2006 年第 6 期。

渴求迫使她不自然地走向了自我分裂的道路。一面深受南方清教主义以及父权制的影响；另一面又渴求爱情，有寻找存在感的正常需求。她为了爱情不惜放下自己的尊严，为荷默付出一切，但发现荷默只是将她当作情人、附属品，压根就没有和她结婚的想法。这成为压倒爱米丽的最后一根稻草，也成为她自我异化的导火索，最后她从"屋内的天使"分裂成了"阁楼的鬼魂"。

康普生太太也是一个被父权制造就出来的"大家闺秀"。她作为女人，女性的母职遭到了异化，无论作为母亲还是作为妻子，她的社会功能基本都被异化了。因为在父权制的压迫下，她既丧失了女性温柔的特质，也拒绝做一个贤惠之妻，就连母亲的慈爱也不具备了。作为母亲，她既不愿意分享母爱给孩子们，也不喜欢孩子们围在她跟前，整天都是无精打采的样子，天然的母性从她身上自然分离出去，剩下的只有一副病恹恹的躯壳。

如果说福克纳笔下的女性走向异化之路是因为受到精神力量的奴役，那么毕飞宇笔下的女性在自我异化的过程中往往受到物质力量的奴役。毕飞宇书写的异化世界主要受到两方面的影响：一是理论层面上，受到了马克思主义哲学的熏陶，将其中关于人的异化的代表性观点为己所用；二是现实层面，吸收了1980年异化问题大讨论中的思想，因而在其作品中可以感知到作者对金钱异化、权力异化等问题的揭露，并进一步探究人所创造的事物对自我的支配和压制的现实。①

在《叙事》中，毕飞宇就开始关注金钱对于女人的异化力量："这年头不是男人疯了，而是女人疯了。她们在梦中被钱惊醒，醒来之后就发现货币长了四条腿，在她们身边疯狂无序地飞窜。她们高叫钱。这年头女人成为妻子后就再也不用地图比例尺去衡量世界了，而只用纸币。"② 毕飞宇在多篇小说中都描述了这种金钱对女性的异化。金钱可以让女性抛弃自尊，金钱可以让女性出卖肉体，金钱还可以让女性彻底疯狂，就如同《叙事》当中，"我"的妻子，每天一睁眼就喊着让"我"去挣钱。本来钱为人所用，但这种对钱近似疯狂的渴望体现的正是金钱对人的异化。

比如《睡觉》中的小美，本是一名优秀的大学毕业生。为了轻而易举地

---

① 刘忠阳：《毕飞宇小说的异化主题研究》，河北大学硕士学位论文，2016 年。
② 毕飞宇：《雨天的棉花糖》，上海文艺出版社 2009 年版，第 6 页。

赚钱而沦落为浙江富商的"生育机器"。但是富商是有家室的男人，只不过其妻在生下一个女儿之后就不肯再生了，富商与小美的雨露之情，不过是想借她腹为自己生个儿子。小美明明知道这是一段没有结果的感情，却还是靠吃避孕药来延长两人的关系。不是因为爱情，只是为了金钱，小美甘愿做"小三"，放弃自己曾经的尊严和身份。

美国南方的父权制，以加尔文主义为核心的基督教教义亦即清教主义和种族主义共同构成异化之网，造成了南方女性的人格异化。福克纳时常通过女性与男性的两性关系失衡来书写异化。第一种是通过男性对女性在精神上的压抑，实现女性自我分离的异化状态，第二种是女性与男性斗争后所呈现出自我封闭和远离人群的异化状态。值得注意的是：这两种状态常常交织在一起。

第一种异化状态在前文中已经做了具体分析，这里将主要阐释第二种异化状态。《押沙龙，押沙龙！》中罗沙自幼受到南方淑女体制的规训，萨德本近似侮辱性的求婚给她带来了巨大的伤害。最让她不能忍受的是，他竟然提出在婚前让罗沙为他生下一个男孩儿的建议。他提出："做一次实验性的繁殖拿出件样品来，倘若是个男孩他们就结婚。"① 在美国南方，人们非常在意女性的贞操，甚至到了顶礼膜拜的地步。女性最宝贵的东西就是她们的处女之身，为了维持她们的贞洁，她们不能有情欲，贞操甚至高于女性的生命。萨德本竟自私到相当于要罗沙命的地步。自此之后，罗沙返回父亲的老宅，过上了长达四十三年的独居生活。她把自己囿于过去，愤慨成为她的"伙伴、粮食、火焰以及一切"②。罗沙不是第一个受父权制压迫的女性，也不是第一个反抗父权制的女性，但她一定是南方女性自主意识被压抑、被忽略的典范。肖明翰曾评价罗沙是"小说中命运最悲惨，最值得同情的人物"③。从罗沙的经历中，她由一位南方的大家闺秀沦为在一座黑房子里神出鬼没的"女魂"，这是她自我分离后的结果。按理说，人是群居的高等动物，然而从罗沙离开萨德本回到父亲的故居起，整整四十三年，她与世隔绝、孤独自闭，这是她远离人群所呈现出的异化状态。

在《我弥留之际》中，每一个叙述者都呈现封闭的状态，他们相互之间

---

① 福克纳：《押沙龙，押沙龙！》，李文俊译，上海译文出版社 2004 年版，第 174 页。

② 同上，第 170 页。

③ 肖明翰：《威廉·福克纳研究》，外语教学与研究出版社 1997 年版，第 198 页。

少有交流，体现的正是现代社会中人精神世界的"孤立"和"异化"。其中的代表人物就是女主角——艾迪·本德仑。艾迪在全书五十九个章节中，只占一个章节，记录的是她对生活、对家庭、对丈夫、对孩子的看法。因为深受父亲悲观主义的影响，艾迪接受了父亲所言"生就是为死亡做准备"的观点。所以，生孩子不是她的自愿行为，她只是为了还给丈夫一个孩子。这直接导致了母亲与孩子之间冷漠疏离的关系。艾迪与丈夫更像是搭伙过日子的陌生人，彼此之间缺乏交流、没有爱情，因而艾迪为了反抗父权制的压迫，在婚姻中发生了一段婚外情，结果发现牧师也是个欺骗者，对生活、对爱情绝望后的艾迪终于无话可说，自此走向了拒绝交流、隔绝世人、自我封闭的异化之路。

而毕飞宇往往通过女人与女人之间的斗争实现最后的异化。其实女性与女性的斗争无疑是生存的斗争。毕飞宇曾言："在我们身上一直有一个鬼，这个鬼就叫做'人在人上'。"[①] "这种"人在人上"的"鬼"文化就是存在于传统文化糟粕的逐权意识中。对权力的崇拜已经深入一些人的骨髓，血液之中。[②] 女人之间总是相互嫉恨、相互伤害、明争暗斗，这就是女人为了寻求"人在人上"的快乐。

《青衣》的故事围绕着女性人物筱燕秋而展开，但毕飞宇的笔墨不仅仅着重于描述筱燕秋，而且着重营造人物的关系。正如他在浙江大学的演讲《屹立在三角平衡点上的小说教材——〈包法利夫人〉》中所说的："在小说里头，人物的关系出来了，人物也就出来了。所以，对小说而言，所谓塑造人物，说白了就是描写人物的关系。"小说中，与筱燕秋有关系的人不少，但和老师李雪芬、徒弟春来的关系可以说是相当尴尬。为了成为"人上人"，筱燕秋先是将开水浇到老师身上，直接导致老师被送进医院；再是与徒弟抢戏，丝毫不把机会让给徒弟。到头来，自己不仅没了演戏的机会，还委曲求全受到烟厂老板的侮辱，直至最后彻底疯癫。筱燕秋从开场就慨叹："一个人可以有多种痛，最大的痛叫做不甘。"[③] "人是自己的敌人，人一心不想做人，人一心就想成

---

① 於璐：《权力话语和个体生命的困境——浅析毕飞宇小说中的人文关怀》，《名作欣赏》2013年第20期。

② 曹旭光：《"地球上的王家庄"——论毕飞宇笔下的乡村叙事》，东北师范大学硕士学位论文，2007年。

③ 毕飞宇：《中国自荐小说50强——青衣》，台海出版社2001年版，第24页。

仙。"① 这既是嫦娥的内心独白，也是筱燕秋的追求，然而"仙"是什么？在筱燕秋看来，仙就是"人上人"。筱燕秋从年轻到年老都想成为"人上人"，为此把其他女人当作自己实现理想的绊脚石，不惜损害她们的利益，最终走向疯癫。

《唱西皮二黄的一朵》中的一朵，本来是一个善良淳朴的农村姑娘，因为长相好被城里戏院的老师挑中，走上了求学的道路。可是禁不住物欲横流的不良风气和攀比的氛围，一朵逐渐陷入了爱慕虚荣，被权力者包养的境地。"权力者利用青少年的幼稚……煽动起他们心中骚动反抗的情绪，反过来，青年人又利用权力，企图实现内心对功名的渴望和发泄蛰伏于本能的兽性欲望。"② 一朵正是借助有钱人的钱财满足自己的兽欲，托人去迫害一个毫不相干的女人。只是一次偶然的机会得知学校门口卖西瓜的女人和自己长相很相似，一朵就萌发了杀掉那个无辜卖瓜女人的念头，原因是看到她会让一朵想起曾经那个来自农村，穷困潦倒的自己。一朵的异化一方面是由于城市化的进程太快，正如毕飞宇所言："有一个背景……我们……没有意识到文化的再建，更没有认识到人是有灵魂的，这一来，市场经济的'利益原则'在我们这里就有些变态。"③ 另一方面，是由于人与人之间总是存在相互攀比、相互嫉妒的心理，往往下意识地把其他的人当作自己的敌人。这与毕飞宇的写作理念相关，他说："我对我们的基础心态有一个基本判断，那就是：恨大于爱，冷漠大于关注，诅咒大于赞赏……在情感里头，我侧重的是恨、冷漠、嫉妒、贪婪。"④

相较而言，福克纳所描写女性的异化，往往通过精神的压抑实现对女性的荼害，并且，对女性造成巨大伤害，往往是男性所为。而毕飞宇笔下女性的异化往往是因为被物质、被金钱奴役而最终陷入欲望的深渊，并且往往通过女性与女性的矛盾构成异化的条件。

3. 人性的呼唤——作家的人道主义关怀

福克纳和毕飞宇都塑造了大量悲剧的女性人物。她们饱受伤害，历经沧桑，或者疯癫，或者死亡，不可避免地落入异化的大网之中。但是两位作家书

---

① 毕飞宇：《中国自荐小说 50 强——青衣》，台海出版社 2001 年版，第 50 页。
② 陈思和：《告别橙色梦》，广东人民出版社 2018 年版，第 478 页。
③ 毕飞宇、张莉：《牙齿是检验真理的第二标准》，人民文学出版社 2015 年版，第 367 页。
④ 南京市文艺评论家协会：《文艺：回望辛亥百年》，南京出版社 2011 年版，第 25 页。

写女性"疼痛""异化"不是站在边缘的角度冷眼旁观，而是彰显了他们对于女性的关注与关爱。从这一点说，两位作家的创作心态是一致的。

人道主义起源于欧洲文艺复兴时期，提倡关怀人、尊重人。法国资产阶级革命时期又把人道主义的内涵具体化为"自由""平等""博爱"等理念。福克纳的"约克纳帕塔法"世系不仅描述的是一幅19世纪末20世纪初美国南方社会生活的画卷，更是对这一社会生活画卷中的"人"的深刻剖析，他塑造了一系列"与他自己、与他周围的人、与他所处的环境处在矛盾冲突之中的角色"①，通过他们的遭遇反映了美国南方的种种社会问题。福克纳对于"人"和"人性"的关注体现了其人道主义的思想。正如他在回答日本记者时就说过，他"唯一属于的，愿意属于的流派是人道主义流派"②。

福克纳的人道主义思想根源于他对南方社会弊病的深刻认识，他清楚地认识到清教主义和种族问题是南方社会弊病的根源，因而他对生长在南方的女性，尤其是黑人女性给予了深深的同情。在他的笔下，因为清教主义，爱米丽和罗沙都异变为"屋内的鬼魂"，将自己与世隔绝数十年之久，最终孤独地死去。因为种族主义，黑人被肆意虐待，他们被看作是一群"可被诅咒的野牛"，没有任何自由和尊严，甚至会被买卖或者处以私刑。《去吧，摩西》中的黑人女奴尤明思被白人种植园主霸占，并生下一女，女儿长大后又被生父蹂躏后产下一子，绝望的尤明思投水自尽……那些长得漂亮的女奴被"卖给任何一个拿得出那笔钱的野兽，不是像白人妓女那样只卖给他一个晚上，而是从身体到灵魂一辈子都卖给他……然后当她没有用，或者保存她不如卖掉她划算的时候，她就会被抛弃或卖掉甚至被杀死"③。福克纳"作为一个人道主义者，他无法容忍对人性的任何形式的压迫和摧残"④。在书写这些惨绝人寰的行为时，他强烈地批判了男性、白种人的无耻行径。

不过，福克纳的批判是不彻底的，因为他常常将种族压迫等同于道德问题进行批判，认为解决黑人的困境在于提高他们自身的道德水平，而不是将问题

① Frederick L. Gwynn and Joseph L. Blotner, eds. *Faulkner in the University*. Vintage Books, 1965, p. 19.

② 李常磊、王秀梅：《传统与现代的对话：威廉·福克纳创作艺术研究》，外语教学与研究出版社2010年版，第44页。

③ 福克纳：《押沙龙，押沙龙！》，李文俊译，上海译文出版社2004年版，第157页。

④ 肖明翰：《再谈〈献给爱米丽的玫瑰〉——答刘新民先生》，《四川师范大学学报》（社会科学版）2000年第1期。

的根源诉诸南方种族主义本身。就如同他笔下刻画了很多忠心耿耿的女奴：莫莉大婶、迪尔西等。她们身上的共性在于对自己的奴隶地位感到知足，愿意做一个守规矩的、本分的女奴。迪尔西是其中的典范，从文本中，我们可以窥看到她对自己的孙子很凶，并没有很关照自己的孩子。与之相反，她对主人家的孩子却充满了关爱和照顾，这就会使读者心生疑虑，不顾自己的孩子却将爱全部奉献给主人家的孩子，这种所谓的黑人美德究竟出于什么样的立场与目的？所以她很难被一般的黑人读者接受为一个真正的黑人母亲①。福克纳却多次表达了对迪尔西的赞赏。这实际上就是所有奴隶主们期望的那种忠心耿耿。②

　　毕飞宇同样注重于对人精神世界的探究，他曾表示过他最早是从先锋小说写起的。"不过我现在更想做一个现实主义作家。现实主义是一种情怀。情怀是什么？就是你不要把你和你所关注的人分开。我们是一条船上的。"③ 这种情怀其实就是对人的关怀与关注，体现的正是毕飞宇的人道主义情怀。

　　不同于福克纳以沉重的美国南方作为背景，交杂着宗教主义、种族主义的人道主义，毕飞宇的人道主义更加纯粹，就是对现实以及人的关注，通过对女性的书写唤起读者大众对女性所处境遇的关注，从而引发对整个人类的关注。

　　《玉米》和《平原》中，毕飞宇通过挖掘权力对女性的巨大伤害，揭示了权力对人性的残害；《睡觉》《生活边缘》《唱西皮二黄的一朵》《家里乱了》等短篇小说，批判了消费时代唯金钱至上、物质至上的坏风气。《彩虹》《生活在天上》《婶娘弥留之际》中对老年女性晚年孤独境遇的描写，表现了毕飞宇对老年人生存困境的关注，他也呼吁读者关注身边的空巢老人。可以说，毕飞宇的小说书写的正是他自己一直所追求的现实主义情怀。

---

　　①　参见戴维·埃斯蒂斯，李冬：《威廉·福克纳关于白人种族主义的观点》，《外国语》（上海外国语学院学报）1983 年第 5 期。
　　②　参见周文娟：《福克纳小说的人道主义理性与种族偏见》，《南京师范大学文学院学报》2010年第 2 期。
　　③　参见田祝：《论毕飞宇小说中"异乡人"形象》，《琼州学院学报》2009 年第 6 期。

第三节
女性书写叙事策略比较

福克纳和毕飞宇同为男性作家，他们的女性书写就是将女性放置于双重被书写的范畴中。法国女性主义理论家西苏提出的"女性书写"并非作者为女性的书即为女性书写。因为"署上女性的名字并不一定保证这部作品就是具有女性特征的……一部署名为男性作家的作品也不一定排除女性特征……"① 所以，作者的性别和作品的属性之间的关系并不是一致的。然而，男性作家的女性书写必然与女性作家的女性书写相差甚远。本节主要分析的重点就在于作为男性作家，他们在进行女性书写时所采用的独特的叙事策略。

1. 被建构的女性

在由话语建构的性别叙事中，女性作为受压迫、受排斥的一方，体现在文本中则转化为缺席者，女性只能任由作为话语霸权者的男性歪曲再现自己。作为男性自我认同，性别建构过程中的"他者"、在主体/客体、独立/依附、主动/被动，尊/卑等二元价值判断中，女性被指认为属于后者。② 虽然福克纳与毕飞宇笔下的女性人物处于被塑造的地位，属于"他者"身份，然而这两位作家在建构女性人物时并不是片面歪曲或者错误地塑造，而是带着悲悯的情怀以及对社会现状深刻的认识，通过处于劣势的女性人物来表达深刻的内涵。

在福克纳笔下，女性人物或者处于中心地位，但自始至终都没有出场；或者处于边缘地位，始终生活在阴影之下。她们的形象模糊而被动，她们的本体

---

① 转引自刘岩：《"女性书写"的主体（性）悖论》，《文艺研究》2012 年第 5 期。
② 刘传霞：《被建构的女性——中国现代文学社会性别研究》，山东师范大学博士学位论文，2006 年。

始终处于空缺状态。与之相反，在毕飞宇笔下，女性人物往往形象鲜明而具体，始终处于在场状态。然而，在场状态并不意味着女性地位的提高，而是为了衬托男性人物的主体地位。因而，女性本体的空缺与在场并不说明她们地位的高低，只是作为作者叙事策略的一种体现。

《喧哗与骚动》中唯一主角就是凯蒂。福克纳分别从班吉、昆丁、杰生以及迪尔西的视角来刻画凯蒂以及凯蒂失贞的故事。凯蒂作为中心始终没有正式露面，福克纳却说："对我来说，她是美的，深为我所心爱。"① 这样的叙事策略显然带有深意。她的缺席象征着南方妇女的状态：没有本体、没有身份，被其他人塑造。"我们可以说：她只是一个象征，而不是一个身份。通过这种艺术叙事，作者揭示了南方社会对女性的普遍态度。"② 文本中的凯蒂富有爱心、热情、善良，对于弱者（班吉）给予同情与关爱，是小说中爱与美的化身，但是凯蒂的结局却令人心寒，因为生活所迫，她走上了靠出卖肉体挣钱的道路，最后竟沦落为纳粹的情妇。这样的反差也是福克纳刻意所为，他正是想借此表现父权制以及清教主义对女性的禁锢和迫害。

福克纳的小说中塑造了很多黑人女性，虽然她们不是作为主线人物存在，但是她们的存在推动了故事的发展。遗憾的是，她们大多是"影子"般的人物。《押沙龙，押沙龙!》中有一位海地女人，她是萨德本的第一任妻子，但被萨德本无情地抛弃了，原因在于她所生下的孩童体内流有黑人的血。小说在后面的章节又介绍了三十年后海地女人的情况。她试图指使自己带有黑人血统的儿子找萨德本报仇。很明显，海地女人是作为配角出现的，但是萨德本家族的命运却时时刻刻与这个从未出场的女人关联在一起。这么重要的对象，在文本中却连自己的名字都没有，文中甚至连她说过的一句话都找不到。③ 肖明涵在谈到福克纳笔下的"影子性"人物时曾说："福克纳小说中的妇女的影子性只是她们在现实生活中的'影子性'的反映，因为'影子性'深深植根于那

---

① 周文娟：《人性的异化——〈喧哗与骚动〉人物悲剧的创作根源解析》，《宁夏大学学报》（人文社会科学版）2008 年第 2 期。

② 王巧丽：《男权社会统治下的女性悲歌——从女性主义角度解读〈喧哗与骚动〉的女性形象》，《河南农业》2018 年第 33 期。

③ 参见姜德成：《话语与权力：评〈押沙龙，押沙龙!〉中的海地女人的失语》，《长春工程学院学报》（社会科学版）2010 年第 1 期。

种否定妇女权利，压制她们欲望的社会现实之中。"①

与福克纳模糊塑造女性人物不同，毕飞宇描写了一批形象鲜明的女性人物。持家有道、精巧聪慧的玉米，妩媚多情、风情万种的玉秀，憨厚老实、勤奋上进的玉秧，不惜一切代价追求理想的筱燕秋，"铁姑娘"吴蔓玲……她们各不相同，各有特点。

《青衣》里的筱燕秋是小说中真正与唯一的主角，小说的情节全部都是围绕着她而展开的，她有自己的理想，有自己的独立思想，也有一系列个人行动，可以说筱燕秋一直处于在场的状态。然而不可忽略的是，筱燕秋所有的言行举止都有男性的参与，并且这些手握权力或者金钱的男性掌握着筱燕秋的命运，对筱燕秋人生的起伏起到了极其重要的推动作用。因此，筱燕秋的在场也是为了衬托男性无边的力量。这一阴一阳的对照，深刻揭示了女性生存的困境。

《上海往事》中的小金宝可以说是整个小说叙事的主线。她既是逍遥城的小老板，又是舞台上妖娆多姿的女歌手，还是小洋房里百变的妖精，风月场上的高手。然而看似光鲜的外表下，她却始终被玩弄于男性的股掌之中。她的一切都来自上海滩虎头帮老大唐老爷，为了维持自己的"地位"和"身份"，她必须完全依附于黑帮老大，任他摆布，讨他欢心。她越是光芒万丈，越衬托出唐老爷的本领强大，她虽然形象鲜明，处于在场的状态，但是掌握她命运的钥匙还是握在有权有钱的男性手中。

"话语"是一种陈述，但与一般的陈述不同，它既不像逻辑学范畴中的命题，也区别于语言学中的言语行为，原因在于无论是逻辑学的规则还是语言学中的标准都无法束缚它，社会因素才构成对话语的制约。② 话语不仅建构了我们自身，而且建构了我们生活的世界，更是建构了我们对于世界的认知。换句话说，如果没有话语，那将意味着我们无法建构对世界的理解，也无法建构我们自己。在福克纳的小说中，女性人物很少言说话语。客观来讲，是由于社会因素的制约也就是女性人物是否具备言说的权利；主观来看，则是女性人物自己愿不愿意言说，当然这取决于作者的意图。与福克纳的叙事策略不同，毕飞

---

① 肖明翰：《威廉·福克纳研究》，外语教学与研究出版社 1997 年版，第 201 页。
② 参见李智：《从权力话语到话语权力——兼对福柯话语理论的一种哲学批判》，《新视野》2017
年第 2 期。

宇赋予了笔下女性人物很多言说的权利，但她们的语言更像是被男权塑造过的语言，不仅不能突出女性言说柔美的特质，反而更像是男权社会的翻版。

正如西苏提到的："女人在'象征之外'……即在法令领地、语言之外，她被排除在任何与文化以及文化秩序的关联之外。"① 于是，女性尴尬地处于两难境地："要么模仿男人说话，融入属于男性的象征秩序；要么保持沉默，将自己排除在历史进程之外。"② 毕飞宇与福克纳笔下的女性人物恰好分别选择了其中的一条路。

福克纳笔下的女性人物选择沉默，一方面是因为父权制的压迫，女性迫不得已放弃言说。"女性代表了父权统治下人类社会中的他者，她们在公共场合中被迫缄默，成为社会的二等公民。"③ 另一方面是因为人与人关系的疏离，导致人与人之间竖起了隔膜，彼此封闭。还有最重要的一点就是言说其实没有意义。艾迪在唯一一段的自述中说："那些高调门的僵死的语言到了一定的时候连它们那死气沉沉的声音也都变得毫无意义。"④ 为了印证言说的无意义，本德仑家最会说话的达尔竟然因为"精神失常"而被捕，最受宠爱的朱厄尔却基本不讲话。这就不难理解，为什么艾迪从始至终不愿多说一句话。

某种意义上，语言的使用会带来一些限制，不能真实再现丰富的客观世界。《喧哗与骚动》的写作过程就生动地体现于此。在这部小说创作之初，作者借用班吉这个白痴叙事者以他简单、直白的经验，用简单的句式以期完成一部语言与实际相统一的短篇小说。随后发现班吉的叙事不能完整的表达他的意思，福克纳又不断添加了昆丁、杰生以及迪尔西作为叙事者创作了一部长篇小说。小说出版十五年后，"福克纳又给它加上一个二三十页长的附录"⑤。或许从这个层面而言，福克纳在回答为何不让凯蒂叙述问题时说："因为凯蒂太美，太感人，无法对她进行简化，让她叙述发生着的事。"⑥

---

① 约瑟芬·多诺万：《女权主义的知识分子传统》，赵育春译，江苏人民出版社 2003 年版，第 158 页。

② 同上，第 159 页。

③ 赵一凡、张中载、李德恩：《西方文论关键字》，外语教学与研究出版社 2006 年版，第 481 页。

④ 福克纳：《我弥留之际》，杨自德、王守芳译，新星出版社 2013 年版，第 146 页。

⑤ 刘建华：《叙述与生存——福克纳的女性观》，《欧美文学论丛》2002 年第 0 期。

⑥ Frederick L. Gwynn and Joseph L. Blotner, eds. *Faulkner in the University*. Vintage. 1965, p. 1.

同时，语言不仅与实际相悖，有时甚至会走向实际的反面。比如说，康普生家的三个兄弟都是看重传统，以贞洁的妇道观来要求凯蒂和小昆丁的，结果却是凯蒂和小昆汀都走向了语言的反面。与之相似的还有《圣殿》里的谭波儿，谭波儿的父亲与兄弟同样以贞洁的妇道观要求谭波儿洁身自好，哥哥还会吓唬她说如果看见她和男性鬼混就打断她的腿，结果谭波儿在放纵自己的道路上越走越远。因而，不难看出，福克纳笔下的女性人物之所以不言语是因为福克纳本身对语言的功用持怀疑的态度，这就使读者难以根据叙事者的性别安排来判断福克纳对于女性的态度。

毕飞宇笔下的女性人物则像男人一样说话，积极融入属于男性的象征话语秩序。吴蔓玲是手握王家庄最高权力的"铁姑娘"，在她身上我们几乎已经看不到女性的特质。吴支书一来到王家庄就提出了著名的"两要两不要——要做乡下人，不做城里人；要做男人，不做女人"。这句口号喊出了吴蔓玲"要做男人"的志向。之后她果然言出必行，脏活累活她都抢着干，连生理期都不放过自己，吃饭也如同男人一样用个"大海碗"，连站姿都自然而然地切换成男性模式。她为什么这么拼命地想要做男人，只为了洪主任随口说了一句"前途无量"。为了获得更高的权力，吴蔓玲不惜一切代价改装自己，最后终于疯癫了。像一只狗一样咬到端方身上。女性主义者认为，"女性的疯癫主要来自男权社会对女性身心的压抑和迫害，它是女性性别身份焦虑与反抗的表现"[1]。正是由于吴蔓玲对自己女性身份的定位发生偏差，才导致了一系列悲剧的发生。

在以父权文化为主导的价值观里，以"妖"为特征的女性吸引力还代表着一种原罪。玉米对此很早就评价过"长得漂亮的女人不是好女人"。王连方倒台之后，玉秀惨遭轮奸，姐姐玉米一句安慰体贴的话都没有，反倒用男性的思维分析原因，认为是妹妹平时太过"妖气"，所以会发生那样的事情。这样的观念体现的是父权社会的共识，"这种女性对男性声音的模仿在男权社会中形成了一种"阳物秩序内的颠倒"，一种理性秩序内的"嬉戏的穿越"。这种

---

① 刘传霞：《被建构的女性——中国现代文学社会性别研究》，山东师范大学博士学位论文，2006年。

"穿越"是一种颠倒的话语。① 玉米虽然是女性,但她采用的完全是男性的立场、思维、标准。颇具讽刺意味的是玉米对玉秀巧妙的围剿,其实质正是父权伦理与内部异己成分的较量:"玉秀只是女性父亲玉米振兴大业中的一枚棋子,要调度利用得当……还原'棋子'的本质和功能。"② 玉米的言语完全是被男权社会造就过的语言,她自觉认同被男性所定义的价值观,一方面自愿遵从男性对女性的塑造,另一方面按照男权社会的准则约束自己,造成女性的自我否定和自我敌视。

2. 男权叙事视角下潜隐的女性关怀意识

两位男性作家在创作的过程中,难免存在男权主义的叙事视角和价值判断。然而通过细读文本,我们依然可以看出福克纳和毕飞宇温暖的笔触下,隐藏在字里行间中的女性关怀意识。

福克纳刻画的男性人物中,大多都具有成熟理智的思想,但是缺乏行动力。比如《圣殿》中致力于追求真相的霍拉斯,最终被现实打败;《喧哗与骚动》中哈佛大学生昆丁也被其优柔寡断的性格所耽误;包括《熊》中的艾萨克也放弃了理想,在森林里过起了隐居的生活。

在《圣殿》中,福克纳有意将南方男性描述成软弱无能的形象。"金鱼眼"的性无能直接揭示出他男性身份的不完整,谭波儿面对被他强暴的危险时,她幻想能够帮助她摆脱被强奸的困境的对象分别是"小男孩儿""白色的尸体""四五十岁的白人教师",甚至是"白人老头",软弱的南方男人形象已经不能构成谭波儿对男人的想象。

福克纳在《喧哗与骚动》中,描写了诸多男性。班吉:智障,只会"哼哼唧唧;昆丁:生性敏感多疑;杰生:自私自利,残忍;赫伯特·海德:一脸都是大白牙却皮笑肉不笑,在哈佛读书时因打牌作弊被开除出俱乐部,又因考试作弊被开除学籍,在哈佛学生中声名狼藉。无疑,福克纳有意从外表到内在品质对他们做了去势处理。与之相反,对女主角凯蒂的侧面描写烘托出她的善良、单纯而富有爱心。还有作者对黑人女奴迪尔西的赞美之词也是溢于言表。

---

① 参见汪民安、陈永国、马海良:《后现代性的哲学话语——从福柯到赛义德》,浙江人民出版社 2000 年版,第 228 页。
② 王向东:《父权阴影下的女性之痛——毕飞宇〈玉米〉系列小说论》,《扬州大学学报》(人文社会科学版)2009 年第 3 期。

她热爱所有的孩子，从不厚此薄彼。不因为主人的好恶或世俗的敌意就放弃对弱者的保护，她以一颗宽厚公正的心批评杰生的自私自利，贴心照顾白痴班吉，保护私生女小昆丁不被欺负。她不仅哺育了自己的孩子，还把康普生家庭中的子女带大成人。她那充满母性温暖的怀抱是所有孩子的庇护所。①

福克纳在《喧哗与骚动》的三章中都采用了男性叙述者来叙事，看似是男权视角，其实包含着福克纳对男性叙事者的嘲弄与谴责，反而女性人物的沉默更能体现她们人性中善与美的光芒以及对苦难长久的忍耐。凯蒂离开家之后，班吉把一个路过的小女孩当作凯蒂，试着和她交谈，可是女孩儿受到惊吓后大叫，班吉受到了不该有的惩罚。看到曾经那个纯洁美好的凯蒂不复存在后，昆丁准备自杀，当天他帮助迷路的小姑娘找到回家的路却被指控为诱拐，并交了罚金，一个哈佛的大学生竟然无言以对。最会说话的杰生在面对积蓄被偷之后，也无力解除误会，还险些丧命于对方的斧头下。凯蒂虽然最终走向堕落，但是她身上曾散发过爱与善的光芒。迪尔西见证了康普生家族由盛到衰的全过程，面对苦难，她始终怀抱希望坚忍不拔地相信未来，她的一生足以阐释福克纳在诺贝尔领奖致辞中多次提到的"忍耐"。由此看来：福克纳采用男性的叙事视角，反而更能全面彰显女性人物的丰富性。

如果说福克纳有意弱化男性人物，是为了更好地展示女性人物美好的品质；那么毕飞宇弱化男性人物则是为了更深刻地揭示女性生存的困境与挣扎。

《玉米》中人物设置呈现男"弱"女"强"的特征，具体表现首先是男性人物数量少；其次是作者对男性人物的描述也少。男性人物如同背景帮助女性建构主体，他们通常匆匆露面之后就退场了。"作家如此'排挤''限制'男性的出场与活动，本身就是一种暗藏的策略书写，旨在突出文本的女性主体性，反抗以男权为中心的社会权力结构和父权意识形态。"②

不仅如此，毕飞宇从相貌以及精神层面对男性人物都做了丑化的处理。比如，对彭国良的外貌描写："从照片上看，彭国梁的长相不好。瘦，有些老相，滑边眼，眯眯的，眼皮还厚……"③ 对王有庆进行了精神层面的丑化，他

---

① 参见任文：《〈喧哗与骚动〉中不可毁灭的女性形象》，《四川大学学报》（哲学社会科学版）1998 年第 2 期。

② 孙莹：《〈玉米〉中男性人物的去势书写》，《苏州教育学院学报》2012 年第 4 期。

③ 毕飞宇：《玉米》，江苏文艺出版社 2003 年版，第 17 页。

与怀着他人孩子的柳粉香结婚，不仅没有丝毫受辱的感觉，反而感觉自己白捡一块宝："可以用喜从天降和喜出望外来双倍地形容。"① 作为一个精神正常且人格独立的男人怎么可能在得知未婚妻有孕在身，况且孩子是他人的消息后还能与未婚妻结婚？最不可思议的是他竟然认为自己"赚了"。毕飞宇寥寥几笔就把村民落后愚昧的风貌展示了出来：不仅丧失了做人的尊严，连最起码的礼义廉耻都不知晓。当然，这是作家的叙事策略，就是通过村民的无知落后来揭示女性生存的困境。

毕飞宇的高明之处还在于在结构的安排上进一步弱化男性。《玉米》中设置了两个呈对立姿态的男女主人公：王连方如何从权力体系、家庭和两性关系中败退、逃离；玉米如何利用自己的青春与肉体换取了权力以及家庭。王连方去势的过程正是玉米"成功"用身体换取权力的过程。然而，在玉米一步步走向"强大"的过程中，她依靠的正是对男权的崇拜与认同，她的反抗与挣扎却使她走向更深层次的悲哀。从这一点说，玉米没有获得成功，相反她是一个彻底的失败者，因为她完全陷入了男权社会的圈套却不自知。

虽然福克纳与毕飞宇在外貌以及精神层面上都对男性人物做了丑化处理，但是两者在弱化男性人物的策略上存在差别。福克纳采用男性视角叙事，其实质却流露出对男性叙事者的嘲弄，从而彰显出女性某些可贵的品质；毕飞宇对女性人物的书写可谓是浓墨重彩，但他想揭示的正是女性逃不出的悲哀命运。因此，隐含在两位作家叙事策略下的都是对女性人物的同情与关爱。

福克纳在写作的过程中，为了客观真实地描述场景，采用了多角度叙事的手法，就是由不同人物讲述同一个故事，也被称作"对位式结构"②。在《喧哗与骚动》和《我弥留之际》中他更是将这种手法运用得炉火纯青。一方面这样的叙事策略有助于全面、细致地讲故事；另一方面也有利于烘托女性主角的地位。毕飞宇在写作的过程中，也发现了一种介于"第一人称"和"第三人称"之间的"第二"人称叙事手法，更有利于从主客观两个方面来刻画女性所处的困境并深入发掘女性的内心世界。

福克纳曾说《喧哗与骚动》"是一个美丽而悲惨的姑娘的故事"，这位姑

---

① 毕飞宇：《玉米》，江苏文艺出版社 2003 年版，第 32 页。

② 朱维之、赵澧、崔宝衡等：《外国文学史》（欧美卷），南开大学出版社 2014 年版，第 597 页。

娘就是凯蒂。作者超越了传统小说的叙事手法，通过其他人的视角刻画出一个形象立体、情感饱满的人物——凯蒂。福克纳认为："间接叙述能更加饱含激情；最高明的办法，莫若表现树枝的姿态与阴影，而让心灵去创造那棵树。"①小说从四个侧面分别展示了凯蒂的"姿态与阴影"，并赋予读者空白空间来填补自己心中的凯蒂形象。

《我弥留之际》的结构和《喧哗与骚动》有很大的相似之处，作者采用的也是这种"对位式结构"。全文中包含15位叙事者的59篇相互独立的内心独白。每个片段各有特点，或者形式不同，或者篇幅大小不一，最长的高达千字，最短的寥寥数字，每个人物叙述的片段个数也不尽相同，其中仅达尔一人就占据了19个片段，而包括中心人物艾迪在内的其他7个人物的意识流分别仅占一个片段。②然而，全文中唯一的主线就是给艾迪送葬，艾迪贯穿了故事的始终，显然处于一个轴心位置。在属于艾迪的唯一独白中，读者就像深夜听一个怨魂在喁喁泣诉，艾迪的一生就是一场"苦难的历程"。从作者的叙事中可以推知作者对艾迪的态度，是一种对女性的同情中夹杂着对男性的批判态度。同时，从不同叙事视角的观察下，更能体现出安斯的"坏"和艾迪的"好"。弗农、科拉夫妇以及塔尔都是本德仑家的邻居，对本德仑一家有着较为客观的认识，从他们的叙述中明显可以感知到安斯的懒惰和自私自利，与之相反，艾迪却是一个勤俭持家的好主妇。从医生皮博迪的叙述中更可以窥看到安斯的无情和吝啬，其他叙事者的话语中也流露出艾迪对家的奉献以及安斯作为父亲的失职。从这样一好一坏的对比中，可以看出福克纳对女性的关怀。

毕飞宇曾在《玉米》的创作谈中分别说到三种人称叙事视角的缺陷，他评价第一人称叙事视角"带点神经质"，第二人称叙事视角"锋芒毕露"，第三人称叙事视角"隔岸观火"。③由此，毕飞宇创新了一种独特的叙事视角，即"第二"人称叙事视角。"但这个'第二'人称却不是'第二人称'。简单地说，是'第一'与'第三'的平均值。"④

毕飞宇认为《玉米》就是"第二"人称叙事视角，虽然是用第三人称进

---

① 朱维之、赵澧、崔宝衡等：《外国文学史》（欧美卷），南开大学出版社2014年版，第597页。
② 参见丁向东：《〈我弥留之际〉的意识流和多重叙事技巧》，《名作欣赏》2015年第6期。
③ 毕飞宇：《玉米》，江苏文艺出版社2003年版，第269页。
④ 同上，第268页。

行叙述的，然而，第一人称的"我"一直没有离场，始终处于在场状态。由此可见：毕飞宇小说中的"第二"人称叙事视角与人们常常谈到的"第二人称"叙事视角是不同的。它是一种视角的变化，是"第一人称"叙事视角与"第三人称"叙事视角平均后的变体。"在小说叙事效果上，这种独特的'第二'人称叙事视角可以在表层的富有'距离感''客观性'的第三人称视角叙事中增加具有'亲切感''主观性'的第一人称视角叙事，从而丰富文本的内涵，增强小说叙事的表现力。"①

　　下面以《玉米》中王连方被开除以后玉米家人的表现为例略作分析。文本先从施桂芳写起，施桂芳"从头到尾对王连方的事都没有说过什么。施桂芳什么都没有说，只是不停地打嗝"②。这就是从第三人称叙事视角出发，客观地、富有距离感地道出了施桂芳的无奈。接下来"作为一个女人，施桂芳这一回丢了两层的脸面"③。这里的叙述却自然微妙地让读者感受到这里仿佛有一个第一人称叙事视角的"我"面对施桂芳这个"她"不由自主地发出内心的感慨："作为一个女人，施桂芳（你）这一回丢了两层的脸面（呀！）。"文本的叙事视角在这里就由第三人称叙事视角不知不觉地转换为毕飞宇小说独特的"第二"人称叙事视角了。这种转化使作者与读者双方经由对"施桂芳"的怜悯同情而达成了一份默契，开始了一种情感上的沟通与交流。接着叙述者再回到第三人称叙事视角继续写施桂芳，"她睡了好几天，起床之后人都散了"④。从这里的第三人称视角叙述中，读者仅仅能简单感受到施桂芳心底里是无限悲哀的，但只是感受到这一点是不够的。于是叙述者笔锋一转，进一步写道："这一回的散和刚刚出了月子的那种散到底不同。那种散毕竟有炫耀的成分，是自己把自己弄散的，顺水而去的，现在则有了逆水行舟的味道，反而需要强打起精神头，只不过吃力得很，勉强得很。"⑤ 此时的叙事视角就又由第三人称叙事视角变化为"第二"人称叙事视角了。"在这种转化中，叙述者不仅栩栩如生地勾勒出施桂芳濒临崩溃的精神状态，帮助读者清晰而准确地把

---

① 胡玉洁：《论毕飞宇小说的叙事策略》，《中州学刊》2009 年第 2 期。
② 毕飞宇：《玉米》，江苏文艺出版社 2003 年版，第 58 页。
③ 同上，第 58 页。
④ 同上，第 58 页。
⑤ 同上，第 58 页。

握小说人物的内涵，而且逐渐拉近了读者、叙述者和人物的距离。读者可以真切地感觉到一个隐藏的'我'正一步步靠近'她'，'我'和'她'的相对距离渐渐缩小，'我'禁不住流露出对施桂芳'她'的感情倾向和评价。"[1] 这样自然的过渡既不使读者感到矫情，还能使读者走进女性人物的内心，感同身受，同时也不自觉地流露出毕飞宇对施桂芳的同情与怜悯。

福克纳创造了"对位式结构"，毕飞宇发明了"第二"人称的叙事视角，这种叙事视角的创新一方面体现的是优秀作家高超的写作技巧，另一方面也多方面、深层次地挖掘了女性人物的生存困境和精神世界的空虚，体现了作者隐藏在文本中的女性关怀意识。

3. 对女性形象的理想建构

福克纳身处美国南方，对于南方社会存在的矛盾有着敏锐的嗅觉，他深知淑女体制对南方女性造成的巨大伤害。他的"约克纳帕塔法"世系小说的一个重要主题就是解构并颠覆南方淑女神话，引导南方社会正视现实，给南方女性建立起新的女性文化认同。[2]《喧哗与骚动》里的迪尔西、《八月之光》里的莉娜以及《押沙龙，押沙龙!》里的朱迪思都是福克纳想要建构的理想女性。值得关注的是，这一类的女性形象都含有男性化的特质。与之相似，毕飞宇想要颂扬的女性人物——盲女，身上也具有这样的阳性特质。荣格的人格理论中曾谈到健康的人格往往由阴性/阳性的两性和谐达成。包括伍尔夫所提出的"雌雄同体观"理论也说明了"两性融合"的重要性。伍尔夫认为：男性力量和女性力量同时支配着我们每一个人，最理想、最完美的境况就是将这两种力量融合起来，和谐地生活。[3]

福克纳曾经深情地评价迪尔西："迪尔西是我自己最喜欢的人物之一，因为她勇敢、大胆、豪爽、温存、诚实。"[4] 在这些特质中，一般认为勇敢、大胆和豪爽属于阳性特质，但是作为女性，迪尔西还尽心尽力地照料着康普生家族一切琐碎的事务。她身上依然存在浓厚的母性特质。迪尔西是福克纳笔下为

---

① 吴朝晖：《毕飞宇小说的叙事视角论》，《理论与创作》2007 年第 2 期。
② 参见项丽丽：《论福克纳对南方淑女神话的解构与重建》，《东岳论丛》2018 年第 3 期。
③ 参见王欢、康毅：《福克纳与伍尔夫之两性共存意识研究》，《名作欣赏》2017 第 8 期。
④ 转引自任文：《〈喧哗与骚动〉中不可毁灭的女性形象》，《四川大学学报》（哲学社会科学版）1998 年第 2 期。

数不多的正面女性形象，她见证了康普生家族由盛到衰的全过程，但无论发生什么，她都以勇气和尊严去面对，相信光明，选择未来。

《八月之光》中的莉娜·格罗夫是一位单纯、天真的乡村姑娘，虽然身躯弱小，但身上总有无穷的力量使她从容不迫，不知疲倦地前行。她如同大地之母，负有身孕象征着大地蕴含着的勃勃生机。她顽强不屈，始终乐观的超然精神和小说中众多的悲剧人物形成了鲜明的对比。不仅如此，她还感化着身边的人们，她身上所具有的自然仁爱、淳朴厚道、乐观向上的精神，令人想起福克纳在接受诺贝尔文学奖的致辞中所赞美的人类"心灵深处的亘古至今的真情实感、爱情、荣誉、同情、自豪、怜悯之心和牺牲精神"，"可以说她就是《八月之光》光辉的具体象征"。[①]

《押沙龙，押沙龙!》中朱迪思身上所带有的男性气质更加突出。她的性格更多遗传自她父亲，从小就像男孩子一样。南北战争时期，作为女性的朱迪思脱去精美的服饰，穿上简约的印花棉布，一边照料掉队的士兵，一边有条不紊地管理种植园。她始终爱着查尔斯·邦，爱得深沉而热烈。在面对自己的爱人被枪杀之时，她收起眼泪和惊恐，以超乎常人的冷静安排下人准备晚饭并打制棺材，安排后事。朱迪思已经彻底摆脱了南方淑女特有的虚伪做派，呈现出了坚强的意志。或许在福克纳看来，这才是淑女真正该有的品德与特质。

与福克纳相似，毕飞宇描写的盲女身上同样散发着坚毅、勇敢，自尊自爱的光芒。毕飞宇塑造的"女盲人"算得上文学史上饱含温度的一个形象。史铁生的《命若琴弦》以及余华的《世事如烟》中虽然也有对盲人的描写，但是群体是男盲人。毕飞宇对女盲人的书写改变了"盲人"在文学中的断裂现象。

毕飞宇书写的女盲人不是具有特异功能的人，也没有令人恐惧的邪魅，她们如同万千普通人一样：有灿烂的笑容，有敏锐的感知力。"《推拿》的盲人更普通，更具日常性，读的时候我们常常忘记他们是盲人。"[②] 正因为她们普通，所以我们更能感同身受。《推拿》中有四朵金花，这四位女性都自立自强，视尊严高于一切。季婷婷成熟稳重，是个热心肠的大姐姐。小孔耿直善

---

① 福克纳：《八月之光》，蓝仁哲译，上海译文出版社 2008 年版，第 4 页。

② 张莉、毕飞宇《理解力比想象力更重要——对话〈推拿〉》，《当代作家评论》2009 年第 2 期。

良。金嫣敢于追求自己所想。她们的风度与气度都不次于男性。

先看都红,"因为弹琴的缘故,都红只要一落座,身子就绷得直直的,小腰那一把甚至有一道反过去的弓"①。都红的坐态显示了她对待人生的态度也是那么一丝不苟,不卑不亢。都红对自己的要求始终严格,她希望得到别人的尊重。刚来店里的时候,她不怕大家对她的怀疑和否定,而是用自己的手艺获得老板的认可。当她离开时,也没有丝毫犹豫,她觉得沙复明的求婚对她而言是一种施舍。拇指断掉的时候,面对其他推拿师们替她筹的钱,她原封不动地放到了她空空如也的柜子里,因为她太自爱了,不需要别人的帮助。比起都红,毕飞宇之前写到的那些爱慕权力、贪慕虚荣的女性都黯然失色。

金嫣对于爱情的大胆追求是文学史上少有的,但是读过之后方知她大大咧咧的性格中隐藏的是一颗敏感的玻璃心。金嫣来到沙宗琪推拿馆的目的很单一——追求爱情,追求一个从未谋面的男人。这种勇气实在难得,尤其当她的身份是女性而且还是一位盲女的时候。她勇敢地爱着泰来,每天等泰来吃饭,给泰来夹菜甚至主动对泰来表明了心意。这样的女孩儿直率而执着,她值得拥有美好的爱情。

较之毕飞宇之前书写过的那些(身体)健全的女性,《推拿》中的盲女反而更受人尊重,她们身上闪闪发光的品质反而是那些健全女性身上所没有的。从毕飞宇对她们的书写中可以看出他对她们的命运不仅局限在同情上,更多的是一种欣赏,一种肯定,想必这就是毕飞宇眼中理想女性该有的品质。

从福克纳与毕飞宇所构建的理想女性形象中,可以推知她们身上所具备的品质是相通的。她们敢于直面生活的苦难,不再自怨自艾或者采用不正当的手段获取金钱或者权力;她们不仅拥有女性温柔、善良的特质,更具备果断、坚强的男性意志,她们是女性中的楷模,也是人类的楷模。不同的是,福克纳所建构的理想女性往往深受种族主义以及父权制的压迫,这是南方历史带给她们无法抹去的伤痛;而毕飞宇笔下的理想女性往往受到命运的捉弄却敢于直面惨淡的人生,他更加突出的是女性的自尊、自爱和不服输,而这一点却是常人不具备的可贵品质。

---

① 毕飞宇:《推拿》,人民文学出版社 2008 年版,第 75 页。

第四节
女性书写之源比较

　　"理解个体行为不仅要把他的个人生活史和他的天份联系起来……而且要把他的种种情趣相投的反应和那种在他那文化的种种风俗中选择出来的行为联系起来。"① 福克纳在一次座谈会上被问及写男人还是写女人容易时，他回答："写女人更有趣味，因为我认为女人了不起，女人令人惊叹……"② 毕飞宇也曾谈道："我对女性不了解，但是我渴望了解，因为从根本上来讲，我是一个很爱女性的男性。"③ 面对同样喜爱书写女性的两位作家，本节试图从生活经历、地域文化以及审美情趣三方面展开探索福克纳与毕飞宇小说中女性书写的根源。

　　1.　生活经历

　　福克纳与毕飞宇的家庭情况很相似：他们都拥有一个严厉而沉默的父亲，一个思维开阔、气质优雅的母亲。福克纳的母亲在他一生的道路上充当了极其重要的角色。莫德不仅个性独立而且十分有远见。虽然同丈夫离异，但仍然不忘提高自己，注重个人教育。她对文学的热爱也渐渐感染了年少的福克纳。有评论指出："很大程度上，所有福克纳家的男孩都是他们母亲的孩子。"④ 福克纳目睹了母亲教育他和他弟弟的艰辛与不易。莫德鼓励福克纳的创作，是福克

---

　　① 露丝·本尼迪克特：《文化模式》，王炜等译，生活·读书·新知三联书店 1988 年版，第 233 页。

　　② Frederick L. Gwynn and Joseph L. Blotner, eds. *Faulkner in the University*. Vintage. 1965，p. 45.

　　③ 毕飞宇：《自述》，《小说评论》2006 年第 2 期。

　　④ Minter, David L. William Faulkner: *His Life and Work*. The Johns Hopkins University Press. 1980，p. 10.

纳作品的忠实读者。在母亲的指导下，福克纳得以从小"阅读格林童话、进入了狄更斯的艺术世界"①。她经常鼓励并相信着儿子的创作天赋说："比尔是我生活的希望。"② 相反，他的父亲从小就嫌弃福克纳身材矮小，缺乏男子气概，直至生命的最后都拒绝阅读福克纳的作品。这就不难理解，福克纳笔下的父亲形象大多以严厉而又缺乏责任感的面貌出现，比如凯蒂的父亲、爱米丽的父亲、谭波儿的父亲等。而女性的形象大多具有坚强的品质和忍耐力，比如迪尔西、朱迪思、莉娜等。

毕飞宇的母亲是一位乡村小学教师，也是毕飞宇的启蒙老师。"在我五岁的时候，她老人家拉着我的手，把我带进她的课堂。"③ 根据毕飞宇在很多场合对母亲的描述，我们可以得知他的母亲是一位天性乐观、宽容活泼、气质极佳的女性。母亲的美好形象在毕飞宇的心中留下了不可磨灭的印象，因此，我们可以看出在毕飞宇笔下的母亲形象很多都带有他自己母亲的影子，如《哺乳期的女人》中有博大爱心的惠嫂，《姊娘弥留之际》中母爱勃发的姊娘等。毕飞宇的父亲则很严厉，总是沉默不语，这也许就是毕飞宇很少书写男性的原因。

有学者曾指出："处在青年时期的人，如果恰恰遇到了一段特殊的经历，给他带来了精神上的冲击，那这段经历甚至可以决定他以后会成为什么样的人。如果这个人刚好是作家，那么他的创作题材、艺术风格等都会被这种特殊的经历所影响。"对福克纳和毕飞宇而言，他们的生活经历中确实都有过这样特殊的时期，以致决定了他们女性书写的道路必然不同。

对福克纳而言，青梅竹马的爱斯戴尔嫁作他人妇是他心中无法抹去的伤痛，即使他在后来的日子还是娶爱斯戴尔为妻，但他心里清楚：他想要娶的是那个曾经纯洁无瑕、美好温暖的爱斯戴尔，而不是现如今这个离过婚又带着两个孩子的少妇。爱斯戴尔是个时髦女性，乐于接受新的思想。她尊崇享乐主义，吃穿用度都非常讲究，不仅如此，她还经常抛头露面，吸烟喝酒。这无疑会招致喜欢保守的福克纳的厌恶。他逐渐发现：爱斯戴尔不是能依靠的理想伴侣。最糟糕的是，爱斯戴尔一点也不关心福克纳的文学创作，经常和丈夫发生

① 李文俊：《福克纳传》，新世界出版社 2003 年版，第 5 页。
② Coughlan, Robert. *The Private World of William Faulkner.* Avon Book, 1954, p. 83.
③ 毕飞宇：《沿途的秘密》，昆仑出版社 2002 年版，第 11 页。

争执，更加剧了两人关系的恶化。由此，福克纳才会在自己的小说中，把这样的挣扎、苦恼与厌恶赋予笔下的女性形象，使她们陷入悲剧的困境，从而使自己内心的情绪得到发泄。①

事实上，福克纳对于女性的态度也确实是矛盾的。有时他赞扬"女性了不起，女性让人惊叹……"有时他却说"成功是阴性的，像女人，你要是在她面前卑躬屈膝，她就会对你不理不睬，看不起你。因此，对待她最好的办法是看不起她，叫她滚开。那样，她也许会匍匐前来巴结你"②。这与他母亲和他妻子对他的影响不可分割。

除了依赖，福克纳其实也对母亲表现出了疏离。作为一个单身母亲，莫德身上背负的压力必然比一般母亲重，因而她对于儿子的期望必然很高。但是福克纳在学习上的糟糕表现确实让她失望至极。由于对母亲的歉意，福克纳渐渐远离母亲。同时福克纳又是一个极度敏感的孩子，他渴望得到母亲所有的爱与关注，然而家里还有其他的兄弟需要母亲照顾，福克纳渐渐感觉到自己的地位被取代了。由于得不到完整的母爱，致使福克纳小说中的母亲形象要么不够温柔慈祥，要么对待家庭不负责任。福克纳把自己最真挚的感情托付给了爱斯戴尔，但是她却让福克纳失望至极，她深刻而持久地影响了福克纳的女性观，导致福克纳对女性又爱又恨。

毕飞宇出生在一个特殊的家庭，他的父亲是一个孤儿，父亲对其生父一无所知，而父亲的养父则死于 1945 年，毕飞宇对家族史的了解止于父亲。因此，毕飞宇对自己"从何而来"的问题有一股深深的焦虑，这种焦虑很自然就被带到其小说书写当中。比如《叙事》讲述的就是一个身为史学硕士的"我"以试图用自己的三寸金莲丈量东方都市的奶奶婉怡为突破口，来探寻家族史，却无果而终的故事。③ 不仅如此，毕飞宇的父亲的人生经历也影响了毕飞宇的书写模式。他跟随父亲下乡，在乡村度过了自己的童年。这些漂泊的经历让毕飞宇有了强烈的"寻根意识"，所以在毕飞宇的作品中我们常常可以看到关于"分娩"和"哺乳"的描写，而这也成为日后毕飞宇创作初期的重要素材。

---

① 参见杜翠琴：《福克纳与莫言作品中的悲剧女性形象比较研究》，《西北师大学报》（社会科学版）2016 年第 5 期。

② Frederick L. Gwynn and Joseph L. Blotner, eds. *Faulkner in the University* Vintage. 1965. p. 45.

③ 参见刘明：《毕飞宇小说中的女性书写及其认知》，中南大学硕士学位论文，2009 年。

2. 地域文化

福克纳与毕飞宇都隶属于南方，一个位于美国的密西西比州，一个位于中国江南地区的江苏省。就地理位置而言，两者似乎没有必然的联系。但是他们从各自意义的"南方"家乡发掘出了取之不尽的素材。"在福克纳诞生的南方和南方传奇中，他发现了具有世界意义的、具有重大悲剧影响的要素。"① 因而他笔下的女性悲剧更有一种伟大的崇高之感，她们的悲剧不在于追求"小我"，而在于呈现一种历史的现实，能够获得来自世界读者的共鸣。对福克纳而言，他的家乡密西西比州以及独特的南方历史文化共同孕育了他的成长并深刻影响了他一生的创作，独属于南方传统的荣誉观、价值观包括种族观在内，都为福克纳的文学创作提供了源源不断的灵感和素材。"比起 20 世纪的美国其他作家，地域感对福克纳来说是极其重要的。他懂得如何挖掘区域的历史，包括人文历史来达到文学创作的效果。对于福克纳而言，地域就是精神所在。从那里他审视着历史的真实。"② 作为生于斯，长于斯的南方之子，福克纳珍视南方的历史和文化，并从中获得了很多灵感。福克纳也承认故乡对于他的深刻影响。"记住，作家必须以其环境和背景为基础进行写作。我的童年是在密西西比州的一个小镇上度过的，那就是我的背景的一部分。我就是在那儿长大的。我接受了它的文化。甚至在不知道它的时候。因为它就在那儿。"③

因为受到地域文化"润物细无声"的影响，福克纳有时对南方淑女观的态度还是赞同和珍视的。在他的作品中的确展现出了南方女性的勇气和忍耐这些高贵的品质，同时因为受到南方父权制潜移默化的影响，福克纳在女性书写的过程中还是会不由自主地将女性边缘化，将女性置于"他者"或者附属的地位。正如波伏娃所言："女性是一个神话，是男性主体想象、创造出来的对象，他们创造她是为了迎合、满足他们的需要，是他们想象的对象。"④ 比如在书写凯蒂这个女性的时候，福克纳既写出了她善良、美丽、富于同情心的美好品质，但是她最终的结局还是体现出福克纳矛盾的妇道观，因为丧失了南方

---

① 李文俊：《福克纳评论集》，中国社会科学出版社 1980 年版，第 249 页。

② Parini, Jay. *One Matchless Time: A Life of William Faulkner*. Harper Collins, 2004, p. 136.

③ Gwynn, Frederick L., Joseph L. Blotner, eds. Faulkner in the University. New York: Vintage Books, 1965, p. 86

④ 波伏娃：《第二性》，陶铁柱译，中国书籍出版社 1998 年版，第 174 页。

人最珍视的贞洁，所以凯蒂的结局一定是悲惨的。

当然，20 世纪初，女性社会地位伴随着妇女解放运动而逐渐提高，她们自觉地抵抗那些强加于她们身上的旧道德、旧准则。新时代的女性被赋予了更多的独立、斗争精神。在福克纳看来，南方淑女已不再是象征着旧南方的偶像，她们甚至不再符合时代发展的潮流，成为过时的品格。具体表现在小说中：传统淑女形象不再，新时代女性登上舞台。同时，福克纳笔下还有一批南方旧道德的维护者，对这一类白人女性的刻画和批判体现了他对南方淑女观的摒弃。比如《八月之光》中，对乔安娜和麦克伊琴太太的刻画，深刻揭示了女性深受男性中心论之苦和清教妇道观之害。对莉娜的高歌赞扬则打破了由逻各斯中心论衍生而来的男性至尊的千年神话，从而反映出福克纳与时俱进的女性观。

毕飞宇是土生土长的江苏人。江苏是中国文化最发达的地区之一，在中国文学史上写下了辉煌的一页。历来就有"香草美人"传统的江南水乡，其特有的温婉柔美赋予了作家独特的气质。江南文化有着明显的柔性特点，作为江南作家典型代表的毕飞宇颇多"流风遗韵"。他偏爱写女性，这与江南文化有着密切的关联。

汪政和晓华曾经谈道：凡对南方的小说家给予关注的读者也许都会产生一种体验和疑问，都会对他们那种伤感、怀旧、精雅、女性化的方式留下深刻的印象。[①] 其实，从 20 世纪开始，"欣赏女性、关爱女性"的取向遍布于江苏男性作家的作品中，即使欣赏的角度与关爱的层次并不相同，但总体来看，它使"女性"元素走向内化，抑或直接在作品中加入"女性化"的审美形态。诸如在题材选择、形象塑造、主题类型、风格形态等方面都具有与"女性"经验特征相一致的特质[②]。确实，在江苏文化中存在着一种"泛女性化"的"性别转移"倾向。无论是苏童的《红粉》《妻妾成群》，还是叶兆言的"夜泊秦淮"系列，《后羿》等，江苏文化圈中的男作家对女性细致的刻画着实入木三分。

同时，江南的地形地貌以及那潮湿阴郁的天气和长期的历史人文风景无疑

---

① 参见晓华、汪政：《南方的写作》，《读书》1995 年第 8 期。
② 参见费振钟：《江南士风与江苏文学》，湖南教育出版社 1995 年版，第 216 页。

都影响了江南作家写作的格调和取向。人们在阅读江南作家群所创作的文本时，总是可以发现不管在什么环境下，江南文人的心理或精神发生怎样的挫折和打击，他们都会不约而同地将文本转向"女性"范畴，"他们从内心生出一种强烈的（虽然有时候可能比较隐蔽）愿望，那就是怜爱女人和被女人怜爱"①。因此，女性自然成为江南文人的创作主题。

"一方水土养育一方人"，中美两国不同的南方世界哺育了两位杰出的作家，他们都从自己的家乡汲取了创作的养分。不同的是，中西方文化本身存在的巨大差异必然导致作家的创作大相径庭。但是福克纳和毕飞宇对女性的关注却是殊途同归的。

3. 审美情趣

雷蒙德·威廉斯在《现代悲剧》中指出："悲剧通常以多种多样的形式来表现邪恶。"② 纵观福克纳与毕飞宇的小说，其笔下的女性人物因为各式各样的原因最终基本难逃悲剧的命运。福克纳擅长通过表现邪恶来书写悲剧，比如《圣殿》里谭波儿的悲剧，再比如《喧哗与骚动》中后期的凯蒂所面临的人生困境。毕飞宇的创作几乎都围绕着"伤害"展开。叔本华就曾论述过："欲求和挣扎是人的全部本质……但是一切欲求的基础却是需要，缺陷，也就是痛苦，所以，人从来就是痛苦的，由于他的本质就是落在痛苦的手心里的。"③这与毕飞宇的母题选择和悲剧审美相契合。毕飞宇选择"伤害"作为母题，选择悲剧作为审美趣味，对此他做过生动的比喻："我们可以做一个试验，你拿一张白纸放到马路上，那张纸一尘不染。你看吧，用不了一会儿一定会有人从那张白纸上踩过去，直到那一张白纸被弄脏，不堪入目，他就安稳了。"④从而毕飞宇得出了一个结论："恨大于爱，冷漠大于关注，诅咒大于赞赏……在恨面前，我们都是天才，而到了爱的跟前，我们是如此的平庸。"⑤ 虽然对人性复杂性的探索，对悲剧不懈的关注使两位作家不约而同地以"女性"作为书写的主体；但是一方面，东西方文化的差异必然导致两者在审美情趣上存

① 费振钟：《江南士风与江苏文学》，湖南教育出版社1995年版，第222页。
② 雷蒙德·威廉斯：《现代悲剧》，丁尔苏译，译林出版社2007年版，第51页。
③ 叔本华：《作为意志和表象的世界》，石冲白译，商务印书馆1982年版，第427页。
④ 毕飞宇、汪政：《语言的宿命》，《南方文坛》2002年第4期。
⑤ 同上。

在差别；另一方面，作家表现悲剧的形式各有特点，因此关注到作家本身的审美旨趣也有利于更深入地探究两者女性书写的差别。

　　谈到美国南方女性，我们首先想到的就是南方的父权制和独特的淑女观，决定这两者的则是南方的种植园经济。这些元素不仅象征着旧南方，也构成了福克纳小说中的重要因素。父权制以及南方淑女观将女性置于"他者"的角色中，父权制的含义就是"将女性利益置于男性利益之下的一种社会权力关系"①。作为弱者的女性自然会成为悲剧的承载者，这不是福克纳臆想出来的，而是由历史、政治以及社会因素共同导致的结果。这种悲剧的审美意识更像是时代赋予福克纳的一种使命。然而对于悲剧女性的书写，福克纳侧重于通过表现罪恶来揭示女性的困境。约克纳帕塔法最为根本的罪恶有哪些呢？第一是冷漠无情，这一点基本上在福克纳重要作品中都有涉及。第二是贪欲，也是福克纳着墨最多的一类现代性罪恶。此外，还有种族偏见，它源于蓄奴制度，并且也是约克纳帕塔法最为普遍的罪恶之一。如果说福克纳作品中对"罪恶"的表现殚精竭虑，其实这正是他对于人类现代境遇的追问方式②。

　　与福克纳生长环境不同，生于 20 世纪 60 年代的毕飞宇对"文化大革命"有过亲身的见闻与体验。当然，这种"痛感"也为他后期的创作奠定了情感基础，最终转化为一种"伤害"母题和一种悲剧审美情趣。同时，作为"第二性"的女性本身就处于弱势地位，女性敏感、细腻的特质让她们本就更容易受伤。而且女性的命运和生存景观在一定程度上来说更接近于生命的本质，因此在表现"伤害"主题产生根源的"人与人的关系"上，毕飞宇选择了将女性作为其创作的聚焦点。相较于福克纳通过书写罪恶来揭示女性生存的困境，毕飞宇另辟蹊径，他通过营造人与人之间复杂的关系来建构矛盾，从而引发女性的悲剧。毕飞宇曾言："我写的悲剧不是英雄史诗式的。基本上是家长里短的。"③ 从这里可以看出福克纳与毕飞宇在创作悲剧时的不同倾向。福克纳所书写的悲剧带着一种浓厚的历史使命感，类似英雄史诗，而毕飞宇则选择

---

　　① Weedon, Chris. *Feminist Practice and Poststructuralist Theory*. 2nd ed. Blackwell Publishers, 1997, pp. 1−2.

　　② 参见张冠夫：《"罪恶"的现代诠释：作为现代悲剧叙事的核心——威廉·福克纳作品对"罪恶"的审美呈现》，《北京工业大学学报》（社会科学版）2011 年第 3 期。

　　③ 转引自李新亮：《毕飞宇的现实主义及其叙事策略》，《扬子江评论》2019 年第 3 期。

了后者，即"家长里短"式的；因而，福克纳在国际文坛的道路上的确走得更远。

福克纳的"约克纳帕塔法"世系和毕飞宇"地球上的王家庄"，是两人的文学故乡和精神家园。对女性人物精湛的刻画与深情的关注成为两位作家比较的基点。从前文的分析可以得出两位作家在书写女性时的共性以及差异性。聚焦于女性性别，两位作家都书写了形形色色的女性人物以及她们悲剧的命运，并且对女性给予了深刻的关怀。不同的是，福克纳笔下的女性深受南方淑女观，清教主义以及种族主义和父权制的影响，她们被父权制控制，要么走上异化之路，要么背弃传统，寻求出路，但无论是哪一条路最终都导向悲剧。而毕飞宇笔下的女性一方面深受中国传统男尊女卑封建思想的荼毒，另一方面市场经济的高速发展促进了人的物欲，她们面对物欲横流的社会，在追求金钱和物质的过程中逐渐迷失自己，最终跌入异化之网。同时，在异化这条不归路上，福克纳笔下的女性往往是遭受来自男性的压迫才导致异化，而毕飞宇笔下的女性异化则是由于女性对同类的排斥，女人争做"人上人"，归根到底其实是女性之间为了生存的斗争。

由于两位作家都是男性，因此他们在视角的选取上难免会带有一定的男性色彩，但值得肯定的是，两位作家对细腻地刻画女性人物，发掘女性内心世界做出了努力，他们的叙事策略中都潜隐着女性意识。不同的是，福克纳笔下的女性人物往往处于一种"阴影"状态，虽然处于中心地位，但是在叙事的过程中往往处于缺席状态；而毕飞宇笔下的女性人物虽然始终处于鲜活的在场状态，但是她们的在场是为了衬托男性的主体地位。"当女性面临无路可走的两难境地，要么像男人一样说话，融入属于男性的象征秩序，在直线式的、符合语法规则的语言系统中走向分裂，被男人征服；要么保持沉默，将自己排除在历史进程之外。"① 毕飞宇选择了前者，而福克纳选择了后者。

两位作家也都在文本中建构了理想的女性世界。这些理想女性大多都以他们的母亲或者姐姐作为原型，这一类女性共有的特性是她们人格中的阴性主义

① 约瑟芬·多诺万：《女权主义的知识分子传统》，赵育春译，江苏人民出版社 2003 年版，第 159 页。

和阳性主义能达到一种平衡，既不失掉温柔、美丽的特质，同时具备坚强、忍耐的特质。越是能激发多种审美感受的作品，其内涵就越丰富，审美价值就越高。同毕飞宇相比，福克纳的作品确实能带给我们更多的审美感受，无论是其高超的叙事技巧还是内涵的表达，都带给我们深深的震撼。而且福克纳笔下的女性悲剧更有一种伟大的崇高之感，她们的悲剧不在于追求"小我"，而在于呈现一种历史的现实。毕飞宇笔下的女性则更容易在追求"小我"的过程中迷失方向。当然，这样的创作与两人的成长环境、个人经历和审美情趣分不开。相信两位作家在其他方向的比较还有进一步发掘的空间，期待将来能够继续研究。

（本章作者　海译友）

参考文献

中文参考文献

阿来:《阿坝阿来》,中国工人出版社 2004 年版。

[英] 爱·摩·福斯特:《小说面面观》,苏炳文译,花城出版社 1985 年版。

鲍忠明:《最辉煌的失败:福克纳对黑人群体的探索》,北京理工大学出版社 2009 年版。

毕飞宇:《玉米》,江苏文艺出版社 2003 年版。

毕飞宇:《平原》,江苏文艺出版社 2005 年版。

毕飞宇:《推拿》,人民文学出版社 2008 年版。

[英] 彼得·奥斯本:《问题在于改变世界:马克思导读》,王小娥,谢昉译,中信出版社 2016 年版。

张德兴:《二十世纪西方美学经典文本》(第一卷),复旦大学出版社 2000 年版。

[古希腊] 柏拉图:《斐多:柏拉图对话录之一》,杨绛译,辽宁人民出版社 2000 年版。

蔡勇庆:《生态神学视野下的福克纳小说研究》,中国社会科学出版社 2012 年版。

曹顺庆,王超等:《比较文学变异学》,商务印书馆 2021 年版。

陈国球,王德威:《抒情之现代性:"抒情传统"论述与中国文学研究》,生活·读书·新知三联书店,2014 年版。

陈慧桦、古添洪:《从比较神话到文学》,东大图书股份有限公司 1993 年版。

陈建宪:《神祇与英雄——中国古代神话的母题》,生活·读书·新知三联书店 1994 年版。

陈思和:《新文学传统与当代立场》,山东教育出版社 1999 年版。

陈晓明:《表意的焦虑:历史祛魅与当代文学变革》,中央编译出版社 2002 年版。

许志英,丁帆:《中国新时期小说主潮》,人民文学出版社 2002 年版。

董丽娟:《狂欢化视域中的威廉·福克纳小说》,南开大学出版社 2014 年版。

樊星:《中国当代文学与美国文学》,中国社会科学出版社 2009 年版。

冯友兰:《中国哲学简史》,赵复三译,民主与建设出版社 2021 年版。

[德] 弗里德里希·尼采:《权力意志——重估一切价值的尝试》,张念东,凌素心译,商务印书馆 1991 年版。

[德] 弗里德里希·尼采:《偶像的黄昏》,李超杰译,商务印书馆 2017 年版。

[美] 弗洛姆:《健全的社会》,孙恺祥译,上海译文出版社 2011 年版。

格非:《迷舟》,作家出版社 1989 年版。

格非:《塞壬的歌声》,上海文艺出版社 2001 年版。

格非:《人面桃花》,春风文艺出版社 2004 年版。

格非:《戒指花》,春风文艺出版社 2007 年版。

格非:《望春风》,译林出版社 2016 年版。

格非：《博尔赫斯的面孔》，译林出版社 2014 年版。

格非：《小说叙事研究》，清华大学出版社 2002 年版。

格非：《敌人》，中国社会科学出版社 2001 年版。

顾颉刚：《古史辨自序上》，商务印书馆 2017 年版。

［美］赫伯特·马尔库塞：《爱欲与文明》，黄勇，薛民译，上海译文出版社 1987 年版。

洪治纲：《余华评传》，郑州大学出版社 2005 年版。

［德］黑格尔：《历史哲学》，王造时译，商务印书馆 1963 年版。

［法］亨利·柏格森：《时间与自由意志》，吴士栋译，商务印书馆 1997 年版。

《环球时报》编辑部：《二十世纪外国文学回顾——〈环球时报〉国际文化备忘录》，人民
　　文学出版社 2001 年版。

［美］杰伊·帕里尼：《福克纳传》，吴海云译，中信出版社 2007 年版。

张英：《文学的力量：当代著名作家访谈录》，民族出版社 2001 年版。

贾平凹：《老生》，人民文学出版社 2014 年版。

贾平凹：《山本》，人民文学出版社 2018 年版。

贾平凹：《土门》，春风文艺出版社 1996 年版。

贾平凹：《秦腔》，作家出版社 2005 年版。

贾平凹：《高老庄》，春风文艺出版社 2006 年版。

贾平凹：《浮躁》，春风文艺出版社 2006 年版。

贾平凹：《怀念狼》，春风文艺出版社 2006 年版。

贾平凹：《古炉》，人民文学出版社 2011 年版。

贾平凹：《老生》，人民文学出版社 2014 年版。

［美］凯特·米利特：《性的政治》，钟良明译，社会科学文献出版社 1999 年版。

［法］克洛德·列维－斯特劳斯：《结构人类学》，张祖建译，中国人民大学出版社 2006
　　年版。

［意］克罗齐：《美学原理 美学纲要》，朱光潜译，外国文学出版社 1983 年版。

孔范今，施战军：《苏童研究资料》，山东文艺出版社 2006 年版。

孔范今，施战军：《张炜研究资料》，山东文艺出版社 2006 年版。

［德］莱辛：《拉奥孔》，朱光潜译，安徽教育出版社 2006 年版。

［英］雷蒙德·威廉斯：《现代悲剧》，丁尔苏译，译林出版社 2007 年版。

李常磊，王秀梅：《传统与现代的对话：威廉·福克纳创作艺术研究》，外语教学与研究出
　　版社 2010 年版。

李德恩：《拉美文学流派的嬗变与趋势》，上海译文出版社 1996 版。

李萌羽：《多维视野中的沈从文和福克纳小说》，齐鲁书社 2009 版。

李萌羽：《跨文化沟通与中西文学的对话》，中国社会科学出版社 2017 年版。

刘建华：《文本与他者：福克纳解读》，北京大学出版社 2002 年版。

李锐：《无风之树》，江苏文艺出版社 1996 年版。

李文俊：《福克纳评论集》，中国社会科学出版社 1980 年版。

李文俊：《福克纳的神话》，上海译文出版社 2008 年版。

李泽厚：《中国现代思想史论》，东方出版社 1987 年版。

林舟：《生命的摆渡——中国当代作家访谈录》，海天出版社 2005 年版。

刘小枫：《诗化哲学》，华东师范大学出版社，2007 年版。

刘锡诚：《20 世纪中国民间文学学术史》，河南大学出版社 2006 年版。

鲁迅：《中国小说史略》，广西人民出版社 2017 年版。

［美］露丝·本尼迪克特：《文化模式》，王炜译，生活·读书·新知三联书店 1988 年版。

罗钢：《叙事学导论》，云南人民出版社 1994 年版。

［法］罗兰·巴尔特：《符号学原理》，李幼蒸译，中国人民大学出版社 2008 年版。

［英］罗吉·福勒：《现代西方文学批评术语词典》，袁德成译，四川人民出版社 1987 年版。

［德］马丁·海德格尔：《林中路》，孙周兴译，上海译文出版社 2013 年版。

［德］马丁·海德格尔：《存在与时间》（中文修订第二版），陈嘉映，王庆节译，商务印书馆 2015 年版。

马原：《小说密码：一位作家的文学课》，作家出版社 2009 年版。

［美］梅·弗里德曼：《意识流，文学手法研究》，申雨平，曲素会，王少丽等译，华东师范大学出版社 1992 年版。

［法］米歇尔·福柯：《规训与惩罚：监狱的诞生》，刘北成，杨远婴译，生活·读书·新知三联书店 1999 年版。

［法］米歇尔·福柯：《性经验史》，佘碧平译，上海世纪出版集团 2005 年版。

［法］米歇尔·福柯：《疯癫与文明：理性时代的疯癫史》，刘北成，杨远婴译，北京：生活·读书·新知三联书店 2003 年版。

［法］米歇尔·福柯：《临床医学的诞生》，刘北成译，译林出版社 2001 年版。

莫非等：《诺贝尔文学奖全集缩写本》，广西民族出版社 1988 年版。

莫言：《会唱歌的墙》，作家出版社 2012 年版。

莫言：《用耳朵阅读》，作家出版社 2012 年版。

莫言：《锁孔里的房间》，新世界出版社 1999 年版。

莫言：《红高粱家族》，作家出版社 2012 年版。

张清华，曹霞：《看莫言》，华中科技大学出版社 2013 年版。

莫言：《莫言散文新编》，文化艺术出版社 2010 年版。

宁明：《海外莫言研究》，山东大学出版社 2013 年版。

南帆：《文本生产与意识形态》，暨南大学出版社 2002 年版。

聂珍钊：《文学伦理学批评及其它——聂珍钊自选集》，华中师范大学出版社 2012 年版。

［加］诺思罗普·弗莱：《批评的解剖》，陈慧，袁宪军，吴伟仁译，百花文艺出版社 2006 年版。

［美］乔纳森·卡勒：《结构主义诗学》，盛宁译，中国社会科学出版社 1991 年版。

屈守元：《韩诗外传笺疏》，巴蜀书社 1996 年版。

［法］让－保罗·萨特：《存在主义是一种人道主义》，周煦良，汤永宽译，上海译文出版社 2008 年版。

［法］让－保罗·萨特：《存在与虚无》，陈宣良等译，生活·读书·新知三联书店 1987 年版。

［法］热拉尔·热奈特：《叙事话语　新叙事话语》，王文融译，中国社会科学出版社 1999 年版。

盛宁：《二十世纪美国文论》，北京大学出版社 1994 年版。

［德］叔本华：《作为意志和表象的世界》，石冲白译，商务印书馆 1982 年版。

［美］苏珊·朗格：《艺术问题》，滕守尧等译，中国社会科学出版社 1983 年版。

［美］苏珊·桑塔格：《疾病的隐喻》，程巍译，上海译文出版社 2003 年版。

苏童：《世界两侧》，江苏文艺出版社 1993 年版。

苏童：《寻找灯绳》，江苏文艺出版社 1995 年版。

［奥］卡夫卡等：《影响了我的二十篇小说·外国卷》，百花文艺出版社 2005 年版。

苏童：《红粉》，江苏文艺出版社 1992 年版。

苏童：《少年血》，江苏文艺出版社 1993 年版。

苏童：《罂粟之家》，上海文艺出版社 2004 年版。

苏童：《刺青时代》，上海文艺出版社 2004 年版。

苏童：《米》，上海文艺出版社 2005 年版。

苏童：《婚姻即景》，重庆大学出版社 2011 年版。

束定芳：《隐喻学研究》，上海外语教育出版社 2000 年版。

唐长华：《张炜小说研究》，中国社会科学出版社 2016 年版。

陶东风：《文体演变及其文化意味》，云南人民出版社 1994 年版。

王潮：《后现代主义的突破——外国后现代理论》，敦煌文艺出版社 1996 年版。

王蒙：《王蒙文集》第 21 卷，人民文学出版社 2014 年版。

王蒙：《王蒙荒诞小说》，漓江出版社 1998 年出版。

汪民安：《生产》第二辑，广西师范大学出版社 2005 年版。

汪耀进：《意象批评》，四川文艺出版社 1989 年版。

汪政、何平：《苏童研究资料》，天津人民出版社 2007 年版。

［意］维柯：《新科学（上）》，朱光潜译，安徽教育出版社 2006 年版。

［美］威廉·福克纳：《八月之光》，蓝仁哲译，上海译文出版社 2004 年版。

［美］威廉·福克纳：《喧哗与骚动》，李文俊译，上海译文出版社 2004 年版。

［美］威廉·福克纳：《押沙龙，押沙龙!》，李文俊译，上海译文出版社 2004 年版。

［美］威廉·福克纳：《我弥留之际》，李文俊译，上海译文出版社 1995 年版。

［美］威廉·福克纳：《去吧，摩西》，李文俊译，上海译文出版社 1996 版。

［美］威廉·福克纳：《圣殿》，陶洁译，上海译文出版社 1997 年版。

［美］威廉·福克纳：《士兵的报酬》，一熙译，漓江出版社 2017 年版。

［美］威廉·福克纳：《野棕榈》，蓝仁哲译，北京燕山出版社 2016 年版。

［美］威廉·福克纳：《寓言》，王国平译，漓江出版社 2018 年版。

［美］威廉·福克纳：《献给爱米丽的一朵玫瑰花》，杨岂深译，陶洁编，译林出版社 2001
    年版。

［美］威廉·福克纳：《坟墓的闯入者》，陶洁译，上海译文出版社 2004 年版。

［美］威廉·福克纳：《村子》，张月译，百花文艺出版社 2001 年版。

［美］威廉·福克纳：《福克纳随笔》，李文俊译，上海译文出版社 2008 年版。

［美］威廉·福克纳：《福克纳演讲词》，李文俊译，上海译文出版社 2014 年版。

［美］威廉·福克纳：《水泽女神之歌——福克纳早期散文、诗歌和插图》，王冠、远洋译，
    漓江出版社 2017 年版。

伍蠡甫：《现代西方文论选》，上海译文出版社 1983 年版。

吴义勤：《新时期文学的文化反思》，江苏文艺出版社 2009 年版。

吴义勤：《中国当代新潮小说论》，江苏文艺出版社 1997 年版。

［奥］西格蒙德·弗洛伊德：《文明与缺憾》，王东梅、马传兵译，中国对外翻译出版有限
    公司 2012 年版。

［奥］西格蒙德·弗洛伊德：《精神分析引论》，高觉敷译，商务印书馆 1986 年版。

［法］西蒙娜·德·波伏娃，《第二性》，陶铁柱译，中国书籍出版社 1998 年版。

肖明翰：《大家族的没落——福克纳和巴金家庭小说的比较研究》，广西师范大学出版社

1994 年版。

肖明翰：《威廉·福克纳研究》，外语教学与研究出版社 1997 年版。

肖明翰：《威廉·福克纳：骚动的灵魂》，四川人民出版社 1999 年版。

萧统选编：《新校订六家注文选》，郑州大学出版社，2015 年版。

萧元：《圣殿的倾圮——残雪之谜》，贵州人民出版社 1993 年版。

徐则臣：《孤绝的火焰：在世界文学的坐标中写作》，四川文艺出版社 2018 年版。

[希腊] 亚里士多德：《亚里士多德全集》，苗力田主编，中国人民大学出版社 1992 年版。

[希腊] 亚里士多德：《诗学》，罗念生译，北京：人民文学出版社 1986 年版。

林石：《疾病的隐喻》，花城出版社 2003 年版。

阎连科，梁鸿：《巫婆的红筷子：作家与文学博士对话录》，春风文艺出版社 2002 年
　版。

阎连科：《发现小说》，人民文学出版社 2014 年版。

阎连科：《乡村死亡报告》，人民日报出版社 2007 版。

杨经建：《20 世纪中国存在主义文学史论》，人民出版社 2015 年版。

杨守森，贺立华：《莫言研究三十年》，山东大学出版社 2013 年版。

杨义：《中国叙事学》，人民出版社 1997 年版。

叶舒宪：《神话—原型批评》（增订版），陕西师范大学出版社 2011 年版。

余华：《没有一条路是重复的》，上海文艺出版社 2004 年版。

余华：《现实一种》，新世界出版社 1999 年版。

余华：《活着》，南海出版公司 1998 年版。

余华：《许三观卖血记》，上海文艺出版社 2004 年版。

余华：《我能否相信自己》，明天出版社 2007 年版。

余华：《音乐影响了我的写作》，作家出版社 2008 年版。

余华：《在细雨中呼喊》，作家出版社 2012 年版。

[美] 约瑟芬·多诺万：《女权主义的知识分子传统》，赵育春译，江苏人民出版社 2003
　年版。

张京媛：《新历史主义与文学批评》，北京大学出版社 1993 年版。

张炜：《古船》，人民文学出版社 2004 年版。

张炜：《外省书》，花城出版社 2005 年版。

张炜：《家族》，作家出版社 2010 年版。

张炜：《柏慧》，人民文学出版社 2010 年版。

张清华：《中国当代先锋文学思潮论》，江苏文艺出版社 1997 年版。

张学军：《中国当代小说中的现代主义》，山东大学出版社 2005 年版。

张英：《文学的力量——当代著名作家访谈录》，民族出版社 2001 年版。

张沛：《隐喻的生命》，北京大学出版社 2004 年版。

赵静蓉：《文化记忆与身份认同》，生活·读书·新知三联书店 2015 年版。

赵维森：《隐喻文化学》，西北大学出版社 2007 年版。

赵玫：《一本打开的书》，春风文艺出版社 1994 年版。

赵玫：《灵魂之光》，河南文艺出版社 2002 年版。

赵玫：《左岸 左岸》，四川文艺出版社 2003 年版。

赵玫：《爱一次，或者，很多次》，四川文艺出版社 2006 年版。

詹剑峰：《老子其人其书及其道论》，华中师范大学出版社 2006 年版。

周英雄：《比较文学与小说诠释》，北京大学出版社 1990 年版。

周宪：《超越文学——文学的文化哲学思考》，上海三联书店 1997 年版。

朱光潜：《朱光潜全集》，安徽教育出版社 1992 年版。

朱振武：《在心理美学的平面上——威廉·福克纳小说创作论》，学林出版社 2004 年版。

朱振武：《福克纳的创作流变及其在中国的接受和影响》，人民文学出版社 2015 年版。

英文参考文献

Aiken, Charles S. *William Faulkner and the Southern Landscape*. Athens：The University of Georgia Press, 2009.

Beck, Warren. *Man in Motion: Faulkner's Trilogy*. Madison：University of Wisconsin, 1961.

Brooks, Cleanth. *The Yoknapatawpha County*. New Haven and London：Yale University Press, 1963.

Coughlan, Robert. *The Private World of William Faulkner*. New York：Avon Book, 1954.

Cooper, William J. and Thomas E. Terrill *The American South: A History*. New York：McGraw－Hill, Inc, 1991.

Cowley, Macolm. *The Faulkner－Cowley File: Letters and Memories*, 1944－1962, New York：Viking, 1966.

Davenport, F. Garvin. *The Myth of Southern History*. Vanderbilt, l970.

Davis, Angela Y. *Women, Race & Class.* New York：Random House, 1983.

Duvall, John N. *Faulkner's Marginal Couple: the Invisible. Outlaw, and Unspeakable Communities*. Austin：Texas University Press, 1990.

Early, James. *The Makings of Go Down Mose*s. Texas：Southern Methodist Univ Press, 1973.

Fant, Joseph L. III, and Robert Ashley, eds. *Faulkner at West Point*. New York: Random House, 1964.

Faulkner, William. *The Sound and the Fury*. New York: Vintage Books, 1954.

Faulkner, William. *The Hamlet*. New York: Vintage Books, 1956.

Faulkner, William. *The Marble Faun And A Green Bough*. New York: Random House, 1960.

Faulkner, William. *As I Lay Dying*. New York: Vintage Books, 1964.

Faulkner, *William, Essays, Speeches and Public Letters*. ed. James B. Meriwether. New York: Random House, 1965.

Faulkner, William. *Light in August*. New York: Vintage Books, 1972.

Faulkner, William. *Absalom, Absalom*. New York: Vintage Books, 1972.

Faulkner, William. *Go Down, Moses*. New York: Vintage books, 1973.

Fowler, Doreen, and Ann J. Abadie, eds. *Faulkner and Women*. Jackson: University Press of Mississippi, 1986.

Frederick L Gwynn and Joseph L. Blotner, eds. *Faulkner in the University*. New York: Vintage Books, 1965.

Gray, Richard. *The Life of William Faulkner: A Critical Biography*. Oxford and Cambridge: Blackwell, 1994.

Gwynn L. Frederick and Joseph L. Blotner. *Faulkner in the University*. New York: Vintage Books, 1965.

Hamblin, Robert W. &Louis Daniel Brodsky. *Selection from the William Faulkner Collection of Louis Daniel Brodsky: A Descriptive Catalogue*. Charlottesville: University of Virginia Press, 1979.

Hamblin, Robert W. "Mythic and Archetypal Criticism". *A Companion to Faulkner Studies*. eds. Charles A. Peek & Robert W. Hamblin. Westport, Connecticut&London: Greenwood Press, 2004.

Hines, Thomas S. *William Faulkner and the Tangible Past:* Architecture of Yoknapatawpha. Berkeley: University of California Press, 1996.

Howe, Irving. *William Faulkner: A Critical Study*, Chicago: The University of Chicago Press, 1951.

Inge, M. Thomas. *William Faulkner: The Contemporary Reviews*. Cambridge: Cambridge University Press, 1995.

Irwin, John T. *Doubling and Incest/ Repetition and Revenge: A Speculative Reading of Faulkner*.

Baltimore: Johns Hopkins University Press, 1975.

Kartiganer, Donald M. and Ann J. Abadie, eds. *Faulkner and Ideology: Faulkner and Yoknapatawpha*. Jackson: University Press of Mississippi, 1995.

Kartiganer, Donald M. and Ann J. Abadie. eds. *Faulkner in Cultural Context: Faulkner and Yoknapatawpha*. Jackson: University Press of Mississippi, 1997.

King, Richard. *A Southern Renaissance*. Oxford: Oxford University Press, 1970.

Kerr, Elizabeth M. *William Faulkner's Yoknapatawpha: A Kind of Keystone in the Universe*. New York: Fordham University Press, 1985.

Matthews, John T. *William Faulkner: Seeing Through the South*. Maiden and Oxford: Wiley - Blackwell, 2009.

Matthews, John T. *The Play of Faulkner's Language*. Ithaca: Cornell University Press, 1982.

Millgate, Michael. *The Achievement of William Faulkner*. Lincoln: University Press of Nebraska, 1978.

Meriwether, James B. and Michael Millgate eds. *Lion in the Garden: Interviews with William Faulkner*. New York: Random House, 1968.

Cowley, Malcolm. *The Portable Faulkner*. New York: The Viking Press, 1951.

Minter, David. *Faulkner's Questioning Narratives: Fiction of His Major Phase, 1929 - 42*. Urbana and Chicago: University of Illinois, 2001.

Minter, David. *William Faulkner: His Life and Work*. Baltimore and London: The Johns Hopkins University Press, 1980.

Parini, Jay. *One Matchless Time: A Life of William Faulkne*r. New York: Harper Collins, 2004.

Rank, Otto. *The Myth of the Birth of the Hero: A Psychological Interpretation of Mythology* . New York: The Journal of Nervous and Mental Disease Publishing, 1914.

Roberts, Diane. *Faulkner and Southern Womanhood*. Athens: University Press of Georgia, 1994.

Vickery, Olga W. *The Novels of William Faulkner: A Critical Interpretation*. Baton Rouge: Louisiana State University Press, 1992.

Singal, J. Daniel. *William Faulkner: The Making of a Modernist*. North Carolina: The University of North Carolina Press, 1997.

后 记

　　曹顺庆教授为中国比较文学事业的发展殚精竭虑，不断致力于推进中国与世界的对话，他担任总主编的《文明互鉴：中国与世界》（第一辑）获批四川省 2022—2023 年度重点出版规划项目，本书作为丛书中的一部入选，是何等荣幸之事，感谢曹先生的厚爱和提携。感谢四川大学出版社的支持和责任编辑吴近宇女士的辛勤付出。

　　本书是一项集体研究成果，是我和我的研究生近些年来进行福克纳研究的结晶。我长期从事福克纳与中国文学关系研究，专著《多维视野中的沈从文和福克纳小说》系国内学界关于福克纳与中国作家比较研究较早的学术著作。我还主持了国家社会科学基金"威廉·福克纳对中国新时期小说的影响研究"等多个科研项目。在我的影响和指导下，我的研究生鉴雅婧、柳晓曼、赵婉婷、余苹、王亚宁、海译友等分别对福克纳与余华、苏童、贾平凹、格非、张炜及毕飞宇做了具体、翔实的比较研究，同学们的每一个个案研究都经过了我们师生多次的研讨，我们为之付出了大量的心血。具体分工如下：我和张悦承担书稿第一章"威廉·福克纳与中国新时期作家：影响及接受"撰写工作；鉴雅婧承担书稿第二章"福克纳与余华小说时间观比较"撰写工作；柳晓曼承担书稿第三章"福克纳与苏童人物形象比较研究"撰写工作；赵婉婷承担书稿第四章"福克纳与贾平凹的现代英雄神话叙事比较研究"撰写工作；余苹承担书稿第五章"福克纳与格非小说的诗化书写比较研究"撰写工作；王亚宁承担书稿第六章"福克纳与张炜小说文学伦理学比较"撰写工作；海译友承担书稿第七章"福克纳与毕飞宇小说女性书写比较研究"撰写工作。本著既有宏观、整体性阐释，又有具体入微的个案分析，既立足前沿理论，又有生动、鲜活的文本分析，期望本书能为福克纳与中国新时期文学关系研究提供一些借鉴和启发。

李萌羽

2024 年 2 月于青岛